EL HOMBRE
DESCONOCIDO

LA TRAMA

EL HOMBRE DESCONOCIDO

Gregg Hurwitz

Traducción de Ariel Font Prades

Papel certificado por el Forest Stewardship Council®

Título original: *The Nowhere Man*

Primera edición: noviembre de 2018

© 2016, Gregg Hurwitz
Publicado por acuerdo con Casanovas & Lynch Literary Agency, S.L.
© 2018, Penguin Random House Grupo Editorial, S. A.
Travessera de Gràcia, 47-49. 08021 Barcelona
© 2018, Ariel Font Prades, por la traducción

Printed in Spain — Impreso en España

ISBN: 978-84-666-6450-9
Depósito legal: B-18.593-2018

Impreso en Black Print CPI Ibérica
Sant Andreu de la Barca (Barcelona)

BS 6 4 5 0 9

Penguin
Random House
Grupo Editorial

Para Keith Kahla,
un editor a la antigua en el mejor de los sentidos,
y moderno en los fundamentales

¿A qué profundidad hay que enterrar el pasado para que se muera del todo?

ALAN MOORE,
La Cosa del Pantano

La verdad es lo que te hará libre. Pero no hasta que haya acabado contigo.

DAVID FOSTER WALLACE,
La broma infinita

1

Lo que necesita saber

Un selfie desnuda.

Así empieza la cosa.

Hector Contrell envía a un chaval de diecisiete años a merodear por institutos de secundaria del este de Los Ángeles. El chico, que se llama nada menos que Addison, es un buen cebo. De una belleza desastrada, bigote novicio, pómulos de estrella pop, pelo de un rubio sucio peinado de cualquier manera. Lleva una sudadera con capucha y va en monopatín para hacerse pasar por uno de quince. Dice que es skater profesional y que tiene un contrato. Dice que es rapero y que va a grabar con una discográfica de las grandes. En realidad dejó los estudios, fuma hierba a todas horas, vive en un garaje alquilado junto con su hermano mayor y unos amigos, se pasa las noches jugando a Call of Duty y dándole a una cachimba de cristal verde que llaman La Gorda.

Ronda cerca del campus a eso del mediodía, después de las clases; su monopatín traquetea al rodar sobre la acera agrietada, a un paso del límite del recinto escolar. Las chicas se juntan y sueltan risitas y él elige una para sacarla del rebaño. Le dice que se haga fotos. Le dice que abra una cuenta secreta en Facebook, pero que sus padres no deben saberlo, y que suba las fotos a esa cuenta. Le dice que en los cursos superiores todo el mundo lo hace, y es verdad hasta cierto punto, pero no todos están enganchados a ese rollo. Su objetivo son los centros para gente con pocos recursos, las chicas sin pasta fácilmente impresionables, las que persiguen un sueño, un amorío, una salida. Chicas cuyos padres carecen de medios para iniciar una búsqueda si ellas desaparecen de pronto.

Los enlaces de la página de Facebook secreta van a parar a Hector Contrell.

El truco está en que son las propias chicas las que crean el catálogo de venta.

De Contrell, los enlaces van a todo tipo de hombres con gustos poco ortodoxos: industriales australianos, jeques, tres hermanos de Detroit con un cobertizo metálico cerrado a cal y canto. Todos ellos pueden ver discretamente la mercancía online, y, en caso necesario, pedir más información del producto (fotos desde diferentes ángulos, poses concretas). Entonces escogen.

Debido a la inmigración ilegal, a la influencia de las bandas y a los árboles genealógicos partidos, son muchas las chicas extranjeras sin recursos que desaparecen. Son una fuente constantemente renovable.

Hector Contrell aparece en lo más negro de la noche y otra chica se esfuma de las calles para despertar medio drogada en Islamabad o Birmingham o São Paulo. A algunas chicas se las quedan; otras engrosan la lista de usar y tirar.

La próxima víctima se llama Anna Rezian. Su padre es fontanero, trabaja duro, llega a casa tarde y agotado. Su madre, camarera en un club, llega a casa tarde y aún más agotada. Anna, de solo quince años, se ocupa de sus hermanos pequeños e intenta acordarse de mirar sus libros de texto en cuanto ha acostado a los críos. Una rutina muy dura para una chica de su edad.

Un día, cuando terminan las clases, los ojos azules de Addison observan bajo su flequillo y se fijan en ella. Esa misma noche, la chica se maquilla, se quita los chinos de rodilleras gastadas, comprueba la iluminación. Esta decisión, este momento, serán el portal hacia su nuevo yo.

Pero, tras colgar el selfie, no ocurre nada mágico. Mientras contempla la imagen que acaba de publicar, de pronto se siente inquieta.

Decide dejarlo después de la primera y única foto. Oh, pero Addison necesita más, porque un comprador de Serbia se las ha pedido. Entre una bruma de marihuana, divisa a la chica en el callejón, junto al piso de una sola habitación en el que vive con su familia. Al ver que sus encantos de hipster barato no dan resultado, la amenaza diciéndole que le conviene hacerlo. Adoptando la actitud de un matón en la noche de Crenshaw, le suelta que, si no colabora, el tipo para el que trabaja les hará daño, a su familia y a ella.

La chica se pasa la noche en vela, temblando en el resplandor de su anticuado portátil, tecleando sin parar en la inmensidad de Facebook, buscando hilos. Amigas de otras amigas han oído hablar de chicas que desaparecieron. Mira por encima del portátil a sus hermanos que duermen y piensa en cómo se sentiría si, por culpa de su estupidez, ellos sufrieran algún daño. Mira luego a sus padres, que duermen también, extenuados tras sus respectivas jornadas laborales. El sentimiento de culpa es cada vez mayor, un abismo sin fondo, que va alejándola de allí hasta que cree estar en una isla que ella misma ha creado; los miembros de su familia se han convertido en simples motas de polvo en el horizonte. Algo muy malo va a pasarles, a ellos o a ella. La chica toma una decisión.

Envía más fotos.

No consigue dormir. Empieza a arrancarse mechones de pelo. En el colegio se hace un corte en la piel, confiando tal vez en que el dolor la saque de esta pesadilla. O quizá es una manera de pedir auxilio a gritos, cada reguero de sangre en el antebrazo una suerte de señal de humo con la esperanza de que alguien acuda en su rescate.

Y, sí, alguien ve las señales. El padre de una compañera de clase, un hombre mayor que usa bastón debido a una cojera reciente, la encuentra sollozando en el aseo de un 7-Eleven cuando se supone que debería estar en tutoría. El hombre le pasa un número de teléfono: 1-855-2-NOWHERE. Una línea de teléfono mágica que todo lo arregla.

Ella marca.

Contesta Evan Smoak.

—¿Necesitas ayuda? —pregunta él.

Así es como funciona.

Catorce horas más tarde, Evan está frente al garaje alquilado donde vive Addison. El aire huele a tubo de escape. Las farolas de la calle están rotas; las estrellas, borrosas por la contaminación; la noche, oscura como la brea. Evan es un espectro.

Carl, el hermano de Addison, y su pandilla están pillando jaco en un parque de Boyle Heights. Evan lo sabe. Addison está solo. Eso también lo sabe.

Ha investigado previamente.

Así lo exige el primer mandamiento: «No des nada por supuesto».

El espectro golpea con el nudillo la puerta del garaje.

Un momento después, la puerta se eleva rechinando.

Addison emerge de un efluvio de humo de cachimba. Mira detenidamente a Evan, balanceándose sobre los talones.

Cuesta calar a Evan, es algo intencionado por su parte. Treinta y tantos años. En forma pero no musculoso. Metro ochenta, más o menos. Un tipo corriente, no demasiado apuesto.

Addison lo subestima.

Sucede a menudo; también es intencionado.

El chaval tuerce el gesto. Ladea la cabeza, se aparta el flequillo de esos ojos azules por los que muchas chicas han acabado en un carguero rumbo a tierras desconocidas.

—¿Qué cojones quieres? —dice.

—La dirección de Hector Contrell —dice Evan.

Al guaperas de Addison se le disparan las pestañas, pero sabe reaccionar rápido.

—No tengo ni idea de quién es. Y, aunque lo supiera, estás de guasa si crees que te lo diría.

Evan le mira detenidamente, lo cual suele poner nerviosa a la gente.

La expresión de Addison refleja incertidumbre, pero el chico la borra de un plumazo.

—Conozco a gente, ¿sabes, capullo? —dice—. Gente que puede hacerte desaparecer tan rápido como esto. —Chasquea los dedos, un sonido agudo en el aire fresco de la noche—. Además, ¿quién coño te crees que eres?

—El Hombre desconocido —dice Evan.

Addison traga saliva.

No es un mote muy corriente, pero por determinadas calles han corrido rumores extraños, como desperdicios que el viento arrastra entre paredes llenas de grafitis.

Addison desplaza rápidamente una pierna hacia un lado para mantener el equilibrio. Cuando vuelve a hablar, su voz suena áspera, resultado de una laringe constreñida.

—Eso no son más que chorradas.

—Bueno, entonces no hay razón para que tengas miedo...

Addison guarda silencio.

—Tú sabes muy bien lo que les pasa a las chicas —le dice Evan.

Addison tarda unos segundos en recolocar la voz.

—Que desaparecen —dice.

—¿Adónde van?

—Ni idea. Tíos.

—¿Que las usan para...?

El chaval se encoge de hombros. Reprime una risita.

—Lo que sea que hagan los tíos.

—Dame la dirección.

—No puedo. Hector me matará. Quiero decir literalmente.

Evan mantiene la mirada fija en él.

Addison flaquea.

—No —dice, al darse cuenta de otra cosa—. Eh, que no. A ver, solo soy un chaval. Tengo diecisiete años. No me vas a matar, ¿verdad?

Siendo adolescente, un marine, de carácter arisco, monitor de combate cuerpo a cuerpo, le había enseñado a Evan un golpe.

Lo llaman el partepaladares.

Es un golpe no letal con el que se fractura el puente de la nariz, los senos maxilares y las cuencas de los ojos, dividiendo el cráneo horizontalmente de sien a sien. Eso deja la mandíbula superior flotando, desencajada.

Evan entorna los ojos. Busca el punto exacto.

No pensó que el chaval aguantara el golpe, pero allí está, de pie en la acera. De sus labios y orificios nasales sale algo parecido a la baba.

—No —dice Evan—. No voy a matarte.

Addison deja escapar una especie de resuello. Con su nueva cara va a ser muy difícil que vuelva a pescar chicas.

—La dirección —insiste Evan.

Lo que queda de aquella boca le dice lo que necesita saber.

2

El contrato social

Evan se coló por la lona de plástico en un McMansion de nueva construcción, botín de guerra de Hector Contrell contra las familias pobres del este de Los Ángeles. La casa, a cierta distancia de sus vecinas, estaba al final de un inclinado camino de entrada en el límite de Chatsworth.

Evan avanzó silenciosamente por jambas sin puerta hacia el corazón del inmueble. Le dio la impresión de que los montantes que enmarcaban los amplios pasillos y las vigas vistas del techo se introducían en un inmenso costillar, en el propio Hector Contrell. Notó que la garganta se le encostraba de serrín. Sobresalían clavos del suelo hincándose en las suelas de sus botas SWAT. El agresivo relieve de las cachas de una pistola Wilson Combat 1911 se le hincaba en la palma de la mano.

Encontró a Hector Contrell en lo que iba a ser el salón, instalado, como un piloto, dentro de una cabina de ordenadores y servidores desde los que dirigía impunemente su imperio carnal. Un hombre fornido y barbudo, un individuo totalmente desligado del contrato social, que cogía lo que quería porque sí. La estación de alta tecnología, con el resplandor azulado de los monitores y aquel sinfín de cables, era una anomalía, una especie de hongo surgido del entarimado a la vista.

Hector percibió un movimiento entre las sombras y se levantó revólver en mano. Por un momento, pareció que lo hacía a cámara lenta.

Evan, que se hallaba del otro lado del semicírculo de mesas de trabajo, levantó la vista. Hector tenía tatuada una frase en la parte frontal del cuello: QUE TE FOLLEN, lo cual indicaba que su fuerte no eran las sutilezas.

—No sé quién eres ni qué coño haces aquí —dijo Hector—, pero tienes cinco segundos antes de que te ponga el pecho como un colador.

Para más énfasis, propinó un puntapié a uno de los monitores, que fue a estrellarse a los pies de Evan entre un impresionante despliegue de chispas.

Ambos conservaban el arma respectiva pegada al costado.

Evan observó cómo el monitor despedía una chispa final y luego miró a Contrell.

—Una de las funciones de la ira es convencer a la gente de la seriedad de tus intenciones —dijo—. Indicar que estás fuera de control. Que eres impredecible. Que estás dispuesto a hacer daño. Atemorizar al otro.

Hector se irguió todavía más. Toda una proeza. A contraluz de los monitores encendidos, el carnoso lóbulo de su oreja izquierda mostraba una hendidura vacía allí donde antes había habido un pendiente dilatador.

Evan dio un paso al frente.

—Así que mírame. Mírame bien. Y hazte esta pregunta: ¿Parezco atemorizado?

El hombretón adelantó el cuerpo. El fulgor de los ordenadores convirtió su rostro en un paisaje arrasado de sombras: cuencas de los ojos hundidas, papada pronunciada, la curva de una mejilla. Sus gruesos labios vibraban, primera señal de duda.

Evan seguía con el arma a un costado, lo mismo que Hector. Se miraron a los ojos, con la mesa de por medio.

Cuando Evan tenía catorce años, Jack le había enseñado a sacar rápido. Nada de histrionismos a lo *Solo ante el peligro*: simplemente desenfundar, levantar y apuntar. Hizo una inclinación de dos milímetros y tres libras y media de presión con el dedo índice.

Las sombras bailaron sobre la cara de Hector. Su rechoncha mano derecha hizo un gesto fugaz sobre la pistola. Él hizo el primer movimiento.

Las paredes de contrachapado resonaron con fuerza.

Aquella noche Evan se metió en el callejón que discurría por detrás del desvencijado apartamento en donde vivía, apretujada, la familia Rezian. Una pátina de sangre se había endurecido en su antebrazo izquierdo y al moverse crujía levemente como barro seco. Se había lavado manos y cara, pero notaba las motas en un costado del cuello.

Porque la cosa había salpicado.

Se sacó del bolsillo un teléfono negro, un modelo RoamZone recubierto de fibra de vidrio y caucho duro, la pantalla protegida por Gorilla Glass. Lo llevaba siempre encima.

Siempre.

Era un salvavidas. No para él, sino para quienes le llamaban.

Envió un sms a Anna Rezian:

SAL FUERA.

Mientras esperaba, algo empezó a inquietarle con insistencia. Era algo que había visto en casa de Hector; no sabía qué exactamente, pero sí sabía que chirriaba. ¿Su cliente corría peligro? No. Había tenido mucho cuidado. Ella no había recibido ninguna amenaza. Era otra cosa: importante pero no inminente.

La silueta de Anna a contraluz apareció en la entrada del callejón a una decena de metros. Llevaba un camisón, el pelo todo revuelto, la espalda encorvada. El callejón formaba un túnel de viento y el aire de octubre agitó sus mechones morenos, que se menearon tiesos.

—Ya estás a salvo —dijo Evan.

Ella iba descalza, y él vio que le temblaban las rodillas.

—Pensé que era uno de ellos, que venía a por mí —dijo Anna—. Pensaba que salir al callejón iba a ser la última cosa que haría en mi vida. Pero luego... luego resulta que es usted.

—Siento haberte asustado.

—¿Y qué quiere decir eso de que estoy a salvo?

—Que ya no tienes que preocuparte más —dijo él.

—¿De qué?

—De todo ese asunto.

—¿Addison?

—Ahora tiene otras preocupaciones.

—¿Y su jefe, el que organiza todo esto?

—Ha muerto.

Anna avanzó pesadamente unos pasos. Le brillaba el cuero cabelludo allí donde se había arrancado el pelo. Su expresión era la misma que él había visto en anteriores clientes: ajada, demacrada; había visto el lado feo de la vida.

—¿Albert está a salvo? —dijo, y la voz se le quebró—. ¿Y Eduard?

—Sí.

Anna se acercó un poco más; las mejillas le brillaban.

—¿Y qué hay de Maria? ¿No le harán daño a ella?

—No queda nadie que pueda hacerle daño.

Ahora sollozaba abiertamente.

—¿Y *mayrig*? ¿Y *hayrig*?*

—No te preocupes por tus padres.

Evan pensó en ellos, ahora dormidos, y se preguntó si podrían ofrecerle a su hija un hogar cálido. Él no había disfrutado de eso a la edad de Anna, así que, cuando decidió largarse, no dejaba nada atrás. A los doce años, estando en una parada de camiones, había subido a un sedán negro y desaparecido del mapa. En aquel entonces cualquier riesgo merecía la pena. En esa ocasión había ido a parar a Baltimore. Había estado en Marrakech, San Petersburgo y Ciudad del Cabo, y en cada ciudad había dejado su marca de sangre. Pero jamás había tenido una familia que le esperara en casa, al contrario que Anna. La brisa helada le hizo darse cuenta de que había dedicado toda su vida a preservar en otros lo que él nunca tendría.

—Esas fotos mías... —dijo ella—. Mis padres se avergonzarán muchísimo.

Antes de marcharse de casa de Hector, Evan había registrado el lugar, encontrando poco más que materiales de construcción, botellas de cerveza vacías, varias mancuernas muy pesadas en el garaje, envoltorios de comida rápida encima de un colchón puesto en el suelo en una de las habitaciones desnudas del piso de arriba, donde Hector vivía durante las obras. Evan había vuelto a bajar al centro de comunicaciones para deshacerse de aquel cadáver tan pesado. Una vez despejada la cabina tecnológica, pasó unos minutos exasperantes navegando por las bases de datos, abriendo archivos de antiguas «candidatas idóneas» a fin de dar con sus compradores. La información sobre clientes era escasa y estaba codificada, pero Evan la envió a la oficina local del FBI, no sin antes eliminar de los servidores toda la información referente a Anna Rezian.

—He borrado tus fotos —le dijo a la chica—. Nadie sabrá nada.

Anna dio un paso indeciso hacia un costado y posó una mano en la agrietada pared de estuco.

* Respectivamente, «mamá» y «papá» en armenio. (*N. del T.*)

—Eduard. Ya está a salvo. A salvo.

Le daba vueltas a la idea, intentando convencerse de que era cierto.

—Estáis todos a salvo.

La cara de Anna se contrajo, y por un momento pareció que se venía abajo.

—No sé cómo podré mirarles a la cara, sabiendo lo que habría podido pasar por mi culpa. Nunca me lo perdonaré.

—Eso depende de ti.

A ella pareció dolerle la respuesta. Unas lágrimas perlaron sus pestañas. Se mordió el labio inferior. El pecho le subió, las fosas nasales se ensancharon. Inspirar hondo. Echar el aire. Las lágrimas asomaban a sus ojos.

—No vuelvas a llamarme. ¿Lo entiendes? —dijo Evan—. Yo me dedico a esto. Me limito a resolver problemas, tan solo eso.

—Albert y Maria están bien. —Anna apenas movió los labios. Su voz fue poco más que un susurro—. *Mayrig* y *hayrig*. Oh, y Eduard. Eduard.

—Ahora intenta centrarte, Anna. Mírame. Mírame a los ojos. Tengo que pedirte una cosa antes de irme.

—Lo que quiera —dijo ella, con una mirada de pronto diáfana.

—Busca a alguien que me necesite. Como tú hiciste. Da igual si tardas una semana, un mes o un año. Busca a alguien que esté desesperado y no sepa por dónde tirar. Y le das mi número.

—Vale. El 1-855-2-NOWHERE.

Cada llamada era digitalizada antes de viajar por la red de redes a través de una serie de túneles virtuales encriptados y privados. Después de sonar en una quincena de centralitas virtuales vía software en diferentes puntos del globo terráqueo, la llamada era recibida por su RoamZone.

—Eso es. Háblales de mí.

—¿Como el padre de Nicole Helfrich cuando me encontró en el 7-Eleven?

—Eso es. Busca a alguien y dile que yo estaré al otro lado del teléfono.

Era el paso final para sus clientes. Una tarea, un objetivo, un otorgamiento de poder que los metamorfoseaba de víctimas en rescatadores. Evan sabía muy bien que ciertas heridas no sanaban nunca, o no del todo; pero había formas de contener el dolor, de manejar las cicatrices que este dejaba. Esta era una de ellas.

Anna se abalanzó hacia él y lo envolvió en un abrazo. Durante un momento, los brazos de él quedaron apenas a unos centímetros de la espalda de ella. Evan no estaba acostumbrado a este tipo de contacto físico. El claro de luna le permitió ver la franja de color vino que tenía en el antebrazo, las oscuras medialunas bajo sus uñas. No quería que la sangre de Hector Contrell manchara la ropa de la muchacha, o sus cabellos. Pero Anna le abrazaba cada vez con más fuerza, la cara pegada al torso de él.

Evan notó el calor que ella desprendía. A través de la camiseta notó también la humedad en las mejillas de Anna, que se aferraba a él.

—¿Cómo puedo agradecérselo? —preguntó con la voz apagada.

—Estando con tu familia —dijo él.

Lo había pensado a modo de instrucción final, pero le chocó que fuese también la respuesta a lo que ella le había preguntado.

Anna retrocedió para enjugarse las lágrimas y él aprovechó la ocasión para desaparecer.

3

Máquina de guerra

A tirones, de semáforo en semáforo, Evan soñaba con vodka, tenía una botella por estrenar en el dispensador de hielo de su Sub-Zero esperando a que llegara a casa. Visto desde fuera, su pickup Ford F-150 era como uno más de los millones de vehículos que circulaban por Estados Unidos. Sin embargo, con sus cristales laminados y blindados, sus neumáticos con autosellado y su tumbaburros frontal, la camioneta era una máquina de guerra.

Divisó su edificio más adelante. Le habían puesto el ostentoso nombre de Castle Heights y era un rascacielos de viviendas anclado en el punto más oriental del Wilshire Corridor, motivo por el cual Evan disfrutaba desde su ático de una amplia panorámica del centro de Los Ángeles. Castle Heights era un edificio lujoso pero anticuado; pasaba tan desapercibido como su camioneta. O, de hecho, como el propio Evan.

Salido de las viviendas subvencionadas del este de Baltimore siendo aún un chaval, Evan había pasado varios años, muy duros, bajo la égida de su adiestrador. Decir que Jack Johns había sido como un padre para él era quedarse corto; Jack había sido la primera persona en tratar a Evan como un ser humano.

Evan era un producto del Programa Huérfanos, un proyecto clandestino, oculto en lo más recóndito del departamento de Defensa. Se trataba de identificar a un tipo de muchachos inmersos en el sistema de casas de acogida, seleccionarlos en secreto uno por uno y enseñarles a hacer lo que el gobierno federal no podía hacer, al menos oficialmente, en lugares donde no podía, al menos oficialmente, actuar. Un operativo ultrasecreto y antiséptico en base a un presupuesto «fantasma». Técnicamente hablando, los Huérfanos ni siquiera existían.

Eran carne de cañón.

Como Huérfano X, Evan había recibido rebosantes cuentas bancarias en áreas exentas de informes financieros. Sus misiones se remontaban a más de una década. Casi nunca visible, jamás capturado, solo se le conocía por los objetivos de gran valor que dejaba muertos a su paso y por el alias que se había ganado con su pericia para moverse entre las sombras sin ser visto.

El Hombre desconocido.

En un momento dado decidió dejarlo. Le había costado mucho tomar esa decisión, pero aquel trabajo le había proporcionado recursos económicos casi ilimitados, unas técnicas poco comunes y mucho tiempo libre. Y aunque su época de Huérfano X había terminado, descubrió que aún había trabajo por hacer en su calidad de Hombre desconocido.

Trabajo desinteresado. Sin cobrar.

Se había quedado sin la asignación del gobierno pero conservado el apodo que le habían puesto sus enemigos.

Evan había oído decir que el programa Huérfanos había sido desmantelado. Sin embargo, hacía cosa de un año descubrió que seguía adelante. El elemento más implacable de entre los Huérfanos había tomado el mando de la operación: Charles Van Sciver. Su nueva directiva: localizar y eliminar a antiguos Huérfanos. Según aquellos que controlaban a Van Sciver, la cabeza de Evan contenía demasiada información delicada para permitir que esa cabeza siguiera pegada al cuerpo.

En el último enfrentamiento con derramamiento de sangre una cosa había quedado clara: que Van Sciver y los suyos no se detendrían hasta que Evan estuviese muerto.

En el ínterin, Evan se mantuvo alerta y al margen de todo.

Salió por fin del atasco circulatorio de Wilshire Boulevard, torció para entrar en Castle Heights, cruzó rápidamente el pórtico sin mirar al aparcacoches y bajó al aparcamiento subterráneo, donde dejó el coche en su lugar habitual entre dos columnas de hormigón.

Cogió una sudadera negra del asiento de atrás, se la puso para tapar la sangre que se le había secado en el brazo y echó a andar. Siempre se detenía unos segundos frente al vestíbulo del edificio para cerrar los ojos, tomar aire y así prepararse para la transición a su otra personalidad.

Evan Smoak, importador de productos de limpieza industrial. Otro inquilino aburrido.

Dada la hora que era, el vestíbulo estaba en silencio, el aire impregnado de aroma a lirios. Evan caminó con paso firme hacia el ascensor saludando con un gesto de cabeza al guardia de seguridad.

—Buenas noches, Joaquín.

Joaquín levantó la vista de la batería de monitores que controlaban en directo lo que ocurría en el perímetro y los pasillos del edificio. Castle Heights se enorgullecía de su seguridad, un activo más a la hora de atraer a inquilinos de mediana edad con cuentas saneadas y pensionistas forrados.

—Buenas noches, señor Smoak. ¿Ha tenido una buena velada?

—El típico sábado noche —respondió Evan—. Hamburguesas con los amigos.

Joaquín controlaba los ascensores desde detrás del mostrador alto (otra medida de seguridad); inclinó el hombro al pulsar el botón para que bajara el ascensor. Evan le dio las gracias con un gesto de la mano, pero, al reparar en las manchitas de sangre que tenía bajo las uñas, la bajó rápidamente. Al entrar en el ascensor, el botón de la planta 21 estaba ya encendido.

La puerta estaba a punto de cerrarse cuando Evan oyó una voz conocida que gritaba: «¡Espere! Páralo, Joaquín, por favor». Luego, unos pasos apresurados.

—Quería decir «por favor» primero para que no pareciera una orden, pero...

La puerta se abrió de nuevo y Evan se encontró cara a cara con Mia Hall. Llevaba en brazos a su hijo de nueve años, dormido, la barbilla del niño apoyada en el hombro de la madre.

Al levantar la vista y toparse con la mirada de Evan, Mia se quedó de piedra.

Raras veces se dejaba pillar desprevenida, pero ahora estaba ligeramente boquiabierta y un rubor empezaba a teñir las laderas pecosas a ambos lados de su nariz.

El año anterior habían tenido una relación. Él le salvó la vida, y ella a él, el pellejo. En el proceso, Mia había sabido más cosas de él de las que debía saber, lo cual habría representado un problema incluso si ella no hubiera sido fiscal del distrito de Los Ángeles.

Se miraron pestañeando.

Ella cambió de postura, abrumada por el peso de su hijo Peter.

—¿Quieres que lo coja yo? —le propuso Evan.

En otra época eso habría sido normal.

—No, gracias —dijo Mia—. Ya lo llevo yo.

Subieron en silencio. Evan se acordó del rastro de sangre que tenía bajo las uñas y cerró los puños. Percibió un leve aroma a citronela, el perfume que usaba Mia.

Peter tenía una mejilla medio arrugada, los cabellos rubios aplastados por uno de los lados y los labios azules debido a un resto de piruleta. Cuando la puerta del ascensor se abrió con un traqueteo artrítico, Peter alzó la cabeza, soñoliento. La sonrisa asomó primero a sus ojos gris carbón y luego a su boca.

—Hola, Evan Smoak.

La voz sonó más rasposa que de costumbre. Antes de que Evan pudiera decir nada, los párpados del niño volvieron a cerrarse.

Mia y su hijo salieron y Evan los vio alejarse por el pasillo hasta que la puerta del ascensor se cerró de nuevo.

4

Limpio como un bisturí

Cuando Evan introdujo la llave, la cerradura del apartamento 21A saltó con un ruido metálico y diversas barras de seguridad se descorrieron en el interior de la puerta de acero disimulada tras una acogedora fachada de madera. Como solía decir Jack: «Cojinetes dentro de cojinetes».

Evan silenció la alarma y fue hasta la zona de cocina. Pasó junto a la pared del salón, un jardín vertical alimentado por goteo, donde crecían hierbabuena y salvia, perejil y manzanilla. El agradable aroma y la explosión de verdor eran los únicos aspectos del ático esquinero a los que podía calificarse de alegres.

El apartamento tenía un diseño de planta bastante abierto; seiscientos cincuenta metros cuadrados de hormigón divididos por máquinas de musculación, áreas de descanso, una chimenea independiente y una escalera metálica de caracol que daba a un desván. Dentro del elegante y moderno espacio había innumerables dispositivos de seguridad ocultos. ¿Las ventanas y puertas correderas de cristal que convertían dos paredes en una vista panorámica de la ciudad? De Lexan, a prueba de balas y provistas de software con detector de roturas. ¿Paneles solares retráctiles de color lavanda? Un blindaje de titanio. ¿Los balcones con revestimiento de cuarzo que protegían los costados del apartamento? Alarmas secundarias instaladas para detectar la señal acústica de los pasos de un intruso sobre las piedras.

Evan rodeó la encimera central para ir hasta el Sub-Zero. Acunada entre cubitos de hielo, una gruesa botella de Karlsson's Gold le dio la bienvenida. El vodka sueco elaborado a mano, a partir de la fermentación de diversos tipos de patata, era de singular factura, destilado una sola vez mediante un alambique revestido de cobre. Evan vertió varios dedos en un vaso *old fashioned* sobre un cubito de hielo esférico y aderezó la copa con una pizca de pimienta de un molinillo de acero inoxidable.

Entrada limpia como un bisturí. Notas minerales al final. Toque de pimienta persistente.

Perfecto.

Fue a encender la lumbre de leña de cedro, se despojó de sus prendas de faena y luego las arrojó al fuego. Con el vaso en la mano, atravesó desnudo el amplio espacio y enfiló un pasillo corto, pasando junto al lugar en donde anteriormente solía tener colgada su querida catana del siglo XIX. Los ganchos en la pared desnuda le recordaron que recientemente había ganado una puja online para hacerse con otra espada samurái, en este caso un arma de principios del período Edo. La casa de subastas Seki se la había enviado ya y no tardaría en llegar.

Pasó por el dormitorio, entró en el cuarto de baño y tocó levemente la puerta de vidrio opaco de la ducha, que se descorrió silenciosa sobre sus guías. Abrió el grifo del agua caliente todo lo que daba de sí y se metió bajo el chorro. Se frotó con fuerza. El agua salía oscura e iba formando un remolino carmesí antes de colarse por el desagüe.

Necesitó un cepillo de púas metálicas y no poco esfuerzo para dejar las uñas limpias.

Después de secarse, fue al dormitorio y se puso el mismo tipo de ropa que llevaba al entrar: vaqueros oscuros, camiseta gris con cuello de pico. Antes de volver a salir, dudó un momento y miró el cajón inferior del tocador.

Sintió un pequeño escalofrío, un acceso de calor corporal.

Abrió el cajón y con la uña del pulgar levantó el falso fondo.

Debajo, una camisa de franela azul oscurecida de sangre seca.

Sangre de Jack.

En los últimos ocho años no había habido una sola noche en que Evan no apagara la luz, cerrara los ojos y viera a Jack desangrándose en sus brazos.

Cerró el cajón y se incorporó, tratando de disipar la tensión que sentía en el pecho. Se sentó en la cama, una Maglev que flotaba literalmente dos palmos por encima del suelo, la placa sostenida en el aire mediante imanes de neodimio de tierras raras. Cerró los ojos y, suspendido entre el suelo y el techo, se concentró en respirar, adentrándose en su cuerpo, sintiendo el peso del esqueleto dentro de la carne. Eso solía ayudarlo a serenarse.

No fue así esta vez.

En la oscuridad de su mente aparecieron imágenes como destellos. Los hombros de Hector Contrell saltando hacia atrás como si tiraran de ellos con cordeles. Tinta encharcándose en el hueco de su cuello, un signo de puntuación para el tatuaje QUE TE FOLLEN. Aquellas poderosas piernas viniéndose abajo, un alud a cámara lenta. Toda aquella porquería en el suelo, alrededor del colchón: recipientes de fideos chinos sucios de residuos, envoltorios vacíos de burritos, paquetes arrugados de proteínas. El costillar de la casa, una sucesión de montantes a la vista cuando Evan entró sigilosamente. El pasillo extendiéndose larguísimo y terrorífico, como en una película de Kubrick, con marcos sin puerta sucediéndose sin fin.

Evan abrió los ojos de golpe.

Si no había puertas, no había picaportes. Eso era lo que le había estado inquietando. La casa estaba abierta al mundo; lonas al viento en lugar de paredes.

Sin un lugar seguro para encerrar a las chicas secuestradas.

La logística de mandarlas a tal o cual punto del globo era complicada. En algún sitio, fuera del recinto, tenía que existir un área de detención.

Por lo tanto, era posible que allí dentro quedara todavía otra chica.

Evan se levantó de un salto, entró en el baño y se metió directamente en la ducha. Apretó la manija del agua caliente y un momento después se oyó un clic suave. La palanca, adaptada a la huella de la palma de su mano, era también el pomo de una puerta. Lo giró hacia el lado contrario al habitual. Una puerta, disimulada por los azulejos de la ducha, se abrió hacia dentro.

Evan entró en la Bóveda.

Treinta y ocho metros cuadrados asimétricos, surcados por las tripas de la escalera pública que llevaba al tejado del edificio; aquel espacio delimitado por muros le servía a Evan de arsenal y centro de operaciones. Contenía todas las herramientas de su oficio, desde los armarios para las armas hasta la mesa de metal laminado repleta de monitores, servidores y cables. En las pantallas podían verse imágenes en tiempo real pirateadas de las cámaras de seguridad de Castle Heights. Pasillos, escaleras, puertas de acceso: todo bajo control.

Aspiró el olor a cemento húmedo, se dejó caer en la butaca y se desplazó hasta la mesa con forma de L para entrar en las bases de datos de la policía. Evan tenía acceso a antecedentes penales, al registro civil, a informes forenses, a registros balísticos, es decir, a todo lo que pudiera aparecer en los portátiles Panasonic Toughbook instalados en los coches patrulla de la policía local.

Su adiestramiento había consistido en aprender un poco de todo de especialistas en diferentes campos. Evan no era un experto, ni mucho menos, pero había conseguido hackear varios coches de policía e instalar en sus portátiles un túnel SSH inverso; en otras palabras, una puerta trasera por donde acceder al sistema siempre que le interesara hacerlo.

Como en aquel momento. Se puso a buscar posibles socios de Contrell, antiguos domicilios, viejos compañeros de celda. Nada le llamó la atención. Varias horas más tarde, el vodka aguado se marchitaba junto al ratón, partículas de pimienta flotando como ceniza en la superficie.

En la página web del departamento de Vehículos Motorizados, Evan consiguió la matrícula del Buick Enclave de Contrell. Otra serie de maniobras encubiertas le permitió entrar en el registro del GPS del vehículo. Imprimió las capturas de datos: longitudes y latitudes de una lista interminable.

Mientras la LaserJet iba escupiendo página tras página, Evan se puso a desglosar las pausas entre los movimientos del Buick.

Los lugares adonde iba Contrell.

Aún quedaba trabajo por hacer.

El décimo mandamiento: «No permitirás que muera ningún inocente».

5

Los ojos de la bestia extractora de datos

La habitación podría haber estado en cualquier parte. A media altura de un rascacielos. En la zona distal del ala de una gran mansión. Bajo tierra, incluso.

Era grande.

Grande como una sala de cine pero sin butacas. Y no había una pantalla, sino cientos de ellas. Ocupaban tres paredes, desde el suelo hasta el techo: el mayor despliegue de poder informático a este lado de la DARPA.* Cada monitor iba mostrando una interminable lista de códigos. Las pantallas eran los ojos de la bestia extractora de datos; la batería de servidores protegida por una cuarta pared, a prueba de todo tipo de bomba, era el cerebro.

La luz parpadeante que salía de los monitores se entrecruzaba en el espacio en penumbra, a modo de camuflaje viviente. Era difícil ver nada, aparte de las pantallas. Todo parecía fundirse entre sí: las alfombras, las consolas, los escasos muebles. Incluso las pocas personas a quienes se permitía entrar —normalmente un ingeniero informático (no muy enterado del tejemaneje) para hacer algún ajuste— parecían esfumarse como el pez que se mimetiza con las ondulaciones de la corriente.

A Charles Van Sciver le gustaba estar allí. Le gustaba por la oscuridad, gracias a la cual podía moverse a su antojo y sin ser visto.

No había ventanas. Tampoco había espejos, ni siquiera en el cuarto de baño contiguo. Los había tapado todos. Si venía alguien, le obligaba a mantenerse a distancia de forma que él, Van Sciver, quedara siempre a cubierto y en el anonimato de las luces parpadeantes.

* Agencia de Investigación de Proyectos Avanzados de Defensa. (*N. del T.*)

Era un lugar seguro y controlado. Él y sus algoritmos, nada más.

Decir que todo el poder informático estaba dirigido a localizar al Huérfano X no era del todo exacto.

Solo un 75 por ciento.

Bueno, para ser más precisos, un 76,385 por ciento.

Al fin y al cabo, como director del Programa, Van Sciver tenía además otras responsabilidades.

Pero ninguna tan importante como esta.

Durante más de una década, Evan había sido el principal activo de todo el Programa Huérfanos. No solo sabía dónde estaban enterrados los cadáveres, sino que él mismo había enterrado a la mayoría de ellos.

Aunque era imposible procesar a simple vista una pizca siquiera de la información que hervía en los monitores, a Van Sciver le gustaba observar el procesamiento de datos a gran escala en tiempo real. Aunque conocía las palabras de moda —«análisis de clúster», «detección de anomalías», «analítica preventiva»—, le costaba asimilar lo que tenía delante. Sin embargo, podía entender los informes de resultados y comprobarlos minuciosamente cada hora en busca de filamentos en el océano del ciberespacio. Estos hilos del Hombre desconocido tenían que ser rastreados con delicadeza. Si Van Sciver permitía el menor temblor indicativo de que tenía algo en el anzuelo, el sedal podía partirse.

Últimamente su equipo de ingenieros se había dedicado sobre todo al almacenamiento de datos, a descifrar información de cuentas bancarias en paraísos fiscales, a intentar reconstruir una parte del mosaico que les permitiese orientarlos en la dirección correcta. Tenían, cómo no, varias pistas acerca de Evan, unos cuantos hilos flotando en el agua. Pero cada vez que cobraban un tramo de sedal, solo encontraban más sedal: una transferencia de dinero que se perdía en las profundidades, una sociedad instrumental que desaparecía tras una empresa fantasma, otra pista que terminaba en un apartado de correos en desuso en una polvorienta calle sin pavimentar del Tercer Mundo.

Van Sciver recorrió lentamente el perímetro de la sala; su piel cada vez más pálida parecía absorber el antiséptico fulgor azul de las pantallas. La falta de contacto humano garantizaba que nadie pudiera disuadirlo de su objetivo. En definitiva, todo era cuestión de disciplina y abstinencia, y así Van Sciver había expulsado de su vida cualquier cosa que pudiera distraerlo. Estaba convencido de lograr la victoria final gracias a su disposición a renunciar a todo placer, a toda calidez humana. Era así como acabaría derrotando a su némesis. El placer que le procuraría la victoria era más que suficiente.

Se detuvo un momento. Frente a la herradura que formaban las paredes licuadas, se deleitó en el poder de lo que tenía ante sus ojos. En aquella estancia el tiempo no significaba nada. El presente servía para reconstruir el pasado y extrapolar el futuro, un dragón mordiéndose eternamente la cola, una infinitud de números que, sumados, daban cero.

Pero un día la suma daría infinito.

Un día, esos números localizarían el hilo correcto de unos y ceros que le pondría en la pista de Huérfano X.

Era solo cuestión de tiempo.

6

Como petróleo de un pozo

Cuando conducía, a Evan no se le escapaba detalle. Se fijaba especialmente en furgonetas Fort Transit Connect, sobre todo las de color gris, sin ventanillas laterales y con matrícula provisional del distribuidor. Como la que aparecía en su retrovisor desde las últimas manzanas.

Puso el intermitente de la derecha. La furgoneta no lo hizo. Entonces, o no le estaba siguiendo o quien conducía era un profesional que no iba a morder el anzuelo. Evan pasó sin detenerse frente a la entrada de la sucursal de FedEx en Norwalk y la furgoneta le imitó. Evan quitó el intermitente, manteniendo la cabeza baja pero con los ojos clavados en el retrovisor. Esperó un poco y al llegar a la primera travesía giró bruscamente. La furgoneta pasó de largo sin aminorar siquiera la velocidad.

Toda precaución era poca.

Había dedicado la mañana a hacer una ronda de los pisos francos que tenía en la zona del Greater Los Ángeles a fin de comprobar sus pertrechos, mirar el aceite en sus vehículos alternativos y subir la iluminación automatizada. En su casa de Westchester, un tugurio de una sola planta ubicado bajo la trayectoria de vuelo del LAX, había cambiado su vehículo habitual por un Toyota 4Runner manchado de barro y con una pegatina luciendo la bandera de buceo en la ventanilla trasera.

En la bocacalle, Evan aguardó unos segundos, atento a cualquier novedad. Finalmente, arrancó de nuevo y, dando marcha atrás, se dirigió hacia la oficina de FedEx, entró, firmó una serie de formularios de aduanas y salió de allí con una caja de cartón alargada.

Su nueva catana. Era una espada forjada hacía relativamente poco, en 1653, por Heike Norihisa, el último artesano del fundido en cinco capas. Se trataba de una catana decorativa, como la última que había tenido; Evan estaba ansioso por montarla en los ganchos ahora vacíos del salón de su casa.

Pero antes tenía que hacer una última comprobación. Había invertido horas y horas en analizar los datos del GPS de Contrell, comprobar sus frecuentes paradas, buscar el sitio donde tenía metidas a las chicas antes de embarcarlas. Con cada día que pasaba, la arena de la parte superior del reloj se deslizaba más y más.

Evan fue hasta Fullerton. Tenía sobre el regazo un montón de papeles; buena parte de los datos que contenían estaba ya tachada con rotulador rojo.

La siguiente parada resultó ser una humilde residencia, medio aislada tras unos campos de fútbol en los que ya nadie parecía jugar. Garaje independiente, tejas nuevas, pintura reciente, cortinas corridas. Una verja de seguridad custodiaba una acera de cemento orillada de arriates. Una casa de millonarios pero a pequeña escala.

Evan aparcó unos cientos de metros más allá y volvió a pie. Saltó la verja, pegó la oreja a la puerta: no oyó nada. Cerradura nueva: una reluciente Medeco. Hurgó con una ganzúa triple tratando de captar el ritmo de las obleas interiores conforme estas se elevaban a diferentes alturas. Momentos después notó el agradable clic.

La bien engrasada puerta basculó sobre goznes silenciosos. Evan sacó la Wilson que llevaba en su pistolera de Kydex de alta precisión y entró en la casa. El interior, en penumbra debido a las cortinas echadas, apestaba a cerrado y a producto de limpieza. Aunque intuía que no había nadie en la casa, avanzó sigiloso de habitación en habitación. La construcción era barata y estaba todo sorprendentemente limpio. Platos bien apilados sobre una encimera impoluta. Suelo de linóleo resplandeciente. Sofá y butacas con aire de IKEA cubiertos con fundas: marrones suaves, azules envejecidos. En la sala de estar, apartó la cortina con una mano.

Las ventanas estaban aseguradas con clavos.

Pasó los dedos por las cabezas de los clavos; el metal estaba fresco. Su ritmo cardíaco aumentó un punto.

Evan siguió adelante.

En el dormitorio principal había dos camas dobles. Prendas de hombre en el armario ropero. De hombre muy corpulento. Una de las chaquetas parecía casi una hamaca.

Evan se detuvo, respiró, aguzó el oído.

Echó a andar por el escueto pasillo hasta la habitación del fondo. Tres cerrojos. Por la parte de fuera.

Pistola en mano, permaneció totalmente inmóvil durante diez minutos, durante los cuales no oyó respirar a nadie al otro lado de la puerta, ningún crujido de parquet.

Finalmente, hizo saltar uno de los cerrojos. El sonido amortiguado de metal contra metal resonó como si hubiera sido un trueno.

Pegado a la pared, a un lado de la puerta, Evan esperó.

No pasó nada, y tampoco después.

Abrió los otros dos cerrojos uno tras otro. Con todo el cuerpo en tensión, dejó que la puerta basculara hacia el interior. Precedido por la 1911, asomó un poco la cabeza. Había una cama perfectamente hecha, con su colcha color lavanda, y un flamante televisor sobre un estante.

Una habitación preciosa, descontando la chapa metálica que habían atornillado sobre la ventana. Cuando Evan empujó la puerta con el hombro para entrar, la notó más pesada que las otras. Maciza y blindada.

El corral.

Nadie dentro. El cuarto parecía un diorama: vacío, impecable, equipado solo con lo más básico. De hecho, todo el inmueble tenía un aire de casa de muñecas.

Lo habían diseñado con una idea en mente: funcionalidad confortable.

Hector Contrell tenía que asegurarse de que la mercancía no se estropeara antes de ser entregada.

La puerta del cuarto de baño estaba cerrada. Evan probó a abrir, pero el pomo de la puerta no cedió. Volvió a guardarse la pistola y sacó la llave de torsión. Esta cerradura era más barata, le bastó con un pequeño gancho y un par de sacudidas.

Lo primero que notó al abrir la puerta fue el olor.

Una pierna depilada, de un tono entre azul y morado, asomando por el borde de la bañera. El rostro tapado por un amasijo de cabellos negros enmarañados; solo quedaba a la vista la barbilla, de un tono marfil. Evan supuso que debía de ser una de las «seleccionadas» de mayor edad en la lista de Contrell. Veintipocos años, si es que llegaba a los veinte. Probablemente para un cliente en busca de un poco de variedad.

Hasta que se descubrió el pastel y los intermediarios del proveedor optaron por liquidar el inventario.

La chica debía de estar viva cuando él mató a Contrell. Viva cuando llegó a casa y se sirvió un vaso de vodka para brindar por un trabajo bien hecho.

Evan bajó el juego de ganzúas.

Fue entonces cuando oyó pasos a su espalda.

Dos hombres, sin duda los propietarios de las prendas que había en el armario del dormitorio principal. El que estaba más cerca de Evan empuñaba, y la empuñaba bien, una Smith & Wesson modelo Chief's Special, de cañón corto. Muñecas firmes, codos pegados al cuerpo. Bajo la axila izquierda, en una funda barata de nailon, llevaba una segunda pistola, una semiautomática de repuesto por si no bastaba con cinco balas.

El hombre que estaba detrás de él era tripudo y llevaba una SIG Sauer. Apuntaba también a su objetivo, aunque con menos precisión ya que su compañero tenía a Evan bien encañonado. Este no pudo ver gran cosa porque el corpulento torso del que estaba delante se lo impedía, como si el hombre, con su cuerpo, bloqueara todo lo demás. No era solamente su volumen corporal sino la forma aerodinámica con que estaba escorado hacia Evan. Mentón adelantado, frente saliente, pecho y bíceps tirando de todo su cuerpo hacia delante. Parecía que solo la parte anterior de la planta de sus pies le impedía lanzarse hacia Evan: un tren bala hecho de carne.

—¿Quién ha dormido en nuestras camas? —dijo.

Evan bajó ligeramente las manos. La S&W siguió el movimiento y se detuvo a la altura del corazón.

—¿Ricitos de Oro? —dijo Evan—. ¡No me digas!

—Lo reconozco, Claude —dijo el que estaba junto a la puerta—. No ha sido tu mejor trabajo.

Las facciones de Claude se recompusieron. Ahora sus mejillas relucían, como si acabara de afeitarse, pero se apreciaba ya una barba de tres días. El rostro ideal para un anuncio de maquinillas de cinco hojas.

—Bueno, es que estaba pensando... —dijo Claude—. Eso de entrar aquí por la cara. Que lleguemos nosotros y te pillemos. Además, la alusión a Ricitos de Oro es degradante.

—Porque es una chica —dijo Evan.

Claude asintió.

Evan mantuvo las manos donde las tenía.

—Ya sabes lo que dicen. Si tienes que explicar el chiste...

El que estaba detrás dirigió rápidamente su SIG hacia Evan.

—Deja el arma en el suelo.

Evan obedeció.

Al agacharse para hacerlo, calculó la distancia hasta la puntera de los zapatos de Claude. Unos ciento cincuenta centímetros. De un salto podía cubrir esa distancia; claro que tenía dos armas de fuego apuntando a su masa crítica.

En el momento de incorporarse, miró el cañón de la Cheif's Special. Como Claude era corpulento y diestro, el primer movimiento de Evan sería hacer una finta hacia el lado izquierdo, obligarlo a desplazar el arma lateralmente. La compresión de deltoides y pectoral podía ralentizar el brazo, dándole a Evan medio segundo de ventaja.

No necesitaría más.

Su mirada se posó en la segunda pistola de Claude, la que llevaba bajo la axila en una pistolera no ceñida al cuerpo. Era una Browning Hi-Power. Estaba amartillada y con el seguro puesto; el percutor hacia atrás pero impidiendo que se disparara por accidente. La pequeña palanca del seguro sobresalía bajo la correa de retención de la funda. Un bonito detalle.

El pestazo que emanaba de la bañera pasó por encima del hombro de Evan para precipitarse en sus papilas gustativas. Fuera, en el pasillo, acertó a ver el rojo subido de unos bidones de gasolina; los dos hombres los habían dejado allí sin hacer ruido.

—¿Estáis limpiando la operación? —preguntó Evan.

—Contrell era el jefe —dijo Claude—. Nosotros no somos más que jornaleros. Bueno, canguros con pretensiones, la verdad. Estar por aquí, comer pizza, mirar la tele. Es mejor que cavar zanjas, desde luego.

Evan hizo girar la ganzúa alrededor de su pulgar y la agarró de nuevo.

—No había otras opciones, ¿eh? Vender chicas o cavar zanjas...

Claude sonrió, ahora en estado de alerta, adelantando todavía más su tremenda barbilla.

—Fuiste tú quien nos dejó en el paro.

De un rápido movimiento, Evan lanzó la ganzúa a los ojos de Claude, escorándose hacia la izquierda un instante antes de que el otro disparase. La bala le pasó rozando la oreja. No se abalanzó sobre

Claude sino que lo aprisionó, utilizándolo a modo de escudo y entrando en el radio de acción del revólver. Con su mano derecha atrapó la Browning de la sobaquera y acto seguido se pegó al grandullón, pecho contra pecho, como si fueran dos malos bailarines.

Todo sucedió muy deprisa.

Con el pulgar, Evan retiró la palanca del seguro mientras su dedo índice se enroscaba en el gatillo. Tiró del arma hacia atrás sin sacarla de su funda y disparó en línea recta desde la axila de Claude. El que estaba detrás encajó un balazo en la mejilla; la sangre manó como petróleo de un pozo. Al tambalearse hacia atrás, la pistola que empuñaba sonó dos veces. Evan notó cómo ambos impactos incidían en la carne de Claude, fuego amigo directo a la columna vertebral.

Claude cayó al momento y quedó inmóvil.

El otro hombre estaba sentado junto a la cama, doblado hacia delante, una mano agarrada a la colcha color lavanda. Una quietud perfecta se adueñó de la habitación.

Todo había sucedido en cosa de un segundo y medio.

Evan cogió su arma del suelo y se dispuso a salir. Aunque las casas vecinas estaban lejos, tal vez habían oído los disparos.

Al pasar por encima de Claude, reparó en una tira amarilla que sobresalía del bolsillo interior de su chaqueta ahora abierta. El instinto lo empujó a detenerse y alargar el brazo. Sacó el papel del bolsillo.

Era un albarán de entrega, la copia para el cliente, en papel fino.

De repente, todo el aire se volvió frágil, como si pudiera estallar si Evan daba un paso en falso.

Sus ojos se desviaron hacia la cama.

Suficientemente ancha para dos compañeras de habitación.

Volvió a mirar el papel amarillo y memorizó los datos.

Origen: Long Beach, California.

Destino: Jacksonville, Florida.

Hora prevista de llegada: 29 de octubre, las 23.37.

Distancia: 8.273,82 km.

Un paquete no viajaría esa distancia ni en camión ni por vía aérea. Ni de lejos. A lo sumo, unos tres mil doscientos kilómetros. No, el paquete iba a dar la vuelta por el extremo sur del continente y atravesar el canal de Panamá.

Siguió mirando el papel.

Cómo no, habían reservado un contenedor ISO de seis metros en un carguero de tamaño medio, el *Horizon Express*. A la entrega en el puerto de Jacksonville, había que pagar unos portes extra de ciento veinte dólares.

Al pie del impreso había algo escrito con bolígrafo; la tinta azul resaltaba entre la tinta negra de las otras hojas apretadas entre sí. Un nombre. Y una edad.

Alison Siegler / 17 años.

Aquellas letras escritas de cualquier modo le tocaron la fibra.

Evan se preguntó qué habría sido de la chica encerrada en el Contenedor 78653-B812.

Por lo visto, Claude y sus amigos habían logrado facturar un último pedido aquella misma mañana, antes de echar el cierre a la cadena de montaje. Lo cual quería decir que, para dejar el asunto definitivamente zanjado, a Evan le quedaba por cortar una cabeza de la hidra del tinglado de Contrell.

Tenía dieciséis días hasta que el barco llegara a Jacksonville. Allí iba a conocer al comprador. Pero no pensaba dejar sola a Alison Siegler todo ese tiempo.

Dobló el impreso amarillo y salió de la habitación, pasando junto a los tres bidones de gasolina. Al salir de la casa, apretó el paso por el camino pavimentado y volvió a saltar la valla de seguridad.

Sus botas acababan de aterrizar sobre la acera del otro lado cuando oyó el chirrido de unos neumáticos.

Dos Ford Transit, una por cada lado, se abalanzaron sobre él dibujando una V. Color gris familiar, sin ventanillas laterales. En el momento en que Evan echaba mano a su pistola, las puertas correderas de ambos vehículos se abrieron: una hilera de ojos le miraron desde sus respectivos pasamontañas. En el interior de cada furgoneta varias escopetas se elevaron a la par, como en una torreta.

Manchas de color naranja fluorescente flotaban en la oscuridad interior de las Ford; eran las culatas, con su código de color para «no letal».

Evan pensó: «Esto va a dolerte», y enseguida los calibre doce abrieron fuego. Recibió en pleno muslo el primer pelotazo, que le hizo girar ciento ochenta grados. La siguiente descarga le acribilló el costado derecho. Notó una costilla rota. Otra posta de goma le acarició la sien, un golpe de refilón, pero la carga de plomo que llevaba dentro fue suficiente. No sintió dolor, en un principio, solo mucha presión; y la idea de que aquello se hincharía.

El golpe le hizo girar trescientos sesenta grados sobre sí mismo, y en un momento dado consiguió sacar su Wilson de la pistolera. Los hombres vestidos de negro habían bajado ya de las furgonetas y estaban formados como un pelotón de fusilamiento. Eran especialistas, nada que ver con Hector Contrell y su patética cohorte de *freelancers*.

Un hombre de tamaño colosal que ocupaba el centro de la fila sostenía un arma muy extraña; el cañón, de forma cónica, se iba ensanchando para alojar un tapón que parecía un globo. Era como si a una serpiente se le hubiera atascado en las fauces una pelota de baloncesto.

El disparo produjo un fuerte zumbido. Evan vio venir el proyectil, tan impotente como asombrado y distante. Malla de nailon, abrazaderas metálicas como lastre en las cuatro esquinas, el objeto avanzando boquiabierto como un bostezo de dinosaurio.

Era una red para capturar animales salvajes.

Evan quedó hecho un ovillo, la muñeca pegada a la nariz, una rodilla contra el pecho, los pies apuntando hacia abajo como un saltador de trampolín olímpico. Así debieron de sentirse los neandertales cuando los alcanzó el río de lava, fosilizándolos en toda su rústica antigloria.

La mano con el arma, pegada a la oreja izquierda, le servía tan poco como el resto.

Su mejilla chocó contra el pavimento. Durante una fracción de segundo, un punto amarillo captó su atención: el albarán de entrega, que había salido volando y fue a parar a la alcantarilla. Acababan de arrebatarle el último vestigio de Alison Siegler.

Evan pegó la pupila al rabillo del ojo en un intento de mirar hacia arriba. Vio acercarse una cosa oscura, inmensa. Unas manos con guantes de látex empuñaban en vertical una aguja hipodérmica.

La cosa se inclinó hacia él.

Notó un pinchazo metálico en un costado del cuello.

Y, luego, una oscuridad abrasadora.

7

El inevitable gorgoteo

Una vez más, Evan se encuentra en ese aparcamiento subterráneo que hay al sur del monumento a Jefferson. El nivel 3 es su infierno particular.

O, mejor dicho, su purgatorio.

Año 2008, una noche húmeda de verano, la misma en la que ha estado metido durante ocho años y pico.

La luz roja del indicador del ascensor siempre encendida, arrojando sombras de sangre sobre el material disperso de construcción. El aparcamiento está cerrado por reformas. Evan aguarda tras una columna de hormigón y raspa las botas contra los bordes de un parachoques para deshacerse de las flores de cerezo pegadas a las suelas.

Ha quedado con Jack para verse a medianoche. Se supone que ahora mismo Evan está en Frankfurt, tratando de pasar desapercibido después de una misión de alto nivel en Yemen, pero en realidad ha regresado a Estados Unidos, impulsivo e inquieto como es, porque necesita ver a la única persona en el mundo de la que se fía.

Evan quiere dejar todo esto.

Jack lo crio para que fuera el mejor asesino del mundo. También lo crio para que no perdiera su humanidad. Dos trenes destinados a chocar entre sí.

Después de diez años operando como Huérfano X, Evan sabe que tiene que saltar antes de la colisión... aunque muera en el intento.

Pero no se le ocurre que la cosa podría ir peor.

Jack no quería que se vieran. Le dijo que estaban vigilando sus movimientos, que no quería exponerse, salir de la clandestinidad. Pero

Evan se puso exigente, y Jack, contraviniendo su propio instinto, al final aceptó.

Y ocurre lo de siempre.

Jack aparece como caído del cielo. Sus pisadas resuenan en las paredes de hormigón, una sombra de cine negro que se estira sobre el suelo manchado de aceite. Se abrazan. Han pasado más de dos años desde que se vieron por última vez. Jack mira a Evan como si fuera el hijo que vuelve tras terminar sus estudios. En sus ojos se aprecia un centelleo de orgullo. Es un tipo cuadrado como un catcher de béisbol y muy raras veces deja traslucir sus emociones.

Evan no puede contenerse más:

—Lo dejo.

La respuesta de Jack es algo que Evan ha oído en multitud de versiones:

—Esto no se deja nunca. Lo sabes muy bien. Sin mí solo eres... un criminal de guerra.

«Un criminal de guerra.»

La cosa se va calentando, como era de esperar.

Hasta que...

El rugido de un motor y el súbito resplandor de unos faros les hacen volver la cabeza, y allí está el SUV negro bajando por la rampa a toda máquina y entrando como una exhalación en el aparcamiento desierto. Los fogonazos de las armas que disparan a través del parabrisas marcan su avance como luces de coche patrulla.

Jack agarra bruscamente a Evan y lo empuja tras una columna. Evan pega la espalda a la curva de hormigón, la fresca superficie acariciando sus omóplatos, y sale disparando ya por el otro lado. Deja los asientos delanteros y a sus posibles ocupantes hechos un colador. El SUV va perdiendo ímpetu, pasa rozando los muslos de Evan. Los asesinos potenciales, inclinados sobre el salpicadero del coche, han quedado irreconocibles por efecto de las balas de punta hueca.

Evan se prepara para el sonido que sabe que oirá a continuación.

El inevitable gorgoteo. Detrás de él.

Sangre arterial empapa el hombro de la franela azul. La mano de Jack, enguantada ya de rojo carmesí, tapona la herida.

Evan arranca la tela para poder verlo mejor. Agujas de sangre emergen a chorro por entre los dedos de Jack. De fondo, bajo el fami-

liar y penetrante olor a hierro, un empalagoso aroma a flor de cerezo le revuelve las tripas a Evan.

Años de adiestramiento han conseguido eliminar toda reacción de pánico; no queda ni rastro de ella en ninguna de sus células.

Pero...

El calor en el rostro.

La forma en que el tiempo discurre, diferente.

La congoja liberándose de la caja fuerte de su pecho y aferrándose a su garganta.

Jack está diciendo cosas que jamás había dicho, cosas que jamás se habría atrevido a decir. No habla desde la memoria, sino desde lo más íntimo del corazón de Evan.

Yo te recluté.

Te crie como si fueras hijo mío.

Y tú me matas.

¿Por qué?

Levanta un brazo ensangrentado y señala en dirección a un punto lejano.

No quiere que Evan sea testigo ocular de sus últimos estertores.

No quiere que Evan lleve una vida de expiación.

Convierte a Evan en un proscrito de sí mismo.

Y Evan, el puño envuelto en franela sanguinolenta, echa a correr. Corre hacia la oscuridad, porque solo esta puede tapar la desnudez de su vergüenza.

Únicamente en la oscuridad puede sentirse a solas.

Recobró el sentido.

Sábanas líquidas, de seda, acariciaban su piel, encrespado mar de un violeta más oscuro que la berenjena, una cama digna de un marajá.

Al principio pensó que todavía estaba soñando.

Entonces le golpeó el dolor.

8

Su propia casa de muñecas

Cuando Evan levantó la cabeza de la almohada, sus costillas se quejaron de tal manera que los dientes rechinaron. Necesitó un momento para recordar cómo se respiraba. Después apartó las sedosas sábanas y se incorporó con un gruñido de dolor. Como insectos de verano incrustándose en el parabrisas, los hechos se le vinieron encima.

Estaba desnudo.

Tenía moretones en el costado derecho: muslo, estómago, pecho.

La habitación donde se encontraba era tan amplia y lujosa como el trineo con forma de cama que tenía debajo.

Entre aturdido y mareado, fue recopilando datos del entorno inmediato. Techo abovedado, vigas vistas. Cortinas aislantes con guía de hierro forjado. Butaca y otomana de cuero envejecido, con bordes sobrehilados y clavos vistos. Encimera de caoba y mesa-escritorio empotrada, sin silla. Leña chisporroteando en un hogar con frontal de mármol travertino. El diseño no podía ser menos típico de Los Ángeles: como si Ralph Lauren hubiera redecorado la cabaña de la familia Von Trapp.

Evan se permitió un glorioso momento de «¿Qué coño pasa?».

Se puso de pie con un respingo. La cabeza le daba vueltas debido a la droga que le habían administrado o a tantas horas en posición horizontal; probablemente por ambas cosas. Suelo de tablones de roble rústico, la madera fresca y suave bajo sus pies, un alivio después de la lumbre embravecida. Se desperezó mientras hacía inventario. Las manos las tenía bien. Seguramente una costilla rota; pero no podía hacer nada al respecto. Los cardenales, multicolor pero no dolorosos, parecían ser de unos días atrás.

En resumidas cuentas, esos saquetes de perdigón habían cumplido las expectativas.

Entró en el vestidor. Había cinco camisas de vestir, con puntitos como fichas de dominó, en sus respectivas perchas. Vaqueros, camisas y jerséis, todo bien doblado y amontonado, ocupando muy poco espacio en los largos estantes. Ni un cinturón. Al lado de estas prendas vio que había calzoncillos, calcetines y dos pares de botas nuevas de montaña de la talla 44. La suya.

Lo que llevaba puesto antes de ser engullido por la red para capturar animales salvajes brillaba por su ausencia, tanto sus bóxers como su revólver y su navaja.

Vale. Primero lo más importante.

Se puso unos vaqueros, la tela le raspó el muslo allí donde tenía una magulladura. Después cogió una camiseta del perchero, y el colgador se descompuso. Qué raro. Lo sacó del armario para examinarlo. Estaba hecho con un escobillón, un vástago plegable de felpilla retorcido para que tuviera la forma de una percha. Su cerebro tardó unos instantes en procesar ese hecho extraño.

Claro, un colgador normal, de plástico o de madera, podía convertirse en un arma. Y ellos —fueran quienes fuesen— querían asegurarse de no proporcionarle ninguna oportunidad.

Muy bonita la decoración, sí, pero no había duda de que Evan no era un invitado.

Recorrió con la vista el estante más cercano. Era de madera laminada y estaba claveteado a la pared. Pasó la mano por debajo y notó el tacto frío del metal. La barra con los colgadores estaba soldada. Para sacar algo de allí, Evan necesitaría una llave de tubo o un soplete de plasma.

Se fijó luego en la camiseta; examinó las costuras, el cuello, la forma más ajustada en la cintura que en el pecho. La tela se deslizó sobre su piel como si fuera de seda, lo cual confirmó sus sospechas: la prenda estaba hecha a medida. Eso suscitó más preguntas.

Las añadió a la lista.

Volvió a la habitación y advirtió las enormes tuercas que aseguraban la butaca y la otomana al suelo; la varilla de la cortina soldada a la pared, la ausencia de cajones en la mesa-escritorio sin silla. Se agachó junto al hogar, metió la cabeza en la chimenea y examinó el humero. El tiro con revestimiento metálico parecía lo bastante ancho para que le cupieran los hombros, pero las robustas llamas lo asarían si intentaba subir por allí. Por aquello de probar, tiró de la manija de la puerta de la habitación, que era de madera de caoba maciza, la misma madera que la encimera y la mesa. Estaba, cómo no, cerrada con llave, pero le sorprendió que basculara tan poco en el marco.

Al entrar en el cuarto de baño se encontró con un ecosistema de diseño moderno. Tonos grises y azul cobalto, todo muy relajante. Las paredes estaban revestidas de grandes baldosas de encaje de color bambú, duras como la piedra. El rociador de la ducha era efecto lluvia, y la ducha en sí no tenía compartimiento. El piso de la ducha se inclinaba hacia un desagüe. Al lado del desagüe había una pastilla de jabón en su envoltorio, por estrenar, y una mullida toalla con estampado de brotes de bambú y bordes festoneados, propia de un buen hotel. Sin ningún armario ni cajón. En el suelo, junto al inodoro metálico sin tapa y sin cisterna, en lugar de la típica papelera había una bolsa de basura grande.

Un espejo de pared colgaba sobre dos lavabos hechos de una sola pieza de granito flotante. Evan se acercó un poco más, no para mirar su propio reflejo sino el espejo en sí. Estaba empotrado en la pared y la luna era de cristal blindado.

Aprovechó el espejo para examinar más detenidamente sus costillas lastimadas. El pinchazo de la aguja hipodérmica en el cuello parecía haber desaparecido, pero por el puntito rojo que tenía en el pliegue del codo dedujo que le habían insertado una vía. Estaba claro que lo querían vivo, pero a costa de meterle quién sabía qué drogas en el organismo.

Entre los dos lavabos había un cepillo de dientes de esos que hay en la cárcel; con el dentífrico ya puesto y un mango rechoncho de una especie de caucho flexible. La pasta tenía un sabor arcilloso, pero le sirvió para quitarse de los dientes aquel sarro medicinal.

Se remojó la cara con agua fría y luego, apoyado en la jamba de la puerta, contempló la bien equipada habitación. Un corral para él solo en su propia casa de muñecas.

Le chocó que fuese exactamente el mismo tipo de situación por la que otras personas lo llamaban a él.

Las molestias que le causaba este misterioso contratiempo le pusieron de mal humor. Estaba perdiendo un tiempo precioso cuando debería estar buscando a Alison Siegler, quien en ese momento se hallaba dentro del Contenedor 78653-B812, tan aterrorizada como podría estarlo una chica de diecisiete años.

Cruzó la habitación a paso rápido y retiró las pesadas cortinas. Se le hizo un nudo en la garganta al contemplar la vista. Entre los barrotes de acero de la balaustrada se veía un panorama de montañas pobladas de pino blanco.

Aún no se había recuperado de la sorpresa cuando giró el pestillo y abrió la puerta corredera de cristal; un aire glacial le traspasó la ropa. A cero grados centígrados, la lluvia se convertía en nieve, y la temperatura debía de rondar esa cifra, pues las gotas que caían eran duras y enfurruñadas, parecían ansiosas de transformarse en copos.

No solo no estaba en Los Ángeles, sino que estaba muy lejos de allí.

Por lo demás, aquello era el fondo de un valle. El sol, un pegote borroso de color dorado, pendía sobre una cresta por el lado izquierdo. ¿Atardecía? ¿Amanecía?

Se acercó a los barrotes que cortaban el paso hacia el balcón, y la vista se hizo más amplia. Desde el punto en que se encontraba ahora podía ver parte del imponente edificio en que lo tenían preso. Por lo que pudo distinguir, parecía ser un intrincado chalet construido en piedra y madera. Sobre uno de los tejados a dos aguas visibles a su derecha, un humo negro se elevaba desde una chimenea de piedra. Calculando la distancia hasta el suelo y luego hasta el alero, dedujo que se encontraba en el tercero de cuatro pisos.

Notó un movimiento abajo. Eran dos hombres provistos de gafas de visión nocturna, encorvados contra el frío, caminando con sendos dóberman, uno a cada lado. Evan tomó nota mentalmente de sus respectivas complexiones, portes y andares antes de que se perdieran de vista en un establo pintado de rojo intenso situado a unos cuatrocientos metros de la casa.

Y pensó: «Dos perros, dos guardias; suma y sigue».

La puerta del establo se cerró con estruendo y el diorama gris que se veía desde el balcón retomó su aire desolado. Evan levantó la vista hacia la parte superior del valle, pero solo vio árboles y más árboles, ninguna otra casa.

¿Quién le quería hasta el punto de organizar un secuestro tan complicado? ¿Quién tenía recursos para ello y la experiencia necesaria?

Charles Van Sciver y el resto de los Huérfanos, por supuesto, pero esto no parecía encajar con su modus operandi. Van Sciver no se habría molestado en procurar que Evan estuviera cómodo, y mucho menos rodeado de lujos.

En todos aquellos años Evan había matado a mucha gente, había desbaratado innumerables operaciones y dejado a su paso incontables familiares de luto. ¿Aquello era obra de un señor de la guerra empeñado en vengarse?, ¿de un multimillonario saudí con un hijo yihadista al que Evan había quitado de en medio?, ¿o quizá de una agencia extranjera que quería llegar a un acuerdo con un espía estadounidense desaparecido?

A juzgar por las instalaciones, tenían pensado que se quedara un tiempo.

¿Con qué fin?

Se dio cuenta de que estaba tiritando, de modo que volvió adentro y cerró la puerta. Echó una rápida ojeada a las paredes y al techo, pensando en dónde habría puesto cámaras de seguridad si fuese él quien tuviera retenido a alguien. Caminó en círculos a fin de ver cómo daba la luz en las superficies desde distintos ángulos. Vio un puntito brillante dentro de un conducto de la calefacción, arriba en el techo inclinado. Bien. Eso les servía para controlar aproximadamente la mitad de la estancia, incluida la puerta que daba al pasillo. Siguió buscando a fin de localizar posibles cámaras que completaran la visión de la estancia. En la puerta del baño vio algo que prometía: una pequeña grieta en la parte superior del marco. Si le hubieran dejado a él, habría metido un artilugio en el enmasillado entre las baldosas de mármol travertino del hogar.

Estaba pensando en cómo tendrían pinchado el cuarto de baño cuando oyó que alguien llamaba a la puerta.

9

Nuestra Señora de la Santa Muerte

En medio de la habitación, Evan se cuadró al oír el ruido y se puso en guardia. La puerta se abrió tras un clic de la cerradura.

Apareció un inofensivo carrito de servicio de habitaciones. Mantel blanco, platos cubiertos con campana de acero inoxidable, cesta de pan, prensa en francés. Lo único que no cuadraba con una presentación tipo Ritz-Carlton era el sujeto que empujaba el carrito.

Aparte del tatuaje que llevaba en la parte superior del cuello, de un incisivo ausente y de cierta expresión amenazante, parecía hasta simpático. Una vez el carrito estuvo dentro de la habitación, dos caballeros casi idénticos entraron detrás del primero y se abrieron en abanico. Portaban sendos AK-47, un error —a juicio de Evan— en un espacio tan reducido. Claro que nadie le preguntó su opinión. Habría sido mejor una pistola o un FN P90, pero ninguna de estas dos armas tenía el complemento extrafálico del Kalashnikov, y aquellos tipos cantaban a sicarios del narcotráfico. Por lo general, y debido a los cargadores curvos, los narcos llamaban al Kalashnikov «cuerno de chivo».* Una vez elegidos sus puestos, los sicarios blandieron sus AK-47 igual que ídolos fetichistas, posando como si Evan fuera a hacerles una foto.

«Dos perros, cinco guardias; suma y sigue.»

Ambos llevaban tatuada la Santa Muerte en un costado del cuello. Muy popular entre los narcos: Nuestra Señora de la Santa Muerte era como la Virgen María, pero con una calavera risueña por cabeza. Toques extra de tinta en cejas, pómulos y antebrazos indicaban que los

---

* Tanto «narcos» como «cuernos de chivo» están en español en el original. (*N. del T.*)

hombres habían trabajado para el cartel de Sinaloa, responsable de al menos la mitad de la droga que entraba cada año en Estados Unidos por la frontera mexicana.

Habían dejado sitio libre en la puerta delantera, anticipando la entrada triunfal de alguien más. Evan supuso que se trataría de un capo de la droga, un individuo con bigote y mandíbula cuadrada. El hombre que entró no encajaba con ningún modelo.

Era de raza blanca, ojos color café que caían por la parte de los rabillos, y una cara tirante y lustrosa de tanta cirugía plástica. Los párpados se veían exageradamente tensos, como si se hubiera puesto encima la cara de otro. Aunque las visitas al quirófano hacían difícil calcular su edad, parecía rondar los cincuenta y tantos, a juzgar por las partes fofas que le abultaban los costados de la chaqueta. Corbata, chaleco y camisa eran estampadas, una combinación de cuadros escoceses y cachemir que escapaba a la sensibilidad estética de Evan, pero que conseguía transmitir un innegable aire de elegancia; los dibujos no combinaban entre sí, pero al mismo tiempo resultaban complementarios.

Detrás de él iba un hombre tamaño frigorífico, pálido como la luna, con la cabeza rapada y unos rasgos suaves en la cara redonda; como si alguien hubiera cogido una foto del cuerpo de Lou Ferrigno y le hubiera pegado encima la cabeza de un recién nacido utilizando Photoshop. Evan pensó que sería el típico individuo colérico a fuerza de tantos esteroides, pero parecía una persona serena, casi plácida, como si fuera consciente de que con una mole como la suya no tenía por qué preocuparse de nada. Al ver su colosal esqueleto, Evan pensó que seguramente había sido él quien había disparado la red para animales salvajes. A diferencia de los narcos, no tenía tatuajes visibles, aunque Evan apreció unos destellos de color en el dorso de sus manos, como si las hubiera restregado contra la paleta de un pintor.

—¿El alojamiento le resulta confortable? —dijo el hombre del traje, haciendo un gesto con la mano. Llevaba las uñas un poco demasiado largas y exageradamente brillantes—. Soy un poco obsesivo-compulsivo, por eso quería que estuviera todo perfecto.

Desde hacía tiempo, Evan tenía claro que todo aquel que se proclamara obsesivo-compulsivo debería ser ajusticiado por el método más lento posible, pero aquel tipo, con su compleja aunque discreta indumentaria, la manicura perfecta y la paradisíaca suite de invitados combinación de dormitorio y celda, parecía un espécimen genuino.

Evan se preguntó cuánto dinero haría falta para convencer a un tío cachas de no meterse en un cartel.

—¿Y tus modales, Chuy? —dijo el del traje—. Prepara la bandeja para nuestro invitado.

El narco que había entrado el carrito levantó las campanas metálicas y aparecieron huevos, beicon y tortitas. Hecho esto, se puso firme con expresión agresiva y avergonzada a la vez, como un pit bull obligado a llevar jersey de perro.

El desayuno ayudó a Evan a aclarar una duda. Lo que había visto antes era el amanecer, no la puesta de sol.

Dirigió la vista al hombre bien vestido.

—¿Quién es usted? —preguntó.

—René —dijo el hombre—. Sí, ya sé, es nombre de marica. Siempre pienso que mis padres podrían haber elegido algo con un poco más de garra.

—¿Apellido? —dijo Evan.

—No adelantemos acontecimientos. Ahora, por favor... —Sonrió al indicar a Evan que tomara asiento, pero su cara no acabó de obedecerle—. Me imagino que estará usted hambriento. Desde hace tres días no ha ingerido nada salvo por vía intravenosa.

Así que tres días...

Lo habían secuestrado el 14 de octubre, un viernes, así que estaban a 17 de octubre, lunes.

Lo que significaba que quedaban trece días hasta que Alison Siegler fuera entregada en el puerto de Jacksonville a quienquiera que la hubiese comprado.

También cabía la posibilidad de que el tal René mintiera sobre la fecha.

Primer mandamiento: «No des nada por supuesto».

Echó una ojeada a los AK-47 y se sentó en la cama. En cuanto René se adentró en la habitación, sus hombres se desplegaron en perfecta formación diamante, típica del servicio secreto. La cara del tipo de rostro redondo observaba desde el hombro de René, como una segunda cabeza. Por una rendija entre los cuerpos, Evan vio que el grandullón había apoyado las gruesas yemas de los dedos en la parte baja de la espalda del jefe, hacia el costado, listo para sacarlo de allí al primer movimiento de Evan. Su posición y su lenguaje corporal daban a entender que él era la mano derecha, un peldaño por encima de los secuaces.

René se volvió un momento y le dijo:

—No pasa nada, Dex.

Este retiró el brazo y Evan intentó ver qué tipo de mancha era la que tenía en el dorso de la mano, pero no le dio tiempo.

Chuy empujó el carrito hasta que este chocó ligeramente con las rótulas de Evan. No había tenedor ni cuchillo, solo una cuchara flexible, de caucho. Se dispersaron aromas. Una porción de mantequilla se deshacía sobre la montaña de tortitas. El beicon tenía un aspecto increíble. Había una servilleta de tela remetida en un segmento de bambú que hacía las veces de anillo, lino de calidad emergiendo por cada lado como alas de mariposa. Y, ya para colmo, una jodida ramita de perejil.

Evan pensó: «Os estáis quedando conmigo».

—Imagino que se preguntará por qué está aquí —dijo René.

—Porque usted me necesita.

René frunció los labios en un gesto que parecía divertido, pero que no era en absoluto divertido. No le gustaba que nadie se le adelantara, y más aún si daba en el blanco.

—¿Cómo dice?

—Una bala sale por unos veinticinco centavos. Todo este montaje cuesta un poquito más. O sea que me quiere para algo, de lo contrario no se habría tomado tantas molestias.

La mirada de René, un rayo láser surgiendo de aquella piel de film transparente, fue tan directa como turbadora.

—¿Dónde estoy? —quiso saber Evan.

—Véalo como una interpretación del sector privado.

—¿Dónde estoy? —insistió Evan.

—Eso no es relevante.

—Que lo sea o no es relativo —dijo Evan.

—De acuerdo. No es relevante para mí en cuanto al objeto de esta conversación. Y lo único que realmente importa es si es o no relevante para mí.

La mano de René buscó detrás de una solapa y sacó el RoamZone de Evan. Lo sostuvo en alto con gesto teatral y luego lo tiró al suelo y lo aplastó con el talón de su elegante zapato. Estampó de nuevo el pie contra el teléfono hasta que el cristal superduro se cuarteó y asomaron las tripas. Por último, lo recogió del suelo y lo arrojó a la chimenea.

Evan no movió la cabeza, pero sus ojos no perdían el más mínimo detalle.

Cuando René se volvió hacia él, una gota de sudor resbalaba por su arrebolada mejilla.

—Está usted en mis manos. En mi tiempo. Nadie vendrá a ayudarle.

—No espero ayuda. La ayuda soy yo.

—Bueno, hasta ahora lo está haciendo bastante bien.

—Ni siquiera he empezado.

—Confiemos en que sea lo bastante listo para cooperar. De ser así, todo seguirá siendo tan agradable como hasta ahora.

—¿Agradable?

—Bueno, lo agradable también es relativo —dijo René—. ¿Tiene usted nombre?

¿En serio no sabían quién era Evan, o todo aquello era una pantomima? Evan le observó buscando alguna pista.

—Sí —dijo.

—¿Cuál?

—Evan.

—¿Y el apellido?

—No adelantemos acontecimientos.

René no se movió de donde estaba, parcialmente resguardado detrás de Chuy, que continuaba con las campanas en las manos, como un idiota. El carrito, pegado a las rodillas de Evan, tenía la ventaja añadida de mantenerlo inmovilizado en la cama. Cogió un cruasán de la bandeja y lo dejó junto a él, sobre la colcha. Retiró la servilleta del anillo de bambú. Dex no perdía detalle, mirándole con aquellos ojos chatos metidos en pozos de carne sonrosada.

—No sé quién es usted —dijo René—, pero vimos la que armó en esa casa, en Fullerton. ¿Cliente de Hector Contrell, quizá?

El tono en que lo decía, pensó Evan, no entrañaba un juicio de valor.

—No.

—¿Problemas con él por algún negocio?

—No.

La acerada mirada de René lo escaneó.

—Es usted demasiado experto para ser un simple pariente enfadado o algo así —dijo—. Entonces ¿a qué fue usted?

Evan le miró fijamente.

Entonces René comprendió y su rostro reflejó entusiasmo.

—Simplemente no le caía bien. Eso lo respeto. —Se humedeció los labios—. ¿Quién es usted?

Evan siguió mirándole fijamente.

—El carnet de conducir parece auténtico —dijo René—, pero no lo es. No llevaba encima ningún otro documento personal. Las huellas dactilares no han dado resultados.

Evan frotó la yema del pulgar contra las de sus otros dedos, y entonces advirtió el leve rastro de tinta azul entre los verticilos. Otra violación de sus derechos.

—Comprobamos los papeles del 4Runner —prosiguió René—. El vehículo es propiedad de una empresa fantasma de Barbados. Al levantar esa piedra, descubrimos que esa empresa es filial de otra, con sede en Luxemburgo. Tengo la impresión de que, cuantas más piedras levantemos, más piedras encontraremos.

Evan cogió el anillo de la servilleta y miró a través de él, como si fuera un telescopio. Medía unos cinco centímetros de largo, lo cual era suficiente.

—Creo que sé a qué estás jugando —estaba diciendo René.

Evan introdujo los dedos índice y medio en el servilletero. El trozo de bambú le aprisionó los nudillos.

Ahora sus dedos eran un arma peligrosa.

—No estoy jugando a nada —dijo.

Se levantó de un salto e incrustó los dedos envainados en el ojo de Chuy, hundiéndolo hasta el cerebro. El mantel blanco quedó salpicado de sangre. Al ver que Chuy se tambaleaba hacia atrás, estremeciéndose en su agonía, René retrocedió horrorizado.

«Dos perros, cuatro guardias; suma y sigue.»

Los otros dos narcos habían adoptado la posición de disparo, pero Evan sabía de sobra que aquella gente no se había tomado tantas molestias para freírlo a tiros a las primeras de cambio. Empujó el carrito hacia un lado y se abalanzó sobre ellos. Con un brazo, Dex rodeó a su jefe por el diafragma y lo hizo girar hacia el pasillo.

Antes de que Evan pudiese cubrir siquiera la distancia, oyó un siseo a su espalda. Giró en redondo, localizó la procedencia del ruido —el conducto de la calefacción—, y comprendió demasiado tarde que se trataba de...

10

El curioso lenguaje de la intimidad

Sangre en el cuello, mejilla hinchada, muñecas todavía en carne viva de haber estado esposado. Evan es menudo para tener doce años, canijo, y ya no se acuerda de la última vez que tuvo la tripa llena.

Ha pasado por una sobrecogedora serie de ritos de iniciación para llegar hasta aquí, a este asiento del acompañante de un sedán oscuro, camino de quién sabe dónde. No sabe dónde está. No sabe para qué lo van a utilizar. No sabe nada aparte del nombre del individuo que conduce.

Jack Johns.

Quizá esta vez las cosas sean diferentes y...

Evan para en seco esa idea. La esperanza es algo peligroso. Él ha hecho todo lo posible por erradicarla de su corta vida.

Jack carraspea antes de hablar.

—Tú ya no existes —le dice a Evan—. Te marchaste para cometer un delito y desapareciste en el sistema.

—Vale —responde Evan.

Jack mueve su cabeza de bulldog de arriba abajo.

Una hora más tarde cruzan las turbias aguas verdes del Potomac, continúan hacia el oeste y entran en Arlington, Virginia. Pasado el barrio comercial hay calles flanqueadas de árboles, y más allá menos calles pero más árboles. Finalmente se meten entre dos columnas de piedra y enfilan una pista de tierra que los lleva hasta un caserío de dos plantas.

Dentro del coche el silencio se ha hecho insoportable; romperlo se antoja arriesgado. Evan espera hasta que se detienen en el camino de acceso y se apean del vehículo junto a un porche anticuado y entonces pregunta:

—¿*Dónde estamos?*

Y Jack dice:

—*En casa.*

Huele a humedad pero con la agradable fragancia de la leña que-
mada. Evan contempla un tanto receloso el recibidor y la sala de estar.
No le inspiran confianza la moqueta granate de la escalera que sube al
piso de arriba, los lujosos divanes de pana marrón, las cacerolas colga-
das de un soporte de latón en la cocina. El espectáculo de innegable aire
doméstico lo pone en guardia.

—¿*Quieres subir a ver tu cuarto?* —*le pregunta Jack.*

—*No.*

—*Bueno, ¿y qué quieres entonces?*

—*Saber por qué estoy aquí.*

—*Eso después.*

Evan hace acopio de coraje e intenta evocar a Van Sciver:

—*Después de todo lo que he hecho para vosotros, creo que me me-*
rezco un poco de respeto.

Jack le mira sin impacientarse.

—*No conseguirás respeto, si tienes que pedirlo.*

Evan hace lo posible por digerir el mensaje. Le ha sonado menos
como un bofetón y más como si un muro hubiera caído ante él desde
una gran altura.

Jack dice:

—*Alguien más listo que tú y que yo dijo una vez: «Si quieres una*
cualidad, actúa como si ya la tuvieras».

Evan se lo queda mirando y Jack le devuelve la mirada.

El primero en pestañear es Evan.

—*Vale* —*asiente.*

Suben por la escalera hasta un dormitorio donde hay una cama de
madera, las sábanas están pulcramente dobladas y planchadas encima
del colchón.

La voz de Jack le llega desde atrás.

—*A mí me pagan por hacer esto. Para que te tenga aquí. Es tan*
solo un trabajo. No te saqué de allí y te traje a este lugar por dinero.
Prefiero que lo sepas ahora y así no te llevarás una sorpresa.

—¿*Quién te paga?*

—*Después.*

Jack va hasta la mesa-escritorio, levanta el cartapacio y, con un pañuelo limpio, quita una mota invisible en el brillante tablero de madera. Luego, dobla el pañuelo con cuidado y vuelve a guardárselo en el bolsillo de atrás.

—Hazte la cama.

Jack deja a Evan a solas. El muchacho se afana con las sábanas. Tira de acá y de allá pero no consigue ponerlas como es debido, y mucho menos eliminar las arrugas.

Va al piso de abajo y mira por todas partes hasta dar con Jack. Está en el garaje, limpiando a conciencia un arma de fuego. Evan se pone rígido al ver el arma y luego traga saliva y, con ella, el miedo.

—Las sábanas no se ajustan bien —dice.

Jack no ha levantado la vista del minúsculo cepillo con que está limpiando el cañón del arma.

—El problema no son las sábanas. Las he usado muchas veces para hacer esa cama.

Evan inspira hondo y dice:

—Vale. Pues no sé hacer bien la cama

Jack levanta un momento la vista.

—¿Y?

Evan tarda unos segundos en entender qué es lo que Jack espera que diga. Por fin encuentra las palabras:

—¿Me ayudas a hacerla?

Jack deja el arma.

—Con mucho gusto —dice.

En el piso de arriba, Jack contempla la cama mal hecha mientras Evan se encoge, atemorizado. Jack se acerca a la cama, invierte el borde de la sábana ajustable y le muestra a Evan cómo ajustarla bien a la esquina del colchón. Luego endereza el resto de la sábana situándose de manera que Evan pueda ver cómo lo hace y de este modo aprenda.

—Nunca seré capaz de hacerlo así de bien —dice Evan.

—No es necesario. Basta con que la hagas mejor que la última vez.

Jack coloca bien la sábana de arriba, que responde como si de ello dependiera su certificado de aptitud.

—La próxima vez. Es lo único que importa.

Termina la faena y se endereza junto a la cama, ahora perfectamente hecha. Al salir de la habitación le dice a Evan:

—¿Te apetece ir a dar una vuelta?

Una vez fuera, Jack lanza un silbido, y a los pocos segundos un perro grande aparece por un lado del porche y se les acerca, manteniéndose a unos palmos de distancia de la pierna derecha de Jack. Pesa casi cincuenta kilos y tiene el pelaje dorado como la miel, y en el lomo, una franja de arriba abajo, como algunos coches deportivos.

—¿Puedo acariciarlo? —pregunta Evan.

—Strider es un poco quisquilloso. Deja que se acostumbre a ti.

Sus pisadas hacen crujir la hierba crecida mientras suben una ligera cuesta; se ven muchos árboles y también sembrados.

—¿Qué estamos haciendo? —pregunta Evan.

—Caminar.

—Ya me entiendes.

—Decidir si vamos a caernos bien o no.

El adiestramiento de Evan empieza a la mañana siguiente, con una prueba de voluntad que convierte las anteriores en poco más que un chiste. A punta de navaja, en un granero a oscuras, Evan conoce su destino. Su futuro queda iluminado, cada nueva revelación es un estallido de pirotecnia.

Para el mundo en general, y también para sus propios instructores, se le conocerá únicamente como Huérfano X.

En su calidad de adiestrador, Jack lo acompaña a todas las sesiones: forzado de puertas, prácticas de tiro, combate cuerpo a cuerpo, guerra psicológica, tecnología del espionaje. Normalmente, Evan vuelve a casa agotado y sangrando. Tienen un horario reglamentado.

Por las noches se instalan en el estudio, frente a frente; sobre una mesa auxiliar hay una foto enmarcada de una mujer. Tiene el pelo largo hasta la cintura, un cuello esbelto y lleva gafas de montura gruesa más propias de otra década. De vez en cuando, Evan la mira a hurtadillas, aprovechando que Jack no se da cuenta. Leen mucho, sobre todo biografías y libros de historia. Evan los encuentra aburridos hasta que Jack le habla sobre ellos, y entonces las historias leídas cobran vida. Escuchan discos de música clásica. Una noche está sonando de fondo una ópera mientras Evan intenta descifrar un capítulo que habla de Thomas Jefferson.

La voz de Jack interrumpe la música.

—¿Oyes eso? —dice.

Evan le mira y ve que tiene los ojos cerrados. El cantante de ópera incrementa el volumen de su voz.

—Nueve «dos» de pecho. Cuando Pavarotti cantó esta aria el diecisiete de febrero de 1972, en el Met, tuvo que salir después a saludar diecisiete veces. ¡Imagínate!

Evan no sabe qué es un aria, ni tampoco el Met, para el caso. Pregunta:

—¿Tú estuviste?

—No.

Evan duda antes de hacer una nueva pregunta:

—¿Y dónde estabas?

Jack cierra el libro dejando el dedo pulgar en la página que estaba leyendo. La acrisolada piel en torno a sus ojos se mueve ligeramente mientras parece decidir si responderle o no.

—En Laos —dice.

Evan piensa que han entrado en un territorio nuevo, lo cual es a un tiempo emocionante y peligroso. Medita una respuesta, pero, incluso ensayada mentalmente, le suena torpe.

Por fin, se atreve a señalar la foto del marco y dice:

—¿Cómo murió? ¿Era tu mujer?

—Bombardearon la embajada. En Kuwait.

—¿Era espía?

—No. Era secretaria.

—Ah.

Evan espera a que Jack vuelva a su libro. Duda un poco, no sabe muy bien cómo proseguir en esta lengua extranjera, el curioso lenguaje de la intimidad. Y luego añade:

—Tiene una mirada agradable.

Jack sigue con la vista fija en el libro.

—Gracias, Evan —dice, con voz más bronca de lo habitual.

La mañana siguiente el despertador suena muy temprano. Strider está hecho un ovillo en la alfombra del dormitorio, donde últimamente duerme. Evan le rasca detrás de las orejas y luego hace la cama. Mira las sábanas y ve que están tan tirantes que podría hacer rebotar en ellas una mancuerna.

«La próxima vez», piensa. No hay palabras más bonitas que estas.

Cuando baja la escalera, espera encontrar a Jack en la cocina preparando una tortilla, pero lo ve con las llaves en la mano, dispuesto a salir. Van en coche a un desfile de veteranos que hay en la ciudad. Una vez allí, Evan contempla junto a Jack cómo van pasando los coches con *la capota descubierta. Hay coches de bomberos y casetas de churros y soldados con una manga sujeta con imperdibles a la altura del codo. Hay madres que lloran y ancianos con los ojos húmedos, la mano pegada al corazón. Hay bebés en cochecitos y jóvenes esposas de piel tersa y bronceada y exuberantes rizos; la dorada luz del sol les da de lleno, blanqueando el vello de sus brazos. Evan siente que le invade una extraña sensación, como si su persona se fundiera con algo más grande, toda aquella gente compartiendo el mismo sentimiento, las preciosas banderas restallando en lo alto, y Evan aspira el azúcar glas y el aroma a filtro solar y nota cómo todos los corazones allí reunidos laten dentro de su propio pecho. Aquella noche, cuando se mete en la cama y mira hacia el techo inclinado de la habitación, siente todavía ese pulso en todo el cuerpo, un ansia casi sexual en sus células, como un fortíssimo de la orquesta en el viejo tocadiscos de Jack, la banda sonora del deseo, de la pertenencia.*

Piensa en Jack, que estará durmiendo abajo, y en la sensación de seguridad que eso le da. Jack ha abierto el mundo como si fuera una geoda, dejando al desnudo sus relucientes tesoros. Mientras lo tenga a su lado, Evan se ve capaz de todo. Una sensación desconocida y agradable recorre su cuerpo, y por fin consigue plasmarla en palabras.

Es la sensación de tener un lugar en el mundo.

11

Un lugar distinto al de antes

Evan volvió en sí; estaba tumbado boca abajo, con los labios separados pegados al suelo de madera. Se dio impulso para incorporarse y apoyó la espalda en la cama trineo, dando tiempo a que amainara el dolor que notaba entre las sienes.

El carrito ya no estaba. Una mancha de humedad en el suelo, allí donde habían fregado. Ni rastro del cuerpo de Chuy.

Un buen servicio de habitaciones, sin duda.

Tenía dos dedos de la mano izquierda pringosos. Fue a lavarse las manos al baño. Después se acercó a la chimenea y fingió que se calentaba. El RoamZone había caído entre las barras de la parrilla. Con cuidado de dar la espalda a las cámaras ocultas, consiguió hurgar entre el fuego para desviar el móvil hasta su alcance. La cubierta de goma estaba chamuscada. Pedacitos rotos de cristal blindado habían convertido la pantalla en un mosaico. Sostuvo el teléfono a la altura del vientre y lo encendió con el pulgar. Milagrosamente las lucecitas empezaron a parpadear mientras se iba cargando. El cristal blindado había conseguido salvar el aparato de lo peor de los pisotones y del fuego, pero entre las fisuras se veía el circuito impreso. La pantalla táctil no respondía.

No había manera de hacer llamadas al exterior.

Tras examinar los desperfectos, su entusiasmo decreció rápidamente. Evan estaba familiarizado con la electrónica, pero arreglar el teléfono estaba fuera de sus posibilidades. A los dieciséis años, una hacker, de más o menos su misma edad, le había enseñado todo lo necesario; ella se lo habría arreglado en lo que dura un minuto a tope de Red Bull: por eso ella era la profe, y él, el alumno.

Ocultando el teléfono a la vista, Evan volvió a la cama y disimuladamente lo remetió entre el colchón y el somier.

El cruasán, frío, aguardaba sobre la cama deshecha. Su estómago despertó de pronto. Evan dio un par de mordiscos mientras reflexionaba sobre su situación, la boca seca por efecto del gas anestésico. Durante su adiestramiento había soportado vapor de halotano y de metoxipropano, pero ambos provocaban llamas, así que dedujo que René había optado por algo menos inflamable, muy probablemente un éter halogenado. Se frotó los ojos en un intento de despejar la cabeza y luego fue hasta la ventana y reparó en que el sol estaba alto. Había estado inconsciente durante un buen rato. Pese al resplandor del mediodía, no se llevó a engaño; sabía que fuera hacía un frío que pelaba.

Algo captó su atención: abajo, tres hombres corrían y luego desaparecieron entre los árboles, más allá del establo. Evan no los había visto nunca.

«Dos perros, siete guardias y Dex.»

Tenía la mente confusa, le asaltaban ideas de todo tipo; pensamientos en conflicto parecían haber tomado su cerebro como campo de batalla.

En fin. Como solía decir Jack: «Si no sabes qué hacer, no hagas nada».

Volvió a la cama y se sentó con las piernas cruzadas encima de las sábanas revueltas. Inspiró hondo varias veces, los ojos cerrados. Ralentizó cada exhalación contando hasta cuatro, para dejar que las ondas cerebrales alfa entraran en funcionamiento y lo sumieran en un estado meditativo.

Al cabo de cinco minutos, o quizá veinte, abrió los ojos y se levantó. Hizo la cama con esmero. Hizo estiramientos, sentadillas, flexiones y ejercicios rápidos de fortalecimiento procurando no cargar la costilla rota. Sus músculos chirriaban después de tantos días inconsciente. Mantuvo sus pensamientos a raya, concentrado únicamente en sudar. Después se duchó, se cambió de ropa y volvió a la ventana. Ahora, con la mente más clara y despejada, el lugar resultaba más agradable. Repasó mentalmente lo poco que sabía.

Ahora podía concretar más o menos la hora: mediodía.

Conocía la fecha: 18 de octubre.

Lo siguiente y más importante era saber dónde estaba.

Paseó la vista por las paredes, justo por encima del zócalo. Nada. Fue hasta la mesa empotrada de caoba. El respaldo flotaba a unos tres centímetros de la pared, sin duda a fin de dejar sitio para enchufes y demás. Miró por el resquicio pero no vio más que oscuridad. Después se arrastró hasta el espacio en donde debía de haber habido una silla y pegó la mejilla a la pared. En el hueco entre mesa y pared, a unos centímetros de distancia, estaba la toma de corriente.

Solo tenía dos agujeros, o sea que era para patas redondas; no correspondía a una toma para una clavija estadounidense.

Evan se puso rápidamente de pie y fue al cuarto de baño. Después de examinar las paredes, se arrodilló y encontró una toma de corriente metida debajo de la pieza de granito flotante donde estaban encajados los lavabos. Esta era para una clavija de tres patas, dos redondas y una plana (la toma de tierra).

Era bueno saberlo.

Registró el cuarto de baño en busca de una cámara de vigilancia pero no encontró ninguna. Con tanta piedra y los azulejos, pocos escondites podía haber allí. Supuso que el espejo era unidireccional y que en el conducto del techo habían instalado una cámara estenopeica, como en el dormitorio, pero no era seguro. Aun así, dispondría de un punto ciego debajo del lavabo y en el rincón, junto al inodoro.

Tenía que encontrar una zona ciega también en el dormitorio. Se detuvo un momento en el umbral y buscó la grieta en el marco de la puerta, cuidando de que no se notara mucho. Sí, allí estaba, una circunferencia metálica del tamaño de esas gomas de borrar que llevan algunos lápices, hundida en la madera como si fuera una lombriz. Se acercó a la chimenea y pasó los dedos por el enmasillado que había entre las baldosas de travertino, pero no notó nada. La cámara que había descubierto antes y la del marco de la puerta del baño cubrían tres cuartas partes del dormitorio. Buscó algún punto que les proporcionara una visión del resto del espacio.

La esquina de encima del vestidor, donde las paredes se juntaban con el techo. Lanzó una rápida mirada en aquella dirección, reparando en un punto de negrura ligeramente más pronunciado que los de las otras tres esquinas.

Eran unos auténticos artistas en la materia.

¿Cómo iba a gestionar aquella situación?

Evan intentó ponerse en el lugar de René y estuvo pensando un momento antes de dar el siguiente paso. Era un juego, sí, pero todo era un juego.

Volvió al baño y retiró con el pulgar el resto de dentífrico que había quedado entre las cerdas del cepillo de caucho. Añadió una gota de agua y frotó con el pulgar y el índice hasta formar una especie de mortero pringoso.

Lo aplicó a la grieta en el marco del baño por la parte de fuera. Con eso los privaba de la visión de la mitad de la cama y la puerta corredera. Hizo más masilla utilizando la misma técnica de antes y fue hasta la esquina del cuarto, junto al vestidor. Apuntalándose con el pie descalzo en las bisagras del armario ropero, pegó la espalda a la pared y empezó a elevarse del suelo como un escalador hasta que logró alcanzar el techo. Puso la cara justo delante de la cámara y les mostró una sonrisita petulante. Con unas cuantas pasadas de masilla oscureció el minúsculo objetivo, eliminando así la visión que René tenía de la chimenea.

Se dejó resbalar hasta el suelo y se limpió las manos en el pantalón, satisfecho de sí mismo. Había dejado operativa la cámara más importante, la del conducto de ventilación, que cubría medio dormitorio, incluida la puerta del pasillo. Era la que necesitarían para saber dónde se encontraba él antes de entrar en la habitación; la que estaba filmándole en ese momento haciendo el papel de que les había dado gato por liebre.

Por poco listo que fuera, René volvería a gasearlo y cambiaría la posición de las cámaras que Evan acababa de neutralizar. Ahora bien, si era un tipo listo de verdad, entonces aceptaría la aparente derrota, dejaría que Evan creyese que podía moverse a su antojo, libre de toda vigilancia, y recurriría a la cámara que quedaba para observar lo que Evan tramase cuando pensara que nadie le estaba observando.

Se puso a caminar, cabizbajo, por las tablas de roble rústico tratando de componer mentalmente lo mejor posible aquel tablero de ajedrez para así anticipar la contraofensiva de René y, de este modo, tener previstos varios movimientos.

Llamaron a la puerta.

Pronto sabría hasta qué punto estaba jugando bien aquella partida.

12

Prestidigitaciones

Entraron todos, René flanqueado por los mismos narcos, armados ahora con las conocidas escopetas no letales. Cerraba el grupo Dex, con una especie de tubo colgando por una de sus piernas. No sin satisfacción, Evan reparó en que había un nuevo hombre de paja. Y parecía nervioso.

«Dos perros, ocho guardias y Dex.»

—¿Lo intentamos otra vez? —dijo René.

Evan lo miró antes de hablar.

—¿Se han terminado los cruasanes?

René avanzó unos pasos hacia el cuarto de baño, protegido por su séquito a una distancia perfectamente ensayada. Sus fluidos movimientos desplazaron el aire, y con ello un tufo a perfume caro. Dex mantenía despejado el camino hasta la puerta, listo para poner a René a salvo en cuanto algo saliera mal.

René observó la grieta enmasillada sobre el marco de la puerta y una sonrisa tiró de sus labios hacia los lados, la cara mal encajada sobre el cráneo.

Luego se cruzó de brazos y empezó a tamborilear con los dedos en la manga del excelente blazer que llevaba puesto.

—Le voy a permitir esta pataleta —dijo—. Al fin y al cabo, no va a ir a ninguna parte.

—¿Estamos en Suiza o en Liechtenstein? —preguntó Evan.

René parpadeó, no una, sino dos veces.

—¿Y por qué no en Rumanía o en Rusia?

—Por los enchufes —respondió Evan—. El enchufe tipo C de detrás de la mesa nos sitúa en Europa y descarta el Reino Unido. Pero la toma de corriente tipo J del cuarto de baño solo se emplea en Suiza y Liechtenstein.

—Vaya, parece que ha viajado mucho, ¿no?

Evan estaba de pie, tenso, junto a la cama.

—¿Va a seguir respondiendo con preguntas?

René se volvió hacia Dex, diciendo:

—Este tipo me gusta.

Evan esperó, con la mirada inalterable.

El hombre de paja hizo una mueca: llevaba un montón de fundas doradas en la dentadura, una visión que resultaba a la vez ridícula e inquietante. Coronaba su cabeza de generosos rizos una gorra violeta de los Dorados de Chihuahua, en la que se veía una pelota de béisbol con bigote y sombrero mexicano.

René se volvió de nuevo hacia Evan.

—Graubünden —reconoció.

Era el cantón más oriental de Suiza.

Evan no había estado antes allí, pero sí en el cercano Ticino. En cuanto escapara, cruzaría la frontera a Liechtenstein. En Triesenberg conocía a un especialista en documentos que vivía en el sótano de una iglesia del siglo XVIII. Tan pronto tuviera un pasaporte nuevo, saldría pitando para Viena, esperaría un tiempo sin llamar la atención y después regresaría a Estados Unidos. Una vez allí, interceptaría el *Horizon Express* y salvaría a Alison Siegler.

—Creo que es evidente que no tiene ninguna posibilidad —dijo René—. Somos más, y armados hasta los dientes; no puede ni imaginarse hasta qué punto se halla indefenso. Debería usted rendirse ante estos hechos; es algo inevitable.

Evan reflexionó. Un momento después hizo un amago, un simple movimiento de hombros, como si fuera a atacar al grupo. El hombre de paja se apartó con tal brusquedad que perdió el equilibrio y trastabilló; los otros dos narcos lo encañonaron al instante.

—No hay nada inevitable —repuso Evan.

El tercer pistolero se levantó, tembloroso, y Evan pensó que estaba lo bastante nervioso para apretar accidentalmente el gatillo. René le puso una mano en el hombro:

—Tranquilo, Manny.

A aquella distancia, apuntando a la cabeza de Evan, una escopeta no letal podía resultar más letal de lo que parecía.

René fue el único que no se inmutó. Siguió hablando como si nada hubiera ocurrido.

—No es nada fácil seguirle a usted la pista —dijo.

Evan dejó de mirar los tres cañones que apuntaban hacia él. Dex le estaba observando desde detrás de su jefe, un palmo más alto que los otros, inexpresivo como siempre. Otra amigable conversación.

—¿Por qué le intereso? —le preguntó Evan a René.

—No me interesa la gente. Me interesan las cuentas bancarias. —René le miró desde aquella máscara tirante que era su cara—. La suya en concreto.

«La». En singular.

Evan guardó silencio. No ganaría nada interrumpiendo a René.

—Me consta que tiene activos valorados en veintisiete millones de dólares en un banco de Zurich.

El Privatbank AG no albergaba la parte del león de su capital. Cuando Evan era Huérfano X, Jack le había abierto cuentas por todo el mundo y le había enseñado a ocultarse detrás de velos financieros, a transferir dinero de manera invisible desde un paraíso fiscal a otro. El dinero en metálico llevaba el sello del Tesoro y era enviado directamente a zonas que no presentan informes. Era tan imposible de localizar como el propio Evan... o así lo había creído. Por lo visto, tanto él como su cuenta bancaria habían sufrido un repentino acceso de visibilidad.

—Conseguimos persuadir a uno de los gerentes para que nos pasara información —prosiguió René—. Su perfil de cliente, más bien la ausencia de perfil, despertó nuestro interés. Se diría que es usted una persona a quien nadie echará de menos.

Sus ojos brillaron. No había duda de que estaba disfrutando con esta fase del juego. Tenía la nariz colorada, una telaraña de venillas le bajaba hasta las fosas nasales. Parecía que se había puesto maquillaje para disimularlas. Un hombre presumido.

—Como sabrá —continuó—, no hay muchas personas a las que se les puedan robar veintisiete millones de dólares y que eso no le importe a nadie. Pero da la casualidad de que usted es una de ellas.

—Cree saber con quién está tratando —dijo Evan.

—Con un traficante de armas, o de drogas —repuso René—. Usted encaja en ese perfil. No deja huellas, ni digitales ni de otro tipo. Un experto en técnicas de defensa. Familiarizado con la reclusión.

René esperó a que Evan lo confirmara o lo negara. Luego, al ver que el otro no iba a contestar, prosiguió:

—Bien, hizo negocios ilícitos, ganó una fortuna (pequeña, de hecho, porque las fortunas ya no son lo que eran), ¿y luego qué? ¿Se dedicó a expiar sus pecados, quizá? ¿Cargándose a tipos como Hector Contrell? ¿Es esa su prioridad en estos momentos?, ¿la expiación?

—No, últimamente me dedico más a los arreglos florales.

René fingió que sonreía.

—Siempre he sentido curiosidad por la forma en que la gente se engaña. De hecho, es algo que admiro. Ojalá todo fuera tan simple para mí. Soy una persona franca. Me gusta el dinero. Más dinero del que uno puede conseguir honradamente. En fin, el caso es que cuando vi que tenía que reponer fondos, me hice la siguiente pregunta: ¿para qué liarme con drogas o armas, con el peligro que entraña todo eso?, ¿por qué no ir directamente a la fuente? Y eso hice. Busqué una cuenta bancaria como la suya, engordada tras años de duro trabajo pero que no estuviese vinculada a una actividad respetable. —Su piel se estremeció, señal de que la sonrisa había encontrado su lugar—. Cuestión de llegar y besar al santo.

Parecía esperar que Evan lo felicitara por su ingenioso plan; sin embargo, este le preguntó:

—¿Cómo me localizó?

—No fue fácil. En Suiza no abundan los gerentes de banco dispuestos a cooperar, pero a mí se me da muy bien generar... influencias. —Saboreó la palabra—. Después me limité a seguir el rastro de sus transferencias; la mayoría de ellas iban de una punta a otra del globo a través de la Red de Redes, y luego, puf, desaparecían. Estábamos a punto de rendirnos cuando tuvimos un golpe de suerte. Un programa de extracción de datos vinculó la cantidad exacta de una transferencia hecha desde su cuenta a una compra online registrada por una casa de subastas ese mismo día, en la otra punta del mundo.

—Sí, la catana.

—Exacto. Su espada samurái. Veo que le gustan los juguetes raros. ¿Sabe usted cuántas transacciones más de 235.887,41 dólares estadounidenses se hicieron el diecisiete de septiembre?

—Ninguna.

—Cinco en realidad. Pero descartamos las otras cuatro enseguida. Como disponíamos de los puntos inicial y final de su pago, todas las prestidigitaciones entre el uno y el otro no sirvieron para nada.

La expresión de René, tan pagado ahora de sí mismo, le trajo a la memoria una frase de Jack: «Quien se cree el más listo de la reunión raramente lo es».

Evan tomó nota mental de añadir unos centavos a sus próximas transferencias.

Se acordó de aquella Ford Transit gris que había aparecido en su retrovisor mientras se acercaba a la oficina de FedEx en Norfolk. La misma sucursal a la que la casa de subastas había enviado la espada. No le estaban siguiendo, o al menos no todavía; probablemente estaban haciendo la ronda mientras esperaban una señal de la oficina conforme alguien había reclamado el paquete.

René parecía satisfecho con todos los datos de que disponía, pero en realidad lo relacionado con aquella transferencia no llevaba a ninguna parte. La cuenta de Evan era un callejón sin salida, y lo mismo el 4Runner, registrado bajo una identidad falsa que se perdía en un mar de empresas fachada. Él solo tenía que mantener la cabeza fría, seguir los protocolos que le habían enseñado, elegir el momento.

Manny debió de intuir un ligero cambio en Evan, pues se asentó la escopeta en el hombro derecho. Era el que estaba más cerca; el cañón de su arma no distaba de Evan más de cuatro palmos. Después de lo ocurrido con su compañero, Manny se había ganado el derecho a estar nervioso. Al fondo, Dex permanecía con el cuerpo ligeramente inclinado hacia delante, alerta, su corpachón al ralentí como un Ford Mustang esperando a que el semáforo se ponga en verde. Se llevó a la cara una mano que parecía una garra, y una vez más Evan vio que tenía algo en la piel. ¿Rotulador rojo y negro?, ¿un tatuaje?, ¿el costurón de una herida?

—¿Y ahora qué? —preguntó Evan mirando a René.

—El dinero de su cuenta está en diferentes divisas, algunas bastante exóticas. A instancias de nuestro gerente amigo, se han realizado las transacciones necesarias para convertir sus propiedades a francos suizos, mi moneda preferida. Para que todo se haga efectivo, se necesitan tres días hábiles. El viernes a primera hora de la mañana usted teclearía sus códigos, hará la transferencia bancaria y se marchará tan contento.

Viernes. Es decir que a Evan le quedarían aún nueve días para interceptar a Alison Siegler. Tiempo de sobra. Suponiendo, claro está, que René pensara dejarlo marchar tan contento.

Pero René no haría tal cosa: sabía de lo que Evan era capaz; iba a robarle veintisiete millones; y, además, sabía qué cara tenía René.

—Hasta que llegue el momento —continuó—, depende de usted que su estancia aquí sea agradable o no.

—Ya, ¿y si opto por que no lo sea? —preguntó Evan.

—Nunca me ha gustado la tortura, a diferencia de estos caballeros. —Posó una mano en el hombro del narco que tenía a su izquierda y se lo apretó en un gesto cariñoso.

Evan relajó visiblemente su postura, en señal de que aceptaba la derrota.

—Entonces ¿estamos de acuerdo? —dijo René.

Evan alargó un brazo como para estrecharle la mano.

Los narcos gritaron algo en español. Manny se irguió, listo para disparar. Evan, fingiendo perplejidad, el brazo todavía extendido, dio medio paso al frente.

Acto seguido, con la mano, dio un golpe seco de abajo arriba al arma de Manny, haciendo que el cañón apuntara hacia atrás. El disparo a bocajarro abrió un boquete del tamaño de un disco de hockey en la frente del narco que estaba detrás. El retroceso hizo que Manny perdiera el agarre del arma. El tercer narco disparó como loco frente a la cara de Manny; la bala peinó la espalda de Evan, provocándole una oleada de calor.

Desorientado, Manny lanzó un puñetazo que rozó el mentón de Evan y que finalmente se estrelló de lleno sobre su hombro. El impacto le hizo girar sobre sí mismo. Dejándose caer, Evan barrió el suelo con la pierna y alcanzó al otro narco en el talón de Aquiles, haciéndolo volar por los aires. El tipo aterrizó de espaldas; soltó una especie de ladrido de foca, y un momento después Evan le aplastaba la tráquea descargando un tremendo golpe con el canto del pie.

«Dos perros, seis guardias y Dex.»

Por entre las piernas de Manny, Evan vio al primer narco tirado en el suelo, con convulsiones, un hilo de saliva sobresaliendo de la comisura de su boca. Pudo ver también las piernas del gigante Dex, que en ese momento basculaba hacia la puerta con René bajo el brazo cual muñeco de trapo, sus carísimos mocasines peinando las tablas del suelo.

Manny propinó un puntapié a Evan en el estómago, dejándolo por unos segundos sin respiración. Pese al dolor, Evan forcejeó hasta aferrarse a la bota del otro. Manny trastabilló, su boca convertida en una mueca atroz, mostrando los dientes de oro. Antes de que Evan pudiera alcanzarlo, la habitación pareció sumirse en la oscuridad.

Era Dex, que con su gigantesco cuerpo tapaba toda la luz, un brazo colosal echado hacia atrás empuñando aquel tubo metálico. Evan rodó hacia un costado para evitar el impacto. Un extremo del tubo sacó chispas del suelo, a un centímetro de su mejilla. Evan se dio la vuelta y agarró el tubo.

Lo que parecía un trozo de tubería era una picana eléctrica.

Todo se volvió de un blanco deslumbrante. Tuvo la vaga sensación de patinar un par de metros, el suelo inestable raspándole el trasero, los hombros, la nuca. Notó un escozor dentro de la boca. De repente fue como si un millar de alfileres se clavaran en su cara. Todo el cuerpo se paralizó a excepción de los nervios del brazo, que seguían vibrando de dolor infernal. Oyó un rumor de retirada, la puerta cerrándose con fuerza.

Tumbado boca arriba como estaba, pudo ver perfectamente cómo salía el gas por el conducto del techo, haciendo reverberar el aire de la habitación como un espejismo.

13

La vista atrás por última vez

Cuando Evan cumple diecisiete años, un exmiembro de los Rangers lo somete a una semana brutal de privación de sueño y reducción calórica, después lo lleva a un lugar remoto de los nevados montes Allegheny, le da unas coordenadas y lo deja allí temblando de frío en camiseta y vaqueros. Cuando el todoterreno se aleja con un alegre bocinazo de despedida, Evan se acuerda del tercero de los mandamientos de Jack: «Domina tu entorno». Al mirar a su alrededor, Evan se pregunta si eso es posible.

Ha superado el duro adiestramiento SERE, que gira en torno a los cuatro puntos básicos cuando uno se encuentra en una situación jodida: supervivencia, evasión, resistencia y escape. Ha aprendido técnicas de silvicultura y de subsistencia en la jungla, así como técnicas de contrainterrogatorio y de camuflaje. Sabe encender fuego, construir un refugio y distinguir los hongos comestibles de aquellos que le destrozarían los riñones o que le harían alucinar a base de bien, pero, enfrentado a la realidad de la tierra húmeda y de los bolsillos vacíos, piensa que todos esos conocimientos no valen una mierda.

Cuarenta y ocho horas más tarde, en un estado casi hipotérmico y hecho una pena bajo un manto de barro y hojas, se topa con una cabaña abandonada. La cubierta está parcialmente arrancada, las paredes, podridas, con bichos anidando dentro. Encuentra en un armario caído una barrita energética más que caducada, intacta dentro de su envoltorio, y la devora.

Gran error.

Demasiado tarde. Ya nota el regusto amargo en la lengua. Un emético, o un veneno suave, probablemente peróxido de hidrógeno o jarabe de ipecacuana. En posición fetal sobre el polvoriento suelo de madera, vomita el escaso contenido de su estómago. Parece que las arcadas no terminarán nunca. Transcurridas dos horas oye acercarse un motor por el terreno pedregoso. Se abre la puerta de la cabaña y una sombra le cae encima.

—¿Qué coño pinta una barrita energética en una cabaña abandonada? —le pregunta Jack.

—El primer mandamiento —dice Evan; su voz parece un graznido.

—Exacto. —Jack se acuclilla para dejarle una botella de agua al lado—. Nos veremos en casa.

Cuatro días después, tras haber salido del bosque a trancas y barrancas, de limpiarse en el aseo de una estación de servicio, de robar ropa en una sacristía y de regresar al norte de Virginia en interminables etapas de autostop, Evan pasa entre las dos columnas de piedra e inicia la penosa cuesta por el camino de tierra hasta el caserío de dos plantas. Strider sale al porche para saludarlo, frota su hocico contra la palma de Evan y menea la cola con fuerza.

Jack está sentado a una mesa puesta para dos. Hay pavo humeando en una cazuela sobre un salvamanteles de tres patas. Está tomando un martini con vodka, turbio como si acabara de salir de la coctelera.

Evan cruza el brazo y el dolor le hace dar un respingo. Piensa en Van Sciver. Cuando eran críos siempre le había parecido muy alto; a contraluz los bordes de sus cabellos rojizos se veían dorados, tenía el porte de un dios. Seguro que él lo habría hecho mejor. Se habría enfrentado a la situación sin ningún miedo. Habría sabido que no debía tocar la barrita energética. Habría conseguido volver de allí un día antes. O dos.

Evan nota un nudo de emoción en la garganta, en las fosas nasales. Las palabras le salen como cristales rotos:

—No lo he hecho demasiado bien.

Por fuera, Jack parece un tipo duro, todo facciones angulosas, pero sus ojos y la curtida piel que los rodea transmiten algo muchísimo más dulce.

—La próxima vez —dice—. La próxima vez. —Se frota las manos mientras mira cómo ha quedado el pavo—. Hay que dejarlo reposar un poco antes de cortarlo. Tienes una bañera con agua caliente esperándote.

Evan asiente y sube al piso de arriba.

Varios años después, una sombría mañana gris, Evan va de copiloto hacia el este por la Ruta 267, con el equipaje de mano sobre el regazo. Lleva un pasaporte de verdad con sellos de verdad y un nombre falso en el bolsillo de atrás. Jack conduce con la izquierda a las diez y con la derecha a las dos sobre el volante, no aparta la mirada de la carretera cuando aparecen en lo alto indicaciones para el aeropuerto internacional Foster Dulles.

—Soy la única persona que sabe quién eres —dice—. Y lo que haces. La única persona, dentro del gobierno y fuera de él. La única en todo el mundo.

No es ninguna novedad para Evan, que se pregunta qué ha movido a Jack a hacer algo impropio de él, repetir lo que es obvio, en esta deprimente mañana de la Costa Este.

—Soy tu único contacto —prosigue Jack—. Si alguien te aborda diciendo que va de mi parte, no le creas. No hay más conexión que yo.

—De acuerdo —dice Evan.

—Siempre estaré ahí, la voz al otro extremo del teléfono.

Evan se da cuenta de que nunca antes había ocurrido algo parecido: Jack está nervioso.

—Jack, no te preocupes. Estoy preparado.

El guardia hace una seña con su mano enguantada y Jack tuerce hacia «Salidas». Delante de ellos, frente a una minifurgoneta, una madre llorosa y un padre estoico abrazan a su hijo. El muchacho lleva una camiseta de un centro de enseñanza superior con palos de lacrosse cruzados. Se le ve impaciente.

Evan pone la mano en el tirador de la puerta.

—Te veré cuando la cosa se haya calmado —dice.

Hace ademán de salir, pero Jack le agarra el brazo con fuerza, inmovilizándolo en el asiento.

—Recuerda esto: lo difícil no es matar —dice. Se lo ha dicho infinidad de veces—. Lo difícil es seguir siendo humano.

Un gesto fugaz altera los rasgos de Jack. Evan no lo habría notado si no lo conociera tan bien.

Es miedo.

Evan siente un ligero nudo en la garganta. Ninguno de los dos está acostumbrado a expresar sentimientos. Como no se fía de su propia voz, Evan se limita a asentir.

La mano que le sujeta afloja un poco. Jack hace un gesto en dirección a la terminal.

—Adelante, entonces —dice, un poco molesto, como si Evan hubiera estado retrasando el momento.

Cuando Evan se apea del vehículo, el frío de fuera le atenaza el cuello enfriando el sonrojo que luce en la cara. Caminando a paso normal, se suma a la multitud que está entrando en la terminal de vuelos internacionales, un rostro más entre muchos otros rostros, invisible incluso a plena vista. Lleva en la mano la tarjeta de embarque. Cuando llegue a su destino, recibirá más instrucciones de Jack para dar con el hombre a quien debe matar.

Tiene diecinueve años y ya está preparado del todo.

Vuelve la vista atrás por última vez y mira a Jack, su única conexión con lo auténtico, a través de la gran puerta cristalera.

Y su única conexión con lo humano.

14

Rambo con camisa hecha a medida

Esta vez, cuando Evan ascendió de las profundidades para romper la superficie del consciente, percibió algo distinto en la consistencia del aire.

Una corriente.

Volvió la cabeza hacia la puerta: la habían dejado entornada.

Se puso de pie y, tambaleándose un poco, fue hacia ella. Al asomarse, percibió movimiento al fondo del pasillo, tanto en un lado como en el otro. Miró primero hacia la izquierda: Manny aguardaba con el arma en ristre. A la derecha había otro narco —uno de los guardias que había visto antes desde su ventana— con el arma también a punto. Evan dio un paso hacia Manny y los dos hombres se movieron a la par, manteniendo una distancia de seis metros.

Habían aprendido la lección.

Manny movió el extremo del arma hacia el otro hombre.

—*Dígale, Nando.**

La Santa Muerte que Nando llevaba tatuada en un costado del cuello parecía estar derritiéndose. El tipo se pasó rápidamente la mano para quitarse el sudor, devolviéndola sin perder un instante al cañón de su escopeta.

—El señor René quiere invitarle a tomar un poco el aire. Dice que quizá eso le sirva para encontrar cierta perspectiva.

El tono arcaico de René, reproducido con mala dicción y un fuerte acento mexicano, hizo sonreír a Evan.

---

* Esta frase, como la mayoría de las que aparecen en cursiva en este y otros capítulos, aparece en español en el texto original. (*N. del T.*)

Nando hizo un gesto con la cabeza dando a entender que la invitación no era en realidad tal invitación.

Evan echó a andar por el pasillo de techo alto, con Manny al frente caminando marcha atrás y Nando cubriendo la retaguardia. Los tres hombres se movían al unísono. El chalet olía a polvo y a podredumbre, los aromas de un lugar de larga tradición. El espacio fue abriéndose alrededor de Evan, un contraste después de la habitación cerrada y protegida por barrotes.

Llegaron a un descansillo.

—Alto —dijo Manny. Miró un instante a su espalda para colocar la bota en el primer peldaño, volvió la cabeza y se pasó la lengua por las fundas doradas—. Vale. Camina muy despacio o acabarás con un boquete en la cara. Y entonces necesitarás fundas como las mías. —Enseñó la dentadura en lo que parecía un intento de sonreír—. ¿*Comprendes?*

—*Comprendo.*

Bajaron los tres torpemente por varios tramos de una escalera ancha. Manny iba deslizando la mano por el bruñido pasamanos de madera a fin de no perder el equilibrio, mientras bajaba despacio, marcha atrás y con el arma en ristre. Llegaron a la planta baja, donde la escalera se abría a un amplio salón. La lujosa y mullida alfombra persa cedía bajo los pies. Evan se fijó en los elaborados acabados de madera, las varias mesas de billar, el bar con existencias para muchos meses. Estaba claro que René no escatimaba, sobre todo en lo que se refería a lujos. Había dos soldados de infantería sentados en divanes de piel sorbiendo whisky, los Kalashnikov a mano sobre los cojines. Apenas si se fijaron en aquella extraña procesión.

No mostraron sorpresa al ver pasar a un rehén custodiado a doble punta de pistola. Sin novedad en el frente. Evan se preguntó cuántas veces habría recurrido René a este mismo plan, cuánta sangre se habría derramado ya en aquel chalet.

Evan se detuvo un momento para añadir mentalmente a la cuenta a aquellos dos —«dos perros, ocho guardias, Dex»—, pero Nando le metió prisa y siguieron hacia un pasillo amplio. Pasaron junto a una biblioteca, un solárium, un salón de baile con un piano de cola y el aire anticuado de una novela victoriana.

La majestuosa entrada era de techo altísimo, coronado por una araña de luz grande como un Buick. Evan miró hacia arriba apoyándose en los talones, igual que un pueblerino de visita en Kuala Lumpur. Las ventanas del edificio filtraban la tostada luz naranja de la puesta de sol. Manny se detuvo frente a una escalera curva propia de Hollywood y con un gesto indicó a Evan que saliera.

Evan puso la mano en el tirador de la puerta: estaba frío como el hielo.

—¿Así que puedo irme?

Manny sonrió antes de responder:

—Tú inténtalo.

Y entonces Evan lo entendió.

Vestido como iba, con su camisa a medida y sus vaqueros, no iba a aguantar mucho en la fría intemperie. René solo quería mostrarle lo poco acogedor que era el entorno y disuadirlo así de todo intento de fuga.

Pero él no quería fugarse, al menos no de momento. Antes tenía que reconocer el terreno, reunir datos, familiarizarse con el entorno. Y René le estaba proporcionando una oportunidad perfecta.

Nada más salir al exterior, la brisa se cebó en él, mordisqueándole los tobillos, el cuello, las muñecas. Evan cerró los puños y los hundió en sus bolsillos. Nevaba ligeramente, y los copos eran tan frágiles que se disipaban al primer contacto con la ropa. Evan se quedó un momento en el inmenso porche de piedra, confiando en que su cuerpo se aclimatara al frío.

René hacía bien en mostrarle la brutalidad del paisaje. Dejando al margen el adiestramiento SERE, sin un plan bien trazado Evan no sobreviviría. Hasta ese momento, todo habían sido comodidades; ahora tenía que presionarlos y recabar toda la información que fuera posible.

En el camino circular de acceso, pavimentado con adoquines, moría una pista de tierra que señalaba al este, la única ruta clara de entrada o salida. La tierra endurecida crujió bajo sus botas de montaña cuando Evan pisó fuera del adoquinado, situando el chalet a su espalda. El aire del bosque silbó al penetrar en su tráquea, limpio como un enjuague bucal. Se dio la vuelta y admiró el majestuoso exterior del chalet. Cuatro plantas de piedra y madera aplastando una cintura de jardines tallados en el duro terreno. Arbustos de forma más o menos cuadrada disimulaban ingeniosamente varias ventanas de un sótano. Del ala este se elevaba una torre; en ella, un guardia muy flaco cuya silueta Evan no reconoció. Lo incluyó en su cuenta privada.

Giró sobre sí mismo hasta completar un círculo, contemplando la cadena de montes circundante. Estar en el valle era ideal para René. Un solo vigía podía controlar cualquier vehículo que se aproximara a la casa, y el efecto anfiteatro de las montañas permitía oír un motor de coche o de avión a varios kilómetros de distancia.

Razón de más para que René hubiera contratado a narcos. Aparte de los guardaespaldas del ISI, que eran insobornables, los narcos eran los que más experiencia tenían en llevar a cabo complejas operaciones ilegales sin ser detectados. Evan estaba seguro de que aquellos hombres habían aprendido el oficio ocultando a poderosos señores de la droga de los federales, de los carteles rivales y de drones de la DEA, mientras hacían el trabajo de campo para que el imperio siguiera funcionando. Rodearse de hombres así era a la vez ingenioso y osado: dos rasgos típicos de René.

El aire era vigorizante; la vista parecía sacada de una tarjeta postal. Sobre la sierra, un halcón se columpiaba aprovechando una corriente termal, quieto como una motita de pintura en el objetivo de una cámara. La vertiente del lado norte parecía ser la más gradual, cosa que le convenía a Evan. La frontera con Liechtenstein estaba en aquella dirección.

El establo se encontraba unos cientos de metros más al este. Había dos narcos sentados en sendas cajas de madera, fumando y tomando café, sus AK-47 colgando de las respectivas correas. Llevaban abrigo largo, y, a juzgar por lo que abultaban, debían de ser gruesos. Uno de ellos hurgó en un plato con un tenedor. Entre las cajas languidecía una pequeña fogata, poco más que ascuas y ceniza, un cazo suspendido encima como en una película del Oeste. Evan los reconoció: eran los dos hombres que había visto entrar corriendo antes en el establo. Los dóberman yacían a sus pies, descansando.

Echó a andar en su dirección, y los dos hombres se levantaron al punto. Otro tanto hicieron los perros, prorrumpiendo en un gruñido estereofónico. Pero los hombres no tiraron de sus correas. Eran perros bien adiestrados, no el típico guardián de un depósito de chatarra.

El aire húmedo le trajo aroma de tabaco, de cebolla y ajo. Evan vio, al aproximarse, que en el plato había un tamale a medio comer y bañado en una salsa verde. El estómago le dio un brinco.

Dio un rodeo para evitarlos y, al pasar a su altura, dijo:

—*Buenas tardes.*

—*Buenas tardes.*

La puerta del establo se abrió con un ronquido metálico. Otro narco, este con manchas de grasa en las manos y la camisa, salió y encendió un cigarrillo. El guardia número diez. Tenía una impresionante cicatriz, de cuchillo, en la mejilla izquierda, y su barba cabalgaba como podía por la hendidura de la carne. El tipo vio a Evan y se quedó inmóvil.

Evan miró hacia el interior del establo y entonces vio que, pese a su apariencia de edificio antiguo, estaba hecho de metal. Dentro no había pesebres, sino un espacio abierto donde había un par de Mercedes SUV de gran tamaño, Gelandewägens a los que habían retirado la matrícula, y, al lado, un Rolls-Royce Phantom antiguo, elevado sobre el costado izquierdo, al que le faltaba un neumático. La pared del fondo era todo armarios de material. El sonido de una afligida voz femenina rebotaba con sequedad en las paredes metálicas, haciendo imposible entender las palabras.

Evan estiró el cuello para ver de dónde venía la voz y captó un movimiento entre los Mercedes: era una mujer, estaba doblada por la cintura, la cabeza inclinada y su melena de cabellos lacios y negros le cubría la cara. No pudo ver sus facciones, pero sí determinar que aquellos sonidos eran gritos.

La mujer se deslizaba extrañamente por el suelo como un insecto en *stop-motion*, un brazo vuelto hacia arriba en aparente actitud de súplica. Cuando estaba a punto de ocultarse detrás de uno de los SUV, Evan sintió que una manaza le sujetaba la muñeca, retorciéndole dolorosamente el brazo, y dejó de ver a la mujer.

La manaza tenía una franja de color en el dorso, pegada a los nudillos. Dex.

El hombre de la camisa manchada cerró la puerta enseguida, obviamente preocupado por lo que Evan acababa de ver. ¿Obviamente? ¿O todo había sido un simple montaje?

Los hombres, a una distancia de veinte metros, miraron a Evan pestañeando y luego le apuntaron con sus cuernos de chivo, como diciendo: «Muévete».

Evan siguió caminando en dirección a la linde del pinar, casi esperando que le obligaran a volver al chalet. No fue así.

No tenían por qué molestarse: ningún Rambo con camisa hecha a medida, el estómago vacío y sin un plan concreto se aventuraría con aquel tiempo.

Caminando entre los árboles, Evan advirtió que hasta los trechos de fango estaban duros, congelados. Aunque las ramas paraban el grueso de la nevada, un polvillo blanco se filtraba entre ellas, los copos derritiéndose al contacto. Empezó a subir la primera cuesta. Allí, la arboleda era menos compacta y se veía mejor el chalet y la montaña de detrás. Se detuvo un momento, respiraba con dificultad. El sudor en la nuca era frío y pegajoso; tenía las manos entumecidas.

Vio un claro más allá y continuó repecho arriba. Cuando por fin alcanzó el calvero, tuvo que parar otra vez y apoyarse en una roca. A sus pies, un charco que parecía de cristal le hizo pensar en una entrada al averno, los pinos reflejados hincándose en un miasma de nubes subterráneas. Un somorgujo describió una grácil curva descendente, besando su reflejo en el espejo y rompiendo así la ilusión. Con un cabeceo de su elegante testa negra, el pájaro emitió un triste y prolongado gemido que hizo que el aire se quebrase.

Evan pensó que, si no regresaba pronto, moriría congelado. Se subió a una roca y observó la vertiente norte, trazando un posible itinerario por la cresta de la montaña.

Sus pensamientos viajaron hasta un buque mercante que en aquel momento estaría bordeando la costa de la Baja California rumbo al canal de Panamá.

Diecisiete años. Encerrada en un maldito contenedor ISO de seis metros, como si fuera un paquete de carga general.

La imagen de Alison Siegler le hizo considerar por un momento la idea de seguir adelante. Pegotes de fango podían servirle de aislante para la piel. Una vez que coronara la cresta, armaría un refugio, buscaría leña, forraje para comer. Quizá merecía la pena jugársela de una vez por todas.

El aullido del somorgujo cesó bruscamente y el ave alzó el vuelo aleteando sin gracia. A Evan le cayó en la cabeza el agua que goteaba cuando le pasó por encima. Enseguida vio qué había asustado al pájaro.

Un ciervo de diez puntas se había acercado silenciosamente al borde del agua. Erguida la majestuosa testuz, observó a Evan con sus ojos de obsidiana. El aire que expulsaba Evan al respirar formaba jirones en el aire. También el ciervo humeaba por el hocico: dos penachos gemelos. Los músculos de sus patas delanteras sobresalieron bajo el pelaje cuando las dobló.

Foto para el álbum.

Entonces el animal dio una sacudida.

El estampido del disparo atronó en el valle un instante después.

Evan volvió rápidamente la cabeza monte arriba en busca del tirador, pero fue demasiado tarde.

El ciervo se bamboleó sobre sus patas. Evan lo oyó resollar. Las patas traseras soltaron una coz, propulsando al macho hacia delante. La charca salpicó, oscura de mugre removida. Finalmente el animal se derrumbó sobre un costado. Su pelaje se tiñó de rojo, y el riachuelo de sangre descendió hasta el agua.

Evan bajó de la roca y fue hacia allí. Salía aire del pelaje destrozado por el proyectil, aire procedente del pulmón perforado; sonaba como un suspiro hondo y ronco. El ciervo echaba espuma por la boca. Una desorbitada pupila negra le miró.

Evan se agachó junto al animal, apoyó una mano sobre su tibio pescuezo y lo acarició con suavidad hasta que una quietud interior se apoderó de la mirada del ciervo.

Evan echó cuentas: «Dos perros, diez guardias, Dex. Y un francotirador».

Entonces comprendió del todo lo que René pretendía que Evan aprendiera con aquella pequeña excursión.

Ahora que le habían dejado las cosas claras, no le extrañó oír contundentes pisadas aproximándose por la maleza. Era hora de que volviera a su encierro. Momentos después Dex llegaba al claro. Evan, que estaba todavía agachado, levantó la vista.

La expresión del gigante no dejaba traslucir nada, como siempre, la mirada exenta de vida. Su rostro mantuvo aquella inexpresividad casi sobrenatural cuando levantó la mano derecha y se la llevó a la boca, el codo a la altura del hombro, la palma pegada a los labios, el pulgar y el índice formando una V encajada sobre la nariz. Evan pudo ver claramente por primera vez el tatuaje que Dex tenía en el dorso. Era una boca inquietantemente abierta en un gesto de placer, que no de dicha.

Una sonrisa pintada, máscara de monstruo incrustada en la boca real de Dex.

15

Filósofos de pacotilla

El lustroso cuchillo de René hendió la pieza de venado y la sonrosada carne exudó jugo. Con un tenedor de diseño, espetó un trocito de carne y lo sostuvo en alto. Dex lo cogió con cautela y se lo introdujo en la boca. Masticó, tragó y asintió con la cabeza.

El probador de venenos a sueldo del monarca.

Naturalmente, la mayor parte de las toxinas tardaría bastante más tiempo en manifestarse, pero Evan estaba aprendiendo mucho sobre René y sus numerosos caprichos.

Con sus maderas oscuras, sus apliques de latón, su cuadro imitación de Monet y sus sedosas alfombras sobre el suelo de parquet, el comedor tenía un aire sombrío además de formal, como si se tomara demasiado en serio. Evan estaba sentado a un extremo de una mesa elegantemente puesta, larga como un velero de poca eslora. René y él eran los únicos comensales. Aparte de Dex, en su papel de conejillo de Indias, lo único que no cuadraba con aquella puesta en escena digna de *Ciudadano Kane* era Manny, situado detrás de Evan a unos diez metros de distancia y con una escopeta apuntando a la base del cráneo del invitado.

René miró a Evan desde la lejanía del otro extremo.

—Me parece que esta va a ser una larga conversación —dijo.

Mojó un cuadradito rosa en el plato anegado de jugo y desalojó la carne de los dientes del tenedor. Masticó con los ojos cerrados y luego, con una servilleta de hilo, se dio unos toques en las esquinas de sus carnosos labios.

Evan miró el plato que tenía delante. Su carne estaba cortada a trocitos tamaño mordisco. No le habían puesto cubiertos. Su servilleta no tenía anillo de bambú. Pero el plato de porcelana china se rompería con facilidad, y siempre podía envolver uno de los fragmentos con la servilleta.

René interrumpió sus pensamientos.

—Sería mejor que dejaras de intentar matar a mis hombres —le advirtió.

—¿Intentar? —repuso Evan.

René soltó una carcajada y pareció sorprendido de sí mismo. Cuando la sonrisa desapareció del todo, fue como si no hubiera existido.

—Come —dijo.

Evan lo hizo con los dedos. La carne estaba deliciosa, tirando a salada, adobada con romero. No conseguía recordar haber estado tan hambriento desde que era un crío. Había pasado años enteros medio muerto de hambre, peleando por cada cucharada.

René parecía realmente complacido al ver que Evan disfrutaba con la comida.

—¿Querrás repetir? —le preguntó.

—Sí.

René movió un dedo enjoyado hasta un pequeño mando a distancia blanco que tenía junto a él y un momento después una de las hojas de la puerta de la cocina se abrió. El narco del establo, que ahora llevaba una bata de chef en lugar de la camisa sucia de grasa, apareció con otro plato de carne, cortada también como para un niño pequeño.

—Con cuidado, Samuel —dijo René—. Ahí está bien —añadió, señalando un punto a varios palmos de donde se encontraba el otro comensal.

Vigilando a Evan con el rabillo del ojo, Samuel dejó bruscamente el plato encima de la mesa y dio media vuelta. Evan aprovechó el momento en que se abría la puerta de doble hoja para echar un vistazo a la enorme cocina. Había un islote central, un horno de leña y una despensa grande y tenebrosa. La añadió al plano de la casa que estaba construyendo en su cabeza.

Se levantó para coger el plato y volvió a la silla. Manny lo tuvo en su punto de mira durante toda la operación.

—Levanta la vista —dijo René.

Evan obedeció.

—Sonríe.

Evan le miró. Los ojos de René lo observaban desde la piel artificialmente tersa de su cara. Estaba serio.

—¿Qué pasa, René? ¿Quieres que seamos amigos?

René le apuntó con el cuchillo.

—Dadas las circunstancias, ¿crees que te conviene tenerme como enemigo?

—Ya hemos superado esa fase —dijo Evan.

Mientras comía, aprovechó para examinar atentamente la estancia. Enchufes europeos salpicaban el revestimiento de paneles de madera. El Monet de imitación, visto ahora con detenimiento, resultó ser un Monet auténtico. En el lado este, la zona de comedor se abría a un salón de magnitudes catedralicias. Más allá de unos sofás y otomanas de tamaño extragrande —parecían elefantes dormidos—, ventanas hasta el techo con las lunas salpicadas de nieve miraban hacia la noche negra. Evan pudo ver su reflejo fantasmagórico en el cristal.

Incluso desde el otro extremo de la larga mesa, percibió la mirada fría de René.

—No eres un quejica. Eso se agradece. Es asombrosa la cantidad de motivos por los que la gente cree estar estresada. La gran mayoría de estadounidenses parece pensar que la seguridad es algo que se adquiere al nacer, como una garantía de fábrica. Que yo sepa, la única industria estadounidense en expansión es la del privilegio. —Se apoyó en el respaldo y juntó las manos sobre la barriga. El traje que llevaba puesto, de una tela gruesa parecida al terciopelo, no registró ni una arruga, solo apacibles ondulaciones como de agua—. Para los corderos, la indignación moral es dinero contante y sonante. Les gusta embadurnarse con ella.

Evan siguió comiendo, a pequeños bocados.

—¿Y bien?

Era la primera vez que René daba muestras de impaciencia.

—El tema no me interesa —dijo Evan.

—¿Por qué?

—He tenido que aguantar a demasiados tiranos de hojalata y filósofos de pacotilla durante muchos años.

René echó levemente la cabeza hacia atrás; era evidente que eso le había molestado. En su cutis no había más indicios de sangre que los matices rosados junto a las fosas nasales y en torno a los ojos. No hacía buena cara, pese a todos sus esfuerzos.

Estaba tamborileando con los dedos en una BlackBerry que tenía junto al mando. Echó un vistazo a la pantalla y dejó que se apagara de nuevo. BlackBerry era una empresa canadiense, por lo que muchos creían estar mejor protegidos contra la Agencia de Seguridad Nacional. Evan supuso que René utilizaba un sistema de espejos para sus comunicaciones, es decir, que transmitía cada texto o llamada a través de diversos intermediarios. Solo su círculo íntimo sabía dónde se encontraba en cada momento; de este modo se mantenía a salvo y tan escondido como el cerebro de un cartel en la sombra.

René interrumpió los pensamientos de Evan:

—Suponía que lo entenderías —dijo—. A fin de cuentas, los dos actuamos al margen de las reglas.

—No. —Evan negó con la cabeza mientras se llevaba otro pedacito de venado a la boca—. Yo soy la suma de mis reglas.

—De las tuyas, quizá sí. No de las reglas. —René esperó la réplica de Evan, pero no la hubo—. No hay muchas cosas que yo haga bien, pero las que sí hago bien, esas las hago mejor que nadie en el mundo. Discernir pautas financieras. El flujo y reflujo de cuentas bancarias. Interpretar las cagarrutas digitales que la gente deja a su paso. Lo que te hundió no fueron los 235.887 dólares que pagaste por esa espada, sino los cuarenta y un centavos. —Se inclinó al frente, buscando una reacción—. Ese es mi superpoder. Veo en los números cosas que a otros se les escapan. Y sé cómo... reordenar el asunto para que esos números aparezcan en mi columna y no en la de otra persona. A mi padre eso no le parecía un trabajo. Porque no tenía «valor añadido». Para él, lo mío no era talento, sino simple manipulación. Nunca me apreció por ello. En otra vida, yo habría sido uno de los directores de Goldman Sachs. —Hizo un esbozo de sonrisa fría como si se tratase de un fantasma—. Imagínatelo. Imagina que hubiera una cosa, una sola cosa, a la que estuvieras destinado. Y que no fuera aceptable a ojos de nadie. Pero que esa cosa te definiera mejor que ninguna otra.

Evan recordó el paisaje de pecas que Mia tenía en la nariz. Su manera de contonearse cuando escuchaba jazz. El hecho de que hubieran decidido (por su seguridad y la de Peter) que lo mejor era que él se mantuviera a distancia...

—Aunque no quieras admitirlo —prosiguió René—, sé que compartes mi postura. De hecho, la gente como nosotros vive fuera del tiempo, de ese día a día que destroza a las personas corrientes. La oficina, el carril para coches con dos o más ocupantes... Sueldos de miseria. ¿Para qué pasar por todo eso cuando es tan fácil... evitarlo?

—Supongo que tengo un sentido de la justicia demasiado desarrollado.

—¿Y de dónde crees que te viene?

—Yo he estado en el otro lado.

—Vaya, qué interesante —dijo René—. Yo también. Eso fue lo que me convenció de que la justicia no existe.

—¿Qué existe, entonces?

—El lujo. —René tomó un sorbo de vino—. A mí que me inyecten directamente en vena unas sábanas de seda y un poco de caviar.

—¿Así que esa es tu meta en la vida?

—Quiero tener todo aquello que desee y tanto tiempo como me apetezca.

—¿A cualquier precio?

—Siempre que paguen otros, sí. Mírame bien: estoy gordo. Soy feo. ¿Qué tengo? Dinero e intrepidez. Lo que equivale a poder. Gracias al poder, satisfago mis necesidades. Valoro el lujo, así es. Y la juventud. Y la belleza.

Un hombre joven entró desde el salón frotándose un ojo con el puño. La camiseta que llevaba dejaba a la vista el tipo de abdomen que uno solo puede lucir a los veintipocos años, una ligera concavidad atravesada de músculos. Tenía el pelo de un rubio sucio y medio de punta, desgreñado, a la moda. O estaba colocado, o estaba realmente agotado.

¿El hijo de René?

René se puso tenso.

—Aquí no estás seguro, David —dijo.

Este miró en derredor, los párpados a media asta, fijándose en Evan, en Dex y en Manny con la escopeta en ristre.

—Pues a mí me parece un sitio bastante seguro.

Pellizcó un trozo de carne del plato de René y masticó con languidez. Después se inclinó para plantarle un beso en la boca.

Vaya.

David pasó la mano por los cabellos perfectamente peinados de René.

—La sauna está estropeada.

—¿Cómo que estropeada?

—Que tarda mucho en..., bueno, en calentarse.

—Le diré a Samuel que vaya a ver.

—Eres un encanto.

David le lanzó a Evan una mirada hastiada y luego se marchó por donde había venido.

René compartió con Evan un gesto de exasperación.

—Cuando eres joven, no piensas que te harás viejo, ¿verdad? —Se llevó a la boca el tenedor, con unas judías verdes. Bebió más vino—. No soy gay —aseguró—. A veces me gusta acostarme con hombres, eso es todo.

Tocó una tecla del mando a distancia y apareció Samuel, rascándose la cicatriz.

—Echa un vistazo a la sauna —le pidió René—. No le pasa nada, pero David está dando la lata con eso otra vez. Tú haz como que arreglas la válvula.

Samuel asintió con la cabeza y salió rápidamente.

—Si mis intereses coinciden con los de otra persona, puedo ser bastante generoso —añadió René—. Tú, por ejemplo. He hecho lo posible por explicarte tu situación actual sin recurrir a la violencia. Espero que te hayas dado cuenta de que gozas de ciertas libertades y de que se te trata bien.

Evan se rebulló en su asiento, lo que provocó que Manny y su arma asomaran por encima de su hombro derecho.

—Ha sido estupendo —dijo.

—Vas a perder mucho dinero. Eso lo entiendo. Tienes setenta y dos horas para asumirlo. Pero quiero dejar clara una cosa: transcurrido ese tiempo, si no cooperas, no creo que te guste lo que sucederá.

—¿Y qué sucederá?

Detrás de René, Dex se adelantó hasta quedar bajo la tenue luz de la araña de luz. Había estado tan quieto y callado en la zona de sombra hasta ese momento que Evan se había olvidado casi de su presencia. Dex se llevó la mano izquierda a los labios; el tatuaje que llevaba en esa mano no era una boca sonriente sino una fea mueca. Los incisivos sobresalían, no a la manera de un vampiro, aunque goteaba sangre de ellos. Una boca capaz de arrancarle a uno las entrañas. La visión de la mueca tatuada frente a las facciones sin vida del gigante hizo que Evan sintiera un escalofrío en la columna vertebral.

Dex había respondido a su pregunta sin necesidad de pronunciar palabra.

—Dex es mudo —explicó René—. Antes los llamaban retrasados,

pero te aseguro que no es el caso. —El burdeos le había teñido los dientes de un tono de rojo que contrastaba con la palidez de su cara. Miró a Dex como si fuera un novillo de concurso—. Es capaz de transmitir muchas cosas sin decir absolutamente nada.

Evan se puso de pie. Al instante, Manny le gritó desde atrás:

—*¡Siéntate! Ahora, hijo de la chingada.*

Pero Evan hizo oídos sordos y continuó mirando fijamente a Dex. Sin apartar de su boca aquellos colmillos pintados, Dex le miró también, pero sus ojos no transmitieron peligro ni temor. No había apenas nada en su mirada, simplemente la fijeza de un búho observando a un ratón que trata de escabullirse.

—Ya veo que has ganado algunas peleas —intervino René—. Apuesto a que de vez en cuando te acuerdas de ellas, que las reproduces mentalmente...

—No tanto como las que he perdido.

René cruzó pulcramente sus cubiertos encima del plato y lo apartó. Del interior de la solapa extrajo un frasquito cilíndrico transparente. Roció su cubierto y después hizo lo propio con el cojín de su silla. Lo hizo como si formara parte de la etiqueta tras una comida.

El frasco misterioso desapareció después en el interior de su chaqueta. René se la ajustó sobre los hombros tirando hacia debajo de la pechera e introdujo un botón en su ojal con cuidada destreza.

—Tranquilo —le dijo a Manny—. Parece que hemos terminado.

Se dispuso a salir.

—Entonces, esa transferencia —quiso saber Evan—, ¿crees que no se puede rastrear?

—El ordenador lleva un cortafuegos del tipo *air gap*, nunca ha estado conectado a internet. La transferencia irá encriptada. La cuenta receptora enviará el dinero a través de una serie de... —René calló al ver que Evan sonreía—. ¿Qué te hace gracia?

—Que creas que es suficiente con eso.

—¿Suficiente para qué?

Evan meneó la cabeza y dijo:

—Créeme, más vale que no lo hagas.

—¿Y por qué no?

—Porque —respondió Evan— nunca se sabe quién está mirando.

16

Camaradas leales

Salvo por el gorro de baño, Candy McClure estaba desnuda. Le encantaba ir desnuda, aunque ahora era por trabajo, no por placer. De ahí que estuviera encorvada hacia delante, el cadáver echado sobre su espalda, los brazos de un tono marfil colgando sobre los hombros de ella, mientras se dirigía hacia la cinta transportadora que terminaba en la unidad de cremación. Tener un peso literalmente muerto encima no era la cosa más agradable que le había tocado hacer esa semana, pero Candy se tomaba todas las molestias necesarias durante el proceso de eliminación a fin de no dejar fibras o residuos en la escena.

Era uno de aquellos sitios para animales domésticos. Ella prefería las morgues de animales a las de humanos. Si pasabas de los inevitables nombres cursis —todos parecían llamarse «Patitas bonitas» o «El paraíso de la mascota»—, tenían ciertas ventajas, la principal de ellas que las medidas de seguridad dejaban mucho que desear.

Se había metido en este grupo, Camaradas Leales, en las afueras pijas de Muskego (Wisconsin), porque utilizaban el Power-Pak II, su unidad de cremación favorita y la misma que se emplea para humanos. Agradable y espaciosa. Ideal para un san bernardo o un periodista del *Journal Sentinel* que hubiera decidido ponerse a hacer preguntas sobre asignaciones presupuestarias en dinero negro.

Dejó caer el cuerpo de Jon Jordan en la cinta, encima de un gato de pelo corto con solo tres patas y *rigor mortis*. Había precalentado la unidad antes de sacar el cadáver de la furgoneta robada que había aparcado junto al muelle de carga. Presionó el botón con el canto de la mano para poner en marcha el equipo y vio cómo la extraña pareja se adentraba en el horno de novecientos ochenta grados para su total desintegración.

La curiosidad mató al gato.

Chasqueó los dientes, enderezó los hombros e intentó relajar un poco la zona lumbar. La carne de la espalda le escocía y ardía. Jon Jordan no era un hombre pequeño. Se vio reflejada, desnuda, en el acero inoxidable del crematorio y dedicó unos segundos a admirar su cuerpo.

Un cuerpazo, sin duda. Pechos grandes, firmes, que aún se mostraban altos y ufanos. Cintura digna de un violonchelo. Caderas anchas, muy femeninas. Piernas bien torneadas.

Pero...

Giró lentamente sobre sí misma poniendo a la vista su moteada parte trasera. Desde que Huérfano X la tirara sobre sus propios bidones de ácido fluorhídrico concentrado, Candy se había sometido a incontables injertos de piel y extirpaciones de tejido cicatrizal. El dolor era intenso e incesante, al igual que las infecciones.

Vista por delante, conejita de Play Boy. Vista por detrás, Freddy Krueger.

Aunque odiaba reconocerlo, las cicatrices le habían roído de forma casi imperceptible su inquebrantable confianza en sí misma. Dudar de sí misma no era su fuerte. A decir verdad, no era un sentimiento que recordara haber experimentado antes, pero había algo familiar en aquellas sombras de duda que ahora asomaban bajo la repulsiva superficie; algo de tiempos pasados, cuando se crio prácticamente ella sola, un sentimiento que había conseguido eliminar de su vida, sepultándolo en lo más profundo.

Como un susurro en el oído, la pregunta: «¿Aún eres lo bastante buena?».

No en vano el programa Huérfanos quería que sus productos fueran impecables. Candy había sido perfecta, pero ahora tenía un defecto indiscutible. Y eso la hacía humana.

No estaba previsto que los Huérfanos fuesen humanos.

El móvil le vibró en la cabeza, protegido por el gorro de baño: «I'm Every Woman», de Whitney Houston, en versión de una banda punk de chicas.

La melodía laboral.

Cogió el aparato.

—¿Sí?

—¿El paquete ha sido neutralizado?

La voz era una colección de palabras y sílabas grabadas de diversos programas y anuncios televisivos —de hombre y de mujer, de viejo y de joven, con acento o sin—, todo ello convertido en un puré sonoro, el equivalente de una nota de rescate a la antigua usanza, hecha con palabras recortadas de diferentes periódicos.

Charles Van Sciver era la quintaesencia del paranoico. Aunque las llamadas estaban encriptadas, tomaba esta medida adicional para esquivar cualquier software de reconocimiento de voz. Era un fantasma, un susurro en el oído. Ella lo había visto en persona una sola vez, pero ni siquiera entonces pudo verlo con claridad. Lo conocía más que nada por lo que había oído contar de él.

La ventaja de que Huérfano X fuera tan eficaz era que se había cargado al intermediario. Ahora Candy podía comunicarse directamente con Van Sciver... o al menos con el software que estuviera actuando en su nombre. Se lo imaginó tecleando como un loco: Lon Chaney encorvado sobre el órgano en *El fantasma de la ópera*.

Bajó la portezuela de la unidad de cremación para comprobar cómo iba todo, un ama de casa mirando el estofado.

—El paquete se está cociendo.

—Tengo una posible pista de Huérfano X —informó el mosaico de voces.

Candy separó sus rollizos labios y se mordió el inferior. Durante todo el año anterior había habido un sinfín de posibles pistas, siempre sin resultado. Pero, cada vez que Van Sciver llamaba con un nuevo y jugoso chivatazo, a ella se le aceleraba el pulso. Solo había una cosa que le resultaba más estimulante que el sexo, y era la perspectiva de vengarse.

Huérfano X había desfigurado un cuarenta por ciento de su gloriosa superficie. Solo una cosa, tan solo una, la ayudó a sobrellevar las humillantes operaciones quirúrgicas, los atroces períodos de convalecencia, las duchas de mil alfileres y las noches en vela revolviéndose en sábanas de papel de lija: imaginarse qué le haría a él en el cuerpo cuando le echara el guante.

Van Sciver compartía su entusiasmo. Para él también era algo profundamente personal cazar a Huérfano X. Candy había oído decir que su relación con X se remontaba a cuando ambos eran pequeños, pero, aparte de eso, no sabía nada más.

Así fue como consiguieron un nombre de pila, Evan. El apellido había sido descartado tiempo atrás. Aunque Evan actuaba ahora bajo pseudónimo, el Hombre desconocido, Van Sciver insistía en referirse a él por su nombre en clave en el Programa.

Van Sciver era Huérfano Y.

Ella era Huérfano V.

Estaban vinculados por sus nombres en clave.

Con un cepillo de acero inoxidable, Candy barrió los restos que habían quedado en la unidad de cremación hacia una tolva de aluminio para enfriarlos.

—¿Qué pista? —preguntó, esforzándose por disimular su ansiedad.

—Recientemente el número de móvil 1-855-2-NOWHERE ha cambiado de proveedor. Ahora es de una empresa de telefonía próxima a Sebastopol.

Los algoritmos de Van Sciver abarcaban un ámbito enorme, cribando la superautopista de la información en busca de puertos de red, *softswitches* para tráfico VoIP, cuentas bancarias, cualquier bandera roja que pudiera señalar un rastro para localizar a Huérfano X.

—Por razones obvias, no podemos sacar ninguna información de Crimea sin que los matones de Putin se huelan algo —continuaron las voces—. Necesito que vayas allí. Trabajarás con Huérfano M.

Ben Jaggers. Un hombrecillo arisco, cetrino, que más parecía un vendedor a domicilio que un asesino experto. Sin embargo, ella había visto imágenes de cámaras de seguridad en las que aparecía clavándole un palillo en el ojo a un titubeante informador en pleno mercado al aire libre de Shangai, dejando al pobre tipo lobotomizado sobre su sopa de huevo.

En la primera iteración del programa, los huérfanos nunca trabajaban juntos. Pero para Huérfano X, Van Sciver se había mostrado dispuesto a hacer excepciones. Al tomar él el mando de las operaciones, se había producido un ligero cambio de enfoque. El Programa Huérfanos seguía ejecutando alguna que otra orden por parte del gobierno en la sombra que podía negar su implicación si la operación se torcía. Pero desde que los drones habían demostrado su fría eficacia como método para asesinar, no había tanta necesidad de agresores humanos y las complicaciones que entrañaban. Así pues, el núcleo de huérfanos leales bajo la dirección de Van Sciver se dedicaba a perseguir a agentes díscolos que poseían información que podía comprometerles; como tiburones en el útero, devorándose unos a otros hasta que solo quedaran los más fuertes. Y el más escurridizo y más peligroso de sus objetivos no era otro que Huérfano X.

Candy vertió en el pulverizador los restos que había tirado a la tolva, reduciendo lo que quedaba de Jon Jordan y del gatito a un polvillo fino.

—¿Por qué Huérfano M? —dijo.

—Porque es el único a quien tu presencia no... distraerá.

La última palabra pregrabada, con voz de mujer indú, sonó con un énfasis especial.

—¿Y eso? ¿Qué le pasa a Huérfano M? —preguntó Candy.

Sin respuesta. Van Sciver nunca malgastaba saliva aunque no pronunciara él las palabras.

—¿Cuándo salgo? —preguntó ella.

—Ahora —dijo Van Sciver por medio de otra voz, y cortó la comunicación.

Unos golpes en la parte de atrás resonaron por todo el crematorio.

Candy volvió a meterse el móvil debajo del gorro de baño, suspiró y recorrió el suelo de baldosas con olor a desinfectante para ir a abrir la puerta trasera.

Allí estaba Jaggers, pasando frío, el traje colgándole del esqueleto. Un metro sesenta, cincuenta y cinco kilos. La miró a la cara, toda una hazaña, habida cuenta de lo que estaba a la vista.

—No te metas en mi camino, no cuestiones mis tácticas y no pienso follarte —le dijo ella—. ¿Alguna pregunta?

Jaggers tosió en un puño amarillento.

—¿Qué te hace pensar que quiero follarte? —dijo.

Ella dio media vuelta y regresó al pulverizador, que ya no hacía ruido.

—Todo el mundo quiere follarme después de estar un rato conmigo. Ya lo verás —dijo ella.

Si Jaggers reparó en sus cicatrices, no dejó que se notara. De hecho, parecía que el cuerpo de Candy no le excitara lo más mínimo. Un topo asexuado.

—Tengo los billetes de avión —dijo—. Volamos a Kiev y luego seguimos.

—¿Somos marido y mujer?

—Fotoperiodistas de una revista de viajes canadiense —dijo él—. Ya memorizarás los detalles durante el vuelo.

—¿Tenemos respaldo?

—Sí. Varios números de teléfono, contestadores automáticos, nuestro «redactor jefe» siempre de guardia.

Candy puso la ceniza en una bandeja y luego la distribuyó en varias urnas alineadas en un estante. Fido, Spot, Max. ¡Ay, Wisconsin!, siempre con tus fieles valores del Medio Oeste y tus anacrónicos nombres de mascotas. A ella le encantaba aquel sitio, le permitía asomarse a lo que podría haber sido una vida de verdad.

Abrió un grifo, se enjuagó las manos y luego se las secó en esos muslos tan firmes.

—Otra cosa. —Se plantó delante de Jaggers. Ahora sus pechos estaban a la altura de la barbilla de él. Jaggers ni se inmutó—. Cuando cacemos a Huérfano X, lo quiero para mí y con vida. ¿Entendido?

Él asintió ligeramente con la cabeza.

—Muy bien. —Ella echó a andar hacia la puerta—. Pues vamos.

Jaggers no la siguió.

—¿Qué?

Él señaló hacia el charco de tela que había en el rincón.

—Te olvidas de la ropa —dijo.

17

Bello monstruo

René odiaba los espejos. Antes eran sus amigos. De joven, podía pasarse horas emperifollándose, admirando la línea de su mandíbula, las pinceladas de sus clavículas, el decidido arco con que su trasero encajaba en el muslo. Nunca había sido guapo, pero era capaz de adoptar la pose correcta bajo la iluminación adecuada y convertirse en algo que merecía la pena ser contemplado.

Sus padres nunca compartieron ese interés que René tenía por su propia persona.

A la suave luz del cuarto de baño, se volvió para estudiar la desviación de cinco centímetros de su columna vertebral.

Una ligerísima curva lateral que, sin embargo, lo había cambiado todo.

Por mucho que se esforzara, por muy disciplinado que fuera, aquella curva del tamaño de un pulgar lo volvía inaceptable a ojos de su familia. El apellido Cassaroy llevaba consigo ciertas obligaciones, expectativas pasadas de generación en generación, y por ello mismo cada vez más rancias y cargantes. Su tatarabuelo había luchado en la guerra de Secesión, y a partir de entonces los varones Cassaroy aparecían con regularidad en los anales de la historia, siempre ligados al combate: aquí un teniente en la guerra hispano-americana; allá un artillero en las trincheras de Château-Thierry. También en las guerras menores aparecían los Cassaroy, guerras de las que nadie había oído hablar, guerras que nadie recordaría jamás de no ser por los retratos de tipo bélico que poblaban los oscuros pasillos de la mansión de su niñez. La guerra de los indios sheepeater, la segunda expedición a Sumatra, la guerra del río Rojo. Si dos fuerzas en conflicto se enfrentaban, seguro que el primero en presentarse era un Cassaroy, rifle en mano y columna más recta que una lanza, en su papel de fogoso invitado a la fiesta. El padre de René había atacado Omaha, una ofensiva saturada de fango y de sangre que él jamás perdía ocasión de revivir a la parpadeante luz del hogar, enfatizando su relato mientras agitaba una copa de Grande Champagne de cien años.

René había oído decir cientos de veces que los veteranos jamás hablaban de sus experiencias en campaña. No era el caso de los Cassaroy, que sacaban a relucir hasta el último rasguño, como si fuera una de esas historias alrededor de un fuego de campamento que resultan más gloriosas cada vez que se cuentan.

La presión no habría sido tan grande de no ser porque René era el único heredero y último descendiente del linaje Cassaroy. Nacido prematuro, René sufrió de asma y otras dolencias durante su niñez. Él no era un Cassaroy pura sangre, pero su complexión era aceptable y decidió pasar la prueba universitaria. Ninguna de sus dolencias supuso un problema hasta que intentó alistarse. Su escoliosis era tan leve que al pediatra se le pasó por alto; sin embargo, aquel militar con vista de águila que se ocupaba del reclutamiento en el ejército de tierra la detectó al instante. Y lo mismo ocurrió cuando intentó enrolarse en la armada, o en los marines, incluso en las fuerzas aéreas. Aun con los numerosos contactos que tenía papá Cassaroy, la solicitud de René para entrar en la CIA no pasó ni la primera ronda.

Nadie lo quería.

René tenía unos veinticinco años cuando su padre sufrió un derrame cerebral y se partió la cabeza contra la bañera de patas de garra. La madre, sufridora profesional salida de una obra de Tennessee Williams, había sucumbido a una enfermedad poco específica varios años antes. Al padre no pareció importarle mucho —ella le había dado un único hijo, y encima de poca calidad—, y René tampoco lloró su pérdida. Sin embargo, cuando el padre falleció, no solo sintió que le quitaban un prolongado peso de encima, sino también una soledad indescriptible. Que el viejo estuviera todo el día fastidiándole e intimidándole demostraba, al menos, cierta atención por su parte, una manera de reconocer que René Peter Cassaroy, en efecto, existía.

Pero la lectura del testamento en la solemne oficina del abogado de la familia puso una vez más en duda su existencia: durante las tres largas horas que duró, René no dejó de retorcerse por culpa de aquel traje de tweed, mientras el abogado se atusaba el bigote de morsa. El padre repartió el patrimonio familiar entre innumerables asociaciones de veteranos, dejando a René unos miserables doscientos mil dólares. Ya no podría vivir de la manera a que estaba acostumbrado.

Se retiró totalmente del mundo durante medio año, escondido en una residencia de verano que no había caído todavía bajo la maza del subastador. René sabía que era un fracasado a ojos de la familia y del mundo, pero confirmar este hecho de manera tan cruda, a través del mostachudo abogado, fue demasiado para él. Habían decidido que no era digno de compartir una fortuna familiar que se remontaba al siglo XVII. Aquella curva de cinco centímetros en su espina dorsal había bastado para poner fin a cuatro siglos de prestigio y abundancia.

Su padre lo había borrado de la historia.

La única ventaja, quizá, de no existir fue que se le presentaba la posibilidad de reescribir su propia historia; jugar siguiendo otras reglas, unas reglas que favorecieran sus puntos fuertes.

Valiéndose únicamente de una larguísima experiencia fruto de una personalidad implacable, había conseguido reunir una fortuna propia. Ahora vivía como correspondía a un auténtico Cassaroy, pero, en lugar de estar atado por convenciones o tradiciones, René hacía exactamente lo que le pasaba por los cojones.

Podía controlarlo todo. Incluso —si le apuraban— la naturaleza y el tiempo.

De su largo y orgulloso linaje de saludables antepasados había recibido una sola herencia de interés, que sin embargo iba a resultar más valiosa que todas las joyas de la familia y todos los polvorientos cuadros juntos: un tipo de sangre AB, presente en tan solo un escueto cuatro por ciento de la población. En este sentido, René era excepcional. Bueno, no excepcional, todavía. Pero acabaría siéndolo.

Gracias a ello, su transformación sería algo digno de verse.

De pie frente al espejo, con gotitas de agua pegadas como rocío al vello que poblaba sus hombros caídos, contempló sus deficiencias en todo su esplendor. La pálida tripa de foca. Las medialunas que formaban sus ojeras. La fragilidad de sus cabellos, que permitía que la luz del techo los atravesara para iluminar la cúpula de su cráneo.

Y ahora lo peor de todo. Haciendo acopio de valor, giró el interruptor de la luz a máxima potencia.

Allí estaba, en su desnuda crudeza, cada defecto al descubierto por el implacable resplandor.

René empezó su proceso restaurador vespertino.

Maquillaje para los ranúnculos. Un poco de corrector para aclarar las ojeras. Un toque de color para la mancha solar que tenía en la mejilla izquierda, a la altura de la oreja. Se había tatuado un poquito de sombra de ojos para resaltar sus iris color chocolate, pero de eso hacía unos años y la tinta se había ido desvaneciendo. Tomó nota de hacérselo renovar.

Enfrente de él, toda una hilera de frascos y tarros, diligentes centinelas contra los estragos de la edad. Llenó el vaso de agua hasta el borde, se tragó tres doradas y translúcidas píldoras de Omega-3. Zinc para la piel, calcio para las uñas, vitamina E para los folículos. Lipitor para el colesterol, Prinivil para la tensión, Singulair para el asma. Concerta para la concentración, Klonopin para relajarse, una segunda dosis de Lexapro para mantener a raya la depresión. Acidophilus para los intestinos. Se zampó tres cápsulas de té verde con la esperanza de acelerar el proceso de quema de grasas y luego oyó que David estaba en el dormitorio y se tomó un Cialis.

Con un cuentagotas se aplicó Rogaine en la zona de la coronilla. Aunque no servía para frenar la pérdida de pelo en esa zona, utilizó el líquido de rejuvenecimiento capilar en la franja de cuero cabelludo a la vista y las fibras se pegaron a sus propias mechas, haciéndolas más robustas. Propecia se encargaría del resto. Le habría encantado reconquistar aquel atractivo tono ocre de sus años mozos, pero, por más que se teñía el pelo, siempre le quedaba una pátina de color cobrizo.

Cada vez requería más trabajo y más pastillas, mañana y noche, resucitarse a sí mismo, devolver a su cuerpo el correcto alineamiento, rehacer su fachada. Se contempló con los ojos de su padre, los ojos de generaciones de Cassaroy, y vio lo que ellos veían: un ser patético, humano y frágil.

Sintió crecer en él la Necesidad, trepar por el interior de su garganta, exudar por todas sus células. Era hombre de hábitos muy caros, y esos hábitos se alimentaban con sangre.

No en vano tenía siempre cerca al doctor Franklin. Retener a un médico como él costaba mucho dinero. El equipamiento médico era caro. Absolutamente todo era caro. La vida de René se había convertido en una máquina extravagante que cada año requería de un mejor mantenimiento; un bello monstruo que necesitaba ser alimentado.

Se soltó la toalla que llevaba a la cintura y pasó al dormitorio. David yacía desnudo y musculoso en la cama, tumbado lánguidamente sobre mullidos almohadones. Volvió la cabeza y René se preparó para el inevitable destello de rechazo que chispeaba en sus ojos antes de extinguirse en la drogada marea.

Aquel destello de aversión le hería en lo más hondo. Y, sin embargo, no podía culpar a David.

El joven separó un brazo del cuerpo, invitándolo a la cama. Qué apuesto era, con aquellos labios de rosa, aquella mirada enternecedora, aquellas mejillas sonrosadas. Parecía sacado de un cuadro prerrafaelista.

—¿Vas a ir al pueblo más tarde? —preguntó René al acercarse—. ¿A pasarlo bien?

—Pues sí.

La Necesidad, pájaro enjaulado, clamaba en el interior del pecho de René.

—Tráeme un pico —dijo.

David inclinó levemente y con desgana la barbilla, a modo de asentimiento.

—Bueno. ¿Macho o hembra?

—Un poco de cada —dijo René—. ¿Crees que podrás conseguirlo?

Claro que podía. Con su pinta y la promesa del suntuoso chalet, todo era posible.

David rodó sobre sí mismo, exponiendo su desnudez.

—Yo consigo lo que sea —dijo.

18

La carne y el hueso

Encerrado en su cuarto, Evan se puso a caminar en círculos vestido con solo unos bóxers, esperando a que la lumbre se fuera apagando. Ardía a buen ritmo, y la rugiente leña de cedro le trajo recuerdos de su apartamento en la planta vigésimo primera de Castle Heights. Alguien había echado más leños mientras él estaba cenando; probablemente la lumbre aguantaría el resto de la noche.

Se acercó a la puerta cristalera y contempló las crestas de las montañas, apenas visibles ahora, de un negro más intenso en la negra noche. La ladera septentrional era la más suave; seguramente por esa razón René había apostado allí un francotirador. Pero ¿había tiradores en las otras laderas? Evan examinó el resto de la sierra montañosa. Había una hondonada en el lado oeste que se le antojó prometedora; tendría que echar un vistazo a la fría luz de la mañana.

Ahora lo prioritario era mantener la cabeza despejada. Mente y cuerpo. El segundo mandamiento decía: «Según hagas una cosa, así las harás todas». Jack había hecho especial hincapié en enseñarle a concentrarse. Ser una sola cosa cada vez, una y nada más.

Estiró los miembros. Las flexiones le dolían cada vez menos, y los moretones estaban desapareciendo. Aún le molestaban las costillas —la coz de Manny a las tripas no había ayudado, en este sentido—, pero el dolor era soportable. Se sentó en el borde de la cama, cruzó las piernas, consciente de la cámara que registraba todos sus movimientos. Después cerró los ojos y se olvidó del objetivo indiscreto. Se centró en su interior, concentrado exclusivamente en la respiración. Era un movimiento interno, una suerte de brisa que susurraba a través de la carne y del hueso. La fugacidad de cada instante también resultaba hermosa. Una sola respiración suponía un instante aislado en el tiempo. Este cuerpo único, efímero y perecedero, gloriosamente mortal. A esta respiración le seguirían muchas otras, hasta que, en un momento dado, la acumulación de aire aspirado le proporcionaría una total inmovilidad. Se limitaba a controlar en qué gastaba cada respiración. Y lo único que tenía sentido era esa decisión.

Afuera se oía a un chotacabras silbar en la penumbra, solitario y acechante. El ruido de un motor se hizo audible y engulló al pájaro. Crepitar de neumáticos sobre el terreno escarchado.

Evan saltó de la cama y salió al balcón en el momento en que uno de los Mercedes Clase G subía por el camino de entrada. El coche derrapó al frenar, la puerta del conductor se abrió y David se apeó del vehículo. Dos hombres y dos mujeres, de poco más de veinte años, salieron por diferentes puertas, vaso de cerveza en mano. Ruido de una botella al estrellarse contra el suelo. Risas.

Distorsionadas por la distancia y el viento, Evan captó frases al vuelo.

—¡Bonita casa, tío!

—Me estoy meando.

David se sacó de un bolsillo interior de la chaqueta un mando a distancia blanco, lo levantó hasta más arriba de su cabeza y pulsó una tecla. Las luces de debajo del alero de la fachada iluminaron el recinto.

Las chicas reían, bamboleándose sobre sus tacones altos.

—No veas —dijo uno de los chicos—. Parece sacada de una peli de James Bond.

Los aretes de dilatación que adornaban sus orejas daban a sus lóbulos proporciones tribales.

David giró en redondo con los brazos en alto. En una de sus manos había aparecido una botella de champán.

—Bueno —dijo—. ¿Venís o qué?

Caminó, ebrio, hacia la puerta principal del chalet, seguido de los demás. Tiritando, Evan los observó hasta que desaparecieron de su campo visual. Luego volvió adentro.

De pie, frente a la lumbre, había una mujer desnuda.

Se había recogido su espesa y reluciente melena negra con un palillo chino. Unos mechones rebeldes encuadraban sus mejillas enmarcando su cuello. Era un cuerpo digno de ver, pero Evan centró su atención en la cara. Nariz recta, piel tersa y aceitunada, grandes ojos negros provistos de largas pestañas.

Era la mujer que había visto en el establo cuando Dex la estaba maltratando.

Sus muñecas mostraban franjas coloradas allí donde los capilares se habían roto. Evan se preguntó de nuevo si no habría sido todo un montaje dedicado a él. La presencia de la mujer, y además desnuda, parecía confirmar esa teoría.

Ella extendió los brazos, como si dijera «ta-chán».

Luego frunció exageradamente el ceño.

—Normalmente los hombres se alegran de verme —dijo. Tenía un acento marcado pero muy musical: ¿croata?, ¿griega?, ¿serbia? Se palmeó los costados con fuerza, haciendo temblar sus fuertes caderas—. ¿Qué pasa? ¿No te gustan los regalos?

—Las esclavas, no.

Ella se le acercó, cogió la mano de Evan y tiró de él hacia la chimenea.

—Hagamos una excepción —dijo.

Su boca estaba cerca, sus labios eran carnosos. Evan sintió un cosquilleo en la piel, y no solo por el calor de la lumbre. Ella le besó. Él tuvo que hacer un gran esfuerzo para no devolverle el beso.

Ella se alejó unos pasos, con expresión divertida. Luego se volvió hacia él, le puso una mano en el pecho a modo de prueba y lo empujó suavemente hacia la cama. Él se sentó. La chica se fue acercando, sus pechos le rozaban ahora la boca. Evan era muy consciente de la cámara situada en lo alto.

—Aparta o te apartaré yo —dijo Evan.

Pero ella lo hizo tumbarse en el colchón al tiempo que se inclinaba sobre él. Sus cabellos colgaban como una cortina negra, enlazando sus rostros, acariciando las mejillas de Evan. Era la primera vez, probablemente en toda su vida, que Evan no cumplía una promesa.

Cuando ella lo miró, su expresión había cambiado; tenía el ceño fruncido y los ojos húmedos. Era miedo.

Evan comprendió que había dejado caer sus cabellos para ocultar sus rostros a la cámara.

—Entonces tendremos que fingir —susurró la mujer—. O yo lo pasaré mal.

Él respondió susurrando también:

—¿Te castigan cada vez que alguien te rechaza?

—No lo sé. —Se mordió el rollizo labio inferior—. Nadie me había rechazado hasta ahora.

—¿Cómo te llamas?

—Despi.

Ah, entonces era griega. Despina.

Ella movió la cabeza, retirando los cabellos hacia uno de sus hombros. Evan notaba encima todo el calor y la presión que irradiaba.

—Por favor —dijo ella.

Él casi la creyó. Sin embargo, parecía una jugada lo bastante teatral para ser cosa de René. Le tomó el pulso en el cuello. Era lento. Recordó el palillo con que sujetaba sus cabellos.

La agarró por la cintura y la hizo rodar hacia la zona de la cama donde no alcanzaba la cámara del conducto de ventilación, dejando el borde de sus cuerpos a la vista para no revelarles que sabía de la existencia de la otra cámara.

—Aquí —dijo.

—Vale. —Ella respiraba ahora con dificultad—. Vale.

Se le sentó encima, se quitó el palillo y sacudió la melena. Sus cabellos volvieron a posarse como si los hubiera colocado ella mechón a mechón. Luego dejó caer el palillo en la mesita de noche y recorrió con un dedo el ya amarillento cardenal que el cartucho de perdigones le había dejado a Evan en el hombro.

—Eres duro —dijo—. Pero ¿lo eres más que René?

La mención del nombre hizo que se estremeciera.

—Sé lo bastante para no subestimarlo.

—Haces bien —dijo ella por lo bajo—. Te has cargado a varios de sus empleados.

—¿Cómo lo sabes?

—Los hombres hablan. —Iba moviéndose encima de él; su hombro tapaba la cámara de arriba—. Entonces es verdad que los mataste.

A Evan le estaba costando un enorme esfuerzo mantener ese simulacro en aquella situación.

—Sí —dijo.

—¿Es lo que haces?, ¿esperar aquí, en este cuartucho, mientras piensas cómo cargártelos a todos para poder escapar?

—Sí.

La piel le olía a jazmín. Se inclinó hacia delante y pegó su suave abdomen al de él. Sus narices casi se tocaban. Siguió moviendo las caderas sin dejar de observarle en todo momento.

—Y a mí, ¿cómo me matarías?

—Te clavaría ese palillo de ahí en la arteria carótida.

La chica abrió mucho los ojos.

—Qué desagradable saber esa clase de cosas.

—Sí.

Ella se apartó y, ostensiblemente agotada, se echó un brazo sobre la frente. Él se apartó por completo del ámbito de la cámara. Ella dejó caer la cabeza hacia un lado y de este modo quedaron cara a cara.

—Por eso me dijeron que cogiera el palillo antes de irme. Era un experimento. Querían ver si me follabas o me matabas. —Su mirada expresó tristeza—. No has hecho ni lo uno ni lo otro.

Pareció que esperaba alguna respuesta por parte de él, pero Evan no tenía nada que decir.

—Me he convertido en un cordero atado a una estaca para poner a prueba a los depredadores —dijo ella.

De repente se incorporó y abandonó la cama, sin olvidarse de recuperar el palillo antes de salir. Cuando la puerta se abrió, Evan pudo oír pisadas múltiples en el pasillo. Al cerrarse la puerta, los pestillos encajaron en su sitio, uno detrás de otro, con un ruido metálico. Apenas había tenido tiempo de reflexionar sobre lo ocurrido cuando oyó el siseo procedente del techo.

—¡Joder! —exclamó.

El gas descendió sobre él.

19

En alguna parte muchísimo peor

El aire huele a flor de cerezo. En otras circunstancias eso sería agradable.

Pero bajo ese aroma yace el hedor terroso del cemento húmedo y del toque metálico de la sangre.

Jack está de pie, encorvado, una mano agarrándose el hombro sin que eso sirva de nada. La sangre forma ríos entre sus dedos. Su camisa azul de franela está empapada. Sus ojos miran acusadores.

La oscuridad prevalece. Está el reflector de Jack y nada más. Evan observa desde algún punto en la penumbra, embelesado.

Se encuentran en el nivel 3 del aparcamiento. O en alguna parte muchísimo peor.

Jack tiene los labios apretados pero su boca vibra, y Evan puede oírle pensar.

«¿Qué has hecho?»

«Ese niño a quien yo quería como si fuera mi hijo, ¿qué me ha hecho?»

La boca de Jack se abre pero no salen palabras, solo sangre, negra como el petróleo, como si alguien hubiera abierto un grifo. Baña sus dientes inferiores, se escurre de su barbilla, cae en torrente por sus piernas. Se encharca en el suelo y se extiende sin parar, llenando el círculo iluminado y desbordándose hacia fuera.

Atrapado en la oscuridad, Evan se siente impotente. Intenta abrir él también la boca pero no puede. Cuando acerca la mano para saber qué pasa, unos puntos de sutura le pinchan la palma.

Le han cosido los labios.

La sangre de Jack se cuela en sus zapatos, caliente y pegajosa. Impregna sus calcetines, le sube por los tobillos, las pantorrillas. Evan tra-

ta de gritar, pero en vano. Es un testigo mudo de lo que él mismo ha provocado.

Nota ya el calor en la cintura. Los pantalones empapados de sangre. La camisa le pesa más, se le pega a la carne. Superando las clavículas, la sangre llena la concavidad del cuello. Un momento después queda totalmente sumergido, los ojos muy abiertos al comprender, el mundo inferior enorme y desierto.

El universo pasado por un filtro rojo.

20

Sin punto final

Voces jóvenes iluminaron el salón. David estaba ejerciendo de David: haciendo carambolas en la mesa de billar, preparando combinados en la barra, quitándole con la lengua a una chica la sal depositada en su cuello de gacela antes de meterse otro lingotazo y hundir sus inmaculados dientes en una rodaja de lima. La otra chica estaba apoltronada en el sofá, la frente apoyada en una mano, mientras con el pulgar de la otra escribía algo en su iPhone. El móvil, dentro de su estuche de lentejuelas, se le escapó de la mano de uñas cuidadas. Los chicos hacían cosas de chicos: beber una cerveza tras otra, pelearse jugando al futbolín, ensayar complicadísimos apretones de manos, chocar palmas.

Había varias botellas de alcohol del bueno, había bombones vieneses y Robustos de Cohiba. Bandejas con minihamburguesas de tira de asado y sashimi. Ensalada de col con vinagreta de beicon y queso azul acompañada de ostras ya abiertas. Invisibles como tramoyistas, los hombres menos siniestros a sueldo de René circulaban vestidos de sirvientes, con cuello mao a fin de tapar sus amenazadores tatuajes. Los más adornados —y, por supuesto, Dex— no aparecieron por allí.

René lo observaba todo desde un diván, a cierta distancia y con actitud paternal, mientras fingía leer un *Wall Street Journal*. Era su sitio, el del eterno marginado que permanece apartado del relumbrón social. O, como le gustaba más imaginarse, un mago de Oz tras la cortina verde.

Salvo alguna que otra inclinación de cabeza a modo de agradecimiento hacia su anfitrión y benefactor, los jóvenes lo ignoraron.

El chico de la mosca bajo el labio inferior y los aretes tribales —Joshua— bebía ahora Johnnie Walker Blue directamente de la botella; eso podría suponer un problema.

René no lo quería demasiado deshidratado.

Era un chico robusto, de espaldas anchas y muslos gruesos, lo bastante joven para que su musculatura soportara bien la grasa extra y la sujetara en su sitio. Su guayabera mostraba trechos de sudor. Inexplicablemente, había decidido encasquetarse unos cómodos auriculares de rapero y estaba bailando con su reflejo en los ventanales, sus pasos, un remedo del vuelo de un avión, inclinando los brazos ahora hacia acá, ahora hacia allá, una aproximación para un aterrizaje sin punto final.

Las risas, avivadas por el alcohol y la fricción de los cuerpos, alcanzaron un nivel frenético. David acorraló a la chica del cuello de cisne contra la barra y, con mano experta, le desabrochó los botones superiores del vaquero e introdujo una mano. Ella echó la cabeza atrás de un modo que parecía más ensayado que espontáneo. El otro chico estaba encima de la segunda chica en el sofá, intentando hacer un selfie, y ella no paraba de reír, empujándole los hombros con las palmas de las manos abiertas. Timidez pero sin el beneficio de la vergüenza, como si estuvieran todos representando una escena, un anuncio de minutos sin límite para teléfono móvil.

Ese era el problema de los jóvenes de hoy: dales una Isla del Placer para ellos solos y los verás seguir un guion.

Los jóvenes desperdician la juventud, es evidente. Pero no tiene por qué ser así.

René dejó caer la parte superior del periódico. Al fondo del salón, con los ojos semicerrados y cara de aburrimiento, David le miró por encima de los hombros de la chica. Ella se abrazaba a su cuello, meciéndose al compás de la mano oculta de él, gimoteando. Tenía un nombre que no podía definirse como tal: Kendall, o Cammy.

Sus movimientos se hicieron más lentos; sus parpadeos, más prolongados. En el momento en que sus piernas se doblaron, David la agarró por la cintura y la dejó en el suelo.

Junto a los ventanales, Joshua yacía sobre la alfombra en la que acababa de caer; los auriculares, colgados alrededor de su cuello, despedían minúsculos compases de hip-hop. La pareja del sofá se había desmayado en pleno intento de selfie. Todo aquel falso abandono juvenil reducido a un sopor de Rohypnol.

René se levantó.

Uno de los narco-criados había ido a buscar al doctor Franklin, quien en ese momento entraba tambaleante y sin afeitar. Al ver el cuadro, sus ojos adquirieron claridad de cirujano tras las gafas de montura redonda. Todo él se puso tieso, recuperada la firmeza en las piernas. Sobriedad instantánea. A pesar de sus hábitos, era un hombre que sabía encontrar rápidamente la solidez en caso de necesidad.

Dos de los hombres colocaron a las chicas en sendas camillas. Entró Dex y, soltando un leve silbido por el esfuerzo, levantó a Joshua del suelo y se lo cargó al hombro. David agarró al otro chico por sus botas de motero y tiró de él detrás de la comitiva, como si arrastrara una carretilla. Al verlos pasar, René se fijó en los brazos del chaval, que iban frotando el suelo como limpiaparabrisas.

Sintió despertar la necesidad en su interior, y con ella la posibilidad de un ágape.

—¿Listo? —le preguntó el médico.

René hizo un gesto magnánimo con el brazo, diciendo:

—Después de usted.

Mientras caminaba por el pasillo detrás del convoy de jóvenes cuerpos inconscientes, el doctor Franklin fue poniéndose los guantes de látex.

21

En un lío

Un zumbido sacó a Evan del sueño.

¿Provenía del interior de su cuerpo? ¿De entre las sábanas? No: de debajo del colchón, y lo hacía vibrar a través de la tela. La princesa y el guisante epiléptico. Medio aturdido, levantó la cabeza, que le pesaba media tonelada, en un intento de orientarse.

Otra vez el zumbido.

¿Era el RoamZone? No, imposible.

Se dio la vuelta en la cama y aterrizó de rodillas en el suelo. Metió las manos entre el colchón y el somier para sacar el teléfono de su escondite.

Pues sí, por la pantalla hecha añicos se filtraba luz. Vio parpadear el número de quien le llamaba, labrado en un sinfín de pequeñas fisuras. En la parte inferior, el icono HABLAR flotaba en el único sitio donde el cristal no se había astillado. Evan contuvo el aliento antes de pulsarlo.

Se llevó el teléfono al oído.

Tardó un momento en recordar el guion, las palabras que se suponía debía decir al descolgar. Consiguió rescatarlas de su mente confusa debido a la droga.

—¿Necesitas ayuda?

—Sí.

Era una voz de chico, aguda y asustada.

Evan sabía que estaba fuera de plano, pero aun así volvió la espalda al objetivo apoyándose de costado en la cama. Se pellizcó el puente de la nariz con el pulgar y el índice y parpadeó con fuerza.

—¿Dónde has conseguido este número? —dijo.

—Me lo dio una chica. Dijo que usted ayudaba a la gente y esas cosas.

El chico hablaba en susurros. Por su tono de voz, debía de tener unos diez años.

—¿Cómo se llama la chica?

—Anna no sé qué.

—¿Aspecto?

—Pelo oscuro. Con pequeñas calvas, como si se le cayera. —El susurro se volvió más apremiante, más ronco. Las palabras llegaban ligeramente distorsionadas. ¿Un defecto del habla?—. Oiga, ¿puede ayudarme o no?

—Sí.

—Seguro que pronto me pillan. He cogido sin permiso el inalámbrico. Me he escondido detrás del sofá. No me dejan hacer llamadas.

—¿Tu nombre?

Un momento de duda.

—Es que... No se lo puedo decir. Me metería en un lío.

A pesar de las interferencias, Evan pudo oír la respiración agitada del muchacho.

—Si me pillan con el teléfono, tendré problemas.

Se fijó en que no ceceaba. Cerró los ojos; le estaba costando concentrarse por culpa del gas anestésico. Finalmente su cerebro ató cabos.

—Te han dado una paliza.

—¿Y qué? —dijo el chico, farfullando ligeramente a causa de un labio hinchado—. Me dan palizas a todas horas. Ayúdeme, por favor. Venga cuanto antes.

—¿Dónde estás?

—Tendría que ver cómo nos tienen aquí, apelotonados como si fuéramos ganado, todos en fila.

—¿Dónde estás? —repitió Evan.

—¿Va a venir a buscarme?

Evan miró a su alrededor. La puerta con sus cerraduras de seguridad. El balcón con barrotes. El conducto por donde salía el gas. Evaluó la situación. Lo primero, huir. Lo segundo, rescatar a Alison Siegler. Lo tercero, ayudar al chaval.

—Pronto —dijo.

—Entonces no... no puedo arriesgarme a decírselo.

—¿Quién más hay ahí?

—Otros chicos.

—¿De dónde eres?

—No sé. No me acuerdo.

—¿Tienes familia?, ¿padres?

—Yo... no lo sé. Hace mucho tiempo.

—¿Desde cuándo estás ahí? —preguntó Evan—. ¿Cuántos años tenías cuando te llevaron?

—Mierda. No puedo... ya vienen. Intentaré llamar después. ¿Me ayudará? ¿Por favor?

—Sí. Iré a buscarte.

—Prométamelo.

—Prometido.

La comunicación se cortó. Evan se quedó mirando los añicos precariamente unidos entre sí en la agrietada carcasa del RoamZone.

Volvió a meter el teléfono en su escondite y se subió a la cama. Pensó en Alison Siegler, encerrada en aquel contenedor a bordo de un carguero muy lejos de allí. ¿Tendría comida suficiente? ¿Suficiente aire? Pensó en el niño que también esperaba que lo ayudase, en el sonido de sus palabras a través de la boca hinchada. «Tendría que ver cómo nos tienen aquí.»

Los parpadeos crecieron en intensidad.

«Dos perros, diez guardias, un francotirador, Dex, y suma y sigue.»

Mañana tendría que matar a unos cuantos.

22

Derecho divino

Recostado en una montaña de almohadones sobre una camilla tapizada como para un rey, René hinchó de aire los pulmones cuando la aguja se hundió bajo su carne. Era el momento que más le gustaba, cuando aquello penetraba en su cuerpo y el mundo recobraba toda su fuerza. Todo se volvía vibrante, los colores más saturados incluso en las entrañas del chalet, donde se encontraban. Las sensaciones se intensificaban: el oxígeno en sus pulmones, el apresurado fluir de la adrenalina por sus venas, las sábanas de color crema que acariciaban su piel desnuda.

Aquella avalancha llegó a sus arterias y lo hizo ponerse en pie de golpe. El catéter que tenía en el brazo no pudo frenarlo. René agarró el portasuero y tiró de él. Una rueda tozuda del carrito rechinó.

Su mejor legado, el tipo de sangre AB, le servía de la manera más exquisita. Tener los dos antígenos clave y ningún anticuerpo que lo constriñera convertía a René en receptor universal. Cualquiera podía darle sangre. Sin embargo, muy pocos podían recibir la de él. Era un receptor. No se había resignado a esta circunstancia, sino que la había aceptado con los brazos abiertos, como un derecho divino.

Con pie firme y la espalda tiesa y sin dolor alguno, serpenteó entre los jóvenes cuerpos en decúbito prono, inconscientes en sus respectivas camillas. Se movía erguido y orgulloso de sí mismo bajo la débil luz de la sala, soberano de edad indefinida, mirando con prepotencia a sus subordinados.

Todo estaba bien en la Gran Cadena del Ser.

Habría podido jurar que notaba la explosión pirotécnica en su organismo, cómo se rejuvenecían sus envejecidos tejidos, cómo se recomponía su cansada musculatura, cómo brotaban en su hipocampo nuevas conexiones neuronales, cómo revivían su corazón y su cerebro e incluso sus cartílagos, cómo se fortalecía su memoria, cómo se regeneraban sus células hepáticas. Se sentía lleno de vitalidad, de juventud, de intemporalidad.

Hasta su sentido del olfato se volvió más agudo. Y no eran imaginaciones suyas. Desde el otro extremo del laboratorio, captó una tenue fragancia húmeda en el cuello de cisne de la chica que había elegido David.

Kendall también era tipo AB, pobre palomita. Esta noche recibiría sangre de él y eso le supondría pagar un precio. Los jóvenes incautos debían ser reabastecidos, y era inútil desperdiciar valiosa sangre tipo O negativo del refrigerador cuando ella podía recibir lo que iban a sacarle a René para que a este pudieran inyectarle la sangre nueva.

El hombre había buscado la fuente de la juventud desde tiempos inmemoriales. Desde los textos de Herodoto hasta las desventuradas andanzas de Ponce de León, la búsqueda de la fuente había adquirido tintes mitológicos con el paso de los siglos. Cálices de plata y manantiales burbujeantes.

¿Quién habría pensado que durante todo ese tiempo la habían tenido delante de las narices?

Solo se necesitaba alguien lo bastante audaz para dar el paso.

Bien pensado, era algo digno de un Cassaroy, ¿no? En vez de avanzar bajo el fuego enemigo para tomar quién sabe qué estupidez de colina, René había peleado contra valores tradicionales y limitaciones humanas para plantar su enseña en la tierra virgen de una fantasía milenaria.

Al pasar ahora entre sus desprevenidos acólitos, rozó las bolsas de sangre que colgaban, sangre de un rojo tan alegre como los adornos navideños.

Fue entonces cuando oyó un gemido a su espalda. Se detuvo en seco. Volvió la cabeza. Percibió un movimiento allí donde se suponía que no debía haberlo.

En ese momento Joshua se incorporó.

En principio, el chico no tenía que volver en sí hasta pasadas unas horas. Franklin, el médico, raramente se equivocaba con la dosis, pero, cuanto más corpulento era el sujeto, más difícil resultaba calcular la cantidad de anestesia. Por lo visto, tanta masa corporal le daba al muchacho la tolerancia de un búfalo.

Cuando se despertaban en plena faena era horrible.

No entendían nada de nada.

No era solamente el murmullo de la maquinaria, el zumbido de los refrigeradores médicos, el ruido blanco de las centrifugadoras de sobremesa, todo ello amplificado por las paredes del sótano. Tampoco los olores, el acre y penetrante del alcohol para uso externo, el hedor a yodo que recordaba al esmalte de uñas, el tufo a hospital de los tubos de PVC y el sudor seco. Ni siquiera lo que veían tras despertarse era el motivo principal: agujas hipodérmicas clavadas en sus carnes, sangre escurriéndose de las venas, sus amigos tumbados en las camas vecinas, aparentemente muertos. Tampoco el roce de la funda de almohada esterilizada bajo la nuca. O el penetrante sabor metálico en la lengua...

Era la vertiginosa sensación de desubicación.

Ya no estaban en un mundo conocido, sino que tenían la sensación de hallarse en El Mundo Como Es En Realidad.

La ley del más fuerte. Devorar o ser devorado. Acumular recursos o morir de hambre. Todo ello repetido hasta la saciedad, porque la base de diez mil años de civilización era el deseo del ser humano de negar esta verdad fundamental.

René intentaba protegerlos de la realidad pura y dura. Se suponía que perdían el conocimiento con la tripa llena, ebrios y felices. No se enteraban de nada. Él era codicioso, qué duda cabía, pero no inhumano.

No tenía sentido asustar al ganado camino del matadero.

Y, sin embargo, Joshua estaba pero que muy asustado.

Se levantó de su camilla, tubos enredándose en sus voluminosos brazos, vías cayendo al suelo.

René desenganchó su propia vía y se puso rápidamente a cubierto, utilizando como escudo la camilla donde yacía Kendall. Estaba demasiado enchufado para sentir miedo, pero lo atenazaba una oscura excitación. Su cuerpo cosquilleaba de electricidad: encías, brazos, la piel de la zona lumbar...

Joshua volvió lentamente la cabeza hasta fijarse en René. Incluso parapetado detrás de la camilla, este pudo percibir la rabia y el terror desnudo que reflejaban aquellas pupilas dilatadas. Eso le dio un subidón embriagador, casi erótico, y se preguntó si sería lo mismo que sus antepasados habían sentido en plena refriega, con la metralla rozándoles las mejillas.

Joshua se abalanzó sobre René y la camilla echó a rodar. Muerta a efectos prácticos, Kendall quedó aplastada bajo el peso de Joshua. El doctor Franklin acudió a toda prisa e intentó clavarle al chaval una jeringa de midazolam, pero con tanto movimiento no acertaba el sitio. Joshua gateó sobre su compañera inconsciente al tiempo que propulsaba la camilla batiendo las piernas, hasta que René quedó acorralado contra la pared, los dedos de Joshua a solo unos centímetros de su cara.

Entonces intervino Dex.

Aunque el chaval era muy corpulento, en las manos de Dex se convirtió en un muñeco. Lo izó agarrándolo por el cuello, se oyó un crujido, y acto seguido Joshua se derrumbó sin más.

El sótano volvió a quedar en silencio.

Joshua yacía inmóvil, la palma de una mano inerte pegada al suelo de cemento.

No era un problema de gran importancia. René inventaría alguna excusa para justificar la ausencia del muchacho. No era la primera vez. Si los otros tenían señales de pinchazos, David les diría que estaban tan borrachos que acabaron pinchándose la heroína que uno de los trabajadores de la cocina había traído. Que no se preocuparan: lo que ocurría en el Chalet Savoir Faire se quedaba en el Chalet Savoir Faire. Y así iba a ser. El mejor modo de que nadie hablara era cubrir la verdad con una capa de vergüenza.

Al fondo, en el umbral de la puerta, David soltó una exclamación de pasmo; los brazos, temblorosos, cruzados sobre la cintura. El médico tuvo que apoyarse en uno de los armarios, el rostro enrojecido por el susto.

También René respiraba con dificultad, aunque no de temor. Jamás se había sentido tan vivo. Miró la bolsa de suero intravenoso que apretaba en un puño, casi vacía ahora. Con la excitación del momento, se había metido en vena la última unidad y a velocidad extra; sus células madre bañadas ahora en aquella marea de sangre joven, haciendo retroceder el reloj. Dex levantó la vista del cuerpo tumbado de Joshua y miró a René, la frente un poco fruncida. No parecía tener claro cuál era la expresión más adecuada a las circunstancias del momento.

René señaló con un dedo la mano derecha del gigante.

Dex alzó la falsa sonrisa y se la encajó sobre la cara.

Sí, por qué no.

Al fin y al cabo, era un momento feliz.

23

Ángel destructor

Cuando Manny y Nando fueron a buscarlo para el paseo diario, Evan se tomó un tiempo para ponerse más capas de ropa: dos camisas y dos jerséis. Poco antes, le habían traído el desayuno y el almuerzo a la vez en el mismo carrito de servicio de habitaciones, y habían obligado a Evan a arrimarse a la pared y ponerse de espaldas hasta que ellos salieran. El nuevo protocolo parecía ser efectivo. Cuando lo escoltaron hasta el vestíbulo del chalet, mantuvieron en todo momento la distancia de seguridad, uno apuntándole a la cara, y el otro, a los riñones.

Llegados a la puerta principal, Manny enseñó las fundas doradas de su dentadura y dijo:

—Ahora toca patio. Igualito que en la cárcel.

—Te cambio dos cartones de tabaco por un pincho.

Manny se lo quedó mirando, desconcertado, y luego le ordenó salir haciendo un gesto brusco con su arma.

El tirador de la puerta estaba tan frío que a Evan se le quedó la mano pegada. Al salir al porche, el frío del exterior le caló los huesos atravesando la doble capa de ropa. Zapateó para sacudirse el frío, soltando una bocanada de aire que se desvaneció tras formar una nubecilla: un espectro ajeno a todo.

Junto al establo, David estaba metiendo en uno de los Mercedes a tres de los jóvenes invitados. El chaval de los aretes tribales debía de haberse marchado la víspera o estaba ya dentro del vehículo y las lunas tintadas impedían verle. El aspecto de los tres era deplorable: exangües y frágiles, víctimas aparentes de una resaca de primerísima categoría; una de las dos chicas parecía que fuera a romperse de un momento a otro. Se aferraba a David, las piernas apenas la sostenían;

era incapaz de montar ella sola en el asiento trasero del vehículo. Tenía la cara gris, los labios sin sangre. Tosió débilmente tapándose la boca con un puño cubierto por la manga. David la ayudó a subir y después cerró la puerta, deteniéndose un instante de espaldas al vehículo, la cabeza vuelta hacia lo alto, los labios temblorosos.

Parecía enfadado. En conflicto consigo mismo.

Bajó la vista. Reparó en que Evan lo observaba, pero no apartó la mirada, ni siquiera cuando parpadeó para contener las lágrimas. Finalmente rodeó el coche, se sentó al volante y arrancó.

Desde el porche de la casa, Evan vio alejarse el Mercedes hasta que solo quedaron él y el frío reinante. Ahora las cuentas estaban claras: tenía que fijar la posición de cada uno de los secuaces de René. Y, hecho esto, matarlos a todos.

El flaco que vigilaba desde la torre se inclinó sobre la barandilla y miró a Evan. Este lo saludó con un gesto de la mano. El guardia no devolvió el saludo. Tres narcos estaban en su puesto junto al establo. Evan envidió sus gruesos chaquetones negros. La olla renegrida colgaba sobre la fogata. Cabizbajos, los hombres comían con avidez de unos platos de porcelana china. A unos pasos de allí, los dóberman miraban a Evan, visiblemente inquietos.

Evan señaló hacia el bosque a modo de pregunta, y uno de los narcos hizo un gesto con el tenedor: «Adelante».

El guardia dijo algo a los otros y rieron. Cuando Evan echó a andar hacia los árboles, entendió a qué venía tanto jolgorio. A pesar de los jerséis y de las dos camisas, el frío entumeció sus articulaciones. Tenía los pies helados dentro de sus botas de montaña. Calculó que podría aguantar una hora, máximo dos, pero sin ropa más gruesa y sin fuego sería presa de la hipotermia. De todos modos, el plan para ese día no era fugarse.

Miró hacia atrás desde el lindero del bosque. Dos círculos de color magenta brillaron en la torre de guardia: era el flaco, que lo seguía con sus prismáticos. Detrás de él, de la gran chimenea del chalet salió un zarcillo de humo negro.

Evan se detuvo para buscar con la mirada aquella muesca en el borde occidental de las montañas. La silueta le había parecido bastante prometedora la noche anterior, pero ahora, al ver la pared casi vertical que había que salvar para llegar hasta ella, sus esperanzas se evaporaron. La ladera meridional era más alta aún, pero la ascensión, más gradual. Era una segunda opción viable si la ruta norte resultaba impracticable.

Al volverse, algo atrajo su atención en lo alto de unos árboles en la lejanía. Un ave de gran tamaño se había posado en la copa de un pino y su blanca cabeza destacaba como una pelota de golf contra el fondo de tonos oscuros. Evan volvió a mirar, fijándose mejor.

Un ruido procedente de la torre le llegó con la brisa. Era el guardia, hablando por una radio. Segundos después se oyó un disparo de rifle y el ave desapareció, unas plumas sueltas flotando allá donde un momento antes estaba posada.

El cerebro de Evan seguía procesando lo que sus ojos acababan de ver, la huella del pájaro flotando en el espacio nevado, un recuerdo visual.

Era un águila calva.

¿En Suiza?

Ni hablar.

Comprendió entonces por qué el guardián de la torre había avisado al francotirador para que la eliminara. Estaba claro que René controlaba muchas cosas, pero no el reino animal.

Evan siguió adelante; no quería que se dieran cuenta de lo que acababa de descubrir. Caminó a paso vivo entre los árboles mientras se reprendía por haber olvidado el primer mandamiento: «No des nada por supuesto».

Estaba en algún punto de Norteamérica. Tal vez en Vermont. Quizá Alaska, o Canadá. René quería que pensase que estaba en otro continente, en las desoladas estribaciones de los Alpes, una razón más para disuadirle de escapar.

Pero no, estaba más cerca de casa de lo que creía.

Recordó haber oído un chotacabras la noche anterior, molesto por no saber de qué región era endémico el maldito pájaro. Jack le habría reprendido por no prestar más atención durante el adiestramiento sobre supervivencia.

«¿En serio, Evan? ¿Has necesitado ver a una condenada águila calva para entender en qué continente estás?»

Pero, por otra parte, era una buena noticia. Eso también significaba que estaba más cerca de Alison Siegler. Y más cerca del chico que le había llamado.

Caminó hasta el claro al que había llegado la vez anterior. No había ningún ciervo al borde del agua, ningún somorgujo en la charca medio congelada. Solo vio un puercoespín que comía subido a un árbol, haciendo caer una lluvia de agujas de pino, casi veinte kilos de bolo de bolera con púas.

Evan levantó la vista y observó la cresta de la montaña confiando en ver algún brillo de mira telescópica con que emplazar al francotirador. No hubo suerte. El viento le puso las mejillas en carne viva.

Pensó en la diana perfecta que había tumbado al ciervo, el impacto cinco centímetros detrás del hombro, ligeramente por debajo de la línea media del cuerpo, atravesando el pulmón para alojarse en la parte superior del corazón. Pensó en el disparo, digno de unas Olimpiadas, que había hecho caer al águila de la copa del árbol. Y, lo más impresionante, que ambos disparos hubieran sido hechos con el cañón frío.

Paseó la mirada por el suelo, vio una piña, la cogió y se la puso en la palma de la mano. Extendió el brazo y se encaró a la ladera.

Retando al tirador.

Esperó. Siguió esperando.

Un fogonazo en lo alto del repecho y la piña explotó, aparentemente en el mismo instante. Evan notó un impacto de metralla en las mejillas, mientras el supersónico estampido resonaba en la cuenca del valle.

El disparo le había encogido el estómago y la garganta, pero logró concentrarse y analizar el sonido, calibrar la distancia. Debía de ser un rifle de gran calibre y alta potencia, un 30 o quizá más. Si el tirador era capaz de hacer saltar una piña de la palma de una mano a quinientos metros, seguramente podía acertar masa crítica a una distancia tres veces mayor. Haciendo memoria de la posición del francotirador, inclinó levemente la cabeza en señal de respeto, bajó la mano y echó a andar de vuelta hacia la casa.

A mitad de camino empezó a notar un escozor en la mano. Al mirarse la palma, advirtió que se le habían clavado en la piel pequeños fragmentos de piña. Se los arrancó con los dientes y los escupió al viento.

Los guardias ya no se hallaban sentados junto a la fogata, y la enorme puerta del establo estaba ligeramente descorrida. Evan los oyó dentro. El de la torre seguía vigilando desde arriba, atento a cualquier movimiento de Evan, los prismáticos pegados a él como si fueran parte de su cara.

En lugar de desviarse hacia el porche, Evan dejó atrás el chalet camino de los árboles que había al otro lado. Subió un trecho por la pendiente meridional, el frío cebándose en sus huesos. Se ponía el sol y el cielo tenía la textura del crepúsculo. Le quedaba poco tiempo antes de que se viera obligado a entrar para no congelarse.

Un saliente de pizarra dibujaba un tajo en la ladera arbolada. Evan trepó hasta la roca y desde allí contempló la pendiente, pensando en dónde se situaría él si estuviera detrás de una mira telescópica.

Había un barranco un poco más arriba; un sitio ideal, pues desde allí se dominaba el terreno circundante y al mismo tiempo se podía vigilar el paso. Evan bajó de la roca, buscó otra piña y volvió a ponerse a la vista.

Extendió el brazo con la piña en la palma de su mano, aguantó la respiración, cerró los ojos.

Un estallido seco.

El silbido de una bala.

Un golpe sordo, húmedo, a su espalda.

Evan expulsó el aire y dejó caer la piña. El tirador del lado sur no era muy bueno, dato que Evan guardó para más adelante. Como ensayo no era estadísticamente muy fiable, pero no quería arriesgarse otra vez. Visto el error de disparo, era una suerte que aún tuviera la mano pegada a la muñeca.

Notaba las mejillas y la nariz tiesas, y la carne como si fuera de caucho. Hora de regresar. Al volverse, se fijó en el agujero que la bala había hecho en un leño medio podrido, dejando a la vista un puñado de musgo y un sombrerete cónico blancuzco del tamaño de un huevo de codorniz.

Evan se acercó más y, poniéndose de espaldas al tirador, se arrodilló fingiendo atarse los cordones de las botas. Miró el hongo que tenía delante.

Crecía en solitario, surgiendo de una especie de saco en la base del tallo. El sombrerete estaba cubierto por una película de musgo. Evan lo arrancó y pasó la uña por la superficie. Debajo era de un blanco puro: una *Amanita virosa*.

El llamado «ángel de la muerte».

Unas pocas gotas del jugo que contenía podían producir un fallo renal.

Se incorporó, el hongo disimulado en la palma de la mano para que no lo viera el tirador. Mientras iba cuesta abajo, pellizcó el sombrerete con la uña del pulgar convirtiéndolo en minúsculos fragmentos que iba guardando en el hueco de la mano.

Cuando salió a descubierto, levantó la vista hacia la torre: el guardia le estaba observando a través del aire grisáceo. Evan se dirigió hacia el establo y la fogata ahora abandonada, el polvo de *Amanita* en el puño sin apretar.

Ahora tenía la torre detrás, pero pudo oír cómo el flaco hablaba por su aparato de radio. Evan se acercó a la puerta del establo, a las cajas de fruta donde se sentaban los narcos y la fogata con la cacerola colgando encima.

Acababa de llegar cuando la puerta se abrió sobre su guía y los dos dóberman se abalanzaron sobre él. Gruñendo y tirando dentelladas, intentaban romper las correas a las que estaban atados. Al momento salieron dos narcos con sendos AK-47, gritando órdenes en español.

Evan señaló hacia el fuego, haciendo gestos de frío. Los guardias gritaron alguna cosa más; uno de ellos le pinchó con el extremo del cañón para que fuera hacia la casa.

Evan no opuso resistencia. Trastabillando por los empujones y aterido de frío pese a las múltiples capas de ropa, apresuró el paso hacia el porche de la casa al tiempo que se sacudía las manos.

24

Un asunto complicado y embarazoso

Crimea olía a alcantarilla, a obús y a salchicha cocida. Candy avanzó con Ben Jaggers por una pasarela entarimada con vistas a una playa de guijarros. Llevarlo a él del brazo (y el brazo metido en la manga de un impermeable) era como estar agarrado a un palo envuelto en tela. Candy, que le sacaba una cabeza a Jaggers, llevaba puesto un pantalón de cuero y un top ceñido. Había dado mucho volumen a su melena rubia, confiando en pasar por una chica del lugar. Jaggers representaba el papel de un tipo casado y con dinero en busca de un poco de diversión, aunque su cara no reflejaba nada de eso; se había olvidado de darle instrucciones a ese respecto. Iba medio encorvado en su camisa de cuadros escoceses y unos chinos de color marrón.

Era como si el hijo del mecánico hubiera salido de paseo en un Bentley.

Pasaban chicas compartiendo risas y gesticulando con cigarrillos manchados de pintalabios. Eran verdaderos monumentos, como suelen serlo todas las mujeres de esa parte del mundo, con su maquillaje agresivo y aquel rictus despreciativo de mandar al prójimo a tomar por culo. Lucían mallas en sus piernas increíblemente largas y llevaban botas blancas, rematadas con piel y de plataforma; caminaban con ese brío propio de un caballo de raza Clydesdale.

Mientras pasaban de largo envueltas en una nube de laca para el pelo, humo y Chanel N.º 5 de imitación, el hombrecillo huraño que iba al lado de Candy no levantó siquiera la cabeza para contemplar ese espléndido panorama femenino. Arrugó la nariz e hizo un gesto con la boca como si estuviera a punto de soltar un pollo. Jaggers olía ligeramente a naftalina. Le colgaba del cuello una cámara fotográfica que iba rebotando en lo que a duras penas podía llamarse pecho.

Miró las calles que había detrás de la pasarela del paseo marítimo y apretó el brazo de Candy.

—Aquí —dijo.

Candy posó apoyada en la barandilla mientras él le sacaba fotos. Aunque fingía enfocarla a ella, en realidad estaba usando el zum para fotografiar un edificio que había más arriba de la playa.

Ella le lanzó besos. Cruzó los brazos de manera que sus tetas quedaran más prietas. Se puso de costado y enseñó una pierna a lo Marilyn Monroe.

Él siguió fotografiando la avenida de detrás.

—La mayoría se han largado —dijo, sus palabras arrebatadas por el viento—, pero él sigue en la oficina de la segunda planta.

Habían pasado la mayor parte del día haciendo fotos del edificio desde todos los ángulos.

La piel moteada de la espalda de Candy refunfuñó bajo el top, sin duda molesta por la brisa fría y el aire salobre. Añadió aquel dolor a los ahorros de la cuenta bancaria que guardaba para Huérfano X. Estaba impaciente por hacer reintegros, pero de la carne de él.

Se olvidó de sus incomodidades, y reventó un globo con su goma de mascar. El chicle, de color verde fluorescente, destacaba sobre sus labios pintados de naranja; detalles de atrezo para no desentonar con el paisaje humano. Un grupito de chicas le lanzó miradas competitivas al pasar. ¡Qué sería del mundo sin esas rusas ucranianas! Rezumaban una sexualidad tan natural que podían disfrazarse de los años ochenta y aún así eclipsar a cualquier chica estadounidense.

Excepto Candy, por supuesto.

Esta se inclinó agarrándose las rodillas y les dedicó su sonrisa Marilyn más seductora. Jaggers seguía dándole al obturador.

—Ya se han marchado todos. Solo queda él —dijo.

—Oye, M —dijo ella—. Es de mala educación no mirar a una señorita. Sobre todo con este cuerpo.

Se enderezó, separó un poco las piernas, se puso en jarras, elevó los pechos: igual que el Coloso de Rodas si hubiera sido un tío bueno.

Jaggers desplazó la cámara hacia la mejilla y la observó con sus ojos chatos. Pestañeó. El objetivo zum se movió hacia su hombro. Más fotos. Al menos así no se le veía la jeta.

Candy agradecía estos pequeños detalles.

Pensaba en lo bien que se lo podría estar pasando en Crimea de no ser por Huérfano M.

Naturalmente, la misión era lo primordial. Aunque solo llevaban en el país apenas doce horas, ya habían hecho algunas averiguaciones.

La empresa de telefonía a la que Huérfano X había trasladado su número estaba ubicada en la segunda y tercera plantas de la fábrica reformada de conservas que Jaggers estaba enfocando en ese momento. Teniendo en cuenta la situación política en Crimea y cómo actuaba el Hombre desconocido, no era de extrañar que TeleFon Star se esforzara al máximo por proteger la privacidad de sus clientes.

Van Sciver había identificado el blanco: era Refat Setyeyiva, vicepresidente de operaciones, un individuo corpulento y tan apuesto como desaliñado. Cuarenta años que no aparentaba, lanzador de martillo en el equipo olímpico de la Unión Soviética, dopado y entrenado desde los ocho años. Se había hecho polvo las rodillas antes de los veinte años y ahí estaba ahora, supervisando operaciones para la discreta empresa en la que Candy y Jaggers tenían que infiltrarse.

Descartada la opción de husmear hackeando cortafuegos, algo en lo que ninguno de los dos era especialista, su misión era robar el portátil de Setyeyiva a fin de conseguir contraseñas y acceder a las bases de datos de la compañía. Tenían que eliminarlo y así ganar tiempo para examinar su ordenador antes de que alguien informara de su desaparición.

No iba a ser fácil, ya que era un tipo duro y de físico impresionante. Y, dada la situación inestable del país, resultaba demasiado arriesgado hacerse con un arma, así que habían optado por otro plan.

Jaggers dejó la cámara colgando del cuello.

—Está saliendo.

Miró la hora en su reloj y la anotó en una libreta con un fino bolígrafo plateado.

Candy visualizó la ruta que probablemente haría Refat Setyeyiva al salir del edificio: puerta trasera, callejón, zona de aparcamiento contigua. Había detalles que concretar, perspectivas que considerar, ángulos de visión que tener en cuenta. Iba a ser un asunto complicado y embarazoso; el éxito dependía de una buena organización y de encontrar el momento oportuno.

Como decía su profesora del taller de manualidades en el instituto: «Dos veces para medir, una para cortar».

25

No muy agradable

De nuevo en su celda de lujo, Evan comprobó si el chico le había vuelto a llamar, pero en la fragmentada pantalla de su RoamZone no había aviso de llamadas perdidas. Volvió a esconder el teléfono entre el colchón y el somier y entró en el baño. Se puso a gatas en el punto ciego de la cámara, junto al lavabo, y examinó el enchufe tipo J que había debajo de la encimera flotante. Luego se dio la vuelta y, con el talón de la bota, aplastó la tapa. Un par o tres de coces, y la hizo caer.

Detrás solo había un agujero en el pladur. De la clavija salían unos cables sueltos. Era simple atrezo, metido allí donde antes había habido un enchufe de verdad.

Hizo añicos la tapa de plástico, los tiró al inodoro y pulsó el botón de la cisterna.

Pasó al dormitorio y se arrodilló bajo la mesa-escritorio empotrada. La clavija tipo C estaba en la zona oscura entre el panel trasero y la pared. Introdujo la mano por el resquicio y consiguió hincar el borde de la uña del pulgar en el surco de uno de los pequeños tornillos. Después de intentarlo durante unos cinco minutos, el tornillo cayó y la tapa del enchufe giró hacia abajo, dejando a la vista la pared desnuda.

Evan quedó admirado ante el cuidado extremo que René había puesto en todos los detalles; tantas pistas falsas, tantos trucos para despistar... Un verdadero artista.

Cuando salió de allí debajo, Despi estaba una vez más delante de la chimenea. Tan solo llevaba un coletero y los labios pintados.

—¿Quieres que no lo hagamos otra vez?

Su boca de carnosos labios moldeó las palabras en un susurro ronco pensado para burlar la vigilancia.

Evan se puso de pie.

—¿Nunca tienes frío? —dijo.

Ella se le acercó con un vaivén de caderas y le pasó un dedo por la mandíbula.

—Eso carece de importancia. Lo que cuenta es lo que hago.

Aquellas palabras, y su semblante neutral, no casaban con el lenguaje de su cuerpo, que ella estaba exponiendo a mayor beneficio de la cámara oculta.

Evan lamentó la broma.

Ella empezó a desnudarlo, quitándole despacio la ropa. Luego lo atrajo hacia sí poniéndole una mano en la nuca.

—¿Acabamos con esto de una vez?

La fingida sensualidad, combinada con sus prosaicos diálogos, hacía pensar en una actriz a quien le hubieran dado el diálogo más banal.

Evan la llevó hacia el mismo lugar de la cama, dejando así buena parte de sus cuerpos en el punto ciego del objetivo. Ella le hizo ponerse encima y luego pegó la boca al oído de Evan.

—Tienes mucha fuerza de voluntad —dijo.

—¿Para no violarte?

—Es complicado saber lo que pasaría —repuso ella.

—No para mí.

—Qué virtuoso. —Una sonrisa escapó de sus labios—. ¿Has decidido fiarte de mí?

—En buena parte.

—¿Solo en buena parte? —Despi fingió sentirse ofendida—. Bueno, hoy no traigo palillo chino. Si tuviera que matarme ahora mismo, ¿cómo lo haría usted, Señor Virtuoso?

Evan le pasó los dedos por la exuberante cabellera.

—Te giraría bruscamente la cabeza de manera que tu segunda vértebra cervical se incrustara en el bulbo raquídeo.

Ella lo pensó un momento y luego dijo:

—¿Se oye un crujido como en las películas de serie B y luego estiro la pata?

—No. Quedarías tetrapléjica. Tal vez podrías hablar, o gritar incluso, pero la fractura cortaría los impulsos que el cerebro envía al diafragma y acabarías asfixiándote.

Sus rostros estaban muy cerca el uno del otro; hablaban en susurros.

—No es muy agradable —dijo ella.

—No.

—Me alegro de que te fíes de mí en buena parte.

Le puso las manos en las costillas, acercándolo todavía más. Sabía cómo dar el pego. Evan no quiso ni pensar en las cosas que habría tenido que hacer para llegar a semejante nivel de perfección.

—¿Cómo llegaste a esta casa? —le preguntó—. ¿Te secuestraron como a mí?

—Fui una estúpida. Había una fiesta en un yate anclado frente a la costa de Rodas (yo soy de allí). Mi amiga pensaba ir y me preguntó si quería acompañarla. Acababa de divorciarme, así que me apunté. En el yate conocí a René. Desperté su interés; no sexualmente, sino como objeto. Para él no existe diferencia entre personas y objetos; si le gusta algo, lo coge.

—Ya. Eso parece.

—Él me ve como una diosa griega. Es lo único en lo que estamos de acuerdo.

—¿Cómo consiguió retenerte?

—Me bebí el champán. Cuando desperté, mucho después, estábamos en alta mar. René me enseñó fotos de mis padres en el pisito donde vivíamos, también de mi hermana pequeña en la escuela de bellas artes de Atenas. Acaba de cumplir los diecinueve. René tenía un papel con sus horarios de clase. Me puso todo aquello delante y no dijo nada. No era necesario.

Evan estudió aquellos líquidos ojos castaños en busca de un indicio de que estuviera mintiendo.

—¿Cuánto hace de eso?

—Diecisiete meses, dos semanas y un día.

—Lo siento.

—Y yo.

—No fue ninguna estupidez.

—Claro que sí. Aunque eso no significa que yo tuviera la culpa. —Despi hizo una pausa—. La gente, cuando piensa en la trata de blancas, se imagina a vírgenes tailandesas secuestradas en sus aldeas y enviadas a la otra punta del mundo. Pero no, a veces basta con beberte la copa de champán que no debes. —Dejó en suspenso ese comentario, antes de añadir—: Pero yo no sé meterle un trozo de vértebra cervical a nadie en el bulbo raquídeo. O sea que hago esto otro. —Sus manos le soltaron—. No se te da nada bien no hacerlo.

—Gracias.

Ella rodó hasta quedar encima de él.

—Deja que lleve yo la iniciativa.

—Será un placer.

Sus caderas hicieron un truco de magia.

—¿Te estás poniendo cachondo? —le preguntó.

—No —dijo él.

—Sí —dijo.

—Bueno, no —dijo.

Ella sonrió.

—¿Quizá me he pasado con la iniciativa?

—Quizá.

Ella se apartó ligeramente.

De pronto las luces del exterior se encendieron, iluminando el dormitorio a través de la puerta cristalera. Se oyeron gritos, alboroto.

Evan saltó de la cama, se puso los vaqueros y se precipitó al balcón. El suelo, descalzo como iba, estaba helado. Había cuatro narcos tumbados boca arriba junto al establo, moviéndose apenas. Un poco más allá había otro que se agarraba la barriga sobre el suelo mojado, un hilo de vómito saliéndole por una comisura de la boca. El guardia flaco estaba fuera de la torre y hablaba frenéticamente por su aparato de radio. Con uno de aquellos mandos a distancia blancos iba encendiendo más luces para iluminar todo el recinto. Samuel salió trastabillando del establo, fue hacia el fuego haciendo eses y tropezó con la cacerola. Al caer al suelo, del interior salió una especie de lodo de chile picante.

Se sentó pesadamente sobre una caja de fruta y se enjugó el sudor de la frente, al tiempo que señalaba aquel emplasto oscuro de penetrante olor.

La postura del flaco cambió. Sus enclenques hombros descendieron al unísono. Se agachó para coger uno de los platos de porcelana china que había encima de una caja. Lo dejó caer. El plato se hizo añicos. El flaco se sentó en la caja y descansó la cabeza en una mano.

De repente se levantó, doblado por la cintura, y echó a correr hacia el establo. A buen seguro en busca de un retrete.

—¿Qué? —dijo Despi, a unos pasos del umbral del balcón—. ¿Qué pasa?

Evan no tuvo tiempo de responder, pues de repente se oyó el estruendo de la puerta principal del chalet al abrirse. Un momento después, Dex emergía del porche, combada la imponente espalda, su sombra larga y estrecha delante de él. Fue al establo y le dijo algo a Samuel.

Goterones de lluvia salpicaron a Evan. Entre la cortina de agua, vio cómo Samuel se deslizaba sobre la caja hasta caer derrumbado al suelo.

«Dos perros, tres guardias, dos francotiradores. Y Dex.»

Dex se volvió, y, cuando las luces de los aleros iluminaron de lleno su cara, la pálida cabeza rapada pareció refulgir. Miró directamente hacia el balcón. A Evan. Durante un segundo escalofriante, se miraron a través de la lluvia que arreciaba.

Dex se llevó la mano izquierda al rostro, la mano con la cara de vampiro. El resplandor de las luces intensificó los colores del tatuaje, rojo satinado cayendo en gotas de los puntiagudos incisivos.

Evan volvió adentro.

—¿Qué ocurre? —preguntó Despi.

La puerta se abrió de golpe y Manny irrumpió escopeta en ristre, disparando un cartucho de perdigón que impactó en la masa central de Evan, el cual salió disparado contra la pared para derrumbarse sentado en el suelo.

Nando agarró a Despi por un hombro desnudo y tiró de ella. La chica se golpeó contra la mesa-escritorio y fue a caer a los pies de René.

Con un mocasín bien lustrado, René la apartó hacia la puerta. Ella trastabilló un poco al ponerse de pie, pero acabó chocando con el torso de Dex, que en ese momento bloqueaba la puerta. Tenía la camisa mojada, pegada al pecho, lo que hacía destacar todos sus músculos. Dex la agarró por la cintura al tiempo que le retorcía un brazo, y se la llevó de allí. Segundos después se oyó una puerta que se abría y se cerraba. Dex volvió al cabo de un momento; guardó una llave en el bolsillo.

Evan tenía los pulmones bloqueados. No podía respirar.

Con la puntera de la bota, Manny lo empujó de costado para esposarlo. Luego lo subió a la cama. Evan se inclinó hacia delante; los labios le temblaban. Seguía sin poder tragar aire.

Por fin, sus músculos se relajaron y consiguió inspirar una vez, luego dos, con un chirrido espantoso.

René se acercó a él. Apoyándose en la mesa como si tal cosa, se examinó las uñas de la mano y dijo:

—Hablemos un poco.

26

El hombre o la naturaleza

Evan estaba sentado en la cama y las muñecas le dolían de tener las manos esposadas a la espalda. La bala de goma le había dejado una señal del tamaño de un puño en mitad del pecho. Le seguía costando tragar aire.

Pese a ello, René quería hablar.

—Parece ser que mis hombres han sido víctimas de algún tipo de trastorno. Vómitos, diarrea, fuertes retortijones. Supongo que no tienes nada que ver con eso.

—Supones bien.

René asintió como si Evan hubiera confesado.

—Me fascina tu destreza —dijo—. Cuéntame más cosas de ti.

Evan consiguió pronunciar unas cuantas palabras seguidas.

—... no hay... gran cosa que... contar.

—Eso lo decidiré yo. —René sacó un pañuelo de hilo y se enjugó la frente. Estaba acalorado por la excitación—. ¿Quién eres en realidad?

—Un capo de la droga. Un traficante de armas.

—No. Eres mucho más letal que eso. Hay algo que no encaja. He estado pensando en ese hobby tuyo, matar a Contrell. ¿Quién hace algo así? ¿Quién mata por diversión a un traficante de seres humanos?

Evan no dijo nada.

—Imagino que el mismo tipo de persona que envenenaría a mis hombres —dijo René—. El doctor Franklin los está atendiendo.

Manny y Nando miraron a Evan con odio, como si quisieran matarlo a culatazos. Cuando Manny dio un paso hacia él, con gesto amenazador, René lo obligó a detenerse levantando una mano.

—Son nuestros *hermanos* —protestó Manny entre dientes.

—No —dijo René—. Eran empleados míos y no han hecho bien su trabajo. Procura no fallar tú también.

Dex apenas si tuvo que moverse para hacer que las tablas del suelo crujieran bajo su mole. Manny le miró y volvió adonde estaba antes.

—Hay dos clases de personas —prosiguió René, dirigiéndose a Evan—. Las que lo ensucian todo y las que lo limpian.

Las esposas obligaban a Evan a permanecer encorvado, pero pudo mirar a René entre una maraña de pelo.

—¿A qué clase perteneces tú? —dijo.

—A la tercera, la que establece las categorías —respondió René, con un brillo en los ojos, hundidos entre los surcos de la cara—. Esta noche lo has dejado todo sucio.

—O limpio, según se mire —repuso Evan, dirigiéndose a Manny.

Este se pasó la lengua por las fundas doradas como si Evan fuera un apetitoso manjar.

Alguien llamó a la puerta, y acto seguido un hombre de cabellos largos entró en la habitación con un zarrapastroso pijama de cirujano. El médico llevaba varios días sin afeitarse; parecía un surfero entrado en años, con un aspecto muy desmejorado por su prolongada afición a la tequila.

—¿Qué tal? —Franklin miró a Evan—. Ah. Hola. —Luego a René—. ¿Hablamos?

Este salió al pasillo. Evan no pudo entender lo que decían, pues hablaban en susurros. Nando y Manny aprovecharon para lanzarle funestas miradas.

Fueron unos minutos muy incómodos.

René volvió a entrar.

—Seis de mis guardias están bastante fastidiados —dijo—. Hemorragia interna, fallo renal. Parece ser que los riñones han dejado de funcionarles.

Manny emitió un ruido, mitad gruñido, mitad grito.

—El doctor Franklin cree que ingirieron hongos venenosos.

—A veces no es fácil distinguirlos —señaló Evan, como si se compadeciera de las víctimas.

—Todos afirman que no han cogido ningún tipo de hongo, y que desde luego no añadieron nada de eso al guiso con chile que estaban haciendo.

—Si yo añadiera hongos a un guiso con chile, tampoco lo admitiría —dijo Evan. Vio que Manny apretaba las mandíbulas y disfrutó con aquello.

René carraspeó. Evan se sorprendió al ver que se le humedecían los ojos.

—No se puede hacer nada —dijo René, añadiendo rápidamente—: Y en esta zona no hay ningún hospital.

—Quieres decir en Graubünden —apostilló Evan.

Los ojos color chocolate le traspasaron.

—Exacto. —René se pasó una mano por la cabeza, pero no se le movió un solo mechón—. Morirán en cuestión de días.

—Entre dolores atroces. —Evan lo dijo mirando a Manny y a Nando—. Deberías evitarles esa agonía. Sería lo más humano.

Manny y Nando bajaron la vista al suelo, a la espera de recibir órdenes.

—Los moribundos consumen muchos recursos en poco tiempo —le dijo Evan a René—. Deberías pensar en qué es mejor para todos.

Pasado un momento, René asintió ligeramente con la cabeza.

—Hacedlo de la manera menos dolorosa —dijo.

Manny le enseñó a Evan la dentadura de catorce quilates antes de salir. Evan quedó a solas con René y Dex.

—Estás enfadado —dijo Evan.

—Por ellos, no. Por mí.

—¿Y eso?

—A todos nos entristece que muera alguien —explicó René—. Eso le recuerda a uno que es mortal.

La mano de Jack, empapada en sangre, intentando cortar el chorro arterial que le brotaba del hombro. La camisa de franela azul teñida de rojo alrededor del puño de Evan. La sonrisa de Jack, infrecuente como un arco iris, animando los rabillos de sus ojos.

—¿Crees que es por eso que la gente se pone triste? —dijo Evan.

—¿Recuerdas cuando descubriste lo que era la muerte siendo niño? Yo nunca lo superé. Ni creo que lo supere nadie. Morir es algo espantoso. No me trago todos esos discursos que intentan hacerlo pasar por algo menos terrorífico. Las heroicidades en la guerra. O que al expirar ves una luz blanca y a Dios que te está esperando con los brazos abiertos. —René apretó los dientes, embargado por una súbita emoción—. Yo no quiero morir —dijo—. Y no pienso hacerlo.

—Tú serías el primero.

René frunció los labios, ahora tirantes.

—¿Te acuerdas de los veranos, cuando eras niño? Parecía que duraban una eternidad. Toda la vida por delante. La sensación de que era algo... ilimitado. —Juntó las manos en la cintura y se las miró—. Y luego un día ves una foto. Tienes poco más de treinta, estás saliendo de una piscina en Santorini. Has perdido tanto pelo que se te ve el cuero cabelludo. La cosa dura ya un año, tal vez varios, porque ¿cuán a menudo ves una foto tuya nadando? —Se llevó de nuevo la mano a la cabeza, sin llegar a tocarse los cabellos que raleaban. Pareció darse cuenta de lo que hacía y retiró la mano—. No me gustan los límites. Que me digan lo que es posible y lo que no. Sea el hombre o la naturaleza. Lo mismo que tú.

—Te equivocas —dijo Evan—. Tú quieres serlo todo. Yo solo quiero ser una cosa pero hacerla bien.

—Entonces es que te falta imaginación. —René se inclinó hacia delante y la luz cenital iluminó sus carnosas facciones, los toques secos de maquillaje, la línea del pelo modificada—. Todos queremos vencer a la muerte; lo que pasa es que resulta embarazoso reconocerlo. Pero imagina que pudieras. Controlar el tiempo. Si controlas el tiempo, lo controlas todo. —Cuando volvió a apoyarse en la mesaescritorio, la gruesa tela de su traje mostró unos rizos como de mantequilla untada—. Imagínate ser el mismo que eras a los veinte años.

—Ya lo dice la Biblia: «El pasado no se puede repetir».

René se permitió una sonrisa, que dejó ver una hilera perfecta de fundas color marfil.

—¡Por supuesto que se puede! —exclamó.

Evan notaba que las esposas le estaban cortando la circulación en las manos y se preguntó cuánto tiempo lo tendrían así.

En ese momento, René sacó el frasquito y roció con él las superficies que había tocado.

—Quítale las esposas y enciérralo —le dijo a Dex. Antes de salir se detuvo al lado del gigantón—. Si se te va la mano, no te preocupes.

El bíceps del brazo derecho de Dex sobresalió como una pelota al levantar la mano y ajustársela a la boca.

Cara de felicidad.

27

En total, seis

Evan yacía boca arriba, a oscuras, esperando el momento en que el gas saliera del conducto y lo dejara inconsciente. Estaba tan cansado que no necesitaba ninguna ayuda para eso, pero René no podía saberlo.

Acababa de entrar en el limbo cuando un disparo en la distancia le hizo volver en sí. A continuación sonó otro. A intervalos regulares, los disparos se sucedieron.

En total, seis.

La vibración de la última bala resonó en el aire durante varios segundos más, como si no quisiera extinguirse. El silencio que siguió fue absoluto.

Evan miró al techo.

Y envió un sencillo pensamiento a Alison y al chaval: «No tardaré».

Después se quedó dormido.

28

La Parca

Evan despertó a la mañana siguiente con el cañón de una escopeta pegado a un costado del cuello. Abrió los ojos y, en el otro extremo del cañón, pasada la culata naranja fluorescente, estaba Manny. Este hizo una mueca y aparecieron las fundas metálicas: era como el gigante Jaws de James Bond en plan rapero.

—Levanta el culo —le ordenó.

Evan se incorporó. La boca metálica permaneció pegada a su cuello. Nando estaba a una distancia de un metro y medio, apuntándole también con su escopeta.

—Te esperan abajo —le comunicó Manny—, pero estoy pensando que podrías sufrir un accidente. Has intentado atacarme y, claro, yo he reaccionado.

Evan desvió la mirada hacia el dedo que Manny tenía apoyado en el gatillo y vio que tenía el nudillo blanco. Un poco más de presión y la tráquea de Evan quedaría estampada contra la pared del fondo.

—Samuel. Yoenis. Álcides. Memo. Luis. Eddie. Jamás olvidaré esos nombres. —A Manny le tembló la voz—. Anoche los sacamos al bosque. Y nos despedimos de ellos.

Unas lágrimas brotaron de sus ojos; aun así siguió apuntando a Evan con su arma, sin hacer el menor movimiento para enjugarse las lágrimas. Movió el cañón, lo deslizó por la barbilla de Evan, sepultándoselo en la mejilla, y le empujó con él la nariz hacia un lado.

Evan no le miró. Tenía la vista fija en la pared del fondo. Procuró mantener un lenguaje corporal neutro. Confiaba en no haber provocado a Manny hasta el extremo de que desobedeciera a René y se cargara a la gallina de los huevos de oro. Aunque lo habían encañonado más veces de las que podía recordar, una decapitación por postas de goma presentaba más complejidades de las que le apetecía contemplar en ese momento.

La calavera de la Santa Muerte sonreía desde el cuello de Manny. La Parca. Llevaba una capa azul adornada con rosas, una guadaña en una de sus esqueléticas manos, en la otra, un reloj de arena. Decían que, en el momento de la muerte, segaba con la guadaña el plateado hilo de la vida.

Evan se preguntó si le habría llegado a él ese momento. Miró al frente sin pestañear, a la espera de que el nudillo de la mano de Manny se moviera exactamente un centímetro.

En ese momento intervino Nando:

—Manny. ¡Manny!

Dio un paso al frente y tiró del hombro de su compañero. Un instante después la presión en el gatillo se aflojó.

—No olvidaremos lo que nos has obligado a hacer —dijo Manny—. Ahora baja de una puta vez.

Evan fue escoltado por la planta baja a través de un pasillo húmedo con aromas de lavanda y agua de rosas. A instancias de Nando y Manny, abrió una puerta de cristal con gotas de condensación y entró en una amplia zona de spa.

Pasaron junto a un jacuzzi, una piscina de agua fría para saltos, una bañera de mármol de la que colgaba una bolsita de té rellena de hierbas. Había diversos recintos con elegantes letreros metálicos: SAUNA, SALA DE VAPOR CON EUCALIPTO, DUCHA DE LLUVIA. La sauna coreana presentaba un banco de hormigón tachonado de grandes guijarros lisos, haciendo juego con el estilo disneylandia-zen del resto del spa.

Llegaron a una pequeña piscina de entrenamiento rodeada de hierba artificial que crujió agradablemente bajo los pies descalzos de Evan. Solo llevaba encima los bóxers con los que había dormido.

René esperaba espatarrado en una silla con sistema gravedad cero, un periódico sujetado en alto, la V invertida semejando un pájaro en pleno vuelo. Del brazo, le salía una vía procedente de una bolsa de suero fisiológico colgada de un soporte cromado.

David estaba fumando un cigarrillo electrónico, recostado en una barra de forma sinuosa hecha de madera noble y decorada con voluminosas luces navideñas. Una botella de Bacardí 151 descansaba junto a su vaso, que David había llenado hasta el borde con cubitos de hielo y ron ambarino. Junto al codo, una bandeja con cosas para picar. Comía Doritos de una bolsa medio arrugada, exhalaba vapor, daba un sorbo.

René giró en su silla y hundió los pies en un tanque de líquido burbujeante sumido en una luz azulada ultravioleta. Al acercarse, Evan se fijó en que había docenas de peces diminutos nadando entre los pies de René.

René señaló con el periódico hacia la barra.

—Es de madera de bosque ecuatorial de crecimiento sostenible. Palosanto del Brasil —dijo—. Qué detalle, ¿no?

—Entonces ¿por qué la tienes?

—Nada de esto es mío. —René hizo un gesto abarcando el chalet—. Es alquilado. Mis cosas las tengo escondidas en una madriguera. —Sonrió—. Igual que tú.

Se inclinó sobre una mesa auxiliar y dejó el periódico para coger uno de aquellos esbeltos mandos a distancia blancos que parecían controlar todo el chalet, incluido al personal. Tecleó unos cuantos botones y lo dejó caer sobre la mesa.

Momentos después, en la pared del fondo se abrieron dos enormes paneles metálicos y apareció un estrecho ascensor con el doctor Franklin dentro. El médico se acercó a René, le retiró con cuidado la vía que tenía insertada a la altura del codo y volvió apresuradamente al ascensor. La puerta se cerró y, por los números que se iluminaban encima, Evan supo que el médico había bajado a un nivel subterráneo.

René estiró el brazo donde le habían pinchado y se abrochó la manga de la camisa. Incluso en aquel recinto tan húmedo, su indumentaria seguía siendo elegante.

—¿Te apetece tomar algo? —dijo.

—Una bolsa de Doritos no me vendría mal.

—Nando, por favor, tráele unas chips a nuestro huésped.

Antes de que el aludido pudiera moverse, David alcanzó una bolsa de la bandeja.

—No, David —intervino René—. Deja que lo haga Nando.

David sonrió con el filtro de plástico entre los labios, su cara iluminada de distintos colores por la cenefa de luces navideñas. Se dio impulso para apartarse de la barra, fue hacia Evan y le tendió la bolsa, mientras Manny y Nando se acercaban un poco más, apuntando a la cabeza de Evan.

David agitó la bolsita en el aire.

—Vamos —le dijo a Evan.

Evan cogió los Doritos.

—No eres de comida basura, me parece a mí —dijo David, evaluando el cuerpo del otro.

—Ni tú de fumar lo que estás fumando.

—Ah. Bueno, estoy intentando acostumbrarme al tabaco de verdad, pero no soporto el sabor. Acabo de licenciarme en parches de nicotina.

—Mi enhorabuena.

David le hizo una especie de reverencia.

—Apártate de él —le ordenó René.

—No me hará daño —dijo David.

René le hizo una seña a Manny y este tiró de David hacia la barra, suavemente pero con firmeza, mientras Nando se situaba con su escopeta en el punto ciego de Evan.

David volvió a su generoso ron.

—Eres un capullo —dijo, mirando el vaso—. Crees que puedes controlarlo todo.

Apuró lo que quedaba, estampó el vaso contra la barra de palosanto del Brasil de cultivo sostenible y se alejó sin prisas.

René sonrió con aire indulgente.

Reparó entonces en que Evan le estaba mirando los pies. Dentro del tanque, los peces se habían agrupado alrededor de sus dedos y talones.

—Los tienes en ayunas unos días. Son peces doctor. Cuando llegan a un determinado nivel de hambre, empieza a gustarles la carne humana. Podría ser cualquier otra cosa. Se comen la piel muerta, pulen los callos y las escamas de psoriasis. —Su sonrisa se ensanchó—. Eliminan mis imperfecciones a mordisquitos. —Hizo un gesto con la mano—. Estás invitado a seguir el tratamiento que quieras.

Evan se imaginó a sí mismo con rodajas de pepino sobre los ojos, embadurnado de lodo, con Manny y Nando observándolo a través de las miras de sus escopetas.

—No, gracias.

—Si quieres, el doctor Franklin podría hacerte un tratamiento con láser para eliminar esa fea cicatriz que tienes en el estómago.

Evan se miró la línea blanca a la altura del abdomen, justo debajo de las costillas, allí donde una mujer le había clavado un cuchillo, el del propio Evan. Él mismo se había cosido la herida tirado en el suelo de su cuarto de baño, una tarea dolorosa y sangrienta, durante la cual había podido descubrir nuevos matices en su ya íntima relación con el dolor.

—Me gustan mis cicatrices —dijo—. Me recuerdan quién soy.

—Es algo que no puedo entender.

—No te esfuerces. ¿Por qué me has hecho venir? Imagino que no será para hablar sobre cómo te acicalas...

—¿Acaso te esperan en alguna otra parte?

Evan pensó en el *Horizon Express*, que seguía su inexorable rumbo, y en la voz del chaval a través del RoamZone herido de muerte: «¿Me ayudará, por favor? Prométamelo».

—Sí —respondió.

—Dentro de dos días podrás seguir tu camino —le dijo René.

—Eso suponiendo que haga la transferencia.

—¿No te has resignado aún a tu destino?

—¿Por qué rendirse, si estoy ganando la guerra?

Evan oyó a Manny maldecir en español detrás de él.

—Sobre eso... —René sacó un pie del tanque con peces y luego el otro—. Me gustaría enseñarte una cosa.

Se puso un grueso albornoz, hizo un nudo con el cinturón y luego se inclinó para rociar la silla de gravedad cero con un poco de bruma del frasquito cilíndrico transparente.

—¿Y eso qué es? —preguntó Evan.

—Espray de privacidad. Elimina el noventa y nueve coma cinco por ciento del ADN de cualquier superficie. Y oscurece el cero coma cinco restante cubriéndolo con una mezcla de material genético. —René se calzó unos descansos que tenía al lado—. No eres el único que sabe cómo desaparecer. Si quiero que no me localicen, nadie lo hará.

Evan decidió no meter baza, de momento.

Manny y Nando lo escoltaron de nuevo por el laberinto de salas de vapor y pasillos diversos, con René llevando la delantera unos cuarenta metros más allá. Al final del trayecto, la gigantesca araña de luz del vestíbulo apareció en lo alto.

René se arrebujó en su albornoz y salió al porche. Después dio media vuelta y los miró; ellos se habían detenido al fondo del vestíbulo. El viento agitó sus cabellos. La víspera había nevado, y allí, de pie en el umbral, su silueta se recortaba contra un fondo blanquísimo.

René hizo una seña con el dedo índice. «Ven.»

Manny y Nando empujaron a Evan y este avanzó por el helado suelo de mármol. Empezaba a notar el intenso frío que hacía fuera. En cuanto salió al porche, el aire glacial se le vino encima. Sus bóxers, única prenda que llevaba encima, le procuraban escasa protección. Nando y Manny lo condujeron al otro extremo del porche, a distancia segura de René, que aguardaba en su confortable albornoz y sus acolchados descansos.

Evan se metió la bolsa de Doritos por la cintura de sus bóxers para poder soplarse las manos. Sentía las mejillas y los labios en carne viva. No sabía cuánto tiempo le obligarían a estar allí fuera.

Antes de poder ver nada, oyó el murmullo de un motor que reverberaba en las paredes del valle. Luego distinguió un penacho de humo, fino como una brizna de paja, procedente de un tubo de escape allá a lo lejos, en la pista de tierra. Momentos después divisó el punto de un vehículo negro. Era uno de los Mercedes Geländewagens.

Aquel frío otoñal se le había colado dentro y estaba prendiendo las terminaciones nerviosas en el interior de los rasguños y cardenales que aún tenía. Sus músculos se quejaban bajo la dolorida osamenta. Temió quedarse congelado antes de que llegara el coche (con lo que pudiera llevar dentro).

Se puso a saltar sobre sus pies descalzos, tratando de conservar un mínimo de calor en el cuerpo. Ya no notaba la cara. René, al otro extremo del porche, estaba silbando una alegre tonada.

Por fin, tras una eternidad, el Mercedes Clase G llegó al camino de entrada, describió la curva hasta la puerta principal y se detuvo con un traqueteo de neumáticos sobre el pavimento de adoquín. Las lunas tintadas devolvieron el reflejo de Evan; tenía la piel casi morada.

Primero se abrió la puerta del conductor. Dex desalojó toda su mole de detrás del volante. A continuación se abrieron, de forma sincronizada, las otras tres puertas y el portón trasero.

Fueron saliendo narcos uno tras otro; el número cómico de personas saliendo una tras otra de un vehículo, pero llevado a cabo con precisión militar. Diez en total. Formaron una fila delante del Mercedes esperando órdenes de René.

—Qué bien —dijo Evan—. Me has traído más víctimas.

Pero René se limitó a volverse hacia él —sus descansos crujieron suavemente sobre el porche— y a decirle con una sonrisa:

—No hay límite.

29

Cara de pillo

Según la información que Candy y Jaggers habían podido reunir durante el último día y medio, Setyeyiva tenía pensado salir de su despacho entre las seis y las seis y cuarto. A pesar del frío que hacía, siguieron con sus falsas sesiones de fotos en la pasarela del paseo marítimo: Candy guapísima como siempre con sus pantalones de cuero y el top que realzaba sus pechos, y Jaggers enfocando más arriba de su cabeza el edificio que había detrás, la antigua fábrica de conservas. Al poco rato solo quedó en la oficina Refat Setyeyiva, trabajando como de costumbre.

Jaggers se miró el reloj.

—Es la hora.

Volvieron apresuradamente al coche que habían alquilado, un Skoda Fabia Conti que, si uno bajaba su nivel de exigencia y lo miraba entornando los ojos, podía pasar por un automóvil. Mientras Jaggers salía de la plaza de aparcamiento en la que había logrado meterse con calzador, Candy compró en un puesto ambulante un polo de frambuesa.

Remontaron la cuesta a toda mecha en el pequeño familiar. Ella saltó del vehículo en el callejón que discurría entre TeleFon Star y el aparcamiento, detrás del edificio. Jaggers reculó y apagó las luces del coche. Alguien había pintado en la pared, con aerosol, los tres monos sabios (no ver, no oír, no decir), pero la pintura se había corrido antes de secarse y había algo demoníaco en la expresión de los simios.

El atardecer se iba imponiendo. Un poco más arriba, en varios edificios se encendieron luces.

Candy se situó junto a la puerta trasera de la fábrica, la espalda pegada al muro, y le quitó el envoltorio al polo.

Verla era un todo espectáculo, si ella se lo proponía.

Apoyó el pie, plano, en la pared que tenía detrás, arqueó la espalda sacando pechos y meneó entre sus labios la colorada punta del polo. Consciente de la imagen que ofrecía.

Y tan feliz.

Las 17.53. Ni un solo coche. Ni un solo peatón.

Volvió a oír aquel susurro de voz: «¿Aún eres capaz de hacerlo, Candy? Quedaste marcada por la huella de X, ¿estás segura de que eres la de siempre? ¿No serás mercancía dañada?».

Estaba segura, sí. Y no, no era mercancía dañada.

Era una real hembra. Una devorahombres como en la canción de Hall & Oates. La chica de calendario que te hacía desear que el mes no terminara nunca. Antes, ella era todas esas cosas, desnuda o con ropa. Por culpa de Huérfano X, tal vez sus superpoderes se habían reducido. Bueno, ¿y qué? Seguía siendo irresistible.

Las 17.57. Ningún vehículo. Ningún transeúnte.

El viento cambió de dirección y extrajo de los muros de la antigua fábrica un tufo a pescado. El polo de frambuesa, curiosamente, sabía a melocotón. No muy lejos de allí, alguien había puesto un *mashup* de Salt-N-Pepa y Led Zeppelin con el volumen a tope. Estos estados postsoviéticos no tenían ni idea de música, qué desastre.

Candy dio un lametazo a su polo de frambuesa-melocotón y esperó. «Vamos, Refat Setyeyiva, saca tu cara de pillo y esa mierda de nombre que tienes.»

La puerta crujió un poco al abrirse.

Al principio, él no la vio, tenía el careto inclinado hacia abajo; estaba metiendo unos papeles en su cartera. Había dado ya dos pasos cuando ella carraspeó ligeramente.

Una suave y femenina melodía.

Él levantó la vista.

Y se detuvo en seco.

No tenía pinta de oso, como tantos exlanzadores; su enorme corpachón conservaba la buena figura, un torso poderoso que se estrechaba camino de la cintura. Ella se preguntó si habría dejado del todo los esteroides, o si se encontraba demasiado resultón para abandonarlos.

Él la estaba mirando, haciéndose sin duda sus propias preguntas. La chica era un espejismo; Setyeyiva parecía temer que desapareciera al primer parpadeo.

Ella separó los labios, anaranjados, dejando que el polo entrara un poco más en su boca, dejando que la lengua asomara furtivamente por un costado.

Él no reparó en un Skoda Fabia Combi que arrancaba detrás de él. ¿Cómo iba a fijarse?

Él siguió mirando, fascinado, a la chica incluso mientras el coche se le venía encima, los faros a media luz. Candy se inclinó entonces hacia él y le arrebató la cartera de la mano. En el último momento, Setyeyiva pareció volver en sí y giró sobre sus talones, pero el coche se estampó contra él entre un chirriar de frenos.

Salió disparado por los aires. Aterrizó. Al dar contra el suelo, expulsó el aliento de forma brutal.

Miró a la mujer sin comprender.

Candy lamió de arriba abajo el palo del helado. Un poquito de morfina antes de exhalar el último suspiro, pobre hombre.

Jaggers le pasó por encima. El coche botó sobre el corpulento eslavo —sube, baja; sube, baja— y quedó perfectamente colocado para cargar el cuerpo en el maletero. Jaggers pulsó el mando para abrirlo desde dentro y se apeó.

Candy tiró el polo y fue hacia el coche con la cartera de Setyeyiva colgando de una mano.

Se sonrió al recordar la voz que venía fastidiándola últimamente. ¿Mercancía dañada? Y una mierda.

El Skoda tenía pocas ventajas, pero dos de ellas eran un maletero espacioso y una solera de carga que distaba tan solo 610 milímetros del suelo. El maletero estaba forrado de lona de plástico, muy bien adherida a los costados.

Candy agarró a Setyeyiva por los tobillos, Jaggers, por las axilas. No sin esfuerzo, consiguieron subirlo al coche. Apenas un segundo después de que el chasis crujiera bajo el peso extra, oyeron acercarse unos tacones de mujer.

Una de las chicas que estaban antes en la pasarela caminaba hacia ellos por el callejón, sus piernas de bebé jirafa constreñidas por una microfalda que mantenía sus muslos casi pegados entre sí. Tenía un agradable rostro almendrado y el pelo lacio y negrísimo. Si no había cumplido los dieciocho, entonces era una quinceañera muy precoz (con aquellas eslavas no había manera de saberlo a ciencia cierta). Traía un semblante preocupado, aunque en un saludable estilo oh-dios-mío que no encajaba con su indumentaria.

Les dijo algo que sonó a turco (probablemente era tártaro de Crimea). Al ver la cara que ponían los dos, habló en ruso:

—¿Estáis bien? ¿Habéis tenido un accidente?

—Un accidente, sí —respondió Candy, en ruso—. Pero estamos bien.

Hizo ademán de cerrar rápidamente el portón trasero, pero Jaggers se lo impidió.

Candy lo miró extrañada. Los dos botones que Jaggers tenía por ojos devolvieron una mirada en la que no se apreciaba profundidad.

—No —le dijo ella por lo bajo.

Jaggers guardó silencio, pero sin soltar la mano con la que impedía que el portón se cerrara del todo.

La chica se les acercó un poco más.

—¿Seguro que estáis bien? ¿Queréis que llame a alguien?

—No, no, tranquila —respondió Candy—. Pero muchas gracias, encanto.

La chica se detuvo entonces. Estaban solos en el callejón, iluminados los tres por la luz que salía sesgada de una ventana en lo alto. En algún momento, durante los últimos minutos, se había hecho de noche.

—Nos vendría bien una mano con el maletero —dijo Jaggers—. Creo que del golpe la puerta ha quedado un poco torcida. No podemos cerrarlo.

La chica puso cara de perplejidad. Luego, encogiéndose levemente de hombros, dijo:

—Bueno.

Mientras se acercaba al coche, Candy hizo otro intento de cerrar el portón trasero, pero Jaggers volvió a impedírselo.

Pero ya era demasiado tarde.

La chica miró en el interior, vio el cuerpo hecho un guiñapo dentro del maletero forrado de plástico. Abrió la boca, asustada. Jaggers le cortó el grito tapándosela con una mano amarillenta, al tiempo que la golpeaba en el cuello dos veces con el puño. La introdujo en el espacio de carga, encima del cuerpo del exlanzador, y luego cerró el portón con fuerza.

Fue entonces cuando Candy vio el pequeño bolígrafo de plata en la mano ensangrentada de Jaggers.

La chica pataleó en el interior del maletero. Un forcejeo húmedo. Un jadeo agudo.

—Está viva —dijo Candy entre dientes, conteniendo la rabia.

—No por mucho tiempo.

Jaggers se agachó, dejó caer el bolígrafo por una alcantarilla y volvió a ponerse de pie limpiándose la mano en el pantalón. El traqueteo dentro del coche fue disminuyendo hasta extinguirse.

Candy le atizó un directo a la cara, y la cabeza de Jaggers retrocedió sobre su escuálido cuello. No pareció que le doliera. Esquivó el siguiente golpe, contrarrestando con un puñetazo al estómago de Candy, que la hizo doblarse por la cintura. Acto seguido la tiró al suelo de una patada. Mientras ella permanecía encogida, tratando de recuperar el aliento, él se le puso encima y le apretó el cuello con sus flacos dedos sin ejercer demasiada presión.

—La chica nos ha visto —dijo Jaggers en voz baja, haciendo una mueca, y un apestoso aliento a acedía y putrefacción emergió de entre sus mandíbulas apretadas.

Candy le propinó un rodillazo entre las piernas, suficiente para hacerle saltar un palmo hacia delante, pero Jaggers no emitió siquiera un gruñido. Se levantó, se sentó al volante y esperó. Ella se puso de pie, concediéndose unos segundos para recuperar el ritmo normal de la respiración, y luego rodeó el coche en la calle a oscuras y montó.

No cruzaron palabra durante un buen trecho. Jaggers aparcó frente al taller mecánico que habían descubierto la noche anterior. Dejando el motor al ralentí, forzó el candado y descorrió la puerta. Después montó en el coche y lo metió en el garaje.

Otra de las ventajas del Skoda Fabia era que en Crimea abundaban como las cucarachas, y en cualquier taller digno de tal nombre podías encontrar piezas de repuesto. Mientras él retiraba el parachoques abollado, Candy sacó el portátil que Setyeyiva tenía en su cartera, junto con una criptotarjeta de credencial del hardware que cada sesenta segundos generaba un nuevo código de acceso aleatorio. Sentada en un banco de trabajo con el portátil sobre las rodillas, esperó a que cambiaran los números de la credencial y luego marcó el código.

Trabajaron duro los dos, en silencio y en sintonía: Candy tecleando, mientras él colocaba un parachoques y un radiador nuevos y con una maza alisaba los desperfectos del capó. Los movimientos de Jaggers eran rápidos y eficaces como los de un roedor. Estaban avanzando a buen ritmo y la noche era joven, pero aún tenían que solucionar lo de los cadáveres del maletero.

Candy accedió a las bases de datos y por fin localizó lo que en un principio parecía ser lo que buscaba. Luego hizo una búsqueda por 1-855-2-NOWHERE y aguardó a que se cargaran los datos. Apareció la información.

—¡Joder, joder! —farfulló.

Jaggers, que estaba agachado junto al parachoques armado de un pulverizador de pintura, levantó la vista. En la penumbra del taller, sus ojos eran como dos pequeños agujeros negros en la cara. Una mascarilla le cubría la nariz y la boca, por lo que su voz pareció surgir del aire mismo.

—¿Qué? —preguntó la voz.

—Huérfano X nunca se ha cambiado a esta empresa de telefonía. Lo hizo para despistar. Pagó la cuota para abrir una cuenta ficticia.

—Huérfano Y puede rastrear el dinero.

Candy soltó un resoplido. Llevaba en eso más tiempo que Jaggers.

—No seas estúpido —dijo—. X creó esta cuenta para que la encontráramos nosotros. O sea que rastrear el dinero queda descartado, tanto para Van Sciver y su *übersoftware*, como para cualquier otro, por mucha tecnología de la que disponga.

Jaggers volvió a lo suyo. Roció una fina capa de gris plata sobre un arañazo en el capó. Parecía que la noticia no le había afectado. Se preguntó si había algo que le importase realmente.

—Te has cargado a una chica por nada —dijo.

Él no apartó la vista de su trabajo cuando respondió:

—Nos hemos cargado a Refat Setyeyiva por nada.

—Vale, pero en eso consistía la misión.

Una fina línea plateada hizo desaparecer del capó el último desperfecto.

—Qué interesante que para ti sean cosas distintas —dijo.

Se apartó un poco para ver cómo había quedado el arreglo: el coche parecía nuevo. Dejó el pulverizador de pintura, sacó la bolsa que llevaba en el asiento de atrás y empezó a quitarse la ropa. Primero las botas, después el pantalón. No usaba calzoncillo.

A ella le sorprendió lo que estaba viendo.

Mejor dicho, lo que no estaba viendo.

Había oído hablar del asunto, claro está, pero le sonaba a esas cosas extrañísimas que solo aparecen en revistas de escasa tirada o en estudios muy especializados; no a algo que ocurriera en el mundo real.

Jaggers amontonó la ropa manchada de sangre sobre el suelo de cemento, la roció con un poco de gasolina y le prendió fuego. Después alzó la cabeza, desnudo, sin mostrar vergüenza ni expresión alguna.

—Te sugiero que hagas lo mismo.

Ella tenía el pantalón limpio, pero el top se le había manchado mientras cargaba con el cuerpo de Setyeyiva. Mientras Jaggers se ponía ropa limpia, ella se quitó la parte de arriba y la arrojó a la pequeña hoguera.

Luego cogió su teléfono encriptado y salió afuera mientras iba marcando el número.

Esperó a cielo abierto a que el satélite recogiera la llamada. Pasado un buen rato, un ruido seco anunció la presencia de Van Sciver al otro extremo de la línea.

—¿Qué tal la comida? —dijo la voz de máquina.

—Sin valor nutricional —contestó ella.

Se produjo una pequeña pausa mientras la conversación rebotaba como una pelota de ping-pong entre diversas centralitas virtuales.

—¿Algún ingrediente que podamos utilizar para una futura comida?

—No.

Candy esperó hasta que tuvo claro que aquello no era una pausa, sino silencio.

Solo había visitado una vez a Huérfano Y en su paradero secreto; había llegado en helicóptero y con una capucha en la cabeza. Se lo imaginó en aquella sala enorme, perdido entre las parpadeantes luces de los monitores, su carne misma aparentemente en simbiosis con los números que fluían sin tregua en las pantallas. Parecía un caso de singularidad: alguien que renunciaba a su forma humana para convertirse en un dato más.

—¿Y? —dijo—. ¿Estás ahí todavía?

—Averiguaré dónde hace la próxima reserva. Y cenaréis los dos con él.

La intemperie calmó su espalda descubierta, arrasada de quemaduras. Aspiró el aire fresco y levantó la cara hacia las estrellas sucias de contaminación. De algún lugar le llegó ruido de cacharros de cocina, un coche que petardeaba, jóvenes ebrios vociferando en la noche.

Pensó en la chica de pelo azabache inclinada sobre el maletero del coche; en su rostro almendrado, en su cara agradable de rasgos sencillos; en la sangre brotando a chorro de su carótida.

—Ese tío que me buscaste como pareja —dijo Candy—. El otro comensal. Es un psicópata.

—Tienes razón —contestó la voz de múltiples voces—. Pero es mi psicópata.

30

La idea que alguien tenía de una biblioteca

«Dos perros, trece guardias, dos francotiradores, un médico. Y Dex.»
Aquella noche, en su habitación, Evan meditó su siguiente movimiento. Había hecho un plano mental detallado del edificio, a la espera de que se presentara el momento propicio para la fuga. Ahora que René había hecho venir a gente nueva, Evan necesitaba saber más cosas. Y no solo sobre los recién llegados, sino también sobre René. Su inagotable reserva de secuaces planteaba nuevas preguntas. ¿Qué era exactamente lo que René hacía en aquel chalet? ¿Había que descartar quizá alguna de las posibles vías de escape?

Evan miró la chimenea. No se lo pensó más. Fue hasta el balcón y abrió la puerta. Tener neutralizadas dos de las cámaras de seguridad significaba que podía moverse sin ser visto junto al balcón, al hogar y a la mesa-escritorio.

Miró hacia el establo. La gran puerta corredera estaba abierta. En el interior, dos de los narcos practicaban la lucha cuerpo a cuerpo sobre una colchoneta colocada delante de los vehículos. Eran buenos luchadores, expertos en artes marciales. Derribos, patadas y bloqueos. Varios compañeros suyos se habían situado en torno al perímetro de la colchoneta y jaleaban a los luchadores a voz en cuello. René había sido lo bastante listo para contratar no solo a tiradores expertos, sino a gente familiarizada con la guerra sucia.

Aterido de frío, Evan volvió adentro pero sin cerrar la puerta del balcón. Se acostó en la cama y empezó a revolverse de acá para allá, fingiendo que no podía dormir, hasta que salió de plano. Después, metió una almohada por dentro de la colcha en la periferia del campo visual de la cámara oculta, donde supuestamente tenía él el hombro. El balcón abierto hizo que la habitación se enfriara rápidamente.

Aguardó en un lado de la cama, aguzando el oído y pendiente del conducto del techo.

Cuando el éter halogenado empezó a salir con un siseo, Evan giró boca abajo y sepultó la cara en una almohada. Notó la corriente en la espalda y cómo el gas le pasaba por encima, hacia el balcón abierto, para ir a perderse en la noche. Esperó hasta que dejó de oír el siseo, y no se movió durante veinte minutos. Le costaba respirar con la almohada de plumas pegada a la cara, pero lo consiguió. Al fin, levantó la cabeza.

Seguía consciente.

Desplazándose con cuidado hacia los pies de la cama, entró sigilosamente en el cuarto de baño, siempre por el trecho de cemento contiguo al lavabo. Con la punta del pie levantó la tapa de la papelera que había debajo, la llenó de agua y volvió con la bolsa de plástico al dormitorio.

Junto a la chimenea, practicó un agujero en el fondo y utilizó la bolsa a modo de regadera para empapar la leña de cedro. Los troncos chisporrotearon, desprendiendo humo que la chimenea se ocupó de succionar. La lumbre fue reduciéndose a un resplandor morado a medida que la leña se convertía en cenizas.

Evan cogió las botas de montaña que había dejado previamente junto al zócalo y con ellas apagó las ascuas que quedaban. Luego se las puso y se las ató con fuerza. Después de esperar a que se enfriara, abrió la salida de humos.

A primera vista le cabrían los hombros. Por muy poco.

Tocaba hacer una misión de reconocimiento.

Sentado en la chimenea, se inclinó hacia atrás e introdujo la cabeza y el torso en el tiro. Apenas si cabía, las paredes le apretaban mucho, el pestazo a ceniza mojada se le pegaba a la garganta. Consiguió con esfuerzo ponerse de pie.

Un poco más arriba, el tiro se ensanchaba ligeramente. Eso le permitió darse impulso hacia arriba, empleando los antebrazos y el dibujo de la suela de sus botas para avanzar pegado a los renegridos ladrillos. Fue progresando a pequeños tirones, unos cuantos centímetros cada vez.

Se detenía para escuchar según iba avanzando. En una ocasión, había recurrido al truco de Papá Noel en una chimenea parecida, estando en la República Checa, a fin de escuchar una conversación sin que le vieran. Pero, dadas las gruesas paredes del chalet, esta vez no pudo oír más que su propia respiración.

Fue progresando palmo a palmo y dolorosamente. La mugre de la chimenea se le pegaba a las mejillas, se le metía bajo las uñas. La luz del dormitorio se extinguió allá abajo y Evan quedó sumido en una oscuridad total. Al cabo de un rato distinguió un halo de luz dorada procedente de una habitación en lo alto. Siguió ascendiendo como un gusano hacia la planta superior.

Sentía calambres en las pantorrillas, y los muslos le ardían. No podía enjugarse el sudor que bañaba su frente y se veía obligado a pestañear con fuerza, torciendo el gesto. Tampoco podía mirar hacia arriba para calcular su avance porque le caía ceniza apelmazada en los ojos. Pero sí notó que la luz iba en aumento y que ahora le rozaba los hombros.

Por fin, su mano tocó un reborde en el tiro de la chimenea. Después de tanto escalar sin un verdadero punto de apoyo, se sintió más seguro. Agarrado al reborde con ambas manos, apoyó las suelas de sus botas justo debajo, se recostó contra la pared y descansó un poco.

Se enjugó el sudor con las mangas e hizo un balance de la situación.

Había llegado al borde de un codo que comunicaba con una chimenea en la cuarta planta del chalet. La leñera estaba repleta hasta arriba de leña de cedro por encender.

Primero necesitaba ver qué había más arriba.

Haciendo acopio de fuerzas, ascendió un poco más por el tiro, apoyó los pies en el reborde donde se había agarrado un momento antes y alargó los brazos hacia arriba todo lo que pudo.

Dos gruesos barrotes, soldados, y con una dura costra de hollín, le impidieron seguir.

Se quedó allí quieto, aguantando el equilibrio más arriba de la cuarta planta, en las tripas del edificio, y se tragó su decepción. No había manera de salir por allí a la azotea, cosa que le habría proporcionado un estupendo mirador desde el que ubicar a los hombres de René. Pero no todo eran malas noticias: podía descender por la chimenea hasta la habitación de la cuarta planta. Y si algo le había enseñado Jack, era que uno podía encontrar información útil en cualquier parte.

Avanzó con los brazos por delante, como si descendiera por un tobogán infantil. A mitad del recorrido, patinó con el hollín y fue a caer de mala manera sobre la leñera. Retorcido, y boca abajo como estaba, pudo ver que no había nadie en la habitación.

Era un estudio.

Con cuidado de no desbaratar aún más el montón de leña, logró pasar de la chimenea a la habitación. Con la toalla que cubría la leña de repuesto apilada a un lado del hogar, se limpió las manos y las suelas de sus botas.

Dio unos pasos con cuidado sobre una alfombra paquistaní de intrincado dibujo y miró detrás para asegurarse de que sus botas no dejaban rastro. Tendría que vigilar para no rozar con nada, pues tenía la camisa y los vaqueros mugrientos.

Apliques de latón pintaban tenues abanicos de luz en las paredes verde grisáceo. Oscuras estanterías con libros flanqueaban un imponente escritorio, con una butaca ergonómica que parecía estar esperando a alguien. Evan miró un momento hacia atrás, luego cruzó la habitación, apartó la butaca y examinó la pared, debajo del escritorio. Tal como esperaba, las tomas de corriente eran estadounidenses. Se fijó después en el archivador. No parecía que el reluciente y grueso candado viniera de fábrica. Cuando tiró del asa, no cedió ni un ápice.

El tablero del escritorio estaba impoluto, con tan solo unos lápices y bolígrafos en un recipiente de cuero y unas gafas para leer de montura fina encima de un cartapacio. No había ningún abrecartas.

Evan abrió el cajón superior. Dentro solo encontró unos cuantos sujetapapeles, un carrete de cinta adhesiva transparente y un surtido de etiquetas. Los otros cajones estaban vacíos.

La ausencia de objetos personales parecía casar con la obsesión de René por rociarlo todo con su espray eliminador de ADN. Se tomaba muchas molestias para conservar el anonimato, para no dejar el menor rastro. «Esto es alquilado. Mis cosas las tengo escondidas en una madriguera.» Evan estaba familiarizado con ese tipo de precauciones.

Sabía que se estaba arriesgando demasiado; ya habrían descubierto que no se encontraba en su habitación, o no tardarían en hacerlo. Decidió seguir husmeando. La clave era encontrar algo antes de que ellos aparecieran. Algo que pudiera servirle.

Intensificó la búsqueda. En la papelera solo había un sobre arrugado: correo basura. Lo alisó para ver la dirección adonde lo habían enviado. Chalet Savoir Faire, Maine. ¿Maine? ¿Pretendían despistarlo? No, difícilmente podían prever que acabaría husmeando en una papelera de la cuarta planta. Arrugó otra vez el sobre y lo devolvió a la papelera.

Al incorporarse, su cara quedó frente a las gafas que descansaban sobre el cartapacio. En una de las lentes rectangulares había algo. Evan inclinó la cabeza para verlo mejor. Una sombra del tamaño de una huella dactilar en el cristal.

No perdió un segundo. Después de colocar las gafas boca arriba sobre el cartapacio, partió un lápiz por la mitad, desdobló uno de los sujetapapeles y con la punta rascó la mina del lápiz de modo que el polvo de grafito cayera sobre la lente. Una vez recubierta de polvo, Evan sopló suavemente encima y solo quedaron partículas de grafito allí donde los aceites del dedo de René habían tocado el cristal, dejando impresos dos tercios de una huella.

Evan cogió el rollo de cinta, cortó un trozo de unos ocho centímetros y aplicó un extremo del lado adherente a la huella. El polvo de grafito se pegó al momento, de modo que la huella dactilar se separó del cristal. Evan dobló la cinta por su cara adhesiva, sellando así la huella. Después, cortó otro trocito de cinta y se la pegó en la cara interna del brazo, a la altura del codo, donde la huella estaría protegida de toda fricción y oculta a la vista.

A continuación sacó el cajón de arriba y lo puso sobre el cartapacio. Palpó en el hueco donde estaba el cajón, por si René había pegado la llave en la madera con cinta adhesiva. No hubo suerte. Probó con los otros cajones. Nada.

Se apartó un poco de la mesa y contempló las estanterías polvorientas. Estaban repletas de venerables tomos de tapa dura, sin las sobrecubiertas, los lomos dibujando elegantes franjas de gris y verde aceituna. Era más la idea que alguien tenía de una biblioteca que una biblioteca de verdad.

Reparó en una irregularidad en el polvo del segundo estante, un espacio estrecho del que recientemente habían retirado uno de los libros. Se acercó a la estantería y cogió el libro. El título le hizo sonreír.

Al abrir el clásico de Robert Louis Stevenson, una llave se desprendió del interior de la cubierta y fue a caer silenciosamente sobre la alfombra. Era la llave del cajón-archivador.

Evan se agachó y abrió el cajón.

Estaba repleto de carpetas finas, y cada una de las etiquetas llevaba un nombre diferente. Echó un vistazo a la primera. Detalles de una cuenta bancaria. Un número de la seguridad social. A Evan se le erizó el vello de la nuca al ver la fotografía que estaba prendida detrás de los documentos: era de un hombre de mediana edad, desnudo e inconsciente en una cama, la misma en la que Evan había dormido las últimas noches.

Procurando no pensar en ello, continuó examinando el archivador. El número de personas, hombres y mujeres, que habían pasado por aquello antes que él era impresionante. Cada minidosier contenía información bancaria. Prendida al final de la documentación, una foto de la víctima, desnuda y drogada en la cama. Evan se había figurado que debía de ser el tercer o cuarto caso en la carrera de René, pero, viendo todas aquellas carpetas, comprendió que se trataba de un proceso habitual y muy eficaz. Por lo que había visto, calculó que René habría extorsionado a gente por valor de más de trescientos millones de dólares.

En la etiqueta del último dosier no había un nombre, sino un signo de interrogación.

Evan lo sacó del archivador.

Una copia impresa de la catana en la web de la casa de subastas. Información sobre su cuenta bancaria en el Privatbank AG. Una tarjeta de huellas dactilares. Y una foto de Evan tumbado e inconsciente sobre el colchón de su celda-dormitorio, igual que los que le habían precedido.

Mientras miraba la fotografía, notaba en su interior un vaivén de sentimientos como corrientes tenebrosas. Hizo añicos la foto y la tarjeta de huellas y tiró los trozos al conducto de ventilación que había al pie del escritorio.

En ese momento oyó el crujido de la puerta al abrirse.

—¡Lo tengo! —gritó Manny.

Sin volverse, Evan se incorporó. Tenía en la mano el lápiz roto.

Se oyeron pisadas en el pasillo.

—Vuélvete —le ordenó Manny.

Evan obedeció.

—Ya era hora —dijo.

Manny había franqueado el umbral y apuntaba a Evan con su escopeta, pero no a la cara sino a la entrepierna.

—Tira ese lápiz.

Evan calibró el ángulo del cañón que le estaba apuntando y decidió soltar el lápiz.

Nando entró en la habitación, y un momento después lo hicieron los nuevos secuaces, situándose alrededor del perímetro del estudio. Todo un despliegue de culatas de color naranja fluorescente.

Aguardaron.

Dex llegó precedido del sonido de sus contundentes pisadas. Se abrió paso y miró a Evan con ojos de serpiente en su rostro inexpresivo. René entró un instante después, se fijó en el archivador abierto, la ira acechando tras aquella sonrisa suya de plástico.

—Me gustan los desafíos —dijo—, pero estás poniendo a prueba mi paciencia.

—Y tú la mía —repuso Evan.

Retrocedió hasta notar que los ligamentos de su corva chocaban con el escritorio. René hizo una seña a sus hombres, y estos avanzaron sobre Evan por tres lados, apuntándole con sus armas. Era evidente que esta vez no iba a poder escapar.

Dex se plantó frente a él con una jeringa en la mano. Un bofetón bien dirigido hizo girar a Evan en redondo. Enseguida notó el pinchazo más arriba del omóplato. Un calorcillo bajo la piel, y sus músculos se volvieron de gelatina. En el momento en que se desplomaba, le dio tiempo a ver cómo Dex le miraba desde lo alto, la cabeza ladeada, su semblante una mezcla de hambre y curiosidad.

31

Un hombre duro

La fuerte luz de la mañana despertó a Evan. Estaba tirado en el suelo de su habitación, desnudo. Le latía la cabeza. Notaba un sabor terroso en la boca, y la garganta más seca de lo que recordaba haberla tenido nunca. Tomó aire y empezó a toser.

Al intentar levantarse, sintió alrededor del cuello un aro de fuego abrasador.

Su cuerpo se fue al suelo, los músculos agitándose convulsos sobre el parquet de roble rústico. Consiguió llevarse una mano hasta los encendidos nervios de su garganta y notó que le habían puesto algo metálico alrededor.

Era un collar eléctrico.

Oyó reír a Manny detrás de él.

—Eso nos hará el trabajo más fácil. Así no se nos cansarán los brazos, todo el puto día con la escopeta encima.

Evan se puso a cuatro patas y consiguió apoyar la planta de un pie en el suelo.

Notó otra descarga eléctrica en el cuello y los nervios ardiendo. Cayó de bruces una vez más. En medio de las convulsiones, no acertó a saber si todavía duraba la descarga o si solo eran los efectos secundarios de la corriente abrasándole la piel.

Cuando su visión se volvió más clara, vio que Manny estaba examinando con gesto apreciativo el transmisor que sostenía en una mano.

—Este cacharro es la hostia —dijo.

—No te pases —le advirtió Nando—. René se pondrá furioso si le fríes la sesera.

—No se la voy a freír. La gente lo usa a menudo.

—Para monos de laboratorio. Y a poca potencia.

Manny enseñó una sonrisita.

—Pero el jefe ha dicho que podía darle un poco de caña.

Evan se puso de pie otra vez y se secó la baba que cubría su labio inferior. Con disimulo, se miró la cara interna del brazo y vio que todavía llevaba pegado el trozo de cinta adhesiva con la huella de René.

—¿Hoy no traéis el carrito del desayuno? —dijo.

La siguiente descarga lo hizo caer de costado. Entre el chisporroteo, Evan pudo oír la risa de Manny.

—Dame eso. —Nando le quitó el transmisor—. Ahora le toca hacer ejercicio.

Manny se acercó a Evan y le pateó los pies.

—Vístete, date prisa —dijo—. O vuelvo a coger el transmisor.

Evan caminó pesadamente por el suelo, ahora cubierto de nieve en polvo, rascándose la piel bajo el collar eléctrico. El nuevo guardia apostado en la torre lo observaba, no con unos prismáticos, sino a través de la mira de un rifle de tirador experto. No tenía el alcance de los que usaban los francotiradores de las montañas, pero, en las manos de un profesional, podía hacer puntería a seiscientos o incluso setecientos metros. Cuando Evan se detuvo un momento para poder identificar el arma por su silueta, el guardia se llevó una mano al bolsillo.

Se preguntó qué era lo que el otro buscaba, pero de pronto sintió en el cuello el pinchazo de un millar de alfileres. Las rodillas se le doblaron de nuevo. Cayó de bruces, media cara enterrada en la nieve y un ojo ciego. Jadeaba, incapaz de moverse. Imposible acostumbrarse a semejante nivel de descarga eléctrica.

O sea que el de la torre también tenía un transmisor con el que activar el collar. Y quizá había otros más. Evan consiguió ponerse en pie y trastabilló en dirección a los árboles, siempre con la cabeza gacha.

Se había puesto otra vez varias capas de ropa —dos camisas y dos jerséis— y se sentía voluminoso y tripudo como Tweedledee.

Una vez a cubierto en la arboleda, se sentó de espaldas a un tronco y se tocó el collar. El interior estaba recubierto de dientes metálicos agrupados de dos en dos, cuyas puntas redondeadas se le hundían en la piel. Con el pulgar, fue tanteando hasta que dio con una muesca en la parte del cogote, en la que estaba el cierre del collar. Le pareció que no había bocallave. ¿También la abrirían por control remoto? El collar era muy ceñido, apenas si podían separarse de la piel los dientes de contacto. Incluso le costaba tragar saliva: era como tener un hueso de melocotón atascado en la garganta.

Se puso de pie y echó a andar por la pendiente de la cara norte, la más suave: quería tener una mejor perspectiva de todo el valle. Coronó un repecho en la ladera y evaluó las alternativas. Desde donde estaba, podía ver claramente que las vertientes occidental y oriental eran demasiado empinadas para una travesía. Había trechos de pizarra casi verticales, imposibles de escalar y, por si fuera poco, lo dejarían muy a la vista. No creía que René hubiera apostado francotiradores en esa parte del macizo. Con uno en el lado norte y otro al sur, respaldados por el guardia de la torre, le bastaba para impedir que Evan saliera del valle.

Como la pendiente septentrional era la mejor de las rutas para escapar, René había situado allí al mejor de los tiradores. Así pues, cuando decidiera hacerlo, Evan se dirigiría hacia la montaña del lado opuesto. Para tener una mejor perspectiva de la cara sur, siguió ascendiendo por la montaña norte.

No tendría otra oportunidad de hacer un reconocimiento de la zona.

Porque esa misma noche se marchaba.

Al día siguiente, René le obligaría a hacerle la transferencia. Lo cual era impensable por un sinfín de razones, entre ellas las ramificaciones que comportaba transferir dinero desde su cuenta sin poder recurrir a sus meticulosos procedimientos de encriptación. Charles Van Sciver y varios de los más potentes programas informáticos de búsqueda jamás creados trabajaban a destajo para detectar el mínimo rastro del Hombre desconocido. Un solo clic en el ratón pondría a Evan en manos de René y, al mismo tiempo, a Van Sciver sobre su pista.

No estaba dispuesto a que ocurriera ninguna de las dos cosas.

Menos aún con Alison Siegler y el muchacho esperando.

Pensar en ello reforzó su decisión y aceleró sus pasos. Poco a poco fue cogiendo un buen ritmo de caminata. El sol presidía un cielo azul y despejado y, a pesar del frío reinante, Evan empezó a sudar un poco. De vez en cuando se detenía para observar la montaña sur, trazando mentalmente rutas de escape y de reserva, tomando nota de las posibles posiciones del francotirador y de las zonas seguras con respecto a esas posiciones.

El tercer mandamiento: «Domina tu entorno».

Acababa de ponerse de nuevo en marcha cuando oyó un estampido y, un instante después, un trozo de corteza del tamaño de un balón de rugby salió volando del árbol más próximo.

Se detuvo en seco. Su aliento humeó una vez, dos, al salir de su boca.

Evan dio medio paso al frente y el rifle volvió a disparar. Saltaron astillas en lo alto, y luego una rama grande se vino abajo para estrellarse contra el suelo a unos palmos de donde se encontraba.

Se detuvo de nuevo, encarado hacia la pendiente, en un intento de ubicar al tirador. Se desplazó hacia la izquierda. Esta vez vio el fogonazo un momento antes de que la bala hiciera saltar un poco de tierra al lado de una de sus botas.

El francotirador lo estaba conduciendo ladera abajo, hacia el chalet.

Sabía que era perfectamente visible en la mira telescópica, así que Evan levantó una mano: «Entendido».

Dio media vuelta y empezó a descender.

Se mantuvo en el rumbo que le había indicado el tirador y apretó el paso. Más allá de una ondulación en la falda de la montaña, supo que estaba fuera del alcance de la mira telescópica, y, en vez de seguir cuesta abajo, decidió atajar hacia el norte por la ladera, siempre a resguardo de los árboles. El aire, fragante a pino, le cosquilleaba en la boca y en la garganta. Finalmente llegó a la altura del establo por la parte trasera.

Se tumbó boca abajo sin salir de la protección que le daban los árboles y observó la puerta de atrás, que distaba unos cincuenta metros. Dos narcos patrullaban a intervalos, en compañía de los dóberman. Evan calculó el tiempo que tardaban en volver a pasar.

Más allá, en la torre, el guardia escrutaba el bosque a través de la mira de su rifle. Hablaba por radio cada vez con más frecuencia, visiblemente nervioso. Unos minutos más tarde, un contingente de tres secuaces salió del establo y se dirigió corriendo hacia el bosque del lado norte. Aunque no había atardecido todavía, llevaban gafas de visión nocturna sobre la frente por si la cacería se prolongaba.

Evan los vio partir y esperó a que la patrulla volviera a pasar una vez más. Después, salió a descubierto y esprintó hacia el establo.

Los primeros diez pasos lo dejaban a la vista de la torre, pero el guardia seguía concentrado en observar la ladera norte, la mira del rifle pegada a la cara. Evan se puso rápidamente a cubierto aprovechando la sombra del establo.

La puerta trasera no estaba cerrada con llave. La abrió y asomó un poco la cabeza. El viento le peinó la nuca. Allí estaban los Mercedes Clase G y el Rolls, y un amplio surtido de herramientas diseminadas por todas partes. Los armarios de material estaban provistos de gruesos candados. Aunque no pudo ver a nadie, oyó voces en alguna parte del interior.

Unas pisadas hicieron crujir la nieve reciente junto a la pared más cercana del establo: era la patrulla que volvía. La brisa le trajo el jadeo de los perros, y un momento después jirones de vaho doblaron la esquina unos palmos por encima del suelo.

Evan se metió en el establo y cerró sigilosamente la puerta.

En el espacio abierto del interior había solo un pequeño despacho, poco más de dos finos tabiques y una puerta delgada en el rincón. Al mirar por la ventana, vio moverse algo. Rápidamente se echó al suelo y se quedó allí, inmóvil, respirando vapores grasientos.

Un viento frío se colaba bajo la puerta trasera del establo y le daba de lleno en la cara. Oyó acercarse a la patrulla y se puso en tensión por si los guardias decidían entrar. Los sonidos se fueron acercando y, luego, varias sombras salpicaron la brecha bajo la puerta; unas eran grandes —las botas de los hombres— y otras pequeñas —las patas de los perros.

Pasaron de largo.

Evan se arrastró hasta el Mercedes más cercano y luego se incorporó un poco y miró hacia el despacho por las ventanillas del vehículo. Lo único que pudo ver fue un brazo robusto apoyado en un armario, el dorso de la mano tatuado con una sonrisa excesivamente grande.

Le llegó el sonido de una voz:

—¿Qué tiene planeado?

Parecía ser Nando.

Oyó que le contestaba Despi, desde algún lugar de la pequeña oficina:

—No lo sé.

—¿Hará la transferencia mañana? —le preguntó de nuevo Nando.

—No me lo ha dicho.

—¿Y qué te dice?

—Nada de nada. Es un hombre duro.

— O quizá no eres lo bastante buena. Quizá tendremos que sustituirte... por tu hermana...

Si Despi respondió algo, Evan no pudo oírlo. Paseó la mirada por las herramientas y finalmente vio lo que le interesaba.

Un gato.

Era el que había visto usar a Samuel dos días atrás para elevar el Rolls-Royce.

Si se giraba el tornillo, la estructura de tijera se abría formando un rombo, pero, cerrado, el gato era relativamente estrecho. Lo suficiente, pensó Evan, para metérselo debajo de los gruesos jerséis y llevárselo a la habitación. Puesto que Manny y Nando ya no se le acercaban a menos de seis metros, las probabilidades eran altas. Solo tenía que escabullirse de nuevo hacia el bosque, rodear la casa y volver a salir de la espesura.

Pero antes tenía que hacerse con el gato. La herramienta estaba a la vista, un poco más allá de uno de los Mercedes, tres pasos hacia el interior de la colchoneta donde se ejercitaban en la lucha cuerpo a cuerpo.

Si intentaba cogerlo, quedaría completamente expuesto durante unos segundos.

—De vez en cuando enviamos a uno a su piso, la ha visto regando los tomates que tiene en el balcón —estaba diciendo Nando en el despacho—. Tiene un cabello precioso, igual que tú.

Las paredes impidieron que Evan oyera la respuesta de ella.

Abandonó el escondite, apenas un palmo, la bota descendiendo silenciosa, de talón a puntera. El siguiente paso lo situó en territorio del tatami azul. Se inclinó para alcanzar el gato. Acababa de tocar la herramienta con los dedos cuando la puerta se abrió de golpe y apareció Despi, la cara ardiendo.

Dex y Nando seguían dentro del despacho, aunque no habían levantado aún la vista.

Despi se quedó mirando a Evan, desconcertada por su presencia.

Él, agachado sobre el gato, la miró a su vez.

En la expresión de Despi había una mezcla de oscuros sentimientos; no estaba claro cuál se impondría al final. Sin dejar de mirarla a los ojos, Evan empezó a retroceder, poniéndose a resguardo del Clase G y del campo visual de Nando y Dex.

Fue entonces cuando oyó abrirse a su espalda la puerta trasera del establo.

Ruido de patas sobre el suelo de cemento. Entraron los dóberman soltando gruñidos. Evan estaba oculto entre los dos enormes SUV, pero no por mucho tiempo.

Despi estaba parada en el umbral del despacho, quieta como una estatua, los labios ligeramente separados, una mano todavía en alto tras haber empujado la puerta, los ojos abiertos de par en par. Entonces pestañeó. Tragó saliva.

Él le mostró las palmas de las manos y le hizo una seña: «Adelante».

Los perros estaban ya ladrando. En el otro extremo del Mercedes, los narcos gritaron algo en español. Evan percibió movimiento detrás de Despi: eran Dex y Nando, atraídos por el alboroto.

Evan la miró y repitió el gesto con vehemencia: «Hazlo».

Despi levantó el brazo. Le señaló. La voz no le salió hasta el segundo intento:

—¡Está aquí! ¡Aquí!

Había conseguido con éxito ponerle una nota de pánico.

Nando la apartó de un manotazo y salió en tromba, la gruesa chaqueta ondeando tras él. Tenía ya el transmisor en la mano y estaba pinchando el botón con el dedo gordo.

Evan apenas si tuvo tiempo de pensar «No, jod...», y al momento la descarga eléctrica se desparramó por su cabeza y su torso.

Mientras yacía convulsionándose en el suelo, percibió las dentelladas de los dóberman a unos centímetros de su cara. Aullaban y gruñían desconcertados; no habían visto a ningún humano retorcerse de aquella manera. Los perros tiraban de sus correas, pero los hombres lograron sujetarlos para que no se lanzaran sobre Evan.

Procedente del exterior, una orden resonó por el piso de cemento: «Fuera».

Los dóberman recularon un poco y se sentaron entre jadeos, mostrando sus fauces. Colgajos de saliva adornaban el lustroso pelaje oscuro de sus petos.

Sobre la colchoneta y boca abajo, Evan volvió la cara a un lado y distinguió la silueta de René en la puerta apenas entornada del establo.

—No puedes estarte quieto, ¿verdad? —dijo René.

Evan intentó asentir con un ruido.

—Se acabaron los paseos. Se acabó hacer ejercicio. Y se acabó el tiempo.

—¿Hasta qué? —Las palabras de Evan sonaron confusas.

—Hasta que me hayas transferido el dinero. Mañana en cuanto abran los bancos. —René se adentró en el establo y se detuvo detrás de los perros—. Buenos chicos —dijo, acariciándoles la cabeza. De un bolsillo, sacó chuches para recompensarlos—. ¿Te gustan los perros? —le preguntó.

Evan tuvo un acceso de tos seca.

—Lo que más me gusta de ellos es su lealtad —dijo René—. Más inquebrantable que la del amor. Ya conoces el chiste: Encierras a tu perro y a tu mujer durante veinticuatro horas en el maletero del coche y cuando lo abres, quién se alegra de verte, ¿eh?

Los dóberman enseñaron los dientes. Sus ojos como canicas permanecían fijos en Evan, que había logrado con esfuerzo ponerse de pie y tenía las manos apoyadas en las rodillas. La piel del cuello, en carne viva, le picaba de mala manera. Despi, que estaba detrás de Nando y observaba con gesto de evidente preocupación, vio que él la miraba. Evan bajó rápidamente la vista para no delatarse.

—Enciérralo en su cuarto —le dijo René a Dex. Y luego, al pasar junto a Evan—: Dúchate antes de bajar a cenar.

Evan agitó la cabeza tratando de eliminar la electricidad estática. Se dio cuenta demasiado tarde de que se le había escapado una sonrisa.

René se detuvo, tenía la cara muy colorada.

—¿Te hace gracia alguna cosa? —le preguntó.

—No.

—¿Y a qué viene la sonrisita?

—A que por fin lo he entendido.

—¿El qué? —quiso saber René, impacientándose—. ¿Qué es lo que crees haber entendido?

Evan se encaró a él.

—Que te gustaría ser un psicópata, René —dijo—, pero no lo eres. Creo que te sientes solo, y que la única manera de que tengas gente a comer a tu mesa es pagando o por la fuerza. Y que estás convencido de que podrás remediar esa soledad con dinero, y eso no tiene ninguna gracia: es patético de cojones.

René echó la cabeza atrás, con la papada colgándole. El tono de su sonrojo se fue oscureciendo, una capa de color irregular en el rostro accidentado por la cirugía plástica. Su expresión se endureció, la vulnerabilidad pugnaba por escapar de la máscara de rabia contenida.

Cruzó el establo hacia las puertas grandes y salió al blanco cegador. Evan estaba mirando cómo se difuminaba su silueta entre la ligera nevada cuando otra sacudida del collar eléctrico le dobló las piernas y se derrumbó en el suelo.

32

Estaré preparado

Evan estaba sentado en el suelo, las piernas cruzadas, los hombros vencidos hacia delante. No había cogido el gato. Sin él, no podía forzar la puerta de su habitación. Y, si no podía salir de allí, tampoco podría ayudar a Alison Siegler ni al muchacho.

Le quedaba poco margen de tiempo.

Evan se recordó a sí mismo que en unas pocas horas se podían hacer muchas cosas.

De una manera u otra, lograría salir de aquella habitación. Y del chalet. Coronaría como fuera la nevada cumbre de la montaña, dejando una estela de sangre arterial a su paso.

Un ruido en el techo lo sacó de su ensimismamiento. El gas estaba saliendo mucho antes de lo acostumbrado, pues el sol no había besado aún el horizonte de poniente. Era su castigo —a la cama sin cenar— por haber puesto a René en evidencia. Este no quería correr más riesgos; lo dejaría fuera de combate, drogado, y lo haría volver en sí a tiempo de hacer la transferencia.

Evan contuvo la respiración, se precipitó hacia la puerta corredera y la abrió de par en par. Salió al balcón, pero el aire enseguida se volvió acre, pues, al abrir la puerta, el gas se había escurrido hacia allí. Evan volvió adentro, se tumbó en la cama y enterró rápidamente la cara en una almohada.

Era difícil respirar, empezaba a sentirse aturdido. Intentó no perder la conciencia. Finalmente, el siseo del gas cesó, pero Evan mantuvo la nariz pegada a la almohada a la espera de que el aire se renovara un poco.

Fue entonces cuando notó la vibración.

Era su RoamZone, escondido entre el colchón y el somier. El chaval, que lo llamaba.

El teléfono vibró por segunda vez.

Evan levantó la cabeza. Notaba aún en la garganta el cosquilleo del éter halogenado.

Tercer tono.

Se dejó caer de la cama y aterrizó sobre las rótulas. Metió un brazo debajo del colchón y sacó el maltrecho teléfono.

La batería de Li-Ión, de alta potencia y densidad, todavía estaba bastante cargada. El número de teléfono apareció a duras penas en la pantalla agrietada.

Evan pulsó el icono verde antes de que colgaran. Sostuvo el teléfono frente a él. Por lo visto, el circuito impreso no había sufrido daños.

—¿Hola?

—Soy yo.

La misma voz que la vez anterior, pero en un tono aún más bajo.

La conexión era mala; seguía habiendo interferencias.

Evan tragó saliva. Estaba aturdido por el gas inhalado, pero hizo lo posible para aclarar sus pensamientos.

—¿Estás bien? —le preguntó.

—No sé. Me tienen aquí encerrado. Pasando hambre. Yo no quiero vivir así. Yo no he pedido vivir así.

—¿Qué te están haciendo?

—Bueno, eso no es lo peor —dijo el chico.

—¿Qué, entonces?

—Aquí no soy nada. Eso es lo peor. —Sus palabras, dichas a media voz, sonaron sobrecogidas—. No le importo a nadie. Si no existes, qué más da, ¿no?

—No, te equivocas. Ahora escúchame. —Evan pestañeó con fuerza, se frotó los ojos tratando de superar su confusión mental—. Sea lo que sea lo que te hayan hecho, está mal. Tú no tienes la culpa. Y además no eres el único.

—Ya sé que otros chavales sufren lo mismo que yo. Lo sé, lo he visto. Pero, cuando te pasa a ti, es como si fueras la primera persona en el mundo a quien le pasa.

—Te entiendo. —Evan se sintió embargado de la emoción—. Tú eres un chico con recursos. Eres luchador. Igual que lo fui yo.

El éter lo había desinhibido; se oyó farfullar aquellas frases y supo que estaba hablando de más.

Se suponía que era el Hombre desconocido, acorazado en su papel de salvador y héroe, indómito, distante y fiable.

Pero en ese momento Evan no se sentía ninguna de aquellas cosas.

Las interferencias iban en aumento y pensó que la línea se había cortado. Sin embargo, un momento después se oyó de nuevo la voz del chico.

—No puedo hablar de eso.

—¿Por qué no?

—Me da miedo. No es seguro. —Inspiró hondo.

Evan inspiró también. Retuvo el aire y luego dijo:

—¿Puedes salir de ahí?

—No tengo a donde ir.

—¿Y pedir ayuda?

—Nadie puede ayudarme.

—¿No puedes escaparte e ir a la policía?

—No. Le necesito a usted.

Encerrado en la tercera planta de un chalet fuertemente vigilado en medio de las montañas, Evan asintió con la cabeza.

—Bien. Iré yo —le aseguró—. No tardaré.

Se hizo el silencio y pudo oír la respiración del chico.

—Tengo que irme —dijo finalmente el muchacho—. Si puedo, intentaré volver a llamar.

—Cuando lo hagas —dijo Evan—, estaré preparado.

33

Lo inexpresable

Nivel 3 del aparcamiento, bajo un mar de aguas rojas.

Evan está sumergido, atrapado dentro de su cuerpo, que a su vez está cerrado bajo llave. Tiene los labios como cosidos. Se ahoga en la sangre de Jack. Jack ondea, cual tritón endurecido, delante de él. Tiene el brazo en alto; el vello de su antebrazo ondula como zarcillos de alga. Un dedo señala a Evan.

«Tú.»

Evan se tensa y forcejea. Nota que sus músculos se agrandan pero eso es todo. Están paralizados.

Por primera vez, se atreve a enfrentarse a Jack. La mirada de este le sorprende: en lugar de transmitir censura, irradia amor.

Aun así, el dedo le sigue señalando. Y entonces Evan comprende.

No está diciendo: «Ha sido culpa tuya».

Sino: «Tú tienes la clave».

Evan nota cómo se agita en su interior, tras años de angustia y culpa y congoja contenidas, un antiquísimo torbellino de desesperación; todos aquellos sentimientos que él había relegado a lo más hondo de sus tripas, todas esas palabras que se ha tragado, sin jamás pronunciarlas.

Siente que está a punto de vomitarlas, y Evan comprende que ya no hay forma de negarlo.

La bilis le sube por el esófago, se agarra al velo de su paladar con pinzas de cangrejo. Sus labios intentan forzar las suturas.

Y por fin se abren.

Le sale de dentro, un aullido que procede del meollo oculto de sí mismo y que expresa lo inexpresable.

Está diciendo: «Ayúdame».

34

Eso que pensabas hacer

Evan despertó con un sobresalto, consciente de una presencia en la habitación a oscuras.

Solo había querido tumbarse un momento tras la llamada del muchacho, pero los perdurables efectos del gas anestésico debían de haberlo dejado brevemente fuera de combate.

Había alguien a los pies de la cama.

¿Se le había acabado el tiempo?

Se incorporó, pestañeando rápidamente para estimular su visión nocturna; el collar eléctrico le lastimó el cuello al moverse de sitio.

La densa sombra salió de la zona más oscura, curvilínea y femenina, bajo un grueso albornoz de la zona de spa. La mujer se abrió el albornoz. Sujetaba algo con un brazo pegado al estómago.

Se acercó un poco más y dejó el objeto al borde de la cama, fuera del alcance de la única cámara en funcionamiento.

El gato del coche.

—Haz que lo paguen caro —susurró Despi.

Evan se quedó mirando la herramienta, tan fuera de lugar sobre las sábanas.

—Vi cómo intentabas cogerlo —le explicó ella—. No sé para qué lo quieres, pero aquí lo tienes, o sea que haz lo que tenías planeado.

—No puedo quedármelo. Si él se entera...

—¿Qué? ¿Crees que me castigará por ello? —Despi se permitió una risita—. ¿Más todavía?

—A ti. A tu familia. Tienes demasiado que perder.

—En eso estamos igual. Te queda una hora antes de que vengan a por ti.

Evan sintió entonces aquella turbulenta oscuridad que llevaba en lo más profundo de su ser, el torbellino interior que había soñado.

—No quiero que me ayudes —dijo.

—Ni hablar. Ahora no me digas eso. No eres tú quien decide.

Evan miró el gato, desesperado por tenerlo. Pensando en sí mismo, claro, pero más aún en Alison Siegler, y en el muchacho que reclamaba su ayuda.

—Pero René te matará, y también a tu familia. No puedes correr ese riesgo.

—¿Soy yo la que no puede? ¿O eres tú?

Evan visualizó los ojos de Jack, aquella mirada de apremio y amor. Aquel dedo que le apuntaba en medio de las aguas rojas. «Tú tienes la clave.»

—Soy yo el que no puede, Despi —dijo—. No quiero ser el responsable de que te pase algo.

Ella soltó una carcajada amarga.

—Eso no depende de nosotros. Forma parte del hecho de ser humanos.

Evan bajó la vista; tenía las manos juntas sobre el regazo.

—No puedes hacerlo solo —le dijo ella.

Desi lo miraba, arqueada una ceja en una pregunta tácita. El albornoz había quedado abierto, mostrando la curva de su divino vientre: *El baño de Venus*. Ella estaba esperando para anudarse otra vez el albornoz y salir de la habitación, con o sin el gato.

Evan volvió a mirar la herramienta. Si aceptaba cogerla, tendría que cargar con todas las responsabilidades que se derivaran de ello.

Levantó la vista. Miró a Despi.

Asintió con la cabeza.

35

Hacia lo blanco níveo

Con solo una camisa y un jersey, Evan se sintió menos voluminoso que en anteriores excursiones. Era necesario para lo que se proponía hacer.

Salió al balcón. El cielo, sin luna, estaba más negro que la brea, la negrura apenas interrumpida por copos de nieve que se colaban por entre los barrotes nuevamente soldados. Junto al establo, en torno a la fogata, había tres narcos. Se calentaban las manos, sus AK-47 al lado. No miraron hacia el balcón.

Disponía de un tiempo escaso; ya era noche cerrada. No llevaba guantes, y las manos se le estaban entumeciendo; de poco le servirían si se le agarrotaban del todo.

Levantó la plataforma de tijera y la introdujo entre dos barrotes. Presionó la manivela. El gato se expandió, abriéndose con fuerza suficiente para elevar un coche de casi dos toneladas.

Los barrotes se doblaron. Evan empleó toda su fuerza para seguir girando la manivela. El ruido de metal al quebrarse cobró volumen. La resistencia era ahora mayor; sus músculos estaban en tensión. Y de repente dos de los barrotes cedieron en sus respectivas juntas soldadas. Al desprenderse, uno le dio ligeramente en el pecho y cayó ruidosamente al suelo del balcón; el otro salió volando hacia lo blanco níveo.

Desvió rápidamente la mirada hacia el establo, pero los guardias estaban contándose anécdotas, concentrados en la parpadeante luz de la lumbre, no en la oscuridad exterior. Evan introdujo la cabeza por la abertura y miró abajo: el barrote que había caído era apenas una muesca negra en la nieve acumulada, y no tardaría en quedar cubierto de copos nuevos.

Adelante.

Pasó primero la cabeza y una pierna por el hueco, y luego el resto del cuerpo. La bolsa de Doritos crujió; se la había metido por dentro del cinturón. En el bolsillo llevaba su RoamZone, a la espera de que el muchacho volviera a llamarle. A pesar de esos dos bultos extra, Evan logró pasar.

Los barrotes le sirvieron para agarrarse desde el exterior. El problema era que estaban helados y se le pegaban a las palmas de las manos. Una de las veces que cambió el agarre, se dejó allí un trozo de piel. Con los brazos estirados, se puso en cuclillas, el trasero al aire, los tobillos colgando en voladizo por el borde del balcón.

Miró otra vez a los guardias, cerró bien los puños en torno a los barrotes y soltó los pies. Ahora tenía las piernas colgando. Le falló un momento el agarre y pensó que iba a caer a plomo desde una altura de dos pisos; no solo se estamparía contra el duro suelo, sino que eso alertaría a los guardias. Pero consiguió aguantar. Sacudiendo las piernas, se dio impulso primero hacia fuera y luego hacia dentro otra vez. En el siguiente impulso, cuando volaba de nuevo hacia el edificio, se soltó de los barrotes. Fue a caer de mala manera en el balcón inferior, sus talones resbalaron y aterrizó de espaldas.

Manny estaba justo al otro lado de la puerta cristalera, mirando directamente hacia él, y a Evan se le cortó la respiración. Pero entonces comprendió que el narco no podía verle. Las luces de dentro estaban encendidas y Manny se había puesto frente al cristal de la puerta para utilizarlo a modo de espejo mientras se abrochaba la camisa.

Evan permaneció inmóvil. Copos de nieve acariciaron su mejilla.

Dos palmos hasta la cristalera. Dos palmos más hasta Manny.

El narco chasqueó la lengua al terminar de abrocharse la camisa, y luego sonrió para sí enseñando sus dientes de oro y se volvió para coger unos calcetines que había encima de la cama.

Evan rodó hacia atrás con los hombros y se apartó de la puerta.

El balcón vecino estaba relativamente cerca. Evan saltó desde la barandilla. El aterrizaje no fue limpio del todo, pero al menos no fue una caída de payaso como la anterior.

No parecía haber nadie en la habitación. Comprobó la puerta corredera: estaba cerrada con llave.

Probó en el siguiente balcón: otro chapucero salto de ballet bajo la grácil y suave nevada.

Esta vez, cuando intentó descorrer la puerta, esta se abrió sin problema.

La habitación estaba a oscuras y era exactamente igual que la suya. Fue hasta la puerta, la entreabrió, asomó un poco la cabeza. Desde allí se veía un tramo de pasillo y, al fondo, la escalera.

Con la mano en el tirador, empujó la puerta y salió. Se dio la vuelta enseguida para comprobar el tramo de pasillo que no había podido ver porque se lo impedía la puerta.

Y se topó, cara a cara, con Nando.

36

Un auténtico luchador profesional

Nando tenía un brazo en alto, a punto de dar un mordisco a una barrita energética. Con el codo sujetaba la culata del AK-47 que llevaba colgado del cuello, apuntando así hacia el frente.

Antes de que Evan pudiera hacer el menor movimiento, soltó la barrita de proteínas y saltó hacia atrás al tiempo que levantaba el arma.

—¡Quieto! Alto ahí. Las manos. ¡Las manos!

Evan hizo caso omiso. Los ojos de Nando iban de acá para allá, y su nuez brincaba con cada inhalación. Sin embargo, parecía tener el arma bien sujeta.

—Menudo aprieto —dijo Evan—. Llevas el cuerno de chivo en lugar de la escopeta de postas de goma. En esta ecuación el artículo de valor soy yo, no tú. Si me matas, ¿qué dirá René, después de tantas molestias como se ha tomado?

Nando tenía la cara brillante de sudor. El cañón de su AK descendió ligeramente, apuntando ahora a los muslos de Evan.

—Ten cuidado. Si le das a una arteria, me desangraré —le advirtió Evan—. Y eso no nos conviene ni a ti ni a mí.

Nando apretó los labios y tragó saliva. Una idea brilló en su mirada.

—La solución es fácil —dijo. Sin apartar la mano del gatillo, sacó con la otra el transmisor que llevaba en la chaqueta. Respiraba con más dificultad que antes. La camisa desabrochada por la parte superior dejaba ver el pecho, reluciente de sudor—. ¿Y ahora qué me dices?

—Tienes la sartén por el mango —respondió Evan—. Pero mírate: pulso superacelerado, y estás a punto de hiperventilar. Fíjate en mí, en cambio. Fíjate bien. Y hazte esta pregunta: ¿parezco asustado?

Nando se humedeció los labios.

—Siguiente pregunta —dijo Evan—: ¿por qué no lo estoy?

Los nudillos de Nando se pusieron blancos al apretar el aparato. No ocurrió nada.

Dirigió el transmisor hacia Evan, pulsó varias veces más el botón. El blanco de sus ojos era más pronunciado.

Evan echó la cabeza hacia atrás, dejando a la vista el mentón. Había cogido del cuarto de baño la nueva bolsa de la papelera y, tras doblarla seis veces, se la había metido entre la piel y los dientes metálicos del collar. La capa de polietileno era lo bastante gruesa para bloquear la descarga.

El transmisor resbaló entre los dedos de Nando, que adelantó la mano hacia la parte delantera del Kalashnikov.

Pero Evan ya estaba en el aire. Su cuerpo se enroscó para explotar en un puñetazo digno de Superman, al tiempo que tomaba impulso con la pierna derecha y golpeaba a Nando. El puño se incrustó en la mejilla del narco, desplazando su cabeza con un crujir de vértebras. Nando se desplomó cual muñeco de trapo, como si le hubieran arrancado de cuajo la espina dorsal.

Recién había aterrizado Evan en el suelo cuando oyó abrirse una puerta. Giró en redondo y vio a Manny saliendo al pasillo, dos puertas más allá.

—Mierda —exclamó Manny.

Retrocedió rápidamente hacia el interior y volvió a salir empuñando una escopeta de culata naranja fluorescente.

La correa del AK-47 había quedado enredada en el cuerpo tumbado de Nando. Al ver que no tenía tiempo de hacerse con el arma, Evan cogió el transmisor portátil y corrió hacia la escalera.

El zumbido seco de una posta de goma hizo vibrar el aire. Evan se agachó y el proyectil le pasó rozando un omóplato e hizo trizas un aplique de la pared. Oyó detrás de él el chasquido de la escopeta cuando Manny introducía un nuevo proyectil en la recámara.

Resbaló escaleras abajo. El siguiente disparo le pasó por encima, incrustándose en el pladur. Sintió el impacto de los peldaños en la espalda al aterrizar finalmente en el primer descansillo. Se puso en pie de un salto, giró en redondo ayudándose con el poste de la escalera y bajó el siguiente tramo a saltos, tropezando casi al ir a dar frente a la biblioteca vacía de la planta baja.

Los gritos de Manny resonaron en el hueco de la escalera. Se oyeron varios aparatos de radio en diversos puntos del chalet. Fuertes pisadas en el mármol, guardias desplegándose por el exterior del edificio. Lo más importante para ellos era asegurar el perímetro.

Así que Evan corrió en dirección contraria, hacia el interior del chalet.

Dejó atrás un vestidor, un cuarto de baño. Iba camino de la enorme sala de estar. De una habitación en el otro lado del pasillo se oyó la pisada de una bota; Evan se coló por la primera puerta que vio y se pegó a la pared nada más entrar. Ruido de hombres equipados saliendo al pasillo. Evan estaba tan cerca que pudo oírlos respirar. Una radio habló en español entre muchas interferencias —«Ven a por los perros»—, y las pisadas se reanudaron, esta vez alejándose hacia la parte delantera del chalet.

Evan dejó escapar el aire entre los dientes y examinó el transmisor. Pulsó un botón rojo *offset* que había en un costado y el collar se desprendió de su cuello. Pudo agarrarlo antes de que se estrellara contra el suelo. Después lo dejó, junto con el transmisor, en la base de una maceta con helechos. Hizo una pelota con la bolsa de plástico que se había puesto alrededor del cuello y la tiró a un rincón.

Se oía ya el eco de los ladridos de los dóberman rebotando en las superficies duras del vestíbulo. Luego sonaron los arañazos de las patas sobre el suelo de mármol al enfilar los perros el pasillo.

Evan corrió hacia el comedor, pasó rozando la larga mesa y se precipitó a la cocina empujando la puerta de doble batiente. Dentro no había nadie.

Paseó la mirada por la estancia. Bloque de los cuchillos junto al horno de leña. Puerta de la despensa entornada, una franja negra en la abertura. Olla para pasta con agua fría sobre la encimera central. Perchero para las cacerolas y sartenes. La repisa más cercana contenía todo tipo de accesorios: moldes para magdalenas, servilletas negras de hilo, mondadientes, estameñas y chinos, una montaña de potecitos individuales acanalados.

La puerta de la parte de atrás daba al salón de baile, pero los perros se le echarían encima antes de llegar allí. A juzgar por los ladridos, habían llegado ya al salón. Ninguna de las puertas batientes tenía cerrojo; sería imposible utilizarlas como barricada contra los perros.

Ruido de patas en el suelo de parquet del comedor. Sillas siendo apartadas de en medio a golpes.

No quedaba tiempo.

Evan empujó la olla que había sobre los fogones, que se estrelló contra el suelo de baldosas. Salvó de un salto el charco de agua derramada y abrió del todo la puerta de la despensa, sujetándola frente a él a modo de escudo en diagonal.

Los perros entraron corriendo en la cocina. El suelo mojado y resbaladizo no proporcionaba agarre suficiente para sus pezuñas, y los dóberman empezaron a resbalar, espatarrados como cervatillos intentando no perder el equilibrio sobre una superficie helada.

Los ladridos se transformaron en gemidos a medida que los perros giraban un cuarto de vuelta sobre sí mismos, patinaban por el suelo, chocaban contra la puerta-escudo hasta que fueron a parar al interior de la despensa.

Evan cerró de inmediato y los atrapó dentro.

De un tarro que había sobre la encimera, sacó un mondadientes, lo introdujo en la bocallave del tirador y partió un extremo, atrancando de este modo la puerta de la despensa.

Los perros aullaban y arañaban, desesperados, pero la puerta aguantó. Las botas de sus cuidadores sonaban muy cerca, abriéndose paso entre el lío de sillas del comedor. Dentro de nada estarían en la cocina. Evan miró a su alrededor. Si escapaba por la puerta de atrás, en el despejado salón de baile sería un blanco fácil. La despensa, mejor ni intentarlo. La isla proporcionaba escasa protección.

No había sitio donde esconderse.

Los dos hombres se precipitaron en la cocina y escrutaron el espacio desierto mirando por encima del cañón de sus escopetas. El primero le hizo una seña al otro para que fuera a mirar en el salón de baile.

Esperó, sudoroso, mientras su compañero avanzaba despacio y empujaba una de las hojas de la puerta batiente.

—Nada, Ángel —dijo, volviendo la cabeza.

Pero entonces se fijó en el bloque de los cuchillos y señaló el resquicio vacío. Ambos hombres apretaron la mandíbula.

Los perros seguían aullando y rascando la puerta de la despensa. Ángel se acercó e intentó abrirla. Al ver que el tirador estaba atrancado, abrió un armario que había junto a la puerta y cogió la llave del estante inferior. Intentó meterla en el ojo de la cerradura, pero no pudo.

Se agachó para ver qué pasaba, dejando así de mirar a su compañero.

Este caminaba en ese instante hacia atrás junto a la encimera del fondo, dirigiendo el cañón de su escopeta ahora hacia un lado, ahora hacia el otro, la cadera pegada al mármol. Cuando pasó frente a la boca del horno de leña, estaba mirando hacia el otro lado.

De la oscura cámara enladrillada surgieron lentamente dos brazos: una de las manos empuñaba un cuchillo de deshuesar.

El hombre siguió adelante sin sospechar que dos manos avanzaban hacia su cabeza.

Los brazos se movieron con pasmosa celeridad.

Evan le sujetó la cabeza hacia delante a fin de no herirse él mismo en el brazo al practicar el tajo de lado a lado de la garganta.

No se hirió.

Acabó de sacar el cuerpo del horno mientras sujetaba al hombre, que no dejaba de estremecerse. Le mantuvo la cabeza inclinada al frente, de modo que sus pulmones no produjeran un ruido de succión y alertaran a Ángel, el cual estaba aún en cuclillas y de espaldas, examinando la cerradura.

Evan se apartó silenciosamente de la encimera y depositó el cadáver en el suelo.

En ese momento, Ángel se incorporó.

—La pinche cosa está atascada —dijo, frustrado.

Se volvió.

Y el terror se apoderó de él.

Un momento después, gritaba pidiendo ayuda mientras levantaba el cañón de su arma. Evan se agachó detrás de la isla a tiempo de esquivar la bala, pero comprendió demasiado tarde que Ángel había sido lo bastante listo para disparar, no contra él, sino contra los cacharros colgados del perchero.

El ruido fue estruendoso. Empezaron a caer sartenes y cazuelas sobre los brazos levantados de Evan, desarmándolo del cuchillo. Cayó espatarrado boca arriba.

Ángel se deslizó por la isla sobre su contundente tripa y fue a salir al otro extremo, cayendo sobre Evan y golpeándolo en la cara con la culata de su escopeta. Evan tuvo el tiempo justo de levantar las piernas. Sus botas se incrustaron en la barriga del guardia y, aprovechando el impulso, hizo una voltereta hacia atrás y le lanzó una patada.

Ángel salió despedido contra la puerta que daba al salón de baile.

Evan se levantó y fue tras él, pateando violentamente la puerta de doble hoja. La del lado derecho impactó de lleno en Ángel justo cuando este echaba mano a su escopeta. El golpe lo hizo rodar por el suelo; se arrodilló para alcanzar el arma, que había patinado por el suelo de tarima maciza, y entonces vio que estaba demasiado lejos. Lanzó una mirada ansiosa y luego se incorporó para enfrentarse a Evan.

Giraron en círculo, el uno frente al otro. Ángel tenía una buena postura, los pies firmes, la base baja. Mantenía las manos al estilo de un auténtico luchador profesional, las palmas vueltas hacia arriba, sin cerrar, en torno a su cara. Sabía lo que se hacía.

No obstante, sus opciones de ataque eran limitadas puesto que querían a Evan con vida.

Limitaciones que no afectaban a este último.

Ángel empezó con un golpe cruzado. Evan lo esquivó, adelantándose al brazo atacante con un *bil jee* directo al ojo. Desvió el puñetazo del guardia al tiempo que le incrustaba el dedo medio en el ojo derecho.

Ángel soltó un gruñido —más de sorpresa que de dolor— y trastabilló hacia atrás llevándose una mano a la cuenca del ojo. Evan aprovechó su ventaja y le lanzó un directo, pero el otro resultó ser extraordinariamente ágil. Machacó con un golpe seco el tríceps de Evan, haciéndole perder el equilibrio, y luego, con el pulpejo de la mano, le asestó un golpe en la mandíbula. No apartó la mano tras el impacto, sino que la dejó resbalar por el mentón de Evan, al tiempo que se situaba detrás y le apretaba el cuello lo suficiente para estrangularlo.

El movimiento fue tan rápido que Evan apenas tuvo tiempo de darse cuenta. Y no podía entretenerse en procesar ese dato; la presión que el otro ejercía sobre su arteria carótida era muy fuerte; cada vez le llegaba menos riego sanguíneo a la cabeza. Tenía la cara inclinada y mirando hacia la araña de luz, que era casi tan majestuosa como la que presidía el techo del vestíbulo. Las lágrimas de cristal, que por efecto de la luz ambiental despedían reflejos arcoíris, estaban volviéndose borrosas por momentos. Empezó a ver puntitos de luz. En cuestión de segundos perdería el conocimiento.

Con las fuerzas que le quedaban, descargó el talón contra el empeine de Ángel, un golpe pensado para destruir la articulación interfalángica del primer metatarsiano. La fuerza del impacto reverberó en los huesos de la pierna derecha de Evan.

Esta vez, Ángel lo notó a la primera.

Boqueando de dolor, soltó a Evan y retrocedió a la pata coja, el pie derecho doblado hacia atrás y levantado prudentemente del suelo. Tras dar unos cuantos saltitos sobre la pierna izquierda, se llevó una mano al ojo dañado. Podía ser que hubiera llorado; era difícil saberlo. Pero el ojo bueno no perdía de vista las manos de Evan.

El maestro japonés, que había enseñado lucha cuerpo a cuerpo a Evan siendo este un muchacho, solía decir: «Cuando veas que esperan un puñetazo, opta por una patada».

En cantonés, la patada oblicua se llama *dum tek*, pero Evan siempre había preferido su denominación popular: la colegiala.

Rotó la cintura, cargó la rodilla colocándola en alto y hacia un lado y embistió de talón contra la pantorrilla izquierda de Ángel.

Su tobillo, que era el que soportaba todo el peso del narco, cedió.

Ángel se vino al suelo y, mientras agitaba los brazos para recuperar el equilibrio, Evan le largó un golpe seco en el cuello, aplastándole la tráquea, lo que precipitó su caída.

Mientras el guardia se debatía, moribundo, privado de aire y dando manotazos al suelo, Evan se dirigió hacia el piano de cola, único elemento en el desierto salón de baile. Lo habían empujado hasta la pared del fondo, y una pátina de polvo cubría la tapa levantada. Varias cuerdas se habían partido. Evan eligió un trozo largo y tiró para desprender el extremo del enganche.

Eran cuatro palmos de alambre de acero templado con alto contenido en carbono y buena resistencia a la tracción.

Útil, por tanto.

Enrolló la cuerda formando un aro del tamaño de un posavasos y se la metió en el bolsillo.

Oyó gritos y ruido de pisadas procedentes de los pasillos. Los otros habían descubierto su estrategia y habían abandonado sus posiciones en la periferia para converger en el centro del edificio.

Lo cual favorecía también los planes de Evan.

A su espalda, Ángel se convulsionaba tieso como un palo, machacando el suelo con sus talones, un redoble cada vez menos intenso.

Evan agarró la escopeta que yacía en el suelo y salió corriendo del salón de baile.

37

Más animal que humano

Al entrar en la zona de spa, tras cruzar la empañada puerta de cristal, Evan oyó la voz de René por un aparato de radio:

—... no sabemos dónde está. Mantened a David encerrado hasta que...

Después de echar el cerrojo una vez dentro, Evan miró hacia el rincón y luego hacia el pasillo de jacuzzis y saunas que terminaba en la piscina rodeada de hierba artificial. David estaba recostado en la última puerta de la hilera, borracho, bebiendo Bacardí directamente de la botella, mientras dos narcos caminaban de un lado a otro del falso césped y hablaban por sus respectivas radios. Uno llevaba una escopeta casi letal, el otro, un Kalashnikov. Este último era tan grueso que de la base del cuello le sobresalían rollos de grasa. Lucía una perilla tipo mosca y un colgante de oro con grandes letras de diamante en las que se leía: CALACA.

«Esqueleto.»

Qué irónicos eran estos narcos.

Evan se encajó la culata en el hombro, preparado para girar. Doblar una esquina era tanto un arte como una cuestión matemática. Jack solía llamarlo «cortar el pastel».

Antes de que pudiera hacer nada, Calaca levantó la vista, vio a Evan y pegó un salto como si lo hubieran acuchillado.

—*Marco, allá...*

Listo para disparar, Evan giró rápidamente hacia el pasillo y avanzó con paso firme hacia ellos, al tiempo que apretaba el gatillo. La bala pasó rozando la nariz de David y acabó incrustándose con un ruido sordo en la frente de Calaca. El gordo trastabilló hacia atrás, los pulpejos de la mano pegados al cráneo, y cayó a la piscina. El AK-47 salió volando del brazo y fue a caer al piso de cemento con un ruido metálico.

Marco apuntó a Evan con su escopeta, pero la siguiente bala hizo volar el arma de sus manos y la mandó por el suelo en dirección a la piscina.

Evan no había aflojado el paso en ningún momento.

David pegó la espalda a la pared de cristal de la sauna coreana cuando Evan pasó a todo correr, acorralando a Marco para acabar estampando la culata de su escopeta en la barbilla del narco. Este dio una voltereta hacia atrás y con los pies hizo saltar el arma de las manos de Evan. Evan tuvo tiempo de asombrarse de hasta qué punto había subestimado la destreza de Marco antes de que este volviera a caer de pie. Agachándose para amortiguar el aterrizaje, soltó un rápido izquierdazo a la cara de Evan, alcanzándole de lleno en un ojo.

El golpe hizo parpadear a Evan, y el ojo se le llenó de líquido. Aprovechando su ventaja, Marco le soltó una racha de golpes. Evan, protegida la cabeza con los antebrazos, dio marcha atrás por el estrecho pasillo, ganando un poco de espacio, mientras Marco iba castigándolo a puñetazo limpio. Finalmente, consiguió sacárselo de encima y quedaron frente a frente, jadeantes los dos. David, que estaba en el pasillo, retrocedió hacia la pared como si pudiera atravesarla por arte de magia.

Al mirar hacia el fondo, Evan vio a Calaca en la piscina, recién recuperado, avanzando por el agua hacia el AK-47 que estaba al otro extremo.

No podía permitir que cogiera el arma.

La escopeta de Evan yacía junto a los pies de Marco, el cañón apuntando hacia la piscina. Evan se lanzó a por ella, la agarró y apretó el gatillo un momento antes de que Marco le incrustara una bota en los riñones.

La posta atravesó el spa y se hundió en el hombro de Calaca. El gordo se desplomó otra vez, con un burbujeo de agua. Evan intentó no soltar la escopeta cuando rodó de espaldas, pero Marco se la arrebató de un puntapié. El arma rebotó en la mejilla de Evan y fue a chocar contra la cabina de cristal de la ducha con efecto lluvia.

Evan se puso en pie de un salto. Marco intentó provocarlo haciéndole varias fintas, pero Evan no picó el anzuelo.

Le dolía la zona lumbar tras la patada que le había propinado el narco, y el ojo dañado le lloriqueaba. La mejilla se le estaba hinchando y presionaba el pómulo hacia arriba, con un incesante hormigueo.

Marco era mejor luchador que Evan, no había duda. Si seguían así, le haría pedazos.

Evan necesitaba asestar cuanto antes un solo golpe destructor, arrancarle una pierna o un abrazo, y luego ya se vería. No se atrevió a mirar hacia la piscina, pero oyó cómo Calaca emergía de nuevo. El gordo no tardaría en llegar a su Kalashnikov.

Los ojos de Marco enfocaron la mejilla hinchada de Evan, ensayando su siguiente movimiento. Con los pies bien firmes en el suelo, basculó el torso y lanzó otro golpe. Evan hizo un bloqueo de *pencak silat* a dos manos —plas-plas—, y luego lo asió por la muñeca y le inmovilizó el brazo. Con el canto de la mano descargó un golpe sobre el codo, girándole el brazo con violencia hacia el lado que no era. Intentó mantener la maniobra ala de pollo, pero Marco logró zafarse incluso con el brazo roto colgando a un costado.

En la piscina, Calaca estaba vadeando a duras penas para recuperar su AK-47, de modo que Evan tenía que impedírselo otra vez.

Marco lo miró enseñando los dientes y pestañeó para quitarse el sudor de los ojos. Evan sopesó las probabilidades: sabía que saldría mal parado de cualquier manera. Le dio la espalda a Marco, agarró la escopeta y disparó otra vez contra Calaca. La bala rebotó en el mazacote de grasa que el gordo tenía por cerviz, haciendo que se sumergiese de nuevo.

Evan se preparó para el golpe que sin duda le llegaría por detrás, y no se equivocaba: la patada lateral de Marco lo estampó contra la pared. Evan se oyó gemir como si sonara de muy lejos. La siguiente patada no fue para él, sino para la escopeta, de tal forma que a Evan le quedó un dedo atrapado en el guardamonte antes de que el arma saliera disparada por los aires, rebotando en la pared a un palmo escaso de la cara de David, para caer finalmente en el suelo embaldosado.

Evan y Marco pusieron un poco de espacio entre los dos. Marco se sujetaba el brazo roto a la altura del abdomen. Ahora Evan solo tenía que vigilarle los pies. Empezaron a girar en círculo, ambos respirando por la boca. Marco intentó una patada giratoria empezando por la pierna derecha. Evan ejecutó en una patada oblicua de *jeet kune* el pie derecho, golpeando la cara interna del muslo de su oponente en la articulación de la cadera. El contragolpe provocó un curioso efecto de *stop-motion* al detener la patada antes de que esta se hiciera efectiva, la pierna de Marco girando en sentido contrario, como una puerta cerrada con violencia al rebotar contra el marco.

Evan, de espaldas ahora a la piscina, oyó resurgir de nuevo a Calaca y abrirse paso por el agua camino del Kalashnikov. Marco se dio cuenta de que Evan miraba la escopeta tirada en el suelo y la golpeó con el empeine, haciéndola resbalar pasillo abajo. El arma fue a caer a un jacuzzi.

Evan vio que Calaca había puesto una manaza en el borde de la piscina y se disponía a salir del agua. Si no conseguía deshacerse de Marco, Evan estaría atado de pies y manos.

Marco solo podía hacer un movimiento, y Evan esperó a que se decidiera.

La vista fija en la pierna retrasada del narco.

Marco intentó una nueva patada giratoria y, esta vez, Evan se agachó, protegiéndose la cabeza con el codo, y clavó la punta del cúbito en la rodilla del atacante. El hueso impactó limpiamente en la rótula, haciéndola añicos. Marco soltó un grito, al tiempo que retrocedía sobre la pierna buena.

Evan tenía ahora la oportunidad de ajustar cuentas. Ejecutó una torpe patada frontal *shotokan*, simple fuerza bruta concentrada en el metatarso y aplicada al punto medio del tórax. Marco salió despedido hacia atrás y fue a dar contra la puerta de cristal de la sauna finlandesa. Acabó hecho un guiñapo junto al banco de madera de cedro.

David no se había movido de donde estaba, pegado a la pared del pasillo como una obra de arte, inmóvil, la botella de Bacardí 151 todavía en la mano. Evan se la arrebató y la lanzó al interior de la sauna. Al estrellarse contra el calentador, las llamas prendieron rápidamente en el alcohol de alta graduación. Una lluvia de fuego cayó sobre Marco. Su alarido sonó más animal que humano.

Evan cerró rápidamente la puerta de la sauna, arrancó de su soporte el skimmer de un jacuzzi y lo ensartó debajo del tirador, asentando el otro extremo en la pared de enfrente. Así, la puerta quedaba atrancada, y Marco encerrado dentro.

Después, agarró la escopeta y fue hacia la piscina. Los gritos ahogados que salían de la sauna le produjeron escalofríos.

Aparentemente aturdido, Calaca seguía en la piscina, encorvado sobre el borde de la misma en actitud de alcanzar el AK-47 pero sin conseguirlo. Cuando Evan pisó la hierba artificial, sus botas crujieron sonoramente. Calaca volvió la cabeza y Evan le metió una bala en la clavícula, que produjo un chasquido al astillarse. Aun así, el gordo aguantó más o menos en pie, medio derrumbado contra el borde de la piscina. En un intento de mantener cabeza y torso fuera del agua, descargó un grueso brazo contra el suelo de cemento.

Con los ojos desorbitados, miró por encima de un hombro e hizo un nuevo intento de alcanzar su cuerno de chivo. Sin embargo, lo alejó aún más al tocarlo con los dedos. Gimiendo de dolor, tomó impulso para una nueva intentona.

Evan llegó a la barra decorada con luces navideñas, rompió varias de las gordas bombillas de colores contra la madera de Palosanto del Brasil de cultivo sostenible y luego arrancó el cordel.

—¡Espera! —le suplicó Calaca. Estaba tiritando dentro del agua, agarrado al borde de hormigón, su acanalado cráneo reluciente de gotitas—. Por favor...

Evan lanzó la ristra de bombillas rotas a la piscina.

El efecto fue mitad explosión, mitad efecto de sonido; un potentísimo fuuump que hizo que el cuerpo de Calaca se pusiera tieso. El gordo dio varias sacudidas antes de hundirse. Un momento después, salió de nuevo a la superficie, panza arriba, brazos en cruz, el colgante de oro brillando en medio de una mata de rebelde vello pectoral.

«Dos perros, ocho guardias, dos francotiradores, un médico. Y Dex.»

En el pasillo, David no se había movido del sitio, inmóvil contra la pared, brazos en alto. En la sauna que tenía delante de él, y cuya puerta Evan había atrancado, seguían crepitando llamas, pero los gritos de Marco habían cesado.

Al acercarse Evan, David extendió las manos, muerto de miedo.

—No me mates, por favor. Yo también soy una víctima. Soy...

Evan le agarró la chaqueta y sacó del bolsillo interior el esbelto mando a distancia, llevándose un trozo de tela consigo. El impulso hizo girar a David sobre sí mismo, y Evan aprovechó para mandarlo de un puntapié a la sauna coreana. El chico desapareció en una ondulante nube de vapor blanquecino y acabó aterrizando con un agradable estruendo.

En el otro extremo del pasillo, un Kalashnikov escupió una ráfaga y el suelo quedó salpicado de añicos de cristal.

Hombres de René irrumpiendo en el spa.

Evan apretó el paso por la hierba artificial. De pasada, cambió la escopeta casi letal por el más eficaz AK-47 de Calaca. La bandeja con cosas de picar que había sobre la barra había sido sustituida por un cesto con manzanas. Evan se metió dos en los bolsillos. Colgada del respaldo de una tumbona, vio una de las gruesas chaquetas que utilizaban los guardias.

La cogió sin detenerse y fue hacia el ascensor.

Estaba allí, esperando, y se metió dentro justo cuando la caballería apareció con las armas a punto de disparar. Durante medio segundo, Evan y los hombres de René se miraron fijamente.

La puerta del ascensor se cerró mientras Evan se encogía ligeramente de hombros.

El ascensor inició su lento descenso hacia el sótano del chalet.

Evan se enjugó el sudor de la frente con la manga y apuntó con el Kalashnikov entre los topes, esperando a que se abrieran. Y se abrieron.

Se esperaba cualquier cosa.

Excepto lo que vio.

38

Nada mal para una noche

Bolsas de sangre.

Colgando de unos soportes dentro de los frigoríficos con frontal de vidrio, las relucientes bolsas de suero intravenoso repletas de zarcillos rojos.

Había también instrumental médico, enormes y complicadas máquinas con una maraña de cables y limpias carcasas de color beis. Camillas suficientes para un hospital de campaña. Y tumbado en uno de los colchones, el doctor Franklin, las mandíbulas separadas en torno a una correa de caucho y parpadeando con aire lánguido.

Evan accionó la palanca de emergencia para detener el ascensor y entró en el sótano. Parecía cosa de otro mundo, un almacén de imágenes oníricas. Contempló las bolsas a través de las ventanillas de los refrigeradores: cada una llevaba un código y el nombre del donante.

Pendían como fruta en sazón, un vergel de sangre.

Evan se detuvo en seco delante de una de aquellas unidades de almacenamiento. A un lado había una flamante caja de caudales cromada de tamaño industrial. Medía como un metro y medio de alto, sus goznes eran de acero del más grueso y estaba atornillada al suelo.

Qué raro.

Junto a la caja de caudales había un archivador metálico, con uno de sus cajones ligeramente abierto. Evan lo abrió del todo. Contenía historiales médicos, cada uno con su etiqueta y el nombre del «paciente». Sacó un historial del montón y lo abrió. Eran pruebas diagnósticas de una chica que, según los datos, tenía diecisiete años. Chequeo, analítica, reducción y purificación de patógenos, número de plaquetas y glóbulos rojos.

Franklin apenas se dio cuenta de que Evan se acercaba. Tenía la piel de un tono grisáceo como la piedra. Debía de llevar un par de días sin afeitar. Del brazo izquierdo, justo debajo de la goma que lo ceñía, colgaba una jeringa, la punta clavada todavía en una vena hinchada. Al lado, una bandeja metálica con viales perfectamente dispuestos.

Evan dejó la gruesa chaqueta sobre el colchón contiguo y preguntó:

—¿Qué es todo esto?

Los agrietados labios de Franklin se movieron, pero no salió ningún sonido.

Evan cogió un vial de la bandejita. Fentanilo. Lo lanzó a la otra punta de la sala. Eso hizo reaccionar a Franklin.

—¿Qué es todo esto? —repitió Evan.

Las esbeltas manos del doctor se abrieron como si diera la bendición.

—El jardín secreto de René. —Sonrió—. Se alimenta así.

—¿Se alimenta? ¿Quiere decir que se hace transfusiones con esta sangre? ¿Para qué?

—Estudios. Hay estudios que...

La mirada del médico perdió fijeza. Se quedó traspuesto.

Evan lo abofeteó.

Por el hueco del ascensor llegaron voces, gritos distorsionados y ruido de aparatos de radio procedentes de alguna planta superior.

Evan miró aquellas bolsas de sangre, los nombres de los donantes.

—¿René mata a toda esta gente? —preguntó.

—No, no. A menos que... —Una sonrisa jugueteó de nuevo en el rostro de Franklin—... que ocurra algún accidente.

Sus párpados se agitaron. Evan siguió la dirección de sus pupilas dilatadas hasta la vieja chimenea de ladrillo que había al otro lado del sótano. Debajo de la leñera, montículos de ceniza oscura.

Fue entonces cuando reparó en el frío que hacía allí dentro y que se le estaba colando en los huesos. Caminó hasta la chimenea, las piernas ateridas, y se agachó. Metió una mano entre la ceniza acumulada. Sacó un aro metálico del tamaño de un dólar de plata.

Era un pendiente dilatador.

Pensó en el humo negro que había visto salir de la chimenea dos días antes.

Evan introdujo de nuevo la mano en el montón y dejó que sus dedos tamizaran la ceniza. En la palma de su mano apareció un puente dental.

Deseó haber matado a David por haber convencido a las víctimas para que acudieran al chalet.

Pero aún no era tarde para Franklin.

Regresó adonde yacía el médico. Volviéndose a medias, disparó una ráfaga de Kalashnikov contra los refrigeradores, destrozando el cristal y reventando las bolsas de suero. Añicos y gotitas rojas salieron volando por los aires para aterrizar en el suelo de cemento. A continuación hizo fuego contra las máquinas, que despidieron toda una lluvia de chispas. Lo único que quedó en pie fue la enorme caja fuerte, pues las balas rebotaron en su armazón cromado.

Reclinado y con expresión lánguida, Franklin vio acercarse a Evan.

Se oyeron ruidos metálicos procedentes de arriba, los guardias forzando la puerta del ascensor en la zona de spa. Luego, Evan oyó a los hombres de René descender como monos por el hueco del ascensor.

Se detuvo junto al médico, iluminado a contraluz por el tenue resplandor de la maquinaria destrozada, su sombra cayendo sobre la cara de Franklin. Este tenía una lágrima pegada al párpado inferior de su ojo izquierdo, pero no parecía triste. Más bien aliviado.

—Sí —dijo, con una sonrisa exangüe. Y con un gesto del brazo para abarcar las máquinas que soltaban chispas, añadió—: Se lo merecía. —Al parpadear, la lágrima se le adhirió a las pestañas—. Y yo me lo merezco.

Evan levantó el cañón del Kalashnikov.

El disparo resonó por todo el sótano.

Una serie de golpes sordos al fondo de la estancia anunció que los hombres habían aterrizado encima del ascensor. Por el sonido, debían de ser bastantes. Evan había logrado atraerlos a las entrañas del edificio.

Se abrochó el anorak del guardia. Dio una patada a un carrito que había al pie de una de las ventanas. Se preparó, en una mano el mando a distancia, en la otra, el Kalashnikov.

Disparó contra la ventana, se subió al carrito y se lanzó por la abertura en el cristal. En cuanto pisó la nieve, accionó el mando, encendiendo así las luces del exterior.

El chalet y el recinto se iluminaron como si fuera de día.

Dos guardias que iban hacia él se echaron hacia atrás, agarrándose las gafas de visión nocturna, las retinas escaldadas por la súbita claridad. También el francotirador de la ladera norte estaría cegado momentáneamente.

Con el resto del cargador, Evan barrió la masa crítica de los guardias, que se desplomaron sobre la nieve.

Mientras tiraba el arma, agarraba unas gafas de visión nocturna y corría hacia los primeros árboles de la ladera sur, echó la cuenta otra vez.

«Dos perros, seis guardias, dos francotiradores, David y Dex.»

No estaba nada mal para una noche.

39

Al borde

La nieve se colaba incluso entre la densa cúpula arbórea. Evan progresó en zigzag entre los pinos de la pendiente meridional, ciñéndose a un surco cortado en la montaña a fin de mantener la cabeza baja. Le dolían las costillas y cojeaba un poco: tanta pelea le había pasado factura.

Ignoraba la posición del tirador de ese lado, de modo que se puso las gafas de visión nocturna y barrió horizontalmente la ladera. Todo adquirió un resplandor verde.

Miró entonces pendiente arriba. De pronto, vio unos ojos que lo miraban a él.

Se apartó rápidamente, golpeándose contra una roca, antes de darse cuenta de que los ojos eran de un ciervo de cola blanca. El animal lo miró con expresión triste en medio de la noche y luego dio media vuelta y se alejó dando saltos.

Evan se agachó junto a la roca para recuperar el aliento e intentó recordar lo que había aprendido de joven para estas situaciones. Las tres claves de la supervivencia: refugio, fuego, agua. Le habían enseñado a elegir un sitio —terreno elevado, espacio despejado— y a construir una choza entrelazando hojas sobre una base de ramas. Pero, por ahora, eso resultaba imposible, dadas las circunstancias. Tendría que limitarse a paradas esporádicas hasta que hubiera salido del valle y dejado atrás los montes.

Sentía las piernas cada vez más entumecidas. Si se paraba, eso podría costarle la vida; pero si seguía expuesto al frío, su cuerpo se bloquearía y acabaría muriendo congelado. Por lo tanto, no le quedaba otra que avanzar por el filo de la navaja, correr al borde de la muerte por congelación antes de hacer una pausa para encender un fuego y calentarse.

Al borde, pero ni un centímetro más allá.

Continuó pendiente arriba.

René contempló el spa destrozado y tensó la mandíbula hasta que le salieron nódulos en las esquinas. Detrás de él estaba David, que sostenía una bolsa de hielo pegada a su hermoso rostro, allí donde se había golpeado con el banco de piedrecitas en la sala de vapor.

Uno de los hombres de René intentaba sacar de la piscina el cadáver de Calaca; otro limpiaba el suelo de sangre con una fregona. Manny estaba abajo, registrando el laboratorio, y a Dex y a los tres guardias restantes René los había enviado tras la pista de Evan. Gracias a la nevada, las huellas eran muy visibles. Le informaron por radio de que Evan había retrocedido varias veces para borrar su rastro, pero que no lo había conseguido.

Dex era un experto explorador.

René se frotó los ojos hasta que le ardieron.

David se llevó la bolsa de hielo al chichón que le estaba saliendo en la frente.

—Ese tío era un auténtico tifón —dijo—. Una locura.

René abrió los ojos, inyectados en sangre. En el pulgar y el índice había polvillo de la base de maquillaje que se había aplicado antes a las venillas que cubrían su nariz. La mirada que dirigió a David transmitió probablemente todo lo que sentía en ese momento, porque David se echó hacia atrás, pálido como un muerto. El miedo había borrado por completo aquel barniz suyo de estar de vuelta de todo; ahora aparentaba su edad real, lo joven que era, ni un día más.

Carraspeó un poco y dijo:

—Estaré arriba.

—Tú de aquí no te mueves hasta que vuelva Manny —ordenó René.

Por una vez, David no rechistó.

Como si hubiera estado escuchando, Manny salió en ese momento del ascensor. Pasándose la lengua por los dientes de oro y mientras un tic nervioso jugueteaba más arriba de su pómulo, dijo:

—Tiene que ver esto, jefe.

Y René notó que algo en su interior se convertía en hielo.

Evan pasó por debajo de un tronco medio partido, saltó una maraña de ramas, siempre montaña arriba. El aire frío cargaba sus pulmones con un hormigueo que le ardía por dentro. Aunque había escalado dos terceras partes de la ladera, la parte final parecía ser la más empinada.

Mientras salvaba un agrietado saliente de pizarra, sus botas dejaron atrás una cascada de guijarros. Se dejó caer del otro lado y sus palmas aterrizaron sobre agujas de pino putrefactas. Retiró rápidamente las manos al sentir los pinchazos.

Paró un momento para atarse mejor las botas, pero tenía los dedos tan entumecidos que le costaba agarrar los cordones.

Unos minutos más y estaría tan helado que no podría ni ponerse en pie.

Aunque el sol permanecía oculto bajo el horizonte, una cortina de un gris sucio apareció por el este y empezó a ganar terreno en la negra bóveda celeste. Quizá ya había suficiente luz para arriesgarse a encender fuego, y, visto cómo tenía los dedos, no tenía elección. Se detuvo, jadeante, batallando consigo mismo.

«Iré a buscarte», le había prometido al muchacho.

Y se imaginó aquel papel amarillo, la factura de embarque, volando por los aires frente a la casa en la que lo secuestraron, en Fullerton, el último vestigio de Alison Siegler.

Necesitaba entrar en calor, o de lo contrario no sería capaz de continuar.

Escrutó los alrededores con las gafas de visión nocturna en busca de algún indicio del francotirador. No vio nada.

Entre unos árboles que crecían muy juntos, despejó un pequeño trecho de terreno. Reunió varias ramas caídas. La corteza estaba salpicada de copos de nieve a medio fundir; utilizó la cuerda de piano para quitarle toda la humedad y dejar al descubierto la madera seca. Se pinchó con el alambre en las manos rojas de frío. Fue una faena torpe e imprecisa, pero consiguió su objetivo.

Volvió a enrollar la cuerda. Los agentes del servicio secreto británico solían esconder entre sus prendas sierras quirúrgicas de Gigli durante la Segunda Guerra Mundial, y Evan decidió hacer otro tanto. Arrancó la plantilla acolchada de su bota izquierda, deslizó el alambre hacia la puntera y volvió a colocar la plantilla. Cuando volvió a atarse los cordones de la bota, apenas si notó un pequeño bulto bajo los dedos del pie.

A continuación se sacó del cinto la bolsa de Doritos. Estaban casi aplastados, pero eligió algunos trozos grandes y los dispuso en el suelo. Una de las ventajas menos conocidas de los Doritos es que son muy inflamables.

Con la uña, rascó el tronco de un pino cercano para obtener una gota de resina y embadurnó con ella los trocitos de leña a fin de incrementar su combustibilidad. Después cortó dos tiras de la parte baja de su camiseta e hizo con ellas una pequeña soga, atándola luego a cada extremo de una vara no demasiado delgada para fabricar un arco. Los dedos se le estaban entumeciendo; de haber esperado unos minutos más, habría sido incapaz de hacer los nudos.

Serró la cuerda con rápidos movimientos apoyándola en otra vara sujetada en perpendicular, de forma que la vara pivotase sobre la leña improvisada.

Al poco rato tenía ya un ascua, y hurgó con ella en los trocitos de rama. Sopló encima varias veces seguidas y consiguió avivar el ascua lo suficiente para que el montoncito de ramas prendiera, y al momento un fuego apenas visible parpadeó bajo sus manos extendidas, calentándole las palmas.

Normalmente, habría hervido el agua antes de bebérsela, pero no tenía nada que pudiera servirle como cazo y, además, se fiaba de la pureza de la nieve recién caída. Después de entrar en calor, masticó un poco de hielo y luego se comió una manzana. Mientras, mantuvo la vista baja, vigilando la pendiente y el valle a sus pies.

Poco a poco, su cara y sus brazos revivieron.

Unos minutos más y podría ponerse de nuevo en camino.

La puerta del ascensor se abrió. El sótano estaba salpicado de sangre. René parecía estar inmerso en una nube de incredulidad; pestañeó varias veces para asegurarse de que todo aquello era real.

Sangre goteando de bolsas reventadas.

Máquinas y material médico reducidos a escombros.

La cabeza del doctor Franklin —o lo que quedaba de ella— reposaba sobre las sábanas empapadas de la camilla.

Aquel batiburrillo de imágenes le hirió por dentro, le perforó la piel con sus afilados bordes, le subió por la garganta hasta hacerle bramar de ira ante el espectáculo del laboratorio destrozado. Fue un rugido de rabia, sí, pero entreverado de dolor.

Notó que David y Manny retrocedían angustiados hacia las paredes, dejándole espacio.

René hinchó los pulmones hasta que pudo recuperar el aliento. Se había mudado ya varias veces, y volvería a hacerlo. Pero esta vez tendría que empezar de cero: equipo nuevo, médico nuevo, sangre nueva...

Entre los restos del antaño espectacular laboratorio, la caja fuerte permanecía intacta, en pie y reluciente. René fue hasta allí. Pasó un dedo por el hoyuelo que una bala había abierto en el cromado.

—Ábrela —ordenó.

Manny se acercó a la caja, llavero en mano.

—¿Estás seguro? —dijo David—. Juraste que nunca...

—¡Ábrela!

Manny introdujo la llave y giró el pesado dial. Las agarraderas interiores se separaron con un ruido metálico y la puerta basculó sobre sus goznes bien engrasados, apartándose del marco.

Dentro había varios viales pequeños, de cristal, y dos jeringas llenas.

René cogió una y Manny retrocedió unos pasos, como si lo que contenía fuera contagioso y volátil.

No era así.

Pero resultaba lo suficientemente aterrador para no acercarse demasiado.

René aplicó la yema del pulgar al émbolo. La potencia de los siglos contenida en la extensión de su mano. Sacó el aire de la jeringa con una leve presión del pulgar.

En ese momento la radio de Manny crepitó. Uno de los hombres que seguían el rastro de Evan dijo en español: «... *encontramos sus huellas. Quizá haya una fogata más adelante y...*».

Eso significaba que estaban muy cerca.

René le arrebató la radio a Manny, que temblaba literalmente de miedo, y se la acercó a la boca. Contempló la reluciente punta de la aguja hipodérmica.

—Traédmelo —ordenó.

Evan cubrió las cenizas con nieve para apagar los rescoldos. Volvía a notar las extremidades y no quería arriesgarse a estar más tiempo allí. Se caló las gafas de visión nocturna y escrutó de nuevo la ladera.

Captó un guiño de luz reflejada. Allá arriba, cerca del borde, a unos diez kilómetros de distancia, había un hombre tumbado boca abajo sobre un saliente de roca, ligeramente terciado.

El tirador del lado sur.

Último obstáculo para Evan.

El hombre deslizaba lentamente el rifle de un lado a otro, controlando la ladera.

Cuando la mira telescópica se movió para completar el semicírculo, Evan se tiró al frío suelo detrás de un tronco y permaneció quieto, procurando no exhalar el aire hacia el cuello de la chaqueta para que el vaho no lo delatara.

Poco después, levantó la cabeza y vio que el tirador estaba observando otro trecho de la pendiente. El día empezaba a apuntar sobre el valle, y pronto lo expondría a la vista.

Si podía salvar el pequeño montículo que tenía al lado, Evan quedaría a cubierto, y el camino hasta la cumbre estaría despejado. Una vez en la cima, los hombres de René no podrían cazarlo en las inmensas montañas circundantes.

Un trecho más de nieve y sería libre.

Observó de nuevo al tirador, que seguía mirando hacia otro lado.

Vía libre.

Evan salió a la carrera.

El terreno irregular arañaba sus botas, había pinos por todas partes; era como una carrera de obstáculos, pero también una buena protección. Coronó el promontorio y vio que el terreno descendía. Se deslizó sobre la blanda nieve hasta el siguiente montículo, oculto ya al campo visual del tirador.

Estaba fuera de su alcance.

Lo había conseguido.

Descansó un momento en el suelo, disfrutando de la vista del cielo despejado. Se sacudió la nieve del pantalón y empezó a incorporarse.

Tan pronto estuvo de pie, un trozo de tronco explotó a dos metros escasos de su cara, como si acabaran de cortarlo con un hacha. Sin tiempo para procesar lo que había pasado, oyó el estampido ya familiar de un arma de gran calibre.

Durante una fracción de segundo, sus pensamientos giraron en caída libre. Aquello no tenía sentido. El tirador del lado sur estaba más allá de un pliegue en la montaña que Evan había dejado atrás. Y la trayectoria del disparo no encajaba.

Se puso en movimiento, en dirección a los árboles más cercanos. Una bala le rozó el hombro, deshilachando la gruesa tela de la chaqueta para acabar destrozando una rama. Evan amagó hacia la izquierda con un movimiento de receptor de fútbol americano, pero sus piernas empezaban a quejarse y sus botas patinaban en la nieve.

El siguiente disparo le pasó rozando la cabeza e hizo trizas una piña. Los fragmentos le cayeron encima.

Girara hacia donde girase, lo tenían en el punto de mira.

La piña era un mensaje enviado desde el fondo del valle. Un disparo increíble.

Atemorizado de verdad, Evan ató los cabos sueltos.

El tirador del norte había cambiado de posición, situándose al otro lado, para sorprenderlo desde un ángulo inesperado. Era el hombre que había hecho saltar una piña en la palma de Evan desde quinientos metros de distancia.

Y Evan se encontraba en un claro y era totalmente vulnerable. Un paso en falso y perdería un brazo o una pierna.

Se quedó inmóvil.

Notó los latidos del corazón en el hueco debajo de la nuez.

Apretó los dientes.

Bajó la cabeza.

Luego levantó los brazos, lo bastante arriba y separados del cuerpo para que se vieran bien desde la distancia. Esperó, la respiración entrecortada, su aliento humeando en la madrugada.

Al cabo de un rato oyó un crujir de botas a su espalda. El sonido del juicio final.

Los pasos se acercaban, pero Evan no se volvió, ni siquiera se movió. Hasta que una patada en los riñones dio con él en tierra. Y allí estaba Dex, la cabeza ladeada en un gesto que parecía fruto de un sentimiento que no acababa de reflejarse en sus ojos. Iba acompañado de dos narcos con su Kalashnikov apuntando al pecho de Evan.

Dex tenía las manazas colgando a los costados. Una estaba tatuada con la sonrisa exagerada; la otra, con el ceño vampiresco.

De un bolsillo del pantalón de camuflaje sacó el dogal eléctrico, abierto, a punto para ser colocado. Agotado, Evan levantó la cabeza de la nieve y vio acercarse aquellas manazas. Su vista se nubló de electricidad estática.

Con todo, pudo oír el chasquido del collar al cerrarse.

40

Gente que se lo merece

Los pies de Evan, inertes, iban dejando un rastro de esquís. La luz del sol, reflejada en la nieve, le deslumbraba la vista y le obligaba a entornar los ojos. Le dolían las piernas y los brazos por el frío. Tenía la cabeza inclinada hacia delante y sus cabellos formaban una celosía frente a sus ojos. Un narco le agarraba de cada brazo, Dex encabezando la alegre y poco nutrida comitiva.

Lo metieron en el establo y lo arrojaron a la colchoneta. Evan se ovilló sobre la lona azul, aterido de frío. Hasta ese momento no se permitió hacer inventario. El frío se infiltraba en las magulladuras, se cebaba en la carne viva de su cuello, arañada por los dientes del collar. Estaba aturdido por el cansancio y por las patadas y puñetazos que había recibido. No notaba ya los labios ni la nariz. Le dolían los tobillos. Los muslos le ardían, sus pantorrillas echaban fuego, su respiración era cada vez más irregular.

Si moría en aquel valle desolado, sería una más de las personas que les habían fallado a Alison Siegler y al muchacho.

Pero ¿cómo podía acudir en su rescate cuando él mismo necesitaba que alguien le echara una mano?

Estaba seguro de que había una lección que sacar de todo ello, pero no sabía cuál. Si Jack hubiera estado allí, habría sabido expresarlo de una manera breve y sucinta, mitad *kōan*, mitad galleta de la suerte. Habría analizado la situación en su contexto para que Evan la viera desde una perspectiva distinta; habría transformado impotencia en percepción. Evan contempló el corro de narcos dentro del cual se encontraba e hizo un esfuerzo por convertir su indefensión en rabia, pero los viejos trucos ya no le funcionaban. No en ese momento. Desnudo y vulnerable.

Derrotado.

Oyó abrirse la puerta rodante del establo. Unos pasos.

Le llegó el olor de una fragancia conocida. Olía a club de campo.

La voz de René irrumpió en el silencio.

—Parece que el plan no te ha salido muy bien.

—Sí, ya me había dado cuenta —dijo Evan.

Dos de los hombres lo patearon de mala manera. Uno le sacó el RoamZone del bolsillo y se lo pasó a René. Con aire divertido, este miró la pantalla resquebrajada y la carcasa rota, abombada por el fuego. Se rio de aquel aparato aparentemente inservible y se lo lanzó a Evan. Con dedos entumecidos, Evan lo guardó de nuevo en su bolsillo y luego se acurrucó otra vez con la intención de generar calor. Los dientes del collar, al moverse, se le hincaron en la piel tierna.

René se ajustó su pañuelo color berenjena.

—Parece que tienes frío —observó.

Evan se pasó la lengua por los labios agrietados e intentó no tiritar, sin conseguirlo. Levantó la vista para mirar de nuevo al gigantón. Manny estaba detrás de él.

—La banda ha vuelto a juntarse —dijo, esbozando una sonrisa.

—Dentro de poco verás cómo se te quitan las ganas de ser ingenioso —dijo René.

—He visto lo que haces en ese laboratorio. —Evan se llevó la mano a la costra que tenía en un brazo—. ¿Me quitaste sangre cuando estaba inconsciente?

—No. Eres demasiado viejo —dijo René—. Tú solo eres la banca. El festín son los chicos.

Evan tuvo que inspirar varias veces para obtener suficiente oxígeno.

—¿Para qué quieres su sangre?

René se alisó los cabellos. Se ajustó la americana de gruesa tela, pasando las manos por las exuberantes solapas.

—Científicos de Cornell han llevado a cabo una investigación fascinante —le explicó—. Cogieron ratas viejas y jóvenes y las cosieron unas con otras. Combinaron literalmente sus respectivos sistemas circulatorios. No te imaginas lo que descubrieron.

—Cuéntamelo.

—De forma resumida: las ratas viejas dejaron de envejecer. Resulta que impregnar células madre viejas en sangre joven tiene un efecto rejuvenecedor. Fortalece la memoria, refuerza la musculatura, acelera el proceso de curación. ¿Quién iba a pensar que la fuente de la juventud estaba a la vista de todos? Nuestros jóvenes son la fuente... —Hizo una pausa, satisfecho, y miró detenidamente a Evan—. Deja que adivine. Ahora me acusarás de haber cometido una atrocidad moral que va en contra de la naturaleza.

—Los antibióticos y los rascacielos también son contrarios a la naturaleza —dijo Evan—. Me importa una mierda si es algo natural o no. Solo me importa la gente que utilizas para conseguirlo.

—Bueno, me limito a rascar un poco la superficie. Como los mosquitos. Además, no eres el más indicado para censurarme.

—Yo solo hago daño a gente que se lo merece.

René sonrió mostrando sus perfectos implantes.

—¡Oh, eres tan puro! —exclamó—. Una creación de cosecha propia.

Evan consiguió sentarse en la colchoneta. Aún se sentía débil tras el rato pasado a la intemperie, pero el nuevo hormigueo en los brazos era señal de que la sangre volvía a circular normalmente por ellos.

—No me has dicho qué haces con esas ratas jóvenes.

—Ya, esa es la parte menos agradable de la historia. Envejecen prematuramente. Sus músculos pierden fuerza, no se recuperan como antes. Siempre hay un precio que pagar.

—Mientras no seas tú quien lo pague, ¿verdad, René?

—Exacto.

—O sea que utilizas a David para que traiga gente joven, y luego les extraes la sangre. Pero no es una ciencia perfecta, claro. A veces la cosa sale mal.

—Todo progreso entraña complicaciones.

—Una cosa es robar y la otra matar.

—Yo no lo veo así —dijo René—. En un caso, robo sangre. En el otro, robo un tipo diferente de recurso, el único que no se puede reponer: tiempo. Los asesinos son ladrones de una índole diferente. Ellos roban tiempo, el tiempo que les quedaba de vida a sus víctimas. Diez años. Cuarenta. Se lo quitan para reforzar su propio tiempo. Es un negocio, y ganan los más osados. Es como la gente que puede permitirse mejores medicamentos, coches más seguros, gente que tuvo la inmensa suerte de no nacer en una choza tercermundista infestada de pulgas. El hecho de que esos jóvenes a los que... —buscó la palabra adecuada— chupo la sangre salgan de aquí tan sanos como antes, por lo general, es una prueba de mi magnanimidad. Nada me impide coger todo lo que quiera y en el momento que me plazca.

—Salvo tu bondadoso corazón.

—No me gusta hacer daño, ¿entiendes? Pero estoy dispuesto a hacerlo. —René apoyó las manos en sus rodillas y se inclinó hacia Evan, y por primera vez este comprobó la enorme envergadura de aquel hombre—. Ahora bien, visto el destrozo que has hecho en mi sótano, te aseguro que disfrutaré con lo que voy a hacerte. —Se puso de pie y juntó pulcramente las manos—. Pero antes hay mucho que limpiar...

De pronto, Dex se había situado detrás de Manny y le había quitado el Kalashnikov. Manny tardó unos segundos en comprender lo que había pasado, luego su boca se torció en un gesto de pavor, un rictus decorado con dientes de oro. No dijo una sola palabra.

—Xalbador no habla bien inglés, ¿correcto? —preguntó René, señalando hacia uno de los hombres que habían arrastrado a Evan por la nieve.

Manny miró al vacío.

—¿Correcto o no? —insistió René.

Manny logró asentir con la cabeza.

René chasqueó los dedos y Xalbador dio un paso al frente. Tendría poco más de veinte años y era muy flaco, no se había hecho un hombre todavía. Un grueso cinturón le ceñía los vaqueros. Llevaba tatuada en el cuello la Santa Muerte, pero a medio entintar, y se veían algunas marcas de la aguja. Con su bigote ralo y sus mofletes de lobo, tenía un aspecto joven y malvado, de alguien con mucho que demostrar.

Manny no quiso mirarle.

—¿Me haces de intérprete? —le pidió René.

Manny asintió de nuevo.

René carraspeó antes de continuar.

—Dile que, en vista de tu fracaso, él ocupará tu puesto.

Los labios de Manny temblaron, y otro tanto su bigote. Se llevó la palma de la mano a la boca, tratando de evitar que se le moviera.

—Vamos, díselo —ordenó René.

Dex se acercó un poco más a Manny y posó una mano en su hombro.

—En vista de mi fracaso —dijo Manny—, es posible que vayas a ocupar mi puesto.

—Dile que su principal ocupación —no, su único trabajo— consistirá en vigilar a nuestro huésped.

René pinchó con un dedo a Evan al decir esto.

Manny se aclaró la garganta.

—Solamente... solamente tienes que echarle un ojo a nuestro huésped.

—Dile que confías en que lo haga bien y que le deseas lo mejor.

La nuez de Manny pegó un salto.

—Por favor... —le dijo Manny a René.

—Que confías en que lo hará bien y que le deseas lo mejor.

Manny empezó a traducir y se interrumpió.

René le animó a continuar con un gesto de la cabeza.

Manny se humedeció los labios. Tenía la frente perlada de sudor.

—Confío en que... que tengas éxito y... y... te deseo... te deseo lo mejor.

René miró a Xalbador. Este levantó el cañón de su Kalashnikov 47 y acribilló el pecho de Manny con una ráfaga corta.

Evan pensó: «Dos perros, cinco guardias, dos tiradores, David y Dex».

Xalbador sacó a rastras del establo el cuerpo de Manny, dejando un sendero de sangre en el suelo.

—Bonito espectáculo —dijo Evan.

—Tranquilo —repuso René—. Todavía hay más.

Dex abrió la puerta del despacho e hizo salir a Despi tirándole del pelo.

41

Una respuesta a punto

Despi empezó a soltar patadas y empujones para librarse del gigante, pero fue sísmicamente reducida. Dex la transportó como si fuera una rata de laboratorio y la depositó suavemente enfrente de René, de pie en el suelo, una manaza pegada a la nuca de ella.

Mientras, Evan había conseguido levantarse. Cuatro guardias lo rodeaban. Y por si no era suficiente con los Kalashnikov, cada uno de ellos llevaba también un transmisor para activar el collar eléctrico.

Ahora todos podían participar de la fiesta.

René miró a Despi y dijo:

—Nuestro huésped se valió de un gato hidráulico para su huida frustrada. ¿Se te ocurre de dónde pudo sacarlo?

—Lo robé yo cuando me colé ayer aquí en el establo —dijo Evan.

René siguió mirando a Despi. La chica hizo un intento de zafarse de la mano que la tenía agarrada por detrás, pero los músculos del brazo del gigante se tensaron y Despi lanzó un grito y se quedó quieta.

—Si dices la verdad, no te haré ningún daño —le advirtió René.

—Yo nunca habría aceptado nada de ella, no me fío —señaló Evan—. Es empleada tuya.

—Despi —insistió René con suavidad—, tengo cámaras en el establo. ¿Merece la pena arriesgarse por una mentira?

Ella miró a René. Negó levemente con la cabeza, y los extremos de sus negros mechones se movieron.

—¿Le diste tú el gato? —preguntó René.

Despi se mordió el labio inferior. Asintió con la cabeza.

—Tranquila. —René le acarició la barbilla—. Tranquila.

—¿De veras tienes cámaras aquí en el establo? —preguntó ella.

—No —respondió René.

—Me has prometido que no me harías daño.

—Y cumpliré mi promesa —dijo René—. No va a pasarte nada. De hecho aquí no pasará nada.

Despi cerró los ojos, angustiada, y unas lágrimas contenidas descendieron por su piel aceitunada.

René dio media vuelta, disponiéndose a salir.

Evan no se relajó.

—Sin embargo... —René se detuvo, todavía de espaldas—. Una de las muchas ventajas de tener dinero es que puedo hacer encargos en cualquier parte del mundo.

Despi palideció de golpe.

—Por ejemplo —continuó René, volviéndose ahora—, en Rodas. O Atenas.

Tendió una mano con la palma hacia arriba. Uno de los narcos puso en ella un iPad.

—¡No! —gritó Despi, sacudiendo la cabeza—. No, no, no.

René tarareó por lo bajo mientras toqueteaba la pantalla. Le mostró el aparato a Despi. Evan no pudo ver la imagen, pero sí el resplandor que se reflejaba en los ojos de la chica.

El efecto fue inmediato. Despi dio medio paso atrás como si hubiera recibido un puñetazo. Su rostro cambió, se le ahuecaron las mejillas, los ojos hundidos y vidriosos.

René deslizó un dedo por la pantalla para que apareciera la siguiente imagen.

Ella emitió un ruido ahogado. Cuando habló, lo hizo en un susurro áspero.

—No. Ella también, no.

Encorvó la espalda, temblando de pies a cabeza, y produjo sonidos más propios de una zona de guerra o de una sala de hospital.

Evan sintió crecer la culpa en su interior, cómo le roía las entrañas, amenazando con consumirlo.

—No te harán daño, tal como te he prometido. Es más, puedes irte cuando quieras. —René apoyó una mano en el brazo de Despi—. Dex te acompañará al aeropuerto que tú elijas y con la cartera llena. Al ayudar a mi invitado, te has ganado la libertad. Espero que haya valido la pena.

Despi volvió a enderezarse. Tenía el rostro colorado, arrasado en lágrimas, pero su mirada era firme y transmitía furia.

—Dejaré incluso que te despidas de tu amiguito antes de irte —añadió René, haciendo un gesto hacia la colchoneta.

Despi le lanzó a René una mirada fulminante, y, por un momento, pareció que él se inquietaba.

Después, ella se volvió y fue hacia Evan. Parecía rota por dentro, sus miembros desencajados, su manera de andar, su porte; todo era diferente, como si aprendiera a andar dentro de un nuevo cuerpo. René indicó a sus hombres que se apartaran un poco.

Evan pensó que tal vez Despi iba a pegarle; si es lo que ella quería, él no se lo iba a impedir. Sin embargo, Despi lo abrazó, lo estrechó con fuerza, la cara pegada a su pecho.

Evan acarició sus espesos cabellos.

—Lo siento —dijo él en un susurro—. Intenté convencerte de que no lo hicieras.

Se sorprendió a sí mismo al detectar en su voz un inesperado tono de cólera. Notó que se encendía por dentro; el calor le pegó la camisa a la espalda. Se sentía muy confuso, un batiburrillo de deudas pasadas y presentes. Se acordó de Jack, la mano apretada sobre el hombro, cubierta de sangre. Un poco más de presión, un poco más de tiempo, y Jack habría sobrevivido a la herida. ¡Si Evan no le hubiera pedido que se vieran! ¡Si hubieran elegido otro día, otra hora, un aparcamiento diferente! ¡Si Evan hubiera sacado antes su arma! ¡Si no hubiera aceptado el gato! ¡Si hubiera echado a Despi de su cuarto!

Las fotos que René le había enseñado a la joven de su familia asesinada permanecerían dentro de ella, al igual que Evan debería vivir el resto de su vida con el recuerdo de lo sucedido en el nivel 3 del aparcamiento. Evan no podía ayudarla ni con el tormento que ella sufría en esos momentos, ni tampoco con el dolor que teñiría los años venideros, dividendos a pagar en las próximas décadas.

Ella le miró con la misma intensidad que unos minutos antes.

—¿Acaso crees que mi familia habría estado a salvo si yo no te hubiera ayudado? No seas ingenuo.

Evan no pensó que nada pudiera afectarle tanto en ese momento, pero así era.

—¿Ingenuo?

—Crees que lo controlas todo, igual que René. Pero esto no podías controlarlo.

Evan se sintió embargado de la emoción.

—Aceptar que necesitas ayuda como cualquier otro no garantiza buenos resultados —dijo ella—. No hay nada que los garantice.

A Evan le costó lo suyo tragar saliva.

—Entonces ¿por qué lo hiciste? —quiso saber.

Despi le besó. Sus lágrimas humedecieron las mejillas de él. Luego se apartó, le tomó la cara entre las manos, su aliento caliente.

—No sé cómo podré vivir con esto. Con todo lo que he visto.

—Te entiendo. Sé lo que se siente.

—¿Cómo me matarías? Quiero decir ahora mismo.

En la voz de ella hubo un tono de súplica.

Evan la miró a los ojos. Un pequeño mechón de pelo se le había enganchado en la comisura de la boca. Notó el calor que irradiaba su cuerpo, pegado al de él; su forma humana, tan frágil.

Y, por primera vez, no supo qué responder.

Dex le puso a Despi una capucha negra en la cabeza y la arrancó de brazos de Evan. Tiró de ella hacia el Rolls-Royce mientras Despi intentaba no caerse por el camino. Tras ajustarle la capucha y hacer un nudo, Dex abrió el portón trasero y la depositó en el interior. Luego salió marcha atrás del establo. La parte trasera del imponente vehículo rozó un montón de nieve acumulado en el exterior. Se alejaron.

Evan notó escozor en las palmas de las manos y, al abrirlas, vio que se había clavado las uñas en la piel. Miró hacia donde estaba René.

—Tarde o temprano...

—Ya..., a ver si lo adivino —dijo René—. Me matarás.

—Peor que eso.

René debió de advertir algo en el tono de Evan, porque pestañeó varias veces. Recobró la compostura, obligándose a sonreír.

Afuera, una veta dorada cabalgaba sobre el horizonte, tiñendo de azul los casquetes de la nieve amontonada. René se miró el reloj.

—Los mercados están a punto de abrir. ¿Estás listo para transferir el dinero?

Evan carraspeó, escupiendo un coágulo de sangre a la inmaculada colchoneta azul.

—No —respondió.

René hizo un leve gesto con la cabeza y luego salió del establo dejando atrás a dos de sus hombres.

—Registradlo bien y traédmelo al laboratorio —les ordenó.

42

Rincones de su mente

Evan estaba adherido a la camilla mediante correas que se le hincaban en el pecho, el estómago y los muslos. Ligaduras de cuero recio sujetaban sus tobillos y muñecas a las barandillas laterales. Se esforzó por encontrar un lugar en su interior que lo protegiera de lo que estaba a punto de pasar. En el adiestramiento SERE había aprendido a lidiar con la tensión, la desorientación y la tortura. Lo habían golpeado, electrocutado y ahogado, y sus reacciones habían sido observadas y analizadas críticamente. Evan sabía cómo encontrar rincones de su mente en los que refugiarse. Eso no eliminaba el dolor, pero sí le proporcionaba una capa extra de aislamiento, le permitía ser un observador ligeramente imparcial de la agonía. Como en la meditación, era fundamental eliminar los pensamientos y las sensaciones. Había que encontrar el modo de sortearlos, y en ese espacio uno hallaba alivio.

Y Evan iba a necesitar mucho alivio contra lo que fuera que René estuviese preparando. Junto a René, se encontraba Dex, mirando a Evan. Encajada sobre la boca, tenía la mano de la sonrisa tatuada.

—He intentado ser razonable —dijo René—, pero jamás me he encontrado con alguien tan terco como tú. —Seguía de espaldas a Evan, sus hombros encorvados moviéndose debido a algo que estaba haciendo con las manos. Por la ventana destrozada del sótano se colaba la luz de día y un aire glacial—. Pretendía que fuera una cosa civilizada, pero tú te has negado una y otra vez. O sea que ahora... —Se volvió, jeringa en mano—: Esto.

Durante sus entrenamientos, a Evan le habían inyectado pentotal de sodio y otros «sueros de la verdad»; se preguntó si era eso lo que

René le tenía preparado. Un medicamento psicoactivo lo haría más maleable, más fácil de manipular para que hiciera la transferencia y desencadenara lo que pudiera venir después. Pero ya entonces, de muchacho, había descubierto que muchas veces las drogas no están a la altura de su fama.

A juzgar por la sonrisa tatuada de Dex y la sonrisa, esta vez auténtica, de René, lo que contenía la jeringa tenía que ser por fuerza mucho más terrible.

—Te prometo —dijo René, como si le leyera el pensamiento— que esto es diferente a cuanto hayas podido probar.

Evan meneó los dedos para espantar una mosca verde que se había posado en sus nudillos.

—¿Más investigación sádica salida de Cornell? —dijo.

—De Oxford, en realidad. No te imaginas el dinero que me cuesta conseguir unos cuantos viales de estos. —Sin darse ninguna prisa, René fue acercándose a la camilla—. Al igual que otros experimentos, empezó por una simple pregunta: ¿cómo hacer que las condenas de cárcel por crímenes atroces duraran más tiempo?

Evan notó que se le aceleraba el pulso, un latir apresurado en el cuello.

—¿Más tiempo?

—Sí, más de lo que dura una vida. —René miró la jeringa con algo parecido al afecto—. Una pareja secuestró a un niño de cuatro años. Lo tuvieron metido en un armario, lo torturaron, le hicieron pasar hambre durante semanas, y luego lo mataron a golpes. Como en el Reino Unido no hay pena de muerte, el matrimonio fue condenado a treinta años de cárcel. Lo cual me parece lamentable e inapropiado.

Evan pensó en el *Horizon Express* avanzando a velocidad de veintitrés nudos, un surco blanco en el mar azul intenso, y en Alison Siegler a bordo del buque, en uno de los tres mil quinientos contenedores, acercándose poco a poco a un destino que nadie merecía.

Y pensó luego en la voz del niño por teléfono: «Tendría que ver cómo nos tienen aquí. Apelotonados como si fuéramos ganado, todos en fila».

—Inapropiado, desde luego —dijo.

—¿Y si fuera posible concentrar una condena de mil años en solo ocho horas?, ¿diez vidas de purgatorio condensadas en lo que dura una jornada laboral?

La aguja hipodérmica se aproximaba y Evan sintió crecer el miedo, un miedo que por momentos amenazaba con desbordarlo.

—¿Te imaginas qué horror? —dijo René, inclinándose hacia él.

Evan se debatió con furia bajo las correas, por eso precisamente lo habían atado de aquella forma. La aguja penetró en su brazo.

—Tranquilo —dijo René con una sonrisa—. Solo te estoy poniendo una g...

Evan notó una ligera presión en la vena y luego vio que la boca de René continuaba abriéndose pero mucho más despacio de lo que parecía posible, cada milímetro una hora, dos, y el final de la última palabra pronunciada extendiéndose sin fin, convertida de bloque de acero en finísimo alambre, un sonido y una vibración, el túnel interminable de la «o» era un diminuto agujero a través de los siglos, y más arriba de la boca eternamente abierta René empezó a parpadear, pero aquel movimiento fue como el subir y bajar de la marca del nivel del agua en un embalse a lo largo del año, microsegundos comprimidos entre microsegundos, la piel arrugada en torno a sus ojos recomponiéndose de forma infinitesimal, todo un universo de movimientos contenidos en un simple parpadeo hasta que por fin, tras una extenuante espera de todo un día, Evan pudo verle las venillas azules en los párpados cerrados y supo que tardaría un día más en volver a abrirlos, y aún no había pronunciado toda la palabra, los labios fruncidos empujando la «o» hacia la «t» y la «a», mientras otro sonido se imponía sobre el murmullo en cámara lenta de la voz, un zumbido fragmentado en sus partes auditivas constituyentes, y Evan forzó la vista hacia la procedencia de aquel sonido, pero mover los globos oculares fue como alterar el rumbo de un buque mercante, ligamentos y músculos flexionándose y tensándose al máximo para recalibrar su visión hasta que finalmente pudo enfocar la mosca suspendida en el aire sobre René, sus cerdas como pelos ondeando perezosamente en el tórax verde metálico, sus alas batiendo de manera tan gradual que Evan pudo ver incluso cómo se modificaba la cualidad de la luz a través de sus alas semitransparentes, adornadas con intrincados dibujos que habrían dejado en ridículo a cualquier rosetón gótico, y en todo aquel escalofriante, atenuado e ilimitado lapso de tiempo la mente de Evan aceleraba dentro de su cráneo a un ritmo tan real como frenético, viva y aterrorizada, afanándose como un ratón atrapado en un cuenco con agua, desesperado, desesperado por...

Giró bruscamente la cabeza para apoyarla de nuevo en la almohada y un silbido escapó de sus pulmones. Desde el cuello hasta los tobillos, sus músculos se habían aunado para arquear su cuerpo contra las ligaduras. Volvió la cabeza hacia un lado y vomitó, una baba caliente resbalando por su mejilla hacia la sábana de abajo.

—De acuerdo —dijo, con una voz tan ronca que ni siquiera la reconoció como propia—. Haré la transferencia.

43

Infierno desatado

Evan estaba sentado frente al monitor en el estudio de la cuarta planta del chalet, las manos sobre el teclado. El ordenador era nuevo (había visto cómo Xalbador lo sacaba de la caja). Que dispusiera de cortafuegos tipo *air gap*—nunca había sido conectado a internet— ayudaba, pero, fuera cual fuese el software de encubrimiento y encriptación que René pudiera tener instalado para ocultar las transferencias, no sería tan impenetrable ni tan ilocalizable como el que utilizaba Evan. No en vano sus maestros habían sido los mejores especialistas del mundo en seguridad técnica.

Los mismos de Van Sciver.

Este tenía un equipo de profesionales en nómina, y una capacidad de exploración de datos que René no podía imaginar siquiera.

El infierno desatado con un simple clic.

Probablemente, lo único que podía hacer Evan ahora era desatar un infierno.

El conducto de calefacción echaba su cálido aliento desde lo alto y le hizo sudar. ¿O acaso era el miedo, que hasta ahora no había conseguido colarse por los poros de su piel? Había pasado muchos años a resguardo de la oscuridad, invisible y libre de todo examen. Y ahora, esa roca tan cuidadosamente situada bajo la cual había estado escondido estaba a punto de ser retirada, dejando su vida expuesta a una luz cegadora.

Pensó en ese infinito que había vivido mientras estaba atado a la camilla, un infinito que había durado lo que tardaba una moscarda en batir exactamente dos veces sus alas.

Miró hacia René, un intento desesperado.

—No te conviene que haga esto —le dijo.

René sonrió, mientras juntaba las manos.

—¿Ah, no?

—Vendrá gente. No serás feliz.

—Ya he hecho esto en un par de ocasiones —dijo René—. Mis procedimientos son totalmente seguros.

—No tienes ni idea de lo que significa seguridad.

René chasqueó los dedos. Con gran precaución, Dex le pasó una jeringa. Dentro bailoteaba aquel líquido viscoso. Una sola gota casi había aniquilado a Evan; lo que podía provocar una jeringa entera escapaba por completo a su entendimiento.

Inspiró hondo, tecleó una serie de contraseñas en la página web del Privatbank AG y luego hizo una pausa.

—En cuanto toque este botón —le advirtió—, lo que ocurra estará fuera de mi control.

René le clavó la aguja en un costado del cuello. Acercó a Evan su rostro rubicundo; en las puntas de sus cabellos brillaban gotitas de sudor.

—Me he hartado de negociar —dijo entre dientes.

Evan notó que le incrustaba en el cuello el tubito de acero inoxidable calibre 21. Bastaría con que René moviera un centímetro el pulgar para enviarlo a una eternidad de padecimientos.

Le pareció que algo se escapaba de su cuerpo, una filtración, últimos vestigios de su esencia.

Cerró los ojos. Le dio al ratón. La rueda de cargar giró y, luego, un breve ruido, como una exhalación, indicó que el dinero había desaparecido.

René extrajo la aguja del cuello de Evan, y este expulsó el aire en silencio. Luego dirigió la vista hacia el monitor: TRANSFERENCIA ENVIADA.

—Lo que va a ocurrir ahora no vale esos veintisiete millones de dólares —dijo.

René se volvió hacia Dex.

—Mete a este animal otra vez en su jaula.

Dex agarró a Evan, lo hizo ponerse de pie y lo llevó a empujones hacia la puerta.

—Ya era hora de que llamáramos a las cosas por su nombre —dijo Evan.

44

Celebración

René estaba frente a la ventana panorámica de su dormitorio, las manos juntas detrás de la espalda, viendo cómo la nieve arremetía contra el cristal. Se le ocurrió que aquella era una pose muy Cassaroy. Regia y autoritaria, la columna lo bastante erguida para disimular la desviación de cinco centímetros. Un pintor habría podido hacerle un retrato al óleo, tal como estaba en ese momento, victorioso, un cuadro que habría quedado perfecto entre los de sus antepasados, la larga lista de varones Cassaroy cuyos retratos poblaban los salones de la mansión donde él se había criado.

Sí, pero...

Tenía la inquietante sensación de que no podía dormirse en sus laureles. Había ganado la batalla, sin duda alguna, pero el objetivo final era ganar una guerra.

Experimentó un cosquilleo peculiar, algo que solía ocurrirle cuando estaba a punto de saltar sobre la presa en alguna aventura financiera. Cerró los ojos, sintió interiormente el vaivén de datos, todas aquellas pequeñas cosas, un patrón casi discernible bajo la superficie.

David se movió entre las sábanas de seda, extenuado tras las penalidades de la jornada.

—¿No vienes a la cama? —le preguntó.

—Está claro que nuestro huésped no es quien yo pensaba —dijo René, mirando cómo la nieve creaba nuevas formas en el exterior—; creo que es un pez aún más gordo de lo que me imaginaba.

—¿Como qué?

—Ni idea —dijo René, volviéndose hacia la cama.

La tableta abdominal de David se le antojó un adminículo, algo sacado de un molde. René se sorprendió de lo poco que le excitaba su visión. Tenía trabajo que hacer: preguntas que plantear, anzuelos que lanzar a las profundidades de la Red. Se dirigió hacia la puerta.

—Voy a investigarlo ahora mismo —añadió.

El aseo de señoras del aeropuerto internacional de Ciudad de México olía a desinfectante y a venganza de Moctezuma. Candy humedeció unas cuantas toallas de papel bajo el grifo del lavabo y se metió en uno de los retretes. Se quitó la blusa y el sujetador (la tela se le pegaba a las cicatrices) y aplicó las toallas húmedas con sumo cuidado sobre la piel de su espalda. No emitió ningún quejido; se limitó a apretar los dientes.

El alivio fue relativo.

El dolor era tan constante que a veces se olvidaba de él. No esta vez, y menos después de dieciocho horas de vuelo con la espalda pegada a un asiento con un incómodo respaldo de poliéster.

Tener al lado a Jaggers no había hecho sino empeorar la situación. Candy lo odiaba por todo. Porque apestaba. Por su piel amarillenta, que, al resplandor de la luz de lectura, parecía una papaya reseca. Por el modo en que se sorbía los dientes después de comer, en vez de utilizar un mondadientes.

Por haber asesinado a aquella hermosa y esbelta muchacha tártara que se ofreció a prestarles ayuda.

El hecho de que la misión hubiera resultado ser una encerrona aumentaba, si cabe, la frustración de Candy. Habían pasado la noche en Ámsterdam y estaban a punto de entrar en Estados Unidos por el sur, un vuelo normal y corriente desde Ciudad de México hasta San Diego para no levantar sospechas. Estaba dispuesta a soportar un trayecto infernal y las mil y una incomodidades que eso implicaba con tal de que el viaje aportara un rayo de esperanza, por mínimo que fuera, de cazar a Huérfano X. Por rajarle sus carnes inmaculadas, Candy era capaz de aguantar el fuego eterno y lo que hiciera falta.

De ahí que odiara el puente aéreo. Auguraba fracaso.

Terminó de humedecerse la espalda y tiró las toallas de papel al suelo. Inclinó la cabeza y sopló sobre su piel, lo cual le proporcionó un breve respiro del escozor, de la quemazón.

Ponerse otra vez la blusa no iba a ser agradable. Hizo acopio de fuerzas y miró el sujetador que se había enrollado en torno al puño.

Tanto adiestramiento, y ahí estaba ella, a punto de ser derrotada por una 90E en los aseos de un aeropuerto.

El aviso para embarcar resonó en las paredes del aseo de señoras. Candy se dispuso a vestirse.

Entonces notó una vibración en su pantalón vaquero: una versión punk de «I'm Every Woman».

Sintió un escalofrío de excitación.

Pulsó «Hablar» y se llevó el teléfono al oído.

—Os he hecho la siguiente reserva —dijo la voz de las mil voces.

—¿Ya?

—Hay que comer antes de que la comida se enfríe.

—Haremos los honores —repuso ella—. ¿Y la comida está muy caliente?

—Ardiendo.

El escalofrío de excitación derivó en un temblor generalizado.

—Los detalles más adelante —anunció el coro, y luego Van Sciver cortó la comunicación.

Candy volvió a meterse el teléfono en el bolsillo. Con una sonrisa en los labios, se puso la blusa y empujó la puerta del retrete. Antes de salir de los aseos, tiró el sujetador a la papelera.

A fin de cuentas, esto merecía una celebración.

45

Un jaleo distinto de los habituales

El agua, muy caliente, caía a chorro sobre la cabeza de Evan y resbalaba hacia sus hombros. Llevaba bastante rato en la ducha, pero no había manera de entrar en calor. Su reloj interno le decía que pasaban varias horas de la medianoche. Aparentemente, René había abandonado el gas anestésico, tal vez para premiar la actitud de Evan la noche anterior. Le habían dicho que al día siguiente lo llevarían en coche con un pasamontañas puesto y lo dejarían en medio de la nada; así, René tendría tiempo suficiente para desaparecer.

Evan no lo veía claro.

Pensó que René esperaba al siguiente día hábil, para que algún empleado de su banco le confirmara de palabra que el dinero estaba en su cuenta y que no había ningún problema. Después se desharía de Evan.

De momento, Evan estaba otra vez en su jaula, una jaula que ahora era a prueba de fugas. Los barrotes del balcón habían sido soldados y reforzados, el tiro de la chimenea estaba obstruido y en la puerta de la habitación habían aparecido otros dos cerrojos. Evan no tenía a donde ir salvo a la ducha, y allí estaba.

Cerró por fin el grifo y se secó con una de las toallas con estampado de brotes de bambú. Por lo visto, el collar eléctrico era sumergible. La cinta adhesiva con la huella dactilar de René se había pegado totalmente a su brazo como una tirita transparente.

Habían colocado de nuevo la bolsa de basura en la papelera junto al lavabo. La única persona que lo había visto usarla para inutilizar el collar era Nando, y este no había vivido lo suficiente para contárselo a nadie. Evan intentó consolarse con esa pequeña ventaja.

Su ropa seguía apelotonada en el suelo, donde él la había dejado. Aunque lo habían registrado a fondo, a los hombres de René no se les había ocurrido mirar bajo la plantilla de su bota izquierda, donde Evan había escondido la cuerda de piano.

Su cuarto era ahora una mazmorra, y lo único con lo que Evan contaba era una bolsa de basura y una cuerda de piano.

Tuvo que recordarse a sí mismo que la desesperación no era un lujo que pudiera permitirse en ese momento.

Sacó el RoamZone del bolsillo de sus sucios vaqueros y examinó la pantalla astillada, preguntándose dónde estaría el muchacho y qué le estarían haciendo en ese momento. Se acordó de su voz asustada, de cómo le costaba hablar con el labio hinchado cuando dijo: «¿Y qué? Me dan palizas a todas horas». Evan contempló las cuatro paredes de su celda. Una cosa era estar encerrado, pero no poder ayudar a un niño que le necesitaba se le hacía casi insoportable. «Tendría que ver cómo nos tienen aquí. Apelotonados como si fuéramos ganado, todos en fila.»

Y Alison Siegler. El *Horizon Express* debía de estar cerca ya de los muelles del canal de Panamá, y los gritos de la chica quedarían ahogados por las imponentes compuertas, el rugido de las alcantarillas, el rechinar de las cámaras de las esclusas. Cada minuto que Evan pasaba en el chalet la acercaba más a ella a su destino. La entrega sería dentro de ocho días.

Sintió agitarse dentro de su pecho un pájaro de alas como hojas afiladas: la frustración. Tuvo que hacer un esfuerzo para acompasar su respiración, apaciguar al pájaro, centrarse.

Del baño fue al vestidor. Estaba poniéndose ropa limpia cuando oyó un alboroto fuera.

Cruzó a toda prisa el dormitorio y salió al balcón. Nevaba con fuerza. Las luces de los aleros inundaban la parte delantera del chalet con un fulgor extraterrestre que se difuminaba hacia las esquinas. No había nadie a la vista.

Volvió a oír el ruido, ahora más fuerte. Motores potentes resonando en las paredes del valle. Metió la cabeza todo lo que pudo entre los barrotes; habían triplicado las lamas de acero, reduciendo su campo visual a fisuras.

No podía ver la pista de tierra. Inspiró, sacó el aire. Esperó.

Por fin, un camión de grandes dimensiones apareció en el camino adoquinado, describió toda la curva y desapareció de su campo visual.

A continuación, otro.

Y un tercero.

El último aparcó con la parte de atrás todavía visible. Junto a la puerta corredera del vehículo se congregaron operarios. Al abrirse, el portón traqueteó sobre sus guías y el ruido hizo caer un trozo de hielo del tejado.

Varios de los hombres saltaron al interior del camión, y momentos después aparecía un enorme objeto plano, del tamaño de una puerta de establo y protegido por un embalaje de madera. Los operarios lo bajaron del camión —a juzgar por las caras de esfuerzo, debía de pesar mucho— y fueron con él hacia el porche.

Evan entendió ahora por qué René no lo había gaseado esta vez: quería que viera el espectáculo.

Faltaba saber quién o qué era el protagonista.

Los operarios volvieron a por otro objeto de forma similar al primero. Evan no tenía la menor idea de qué podía ser aquello.

Al cabo de un rato, de las entrañas del chalet oyó un jaleo, pero distinto de los habituales.

Ruido de sierras mecánicas, destornilladores eléctricos, chirrido de metal desgarrado.

Estaban de obras.

Evan regresó adentro, pegó la oreja a la robusta puerta que daba al pasillo y escuchó. Pasado un rato, empezaron a dolerle las piernas y se sentó en el suelo, la espalda contra la puerta. Transcurrieron dos horas, y el ruido no cesaba. Evan se quedó adormilado un par de veces, pero no había forma de conciliar el sueño con aquellos sonidos estridentes e irregulares.

Tampoco ayudó la sensación de temor que empezaba a notar en el estómago.

La primera claridad del día se filtró por los barrotes. La luz fue avanzando por el suelo, centímetro a centímetro. Había llegado a la punta de sus pies cuando Evan oyó que los camiones se marchaban.

Lo que siguió fue un momento de bendito silencio.

Entonces llegó la descarga, la mordedura del fuego alrededor del cuello, disparando zarcillos de calor que irradiaron hacia la mandíbula y el pecho. Evan quedó tendido en el suelo.

La descarga no cesó, cebándolo con una dosis continua de dolor. En medio de la vibrante electricidad, Evan comprendió que esto era el nuevo protocolo antes de que alguien entrara en su habitación. René había decidido no correr más riesgos.

En efecto, un momento después se abría la puerta, empujándolo a un lado.

Dex alargó los brazos y lo levantó en vilo.

46

Toda la miel

Medio muerto pero en pie, Evan caminaba a trancas y barrancas unos pasos por delante de Dex, como el perro al que sacan de paseo. Solo que, en vez de correa, Dex solo necesitaba tener a punto el transmisor: bastaba con pulsar el botón para que Evan se cayera al suelo.

Dejaron atrás la biblioteca y el solárium. A Evan le picaba cada vez más la curiosidad. Pero también aumentaba su preocupación. ¿Qué instrumento de tortura le tendría preparado René?

Al cruzar el umbral del salón de baile, Evan se quedó paralizado, boquiabierto al contemplar lo que habían construido allí en medio.

Una caja rectangular del tamaño de un contenedor de barco, hecha aparentemente de cristal antibalas, tal vez Lexan o algún otro polímero termoplástico igual de resistente. Un espacio independiente, sin otro resquicio que un pequeño conducto de ventilación en la parte del fondo, apropiado para un terrario con reptiles.

Una escotilla que recordaba a la puerta de una cámara acorazada de banco aparecía entornada, sobre imponentes bisagras industriales, en un extremo del rectángulo. Parecía tener un palmo de grosor, y las paredes, otro tanto. Bajo la empuñadura de acero había una pantalla empotrada y un panel táctil del tamaño de un frisbee.

René estaba parado en actitud orgullosa delante de la cámara de Lexan, detrás de él, los guardias supervivientes como si fueran el personal de la Casa Blanca esperando al nuevo presidente electo. René señaló hacia la puerta con la cabeza y Dex empujó a Evan en aquella dirección.

En el momento en que el gigante le hacía atravesar el umbral, Evan rozó con el hombro el marco de la puerta. El borde le rajó limpiamente la tela, afilado como el corte a láser de una chapa de acero dulce.

Una vez dentro, notó que el aire se comprimía cuando Dex cerró la puerta desde fuera con un retumbo metálico. De repente, se hizo el silencio.

Dex aplicó la mano izquierda al panel redondo. En la parte interior de la puerta había un panel con pantalla idéntico al de fuera, y ambas cosas se iluminaron a la vez. En el panel podía verse ahora el dibujo de la mano de Dex y el entramado de venas bajo su piel. En la pantalla apareció una palabra: COINCIDE. Después, una serie de órdenes poblaron la pantalla: cerrar, abrir, inutilizar, recodificar. Al tocar Dex desde fuera su contrapartida, el botón CERRAR se iluminó y unas agarraderas encajaron en sus huecos respectivos, cerrando herméticamente la puerta con Evan dentro.

No se veían cables de ninguna clase alrededor de los paneles de instrumentos; el sistema funcionaba mediante una batería interna, a prueba de posibles cortes de suministro eléctrico.

René observó cómo Evan examinaba los controles.

—Los dibujos de nuestras venas bajo la piel son tan singulares como las huellas de los dedos —explicó—. Este sistema utiliza sensores de infrarrojos para identificar esos dibujos. Tiene que ver con el hecho de que la hemoglobina absorbe la luz, pero es demasiado complejo para que pueda explicártelo bien. Lo único que sé es que nunca podrás salir de esta caja.

—O sea, que ahora voy a vivir aquí...

—No, esto es tan solo una prueba.

—¿Con qué fin?

René se acercó un poco más y miró a Evan a través de la puerta transparente.

—¿Recuerdas que me dijiste que yo no sería feliz después de hacer esa transferencia? —Una sonrisa astuta—. Pues, ya ves, sí soy feliz.

La voz, en un tono de conversación, le llegaba a Evan con claridad; el panel tenía también la función de transmitir las palabras desde ambos lados de la gruesa lámina de Lexan.

—Insinuaste que pasarían cosas desagradables después. Tenías razón: desagradables para ti, pero muy agradables para mí. —René se aproximó aún más, su boca estaba tan cerca de la puerta que empañó el Lexan con su aliento—. Ya sé quién eres.

Un frío repentino pareció invadir la caja transparente.

—¿Quién soy? —preguntó Evan.

—Huérfano X. El Hombre desconocido.

—Me has confundido con otro.

—Estoy al corriente de toda la jerga. Un «programa clandestino de alto presupuesto». «Objetivos neutralizados de primer nivel.» «Operaciones CONUS y OCONUS.»* —La frente de René se arrugó, o, al menos, hizo algo parecido—. Esto último suena medio pornográfico. ¿Qué significa?

—Busca en Google.

René se permitió una sonrisa.

—Ya sé que hicimos un trato —dijo—, pero tú has sido muy desconsiderado al respecto. Matas a mis hombres, destruyes mi equipo... ¿Por qué iba yo a cumplir mi parte del trato? Has destrozado el laboratorio, así que ahora necesito más fondos para reconstruirlo, comprar nueva maquinaria médica, contratar a otro especialista. Durante todo este tiempo me había centrado exclusivamente en tus bienes. No me imaginaba que eras mucho más valioso.

—¿Quién te ha contado todo esto? —preguntó Evan.

—Tengo mis fuentes.

—Son las fuentes las que te han encontrado a ti.

René se humedeció los labios.

—Hice preguntas y obtuve respuestas —dijo.

—¿Cómo te llegaron esas respuestas? —insistió Evan.

—Por un e-mail asociado a la cuenta bancaria a la que fue a parar tu dinero.

—¿Esa cuenta superprivada que está al final de tu superencriptada red de transferencias? —exclamó Evan—. ¿Quieres saber cómo han conseguido esa información?

—No —dijo René—. Solo quiero saber lo que están dispuestos a pagar por ti. Estoy seguro de que será mucho más de veintisiete millones...

—No lo dudo —dijo Evan—. ¿Sabes con quién estás tratando?

—El grupo inicial, no. Pero sí algunos otros.

Evan notó un nuevo bajón en la temperatura de la caja.

—¿Otros? —se sorprendió.

—Parece ser que eres una mercancía muy codiciada. Tan pronto

* CONUS: los 48 estados continentales de Estados Unidos. OCONUS: fuera de los estados continentales. (*N. del T.*)

recibí información sobre tu... identidad secreta, exploré el mercado. Mis corresponsales posteriores estuvieron dispuestos a comunicarse a través de medios no tradicionales aunque habituales. Conseguí asustar a unos cuantos postores más. —René levantó un dedo y dio un toque en el Lexan a la altura de la cara de Evan—. Vamos a celebrar una subasta.

—Yo de ti no removería esa colmena.

—Pero, Evan —dijo René, dando ya media vuelta—, si es ahí donde está toda la miel...

47

Prevención de colisiones

Evan introdujo la cabeza y el torso en la chimenea como un mecánico de coches y examinó las nuevas tuercas que tachonaban el regulador de tiro. Ni siquiera cedió un milímetro cuando lo golpeó con el pulpejo de la mano.

El noveno mandamiento decía: «Juega siempre al ataque». Pero se estaba quedando sin estrategias a las que recurrir.

Pensó en lo que había supuesto para Despi su última intentona. Aún podía ver el resplandor del iPad de René en aquellos ojos castaño oscuro, y cómo su rostro se contraía al ver lo que el otro le mostraba.

Golpeó con más fuerza el regulador; el ruido resonó más allá de la cámara obstruida. Siguió pegando con fuerza, dando rienda suelta a su ira y a su frustración, hasta que le dolieron los nudillos.

De repente le vino a la cabeza una frase de Jack: «Muy hábil, muchacho. Cárgate las únicas armas que te quedan».

Evan paró. Jadeando en la atmósfera cargada de la chimenea, dejó que el dolor que sentía en las manos perdiera intensidad.

Oyó un ruido tenue, y, al principio, creyó que procedía del interior del edificio y que le había llegado a través de la chimenea. Pero no, venía de más lejos. Salió de allí dentro y aguzó los oídos.

Ruido como de algo que rascara. Y no era en el chalet, sino en el exterior.

Fue al balcón, abrió la puerta corredera y recibió una ráfaga de nieve en la cara. Era mediada la tarde y el primer aviso del crepúsculo tenía unos tintes siniestros a causa de las nubes de color cárdeno que ocultaban el sol. Bizqueando contra los copos, miró a través de los contundentes barrotes en dirección al sonido.

Al principio, no vio nada, pero, pasado un rato, aparecieron varias figuras a medio camino entre el chalet y el establo, atareadas en algo en el fondo blanco. No pudo ver más que sus contornos, pero al final comprendió que estaban usando palas y que era el ruido que hacían las hojas al rascar el hielo.

La nevada fue perdiendo ímpetu, y Evan pudo ver que eran cuatro hombres.

No estaban cavando. Estaban despejando terreno.

Acercó la cara a los barrotes, las manos heladas en contacto con el acero. El espacio que estaban limpiando, a una buena distancia de los edificios y de los árboles, tendría unos diez metros por diez.

Le sorprendió lo que estaban haciendo. De repente, ni siquiera la mordedura del aire pudo refrescar la oleada eléctrica de pánico que le abrasó por dentro.

Volvió al dormitorio, pegó la espalda a la puerta corredera y cerró los ojos. Inclinó la cabeza hacia atrás e inspiró hondo varias veces, intentando tranquilizarse.

El siseo procedente del techo lo pilló desprevenido. Abrió los ojos de golpe y tragó una bocanada antes de darse cuenta de lo que había hecho. Enseguida notó la niebla en la cabeza, el peso en los párpados...

Era mucho más temprano que las otras veces. En esto, René había demostrado ser muy listo; así Evan no podía predecir el momento en que lo gasearían.

Trastabilló hasta la cama y apenas si tuvo tiempo de maldecir su falta de previsión antes de perder el conocimiento.

La vibración lo sacó de un sueño profundo y estéril. Pasó la mano bajo la almohada y sacó el RoamZone, o lo que quedaba de él. Un número conocido parpadeó en la destrozada pantalla y luego se apagó.

Evan tuvo que hacer un gran esfuerzo para levantar la cabeza.

—¿Sí? —farfulló.

Tenía la boca reseca, la lengua recubierta de un amargo regusto a producto químico.

Era aquella misma voz cohibida, apenas audible debido a la mala conexión.

—¿Va a venir a buscarme?

Evan se incorporó. Frustrado, contempló los nuevos cerrojos, la jaula inexpugnable del balcón. Tragó saliva para suavizar la laringe que parecía papel de lija.

—No, es que...

Se quedó sin palabras con las que terminar la frase.

—¿Por qué no va a venir?

—Ahora no puedo.

Más interferencias. Evan rezó para que la línea no se cortara. Cuán frágil era ahora su conexión con el mundo; cómo habían cambiado las cosas.

—Inténtelo —insistió el muchacho—. Tiene que intentarlo.

—Lo he hecho. Lo estoy haciendo.

—La chica me dijo que usted ayuda a gente que necesita ayuda. No sé por qué la creí. Es todo mentira.

—No, no lo es —dijo Evan.

La respuesta del muchacho quedó sepultada por las interferencias. Evan descargó un puñetazo contra su muslo.

—Lo que pasa es que... ahora mismo no sé cómo puedo ayudarte.

—Todo son cuentos chinos —dijo el muchacho—. Nadie salva a nadie.

Desfile del día de los Veteranos, el aire oliendo a azúcar glas y a loción solar, Jack con una mano cálida apoyada en el esquelético hombro de Evan. Los nueve dos agudos de Pavarotti sonando en el acogedor estudio. Lo difícil es seguir siendo humano. *La vista desde la ventana de una buhardilla que era para él y para nadie más.*

—Te equivocas —dijo.

Evan no recordaba la última vez que había sentido ganas de llorar. Se le hizo muy raro, no podía controlarlo.

En el silencio que siguió, pudo oír claramente la respiración del muchacho.

—Se olvidará de mí —afirmó el chico—. Como todos.

—Te prometo que no me olvidaré.

La voz bajó aún más de volumen, era solo un susurro:

—No se olvide de mí.

—No lo haré.

Evan notó cómo le ardía la cara.

La conexión falló, se restableció. Lo que dijo el muchacho a continuación le llegó solo a medias.

—... porque si no... demasiado tarde...

Evan estaba esforzándose por no perder la voz del chico cuando un ruido potente le llegó del exterior.

Un sonido que conocía muy bien.

Apoyó los pies en el suelo e intentó levantarse. Sus rodillas se tambalearon, su cerebro estaba inundado de cemento.

El ruido de fuera iba *in crescendo*, hacía vibrar las paredes, el suelo bajo sus pies, la propia carne sobre su osamenta. No supo si los pinchazos en las sienes eran debidos a una jaqueca o al pánico que se apoderaba de él.

—Oye —dijo—. No cuelgues. Espera... espera un momento.

Tiró el teléfono sobre la cama y fue tambaleándose hacia el balcón. El aire glacial lo golpeó de lleno, pero había dejado de nevar y la noche estaba transparente como un cristal.

Dos puntos de luz se aproximaban por el cielo, uno era rojo, el otro, verde.

Luces de prevención de colisiones.

El helicóptero pegó un bote y se posó sobre el trecho de terreno despejado entre el chalet y el establo. Se abrió una puerta y un hombre saltó al improvisado helipuerto, la cabeza cubierta por un pasamontañas.

Envuelto en un grueso chaquetón, Dex salió a recibirle. A su lado, los dóberman no paraban de ladrar a las aspas todavía en movimiento. Dex deshizo el nudo de la capucha y descubrió la cabeza del recién llegado.

Incluso con la poca luz que había, Evan lo reconoció al instante.

Tigran Sarkisian.

El famoso Tigre.

Traficante de armas internacional.

En Spitak, en 2005, actuando como Huérfano X, Evan había matado a los hermanos del Tigre, a su hijo mayor y a seis de sus primos.

Sarkisian movió los hombros para sacudirse el frío y caminó hacia la casa acompañado por uno de los narcos de René.

El helicóptero despegó. A través de las rendijas de acero, Evan lo vio elevarse en la infinita negrura y escorarse hacia poniente. Cosa curiosa, al alejarse, el sonido de los rotores se hizo más fuerte, amplificado por las montañas circundantes, que devolvieron un eco estereofónico.

Cuál no sería su sorpresa al darse cuenta de que lo que escuchaba no era el primer helicóptero.

Volvió la cabeza hacia el establo.

Allí estaban, sí, las luces del siguiente aparato que ya se aproximaba. Y detrás, a bastante distancia, se veían otros dos puntos flotantes, el uno rojo y el otro verde. Y detrás de aquel helicóptero, otras dos luces, y luego dos más, y dos más aún. Evan recorrió con la mirada la ruta aérea, una autovía trazada por una docena de helicópteros, y dentro de cada uno de ellos alguien con ganas de ponerle la mano encima al Hombre desconocido.

Entre la niebla del gas anestésico, la alarma se hizo patente y, de pronto, todo él se puso alerta con un hormigueo generalizado en la piel.

Se acordó del RoamZone y de la línea abierta, de aquel zarcillo de vida que lo mantenía en contacto con el muchacho. Volvió adentro a toda prisa. Cogió el teléfono de la cama.

—¿Hola? Estoy aquí, estoy aquí.

Miró el teléfono, muerto en su mano.

El chico había colgado.

48

Una estrafalaria danza de apareamiento

—A nuestras hermosas mujeres las colgaban de cruces, allá en Der-es-Zor. Mi madre era muy pequeña, pero se acuerda. Dicen que estaban espléndidas incluso crucificadas. Orgullosas y desnudas, sus cabelleras al viento como las sirenas.

El Tigre hizo una pausa para humedecerse los labios. Evan se encontraba dentro de la caja de Lexan, en el salón de baile, sentado en una silla plegable. Aquel enorme corpachón ocupaba una silla idéntica al otro lado de la puerta transparente. Dos hombres manteniendo una conversación, nada más. Tenía mucho peor aspecto que cuando Evan le había visto por última vez, la barba de dos días de un color como la escarcha, grandes ojeras colgantes bajo sus ojos lechosos. Ya era un anciano, setenta y tantos años, pero la fuerza que contenía su cuerpo de oso era todavía evidente.

—He recuperado esa atrocidad para uso propio. —El Tigre separó los labios, dejando ver unos dientes amarillentos y mellados—. La crucifixión es la imagen de la peor de las torturas.

Evan, en su fría silla metálica, escuchaba, cansado de oírlo. Tenía la inquietante sensación de haber intercambiado los papeles, de hallarse en una situación más propia de las personas a cuyo rescate había dedicado los últimos seis años de su vida. Ahora era él el cautivo, el que estaba indefenso, listo para ser vendido al mejor postor, lo mismo que Alison Siegler. La cámara acorazada era su propia versión del contenedor intermodular 78653-B812.

Había recibido uno tras otro a los visitantes como un recién casado a la salida de la iglesia, todos compradores potenciales venidos para echar una ojeada a la mercancía.

Muy temprano, Dex le había hecho levantarse de la cama mediante una descarga eléctrica y luego lo había conducido al salón de baile. Dex había apoyado la mano izquierda al panel táctil para abrir la puerta, y Evan tuvo una nueva oportunidad de ver las fauces tatuadas, anuncio de lo que estaba por venir.

Las medidas de seguridad habían cambiado. Ahora Dex llevaba una pistola colgando de su ancho cinturón. También los otros narcos habían añadido pistolas a su equipo, sin olvidar los Kalashnikovs. Ahora no solo debían preocuparse por Evan. René había reunido a un grupo formado por las mentes criminales más mortíferas del planeta, e incluso, si no hubiera hecho registrar a fondo a todos los compradores y los hubiera transportado hasta el chalet encapuchados y desorientados, las escopetas de munición no letal habrían sido insuficientes.

—Cuando te compre —prosiguió el Tigre, devolviendo a Evan al claustrofóbico presente—, lo que te haré es esto. Meterte unos clavos aquí. —Se clavó una uña larguísima en la cara interior de la muñeca—. Es un punto débil entre los huesos del antebrazo. Los clavos entran fácilmente. Habrá que clavarte también los pies para aliviar la tensión en las muñecas. De este modo podrás colgar más rato de la cruz. La gente suele morir de... —dibujó un círculo con la mano en el aire, buscando la palabra. Murmuró para sí antes de chasquear los dedos—. Sí, asfixia, creo que lo llaman. Los brazos se van cansando. El pecho y los pulmones se estiran. En ese momento pondré una cuña para que apoyes los pies.

Una luz pálida entraba por los ventanales dando al salón un aire catedralicio. Dex estaba cruzado de brazos, junto al piano despedazado; la luz le daba en la cabeza rapada, su cara quedaba entre las sombras.

Xalbador vigilaba la entrada, el Kalashnikov inclinado hacia atrás sobre un hombro, y el dedo gordo de una mano remetido por detrás de la hebilla dorada de su cinturón estilo Far West.

Los otros cuatro narcos se habían ocupado de llevar y traer a los compradores, dándoles escuetas instrucciones, algo así como el personal de un *bed & breakfast*, solo que armados. Evan se figuraba que los francotiradores seguían en la montaña, supervisando la zona por si las moscas.

De entre los compradores potenciales que habían ido a presentarle sus amenazas, Evan no había visto a los que más temía: Charles

Van Sciver o a alguno de sus huérfanos representantes. Y no porque los invitados presentes en aquel momento fueran en absoluto agradables.

—Quiero saborear tu dolor hasta la última gota —continuó el Tigre—. Nada de morirse de un shock, nada de infartos, demasiado fácil. Para ti, prefiero la sepsis. Hace que la cosa dure más, la agonía es interminable. Quiero tenerte así varios días. Mi récord está en cinco. —Levantó una mano callosa con los dedos extendidos, por si Evan necesitaba ayuda visual para entenderlo—. Claro que tú eres fuerte, eso lo recuerdo bien. —Pareció que le costaba cierto esfuerzo ponerse de pie, quizá la artritis. Dio unos toquecitos casi afectuosos al Lexan que lo separaba de Evan, y su boca volvió a abrirse para mostrar aquellos dientes mellados—. Confío en que tú lo harás mucho mejor...

Cuando Assim al-Hakeem entró en el salón de baile, el resplandor que penetraba por los ventanales iluminó sus espaldas, dando la impresión de que le añadía peso. Fue cojeando hasta la silla situada frente a la caja de Lexan, siempre con un hombro encogido. Tantas explosiones le habían producido daños neurológicos.

En el verano de 2002 Evan había matado a la hermana gemela de Assim al hacer estallar el coche bomba que ella pretendía llevar a Virginia Beach, donde se celebraba un desfile del Cuatro de Julio. La prematura detonación dejó la Interestatal 264 sembrada de fragmentos, tanto de ella como del Dodge Neon que conducía.

Por desgracia Assim no iba en el asiento del copiloto. Aquel año había estado muy ocupado: primero un camión cisterna con gas natural contra una sinagoga, en Túnez, y luego un atentado con bomba contra un autobús, en Karachi. Estadounidenses de nacimiento, los mellizos viajaban constantemente de país en país, prestando sus servicios a cambio de tarifas exorbitantes. Aunque pretendían ser integristas islámicos, lo suyo no era la ideología; no tenían otro dios que sus respectivas cuentas corrientes. Se rumoreaba incluso que habían colaborado con la CIA en Colombia.

Assim tomó un asiento con un gesto de evidente alivio. Se pasó la lengua por los labios resecos, dejando ver unos dientes mellados.

—El Hombre desconocido —dijo.

—Pareces cansado, Assim —advirtió Evan.

—Bueno, son todos esos traumatismos. Es como en el fútbol; con el tiempo ya no distingues entre un golpe fuerte y una conmoción cerebral. Me han dicho que tengo lesiones en el cerebro. No me quedan muchos años de vida. Poseo todo el dinero del mundo pero no tiempo suficiente para gastármelo. —Soltó una risita avergonzada y luego levantó un dedo trémulo—. Antes de morir quiero dejar una cosa arreglada. Y pienso gastar en ello hasta el último centavo.

—Lo comprendo.

—¿De veras? ¿Comprendes lo que me has quitado? —Se inclinó al frente, acodándose sobre las rodillas, y el temblor en los brazos hizo que se le bambolearan los hombros—. ¿Tú sabes lo que haces?

—Sí. Hago lo mismo que tú, solo que por mejores razones.

—Yo no lo veo así. Ayisha y yo éramos puros. Sabíamos cuál era nuestro cometido, nuestra motivación. Jamás nos interesaron los dogmas o la ética, ni nos convertimos en fieles seguidores de tal o cual doctrina. Lo llamábamos por su nombre. —Parecía cansado, agotado. Tenía la mirada perdida—. Mi hermana era hermosa.

—Es verdad —asintió Evan.

—La echo de menos cada día. Estuvimos siempre juntos, desde el momento en que nacimos. Crecimos unidos en el útero, dos partes de un todo. Fue como perder un brazo, una pierna; no, como perder la mitad de mi cuerpo. —Su sonrisa mostró el borde astillado de sus dientes mellados—. Espero poder mostrarte lo que se siente. Perder la mitad de tu cuerpo y vivir para contarlo.

Se levantó, tambaleante.

Xalbador lo agarró del brazo y lo acompañó hasta la puerta.

La viuda Lakshminarayan no se molestó en sentarse en la silla. Delgada y frágil como un pájaro, rodeó la caja de Lexan mientras observaba a Evan desde todos los ángulos. Llevaba un sari de un exquisito tono naranja ribeteado en oro y verde, y los bajos de la prenda rozaban el suelo en torno a sus pies invisibles. Semejaba una aparición. Finos cabellos grises enmarcaban su rostro menudo y arrugado; aunque tenía solo cuarenta y pocos años, parecía una bisabuela.

Había envejecido muchísimo después de que Evan eliminara a su marido con un teléfono móvil cargado de C-4. Él era un falsificador y blanqueador de dinero con unas capacidades extraordinarias, un paladín de la igualdad de oportunidades que operaba para todo tipo de elementos, desde extremistas musulmanes hasta capos del narcotráfico punjabí. Pese a ser un genio de las finanzas y la tecnología, Shankar Lakshminarayanan había sido en vida una persona afable que evitaba la violencia. Dejaba las disputas personales y comerciales en manos de su esposa, que no tenía esos escrúpulos.

Se decía que ella prefería las navajas clásicas.

Dos de los guardias de René estaban colocando una hilera de sillas plegables en un trecho de la pista de baile, encaradas hacia la caja de Lexan. Iban abriéndolas y colocándolas con brío: zas. Clong. Zas. Clong.

La viuda dio una vuelta más, y Evan no dejó de seguirla en todo momento con la mirada. Giraba ella y giraba él también, como si estuvieran ejecutando una estrafalaria danza de apareamiento.

Los guardias continuaron disponiendo las cosas para la subasta. Zas. Clong. Zas. Clong. La luz había cambiado a medida que iba anocheciendo. Con la excepción de una breve pausa a mediodía para ir al baño, Evan llevaba allí dentro desde primera hora de la mañana, respirando su propio aire rancio. René no había estipulado ningún tipo de restricción, y la mayoría de los compradores había optado por pasar un rato con la víctima.

Aquello se había convertido en un desfile a modo de recordatorio de antiguas misiones, una ronda de fantasmas dickensianos, una especie de *Esta es su vida* con Evan como personaje principal. Sacado de las sombras y exhibido dentro de una urna transparente, el Hombre desconocido se enfrentaba a la peor de las pesadillas; con cada nuevo visitante el horror crecía siguiendo una curva exponencial. Evan había visto a enemigos de todos los confines del globo: la hija de un criminal de guerra serbio; el padre (en la lista de Fortune 500) de un violador en serie al que había eliminado en una de sus primeras misiones sin cobrar como el Hombre desconocido; un gángster de Hong Kong que pretendía adelantarse a una futura visita.

Estaban todos, al parecer, salvo el contingente que Evan más temía: Van Sciver y su alegre banda de huérfanos reconvertidos.

Se había cansado de dar vueltas a la par de la viuda pero sentía su presencia, notaba su mirada depredadora en la espalda, un calor que le erizó el vello de la nuca. Inquieto, se dio la vuelta.

Estaba abrazada a la pared de la caja, los brazos extendidos como un espantapájaros, los esqueléticos dedos pegados al Lexan. Su mirada traspasó literalmente a Evan. Sin apartar un momento los ojos de él, lamió el cristal dejando una mancha. Luego, volvió a lamerlo.

Finalmente, la viuda dio media vuelta y se marchó por donde había venido. Xalbador se apresuró a seguirla para enseñarle dónde estaba su habitación.

Los guardias colocaban las últimas sillas. Zas. Clong. Zas. Clong.

Evan tomó aire, preguntándose si el desfile habría acabado por fin.

Un taconeo anunció la entrada de René. Su chaqueta, que parecía ser de gruesa mezclilla de buena lana, mostraba un bulto en la cadera. Por lo visto, hasta el dueño del chalet llevaba una pistola encima. Colgado de su brazo, como un accesorio ornamental, iba David, un cigarrillo electrónico encajado entre sus dedos índice y medio. Evan se preguntó si habrían estado en el salón, recibiendo a los invitados.

—¿Hemos terminado?

Evan no había hablado en horas, y su voz sonó muy ronca.

—Aún no —dijo René—. Queda un último grupo, y están deseando verte.

Juntó las manos al frente y giró hacia la entrada.

Escoltada por Xalbador y su Kalashnikov, Candy McClure entró en el salón de baile luciendo un vestido verde oscuro con la espalda y los hombros al aire, la daga de su profundísimo escote hundiéndose entre sus pechos hasta el ombligo.

Huérfano V, una muerta viviente.

En su último encuentro, él la había encerrado en un armario donde se había derramado ácido fluorhídrico, un pequeño regalo que ella le tenía preparado. Evan la había oído aporrear la puerta y gritar a voz en cuello, pero ellos eran muchos y le disparaban sin cesar mientras intentaba sacar de apuros a una no muy hermosa doncella.

Acompañando a Candy entró un hombre que parecía una hoja seca, bajo y enclenque, amarillento de piel y con unos ojos chatos que no paraban de moverse. Otro huérfano, sin duda.

David dio una calada a su cigarrillo electrónico, contemplando a Candy.

—Es una mujer espectacular, ¿verdad? —dijo.

Candy avanzó sobre unas botas de tacón altísimo. Se plantó delante de Evan, mirándolo a través del cristal, las piernas separadas, los músculos en tensión.

Se llevó una mano a la nuca, deshizo el nudo, y el vestido cayó hacia delante dejando a la vista su torso.

David, que estaba más atrás, se llevó una mano a la boca para ahogar una exclamación.

Al principio Evan no lo entendió.

Entonces ella se dio la vuelta.

Toda la espalda, incluidos los hombros, era un mapa de cicatrices. Evan contempló incrédulo aquellas crestas, fisuras y espirales. Había quedado desfigurada casi por igual en ambos lados; era como una muñeca que hubieran montado a partir de dos moldes diferentes.

Candy se volvió hacia él, mostrándole de nuevo su gloriosa fachada.

—Hola, X —dijo—. Llevamos buscándote mucho tiempo.

49

Un rayo láser

Candy se aproximó a Evan mientras iba subiéndose el vestido, los brazos en alto para anudárselo en la base del cuello.

—No sabía que te hubiera pasado eso —dijo Evan—. No tenía ni idea.

Ella debió de interpretar algo en su expresión, porque durante unos instantes Evan vio un relámpago en su mirada, un momento fugaz de blandura entre la dura y oscura superficie. Pero fue solo un instante.

—No perderé el tiempo explicándote lo que pienso hacerte —dijo Candy—. Cuando llegue el momento, ya lo verás tú mismo.

—¿Tan segura estás de ganar la subasta? —le preguntó René.

—No es una cuestión de confianza —repuso Candy—. Es algo evidente. ¿Verdad, M?

El hombrecillo huraño no mostró indicios de haberla oído, pero Xalbador notó una leve corriente de aire y levantó el cañón de su Kalashnikov. Al mismo tiempo, Dex se movió por el perímetro del salón para situarse en el punto ciego de Huérfano M.

—Verás —le explicó Candy—, de los que estamos aquí somos los únicos que disponemos de dinero ilimitado.

René se echó a reír. No sabía que ella lo decía en serio: Van Sciver, como jefe del Programa Huérfanos, podía sacar billetes directamente de las imprentas del departamento del Tesoro de los Estados Unidos.

—En ese caso —dijo René—, te deseo mucha suerte.

—En realidad, nosotros no somos los compradores —aclaró Candy—, sino el servicio de entrega. Una de tus condiciones para subir a ese helicóptero fue que no lleváramos encima ningún aparato electrónico. Pero también nosotros tenemos nuestras propias condiciones: necesito que me proporciones una manera de contactar con mi comprador.

—No estás en situación de poner condiciones.

—Pero no estoy autorizada a pujar sin la confirmación de mi comprador —señaló Candy—. Créeme, nunca habrás visto tanto dinero sobre tu mesa.

René se humedeció los labios. Parecía estar debatiendo consigo mismo.

Finalmente se dirigió a Dex:

—Tráele el teléfono encriptado a la señorita V.

—Con lo bien que funcionaron la última vez tus procedimientos encriptados... —intervino Evan.

—Para mí, sí —dijo René.

Dex cruzó el salón y le dio a Candy un voluminoso aparato. Ella le guiñó un ojo y luego marcó. Mientras esperaba, tamborileó en el suelo con una bota, escenificando su impaciencia con gesto arrogante.

De pronto, su expresión se endureció.

—Confirmado —dijo. Estuvo escuchando un rato y luego fue hacia la puerta de Lexan y miró a Evan mientras agitaba el teléfono—. Alguien quiere saludarte.

Un dedo adornado con una uña metálica pulsó el botón del altavoz. Lo que sonó por él fue una extrañísima combinación de voces:

—Hola, Evan. Parece que al final has cavado un agujero demasiado hondo y ya no puedes salir de él.

Evan arqueó las cejas, en pregunta tácita dirigida a Candy. Ella así lo interpretó e hizo un gesto de asentimiento con la cabeza.

Siempre que pensaba en Van Sciver, Evan se imaginaba al fortachón que había conocido de crío en la casa comunal. Entonces notó aquel rayo de frialdad que solía taladrarle el pecho cuando la implacable atención de Charles Van Sciver se centraba en él, el más bajito del grupo.

Se aclaró la garganta y dijo:

—Todavía no me han enterrado.

—Eso parece. Nosotros vamos a pagar por tener ese privilegio. Creo que V quiere estar un rato a solas contigo. Es mi regalo para ella. Por sus leales servicios.

—Esto no debería acabar así —dijo Evan.

—Las cosas van como van y esto es lo que hay. —Un latiguillo típico de Van Sciver.

Y también, a juzgar por el tono que emitió el aparato, su frase de despedida.

Sin apartar la vista de Evan, Candy se llevó la mano con que sujetaba el teléfono hacia atrás, por encima del hombro. Huérfano M lo cogió y se dirigió hacia René para devolvérselo.

—Tenéis toda la noche para pensar en ello —dijo René—. La subasta empezará mañana por la mañana.

—Oh, claro. —Candy basculó sobre uno de sus altos tacones—. Pero no estamos dispuestos a correr ese riesgo.

La carcajada de René sonó como un tartamudeo.

—No tenéis elección —le recordó.

Dex se puso tenso. Xalbador acomodó la mano sobre el gatillo del AK.

Huérfano M estaba a unos pasos de René y le tendía el teléfono. Al alargar este el brazo para cogerlo, M agarró a David, lo hizo girar sobre sí mismo y le puso en el cuello la punta sin capucha de un bolígrafo.

Inmediatamente, el cañón del Kalashnikov de Xalbador presionó la sien de Candy; Dex había sacado su arma —una automática calibre 45— y estaba apuntando a M, pero el hombrecillo apenas si se veía, detrás de David. Mientras, Evan observaba aquel enfrentamiento desde la seguridad de su caja.

Agitando los dedos en el aire, Candy levantó pausadamente las manos.

—Óyeme bien —dijo—. Te ofrezco cien millones de dólares, ya, ahora mismo. Nos llevamos a este y desaparecemos.

Una sonrisa tensó el ya tirante cutis de René.

—Y yo me quedo con la casa llena de psicópatas furiosos, ¿no?

David tenía la cabeza vuelta hacia arriba, los pómulos colorados.

—René —dijo con voz ronca, gutural—, quiero irme a casa.

No quedaba nada del hipster de antes; en ese momento era tan solo un joven de edad universitaria metido en un aprieto de los gordos. El cigarrillo electrónico giraba a sus pies, en el suelo, y Evan se sorprendió pensando que el pobre chico quizá nunca llegaría a graduarse en Marlboro.

M movió el puño y el bolígrafo se hincó ligeramente en la piel de David, más arriba de su carótida.

—Piensa en el chico —dijo.

El rostro de René adquirió un gesto parecido a la contrariedad.

—Ya lo hago —repuso, y sacando la pistola de su funda disparó contra el pecho de David.

Las manos del joven volaron hacia la herida, al tiempo que se desplomaba en el suelo, libre de M. Miró entonces a René, los labios temblorosos, mientras la vida se le escapaba entre los dedos.

—Dex, por favor, acompaña a nuestros huéspedes a su habitación —dijo, enfundando el arma en su cadera. Y antes de salir repitió—: La subasta empezará mañana por la mañana.

50

Haciendo sus preparativos

De noche.

Evan estaba agachado junto a la cama en el punto ciego de la cámara de vigilancia, haciendo sus preparativos. Dobló repetidas veces la bolsa de la papelera hasta formar con ella una cinta de polietileno de dos centímetros de ancho. Esta vez tendría que encajar a la perfección, de modo que no se viera desde fuera. La deslizó entre su piel y las puntas del borde interior del collar y, con los dedos, la fue remetiendo. Si asomaba aunque fuera solo un poco, no serviría de nada.

Y acabaría crucificado o despellejado o rajado de arriba abajo y convertido en tapitas.

Y Alison Siegler terminaría en manos del hombre que se la había comprado a Hector Contrell como aparato de gimnasia.

Y el muchacho que le llamaba por teléfono languidecería en su propia celda, tratando de ponerse en contacto con él una y otra vez. Sin recibir respuesta.

Agachado todavía, Evan rescató la cuerda de piano que había escondido bajo la plantilla de una bota y fue hasta la butaca de piel que estaba claveteada al suelo.

Se quitó los calcetines, se envolvió las manos con ellos y luego enrolló alambre alrededor de una de las patas. Agarró los extremos, uno con cada palma protegida por su calcetín, y empezó a serrar.

A pesar de la protección, el alambre se le hincaba en la piel, pero Evan no interrumpió la faena. Cinco minutos más tarde, había conseguido ahondar unos pocos centímetros, pero suficiente para hacer un poco de palanca.

Agarró bien el alambre, lo empotró con fuerza en la pequeña

muesca y dio un fuerte tirón. Al tercer intento, logró desprender de la pata una pequeña cuña de madera.

Se detuvo un momento para tomar aire y flexionar las manos doloridas. Se le estaban helando los pies, de modo que volvió a ponerse los calcetines.

Examinó la madera. Medía veinte centímetros de largo por cinco de ancho, y menos de diez de grosor.

Hizo fuerza y consiguió partirla por la mitad contra la rodilla.

Ahora tenía dos trozos que le cabían en el puño. Si cerraba bien los dedos, no se verían.

Unas manijas.

Hizo un lazo con cada extremo de la cuerda de piano alrededor de un trozo de madera, tirando con fuerza para tensarla hasta que no cedió más.

Un garrote vil.

Lo envolvió bien, se lo metió por dentro del calcetín y bajó la pernera del pantalón a fin de tapar el bulto.

Se puso sobre el regazo el otro par de botas de senderismo, les sacó los cordones e hizo con ellos un nudo de diamante. Se lo guardó en el bolsillo delantero, encima del RoamZone.

Tendría una única oportunidad. Si algo salía mal, se pasaría los últimos minutos de su vida mirando a los ojos a Charles Van Sciver. Pero en este momento no podía hacer otra cosa.

Vestido ya para el día siguiente, se tumbó en la cama. Consiguió quitarse de la cabeza los siniestros acontecimientos del día y deshacerse momentáneamente de sus temores. Ahora solo existía el presente, su cuerpo encima del blando y mullido colchón, el muy tenue sonido de su respiración. Si esta iba a ser su última noche con vida, quería disfrutarla hasta el último segundo.

Y, cuando el gas empezó a salir, lo recibió agradecido.

51

Grito en el abismo

Por una vez fue agradable no fingir. Candy no tuvo que hacer de esposa de Ben Jagger, ni de su puta o su compañera fotoperiodista. Ya no tenía que ocultarse. Eran dos agentes superentrenados que habían venido a reclamar un activo del gobierno. Y a decomisarlo para siempre jamás.

Desgraciadamente, ella seguía compartiendo habitación con Jaggers.

En otras circunstancias podría haber sido bastante romántico. Un buen fuego en el hogar, buenas colchas sobre camas a juego, copos de nieve pegados a las ventanas... ¡parecía un maldito anuncio de Viagra!

Dejó caer el vestido sobre sus botas de tacón alto y luego, doblándose por la cintura, bajó la cremallera de las botas y se las quitó. Se puso un pijama de seda, una tela agradable para su torturada espalda.

Como siempre, Jaggers ni siquiera se molestó en volverse. Estaba sentado en su cama mirando hacia la puerta cristalera. Visto por detrás, parecía frágil y debilucho. Tenía unos hombros escuchimizados y la columna ligeramente encorvada. Era el huérfano más raro de cuantos ella había conocido.

—Cuéntame tu historia —le dijo Candy.

—¿Qué historia? —respondió sin volverse.

—¿Cómo llegaste aquí? ¿Cómo te convertiste en huérfano?

—Ya sabes que esa información es secreta.

—No me jodas. Estamos tú y yo aquí solos en un chalet en medio del quinto infierno y encima no podemos follar porque te falta el hardware imprescindible. O sea que un poquito de conversación nos ayudará a pasar las horas, ¿no crees?

Jaggers se volvió apenas; solo se veía su perfil. Aquella nariz que goteaba, aquel mentón huidizo. Era todo un espectáculo.

—Si continúas rompiendo el protocolo —le advirtió—, informaré de ello a Huérfano Y.

—Van Sciver tiene cosas mejores en que pensar.

Jaggers se encaró a ella. Sentado en el colchón, subió las rodillas hasta el pecho. Se le veía canijo, un buitre en embrión. Y, sin embargo, aquellos ojos tenían fuerza. Duros y chatos como un guijarro de río, ojos de tiburón escrutando las profundidades marinas en busca de una presa. Aquellos ojos decían la verdad, y la verdad era que no había historia que contar ni antecedentes que aportaran algún sentido, porque hombres como Ben Jaggers no tenían sentido: simplemente eran.

—Y nosotros también —dijo—. A ese René no hay que subestimarlo. Es un tipo impresionante.

—Le admiras.

—Admiro lo que ha hecho abajo en el salón, cómo nos ha quitado los triunfos de la mano. Ha sido un fallo por nuestra parte. Deberíamos haber sabido lo que ese hombre valora y lo que no.

—Quizá lo valora todo —señaló ella—. Solo que unas cosas más que otras.

Lo miró detenidamente a la cara, pero era casi como mirar un plato vacío. Se acordó de aquel día en el callejón detrás de la vieja fábrica de conservas, en Crimea, del momento en que se acercó la chica y Jaggers fue capaz de transmitir cierta humanidad, suscitar en la chica la necesidad de ayudarle. «Nos vendría bien una mano con el maletero. Creo que del golpe la puerta ha quedado un poco torcida.» Candy recordó que la chica se había encogido ligeramente de hombros, y momentos después una mano de Jaggers le tapaba la boca mientras la otra le clavaba en el cuello aquel fino bolígrafo plateado. El forcejeo húmedo, una vez la chica estuvo metida en el maletero. Era muy guapa; destruir algo tan bello fue un pecado.

De repente comprendió que Jaggers la había matado no porque fuera lo más prudente, como él afirmó, sino por simple aversión a su belleza. Por envidia. Y Jaggers admiraba a René no por mover ficha matando a su joven amigo, sino por ser tan despiadado. Destruir algo que representa lo que uno nunca será es el peor de los actos, es ceder a un deseo infame. Es convertirse en rehén de lo que uno no es, en lugar de nutrirse de lo que uno mismo es.

Simplemente porque uno no es nada.

Le vino a la cabeza el mantra de Van Sciver: «Las cosas van como van y esto es lo que hay». Pero le sonó un poco diferente, no tanto una severa directriz cuanto un grito en el abismo. Porque, en el fondo, Y, M y ella eran tan solo eso, seres desvinculados, sin padres ni hermanos, desprovistos de humanidad, resonando eternamente en el vacío.

¿Qué había detectado en la mirada de Huérfano X al mostrarle su espalda mutilada? ¿Remordimiento? Fuera lo que fuese, no era lo que ella esperaba. Había dedicado muchísimas horas a localizar a Huérfano X, empeñada en tenerlo frente a frente. Y si esperaba encontrar algo, desde luego no era ese destello de empatía que había captado en sus ojos. Razón añadida para odiarle más todavía, ¿no?

¿O había visto en X un reflejo de lo que ella misma había experimentado a raíz de la desfiguración de su carne? La debilidad de los sentimientos humanos.

Huérfano M acababa de decir algo.

Candy pestañeó.

—¿Qué?

—Es hora de establecer contacto —dijo, tras mirar su reloj.

Candy carraspeó, entró en el baño y sacó de su neceser un estuche para lentillas. Se acercó al espejo y se puso una lente en el ojo derecho.

La lentilla era una curva esférica de células de cristal líquido que proyectaban imágenes en alta definición. Invisible para todos salvo para el usuario, la lente creaba una pantalla de retina virtual a escasa distancia de la cara.

Candy agitó los dedos, y sus uñas metálicas autoadhesivas captaron la luz tenue. Las uñas estaban dotadas de un sistema de identificación por radiofrecuencia que permitían escribir en el aire sin necesidad de un teclado.

Antes de que les encapucharan la cabeza para subir al avión privado, los hombres de René habían registrado a fondo sus equipajes en busca de cualquier artilugio electrónico de comunicación. No podían saber que Candy llevaba puesto su teléfono.

Desenfocó la mirada para fijarla en la pantalla flotante. Este tipo de conexión siempre tardaba unos segundos en iniciarse.

El cursor parpadeó en rojo dos o tres veces y luego pasó a verde.

El texto de Van Sciver fue desplegándose delante de su cara:

¿EL ACTIVO ESTÁ ASEGURADO?

Ella levantó los dedos como haría un pianista y tecleó una respuesta en el aire:

FALLÓ LA ESTRATEGIA. MAÑANA EN SUBASTA NOS LO QUEDAMOS

Se mordió el labio, impaciente.

NO ESTOY DISPUESTO A CORRER ESE RIESGO

OK

Candy inspiró hondo, miró las paredes del cuarto de baño. Tecleó:

¿DÓNDE ESTAMOS? ¿LOCALIZASTE LA LLAMADA POR SATÉLITE?

UN LUGAR PERDIDO. EN MAINE

En principio, no podían estar en Maine por la duración del viaje. Seguramente, y para despistarlos, los hombres de René debían de haberlos llevado de un lado a otro en el reactor privado antes de meterlos en los helicópteros.

Esperó, mirando el cursor verde que parpadeaba. Al cabo de un momento apareció otro texto:

EXAMINAMOS LOS DÍGITOS CRIPTOGRÁFICOS DE ESE TELÉFONO, PERO SOLO TENÍAMOS 2 SATÉLITES VISIBLES PARA LA TRILATERACIÓN DEL GPS. ESTAMOS HACIENDO CORRECCIONES HORARIAS, CENTRÁNDONOS EN COORDENADAS PRECISAS

¿VAS A ENVIAR UN DRON?

EN ESTE PAÍS ES ARRIESGADO

Ella tecleó:

VIVIMOS PARA EL RIESGO

NO PIENSO CORRER NINGUNO

¿TRADUCIDO?

MÁS PERSONAL SOBRE EL TERRENO

Candy frunció los labios. ¿Un ataque físico, con muchos efectivos? Ese no era el estilo de Van Sciver, ni de lejos. La cosa requería un nivel diferente de coordinación, de logística, de planificación. Y eso suponía tiempo.

¿PODRÁS LLEGAR A PRIMERA HORA DE LA MAÑANA?

SI NO LLEGO, MÁS VALE QUE PARES ESA SUBASTA

RECIBIDO

NO SE CONTEMPLA LA POSIBILIDAD DE QUE HUÉRFANO X SALGA DE ESE EDIFICIO HASTA QUE YO LLEGUE. ¿ENTENDIDO?

Ella inspiró hondo.

ENTENDIDO

El cursor pasó de verde a rojo. Candy bajó las manos. La pantalla se desvaneció, y lo que estaba viendo ahora era su propia figura en el espejo.

Su conciencia, largo tiempo sepultada y atrofiada por falta de uso se desperezó. Ella le atizó una patada y volvió a enterrarla. No pintaba nada, allí despierta, para lo que se proponía hacer.

52

Cierta ventaja

A pesar de las drogas, Evan ya estaba despierto y alerta cuando despuntó el día. Permanecía tumbado, a la espera. Notó la compresión en las tablas antes de oírlas crujir. El peso que Dex ejercía sobre el suelo era prodigioso.

Chasquidos de cerrojos al abrirse, uno tras otro; tenue protesta de los goznes al bascular la puerta de caoba hacia dentro. Evan se puso de costado, haciéndose el dormido, los párpados apenas abiertos para registrar la entrada del gigante en la habitación.

Aquel puño de hormigón levantó el transmisor para apuntarlo hacia Evan, y este reaccionó como se esperaba, despertándose de un sobresalto, con convulsiones, llevándose las manos desesperado al collar eléctrico. Le pareció que su actuación era convincente.

Tenía ya mucha práctica.

Dex lo hizo salir al pasillo, donde esperaba Xalbador armado con una escopeta casi letal.

No cruzaron palabra mientras Evan se dirigía hacia la escalera y empezaba a bajar.

Un muerto viviente.

Cuando llegaron a la planta baja, Evan percibió olor a café y murmullos de conversación en la lejanía. La biblioteca estaba desierta, pero en el solárium se habían reunido varios madrugadores, que estaban siendo tratados a cuerpo de rey, como en la sala VIP de Sotheby's antes de una subasta. El Tigre llevaba la voz cantante, explicando hazañas bélicas; la viuda Lakshminarayan estaba sentada en un rincón, tiesa como un palo, tomando té a sorbitos. Se hizo el silencio al pasar Evan, cuyo tránsito de parte a parte del umbral fue seguido atentamente por todas las miradas.

Candy McClure y Huérfano M no estaban en el solárium. Aunque Van Sciver había decidido enviar a dos huérfanos, estos estaban entrenados y diseñados para trabajar en solitario. Y no era fácil cambiar las viejas costumbres. Se hacía difícil imaginarlos comiendo biscotes en compañía de capos de la droga y criminales de guerra.

Evan siguió adelante. Era consciente de que Xalbador le apuntaba entre los omóplatos. Dex iba unos pasos por delante; caminaba de costado para mantenerlo dentro de su campo visual, la pistola menuda en su manaza. Estaban llegando ya al salón de baile. Evan notó un cosquilleo en la piel, como siempre le ocurría antes de iniciar una misión. No era miedo, tampoco nerviosismo al anticipar lo que iba a ocurrir; era más bien la abrumadora sensación de estar vivo. Detestaba reconocer hasta qué punto le encantaba esa sensación, sobre todo teniendo en cuenta las atrocidades que le esperaban si fallaba.

Su vista su aguzó hasta que pudo distinguir los surcos entre los nudillos del dedo que Dex tenía apoyado en el disparador. Captó la cadencia de los pasos de Xalbador, las vibraciones en el suelo de mármol. Interpretando el ritmo de los movimientos de ambos, hizo un pronóstico, calculó y se preparó.

El garrote improvisado que llevaba por dentro del calcetín le apretaba la carne y tenía un tacto frío.

Doblaron la esquina, pasando de mármol a parquet. Las sillas, vacías, estaban todas bien dispuestas, como a la espera de una ceremonia nupcial. La caja de Lexan seguía allí en medio. Pasaron por el sitio en donde David se había desangrado hasta morir; parecía recién abrillantado.

Diez pasos más.

Tomando como referencia el leve chirrido de las botas sobre la madera, Evan calculó a qué distancia lo seguía Xalbador. Metió la mano en un bolsillo en busca de los cordones de sus botas y enroscó los dedos en torno al nudo corredizo.

Seis pasos más.

Músculos en tensión. Células revolucionadas. Todo dependería del instinto, del momento oportuno y de la suerte.

Cuatro.

La luz que entraba por los altos ventanales proyectó la sombra de Xalbador hacia delante, paralela a Evan. Este desvió los ojos para situar la posición de la escopeta en el negro perfil. Dejó caer la mano derecha al costado, se cogió el pantalón a la altura del muslo y dio un leve tirón de forma que la pernera se elevara unos centímetros, dejando el garrote a su alcance.

Dex volvió la vista atrás un momento, miró a Evan y empezó a girar, una mano elevándose ya hacia el panel táctil situado bajo la gran empuñadura de acero de la caja transparente.

Dos pasos.

Uno.

El fino vello del brazo de Dex brilló a la luz matinal. La manaza extendió los dedos, afeando aún más la mueca tatuada, perfectamente visibles ahora los caninos de los que goteaba sangre. Todo se movió a cámara lenta, como si Evan hubiera vuelto a aquella solitaria gota que René le había inyectado.

La palma del gigante tocó el panel.

La pantalla incorporada se iluminó, cartografiando las venas bajo la epidermis.

COINCIDE.

Las abrazaderas interiores se separaron.

Aquella puerta de treinta centímetros de grosor empezó a abrirse. Ocho centímetros. Quince. Treinta. Dex tenía aún la mano en alto. Los dedos extendidos empezaban a contraerse.

Evan sacó del bolsillo el lazo corredizo improvisado y caminó, no hacia Dex, sino más allá, en dirección a la abertura que la puerta le ofrecía. Al pasar rozando el hombro del gigante, atrapó con el lazo la mano todavía levantada. Xalbador soltó un grito al tiempo que apuntaba con su arma, pero Evan ya había puesto a Dex entre él y el cañón de la escopeta.

Dex giró en redondo, desorientado al ver que Evan se lanzaba hacia la celda de Lexan y no al revés; Dex estaba girando hacia un lado mientras Evan lo hacía hacia el contrario. Con la mano libre, Evan intentó agarrar el revólver de Dex.

Y falló.

Perdió momentáneamente el equilibrio; su cuerpo cayó hacia la caja fuerte mientras con la mano izquierda sujetaba el extremo de los cordones, la derecha agitándose en el aire.

Hasta que los cordones quedaron tirantes.

El lazo corredizo atrapó la muñeca de Dex. El brazo se le puso derecho de golpe. Evan tiró con violencia.

La inercia lo impulsó más allá del afiladísimo borde del umbral, haciéndolo precipitarse hacia el interior de la caja. Evan agarró la empuñadura interior de la puerta y la cerró empleando todas sus fuerzas.

La puerta golpeó a Dex justo encima de la articulación de la muñeca, hendiendo limpiamente el brazo.

Dex abrió exageradamente la boca. Los labios le temblaban. Era extraño ver gritar a un hombre y que no saliera ningún sonido.

Evan apoyó todo su peso en la empuñadura de la puerta, atrapando así el brazo del gigante. Había aflojado el lazo, pero el nudo seguía allí, los cordones incrustados en la carne de la mano, unos centímetros por debajo de la tremenda herida en la muñeca.

Manteniendo la sangre en sus venas.

Ahora solo tenía que retirar la mano.

Sin soltar la empuñadura, Evan alcanzó el garrote escondido en el calcetín. Dex tiraba hacia atrás con fuerza y la pesada puerta se abrió un poco, pero volvió a cerrarse sobre el hachazo de la muñeca. La boca volvió a gritar sin sonido, pero Evan ya había enrollado la cuerda de piano alrededor del brazo de Dex y la hundió en la brecha cada vez más honda de la herida.

Agarrando sus manijas de tosca factura, Evan giró el garrote. Los ligamentos se partieron. Los huesos de la muñeca empezaron a separarse de la base del cúbito y del radio. Un trabajo duro, truculento.

Evan percibió un leve movimiento en lo alto y, al mirar, se encontró de frente con el cañón del revólver. Apartó la cara justo en el momento en que Dex apretaba el gatillo, y la percusión fue tan fuerte que Evan llegó a pensar que la bala había penetrado en su cabeza.

Pero no, la oyó rebotar a su espalda, no una sino repetidas veces. Parecía solo cuestión de tiempo que en alguno de los rebotes la bala acabara incrustándose en su cuerpo.

Evan seguía colgado de las manijas, tirando con fuerza de Dex a fin de mantener la puerta cerrada. Este, por su parte, empujaba hacia atrás en un intento de ensanchar la abertura y disparar otra vez.

Mientras, la bala seguía rebotando sin parar.

Xalbador agarró a Dex por el diafragma, jugando al tira y afloja con el brazo magullado. Dex volvió a meter el arma por la abertura de la puerta. Evan juntó en una mano los dos extremos del garrote y con la otra asió el cañón y lo desvió hacia un lado.

El arma dio un fuerte brinco —Evan sintió el dolor en los huesos de los dedos—, pero no se disparó. Para frenar el ciclo de carga, Evan presionó con más fuerza la corredera del arma; mientras siguiera apretando, el revólver no podría expulsar el cartucho y alojar otra bala en la recámara. Hizo un movimiento de torsión con la muñeca y logró que Dex soltara el arma, que resbaló por el suelo de Lexan hasta quedar detrás de Evan.

La primera bala no había dejado de rebotar de un lado a otro de la caja, soltando gemidos a cada nuevo impacto en las paredes interiores. Evan notó una vibración en el aire; el plomo le rozó los cabellos, y luego desapareció en un susurro.

El mundo se redujo a la ruidosa secuela de una campana recién tañida, notó la cabeza espesa, sin vida, repleta de trapos. Dex tiró otra vez con fuerza, Xalbador ayudándole desde atrás, la abertura de la puerta ensanchándose por momentos. A Evan le dolían los puños de sujetar el improvisado garrote vil. Sus botas patinaron en el suelo de Lexan. Dex y Xalbador iban a arrancarlo de la caja de un momento a otro.

Perdió pie, resbaló sobre el trasero, atraído por la fuerza hacia el umbral. Pero, en el último momento, puso una bota de través, improvisando una cuña en el quicio de la puerta, y se lanzó hacia atrás.

Se oyó claramente cómo se partían los tendones. Evan cayó de espaldas, y la mano cercenada se soltó de la muñeca para estamparse contra el suelo.

Dex y Xalbador salieron despedidos hacia atrás, el muñón de Dex en alto, chorreando una bruma carmesí. Evan oyó pasar la bala por encima de su cabeza y luego silencio. (Debía de haber salido de la caja.) Se arrastró hasta la puerta, agarró la empuñadura y cerró a toda prisa.

Dex rodaba por el suelo agarrándose el brazo herido. Xalbador, que había quedado debajo de él, se incorporó, transmisor en mano, intentando en vano conectar el collar de Evan.

Apoyado en la gruesa puerta, Evan alcanzó la mano cercenada. Sus dedos se ahuecaron sobre los de Dex. Aplicó la mano cortada al panel táctil. Manaba sangre de ella, pero el nudo corredizo había aguantado y seguía rodeando la base de la mano por encima de la línea mellada de la muñeca.

El panel ronroneó al procesar. ¿Habrían dejado los cordones suficiente sangre en la mano para que el panel leyera el dibujo de las venas?

Xalbador se había puesto en pie.

La pantalla se iluminó.

LEYENDO.

LEYENDO.

Gracias a su visión periférica, Evan detectó la entrada de refuerzos en el salón de baile.

Por fin, aparecieron en la pantalla comandos diversos: CERRAR, ABRIR, INUTILIZAR, RECODIFICAR.

Evan pulsó RECODIFICAR.

Xalbador se lanzó a por la empuñadura del otro lado.

Evan aplicó su mano al panel. La pantalla se puso en verde y las abrazaderas encajaron con un ruido metálico un instante antes de que Xalbador agarrara la empuñadura.

El hombre se puso a tirar de la barra metálica, salpicando el Lexan con el sudor que despedían sus guedejas al agitarse. Luego, dejó de tirar. Bajó los hombros.

Evan y él se miraron a través de la puerta transparente.

Dex se puso de pie en ese momento y aulló sin sonido, alzando la cara hacia el techo y su recargada araña de luz. Guardias e invitados entraron a la carrera, empujándose, gritando, volcando sillas. René, que iba en cabeza, se detuvo: era la única cosa quieta en todo el salón de baile. Tenía el rostro colorado, a franjas, fruto de tanta cirugía plástica. Sus mandíbulas apretadas denotaban ira.

Lanzó a Evan una mirada cargada de odio, al verlo a salvo dentro de la caja de Lexan. Luego, sacó un transmisor del bolsillo interior de su americana, apuntó con él hacia Evan y apretó.

Evan retrocedió un paso, cogió del suelo el revólver, colocó bien la silla plegable y se sentó.

René volvió a pulsar el botón. Viendo que era inútil, tiró el transmisor. Fue a grandes zancadas hasta la caja y empezó a tirar de la empuñadura (sus finos cabellos cayeron en cascada sobre su frente). Luego paró y se peinó los mechones hacia atrás.

—O sea que te has encerrado en tu propia celda. —La voz sonó metálica, filtrada a través del panel—. ¿Crees que eso te da algún tipo de ventaja?

Evan se inclinó para coger del suelo la mano de Dex. Las fauces tatuadas en la piel eran más impactantes aún, ahora con sangre de verdad.

Un tic apareció en la piel de caimán que René tenía bajo el ojo izquierdo, y en su sien correteó traviesa una vena.

—Pero sigues estando atrapado. —Soltó una carcajada compuesta a partes iguales de furia y de incredulidad—. ¿Cómo crees que acabará esto?

Evan se puso delante de la boca la florida mueca del manco Dex.

53

Exquisiteces

La confusión y el tumulto se apoderaron del salón de baile, prendiendo como un fuego. El Tigre tenía cogido a un tipo por las solapas —¿un señor de la guerra somalí?—, mientras uno de los narcos le sujetaba el puño con que iba a pegarle. Acompañado por otro narco, Dex fue tambaleándose hacia la salida dejando un titubeante rastro de sangre. Candy y Huérfano M habían aparecido por fin. Eran los únicos que mantenían la compostura. Estaban apoyados en el piano de cola, al fondo de todo, un número de cabaret entre dos actuaciones. Candy se fijó en que Evan la miraba.

Y ella sonrió.

Detrás de su bella dentadura solo había una cosa: hambre.

René no paraba de gritar a los guardias y de hacer aspavientos para que restauraran el orden.

Evan permanecía sentado en su silla, mirando el espectáculo.

Al ver que la cosa iba *in crescendo*, Xalbador cambió su escopeta por un Kalashnikov, se subió a una silla y apuntó hacia la gente moviendo el cañón de lado a lado.

—¡Cállense! —gritó.

Todavía fueron necesarios algunos empujones por parte de los otros narcos, pero finalmente los ánimos se fueron calmando.

—Puedo vendérselo con caja y todo —dijo René, dirigiéndose a los postores—. El que lo compre podrá hacerle morir de hambre, como si fuera una lagartija dentro de un tarro, y saborear cada minuto...

—No es así como habíamos quedado —repuso el Tigre—. Quiero que sufra mucho más. Quiero tocar sus suaves carnes.

La viuda Lakshminarayan emitió un gutural sonido de asentimiento. Los otros también expresaron su descontento.

—Está armado —señaló el somalí.

—La caja es a prueba de balas —le recordó René.

—¿Y qué pasaría si...?

—Con solo abrir un poco la puerta, se encontrará frente al cañón de un Kalashnikov.

Evan estableció contacto visual con Candy. Aunque la distancia a la que se encontraba le impedía estar seguro, le pareció que ella estaba disfrutando casi tanto como él. Las protestas iban en aumento, y René tuvo que acercarse al grupo para ir calmándolos a todos.

Se produjo un debate sobre las medidas a tomar. Ninguna solución parecía viable. Evan se había apoderado del mayor activo de René, su inventiva, y la había vuelto contra él.

Además de ser a prueba de balas, el Lexan era resistente a todo tipo de golpes, al calor hasta 100 °C y al frío hasta 40 bajo cero. Eso si se trataba de un grosor normal, pero aquellas paredes tenían un buen palmo de grosor. René pensó que había construido una jaula para Evan.

Pero este la había convertido en una armadura.

Evan se lo tomó con calma. No pensaba salir de allí por el momento. Por el contrario, los clientes estaban cada vez más disgustados.

—... gas sarín por el conducto de atrás —estaba proponiendo el serbio.

—¿Y qué ganamos con eso? —dijo el Tigre—. No, lo que hay que hacer es traer una grúa. Dejamos caer la caja desde mucha altura y se acabó el problema.

El intérprete del gángster de Hong Kong trabajaba a destajo para que su jefe no perdiera detalle de la conversación:

—... subir la caja y su contenido a bordo de uno de nuestros petroleros. Después lo lanzamos al mar y vemos cómo se va hundiendo.

Las protestas eran unánimes, y la discusión estaba siendo cada vez más acalorada. Antes de que aquello pudiera explotar, Assim se llevó a René a un aparte y se pusieron a hablar en voz baja.

Terminada la conversación, René hizo una seña a Xalbador para que hiciera callar a la chusma.

—Tenemos una solución —anunció René.

El Tigre enfocó rápidamente su mirada glaucómica.

—¿Cuál? —preguntó.

—Entrar en la caja fuerte —dijo Assim.

Al oírlo, Candy se acercó a ellos. M se situó detrás, sus ojos al nivel del hombro de ella, observando la escena sin decir nada.

—El señor Al-Hakeem y yo hemos hablado del riesgo de dañar la mercancía —explicó René—. Sería una verdadera lástima que la sobrepresión de la carga dañara los órganos vitales del Hombre desconocido.

—Eso es verdad —asintió el Tigre.

—Por suerte, yo tengo bastante experiencia —terció Assim.

—En reventar cosas —dijo el serbio—. No es lo mismo que entrar.

Assim se alisó el ralo bigote con una mano temblorosa.

—Al-Mansoura, en Yemen, año 2010; Bucheli, en Colombia, 2011; Gombe, en Nigeria, 2012; Taji, en Iraq, 2013.

—¿Qué es todo eso?

—Cárceles —dijo Candy McClure, con una amplia sonrisa—. Penales. Prisiones. —Se volvió para dirigirse a todos—. La buena noticia es que este pelagatos ha conseguido sortear recintos penitenciarios, celdas y mazmorras de tres continentes.

—¡Cuatro! —exclamó Assim—. Centro de Máxima Seguridad, Edmonton. —Una sonrisa exangüe—. Hace apenas un mes.

René se volvió hacia la caja y miró a Evan.

—Tienes que sacarlo de ahí con vida.

—Puedo hacer salir a una sardina de una lata con explosivos sin que le salte una sola escama. Además... —Assim sonrió, mostrando una hilera de dientes mellados—, lo quiero vivo tanto o más que cualquier de los aquí presentes.

—¿Tienes explosivos, aquí en la casa? —preguntó Candy.

—Voy a mandar a Dex en helicóptero para que le curen el brazo —dijo René—. Mi equipo de transporte, que es extremadamente discreto, puede conseguir en un par de horas lo que sea que necesite el señor Al-Hakeem.

—No hace falta apresurarse. —Candy miró hacia Evan y se pasó la lengua por los labios—. Hay exquisiteces que merecen la espera.

¿DÓNDE ESTÁS?

DE CAMINO CON EL EQUIPO. CONFIRMANDO COORDENADAS, PERO CALCULA QUE ESTAREMOS AHÍ ANTES DE UNA HORA

QUIEREN ABRIR LA CAJA CON EXPLOSIVOS. DESPUÉS EMPEZARÁ LA SUBASTA

ENTRETENLOS. HAZ TÚ LA PUJA MÁS ALTA. HUÉRFANO X NO DEBE SALIR DE LA FINCA HASTA QUE YO LLEGUE

DATE PRISA

El aire sabía a reciclado. Evan remetió los bordes de la bolsa de plástico por dentro del collar para asegurarse de que el colchón no se hubiera movido de sitio. Oía el eco de su propia respiración, que rebotaba en las paredes de Lexan y hacía vibrar sus tímpanos. Como si estuviera dentro de un tambor. Notaba la silla dura y fría en la parte baja de su espalda. Los postores iban de un lado a otro, mirándole al pasar, como si Evan fuera un pez en un acuario. Muchos de sus peores enemigos estaban presentes en el salón de baile. Sin embargo, eran tan solo una pequeña parte de aquellos que querían verle muerto.

Llegaron por fin los explosivos, una caja de madera de las de embalaje, con el logotipo de materiales peligrosos. La transportaban tres narcos. Assim les dijo que colocaran la caja al fondo de la estancia, detrás de las hileras de sillas. Tal vez ya no se movía con la misma agilidad de antes, pero, en cuanto vio los explosivos, todo su cuerpo pareció recobrar una intensidad especial. Sus órdenes fueron claras y directas.

Candy y Evan volvieron a intercambiar miradas. Ella frunció los labios y luego le mandó un beso de despedida.

Evan se sorprendió a sí mismo devolviéndole la sonrisa.

Después de examinar la caja de explosivos, Assim se acercó a la celda y tomó medidas de la puerta, un lápiz asomando de entre sus labios. No hizo caso de Evan, concentrado en su tarea. Luego volvió a los explosivos y ordenó a los hombres que los sacaran de la caja. Los narcos descargaron una bobina de cordón detonante de cien gramos. Consistente en un tubo de plástico repleto de tetranitrato de pentaeritritol, el detonante explotaba a seis kilómetros por segundo, produciendo el efecto de una detonación simultánea. Era una carga de corte lineal de precisión y podía enrollarse a una torre de hormigón o bien adaptarse a cualquier otro tipo de contorno o perfil, la mejor apuesta dentro del mundo de los explosivos para conseguir ese efecto de enorme boquete en la pared. Era ideal para cortar piedra, demoler edificios y extraer pilotes de embarcadero.

Pero, sobre todo, para abrir brechas.

Antes de que Assim hubiera terminado, arrancaría la puerta de Lexan de sus goznes y haría volar por los aires a Evan, dejándolo a merced de un pelotón de fusilamiento de Kalashnikov.

Los explosivos y la pólvora que había en el salón de baile podían cargarse a un pequeño grupo de milicianos.

Evan tenía una pistola.

Para ser exactos, tenía seis balas en un revólver Kimber calibre 45. No era gran cosa, visto a lo que se enfrentaba.

Oyó a Jack, perpetuo maestro y padre, reírse de él desde ultratumba: «Esa Kimber no es arma para ti. El arma eres tú. Y el seguro es tu dedo».

De niño, estando en zonas de alto riesgo, y también como impostor en el mundo normal y corriente de Castle Heights, Evan actuaba siempre en solitario. Hasta donde le alcanzaba la memoria, su única compañía había sido la soledad. Pero jamás se había sentido tan solo como en aquel momento, encerrado en una caja transparente y rodeado de personas que competían por el derecho a hacerle pedazos.

Deseó que Jack estuviera allí con él.

A lo largo de los años había sentido mucho la ausencia de Jack: la pérdida, la culpa, el remordimiento. Pero nunca como en ese momento.

Porque ahora echaba de menos a Jack, la persona. Jack, el tipo con pinta de jugador de béisbol. Jack, el de la mirada sabia, el de las profundas patas de gallo. Jack, que siempre sabía cuándo callarse, cuándo apoyar simplemente la mano sobre el hombro enclenque del Evan muchacho.

Evan no había querido reconocer la factura que le había pasado la última semana y media, pero ahora sentía sus abrumadoras consecuencias, que amenazaban con hacerle perder la concentración. Se sobrepuso, recordándose a sí mismo cuál era la situación y lo que estaba en juego. Se encontraba dentro de una jaula de buzo rodeado de grandes tiburones blancos; lo último que le convenía ahora era dejarse llevar por la nostalgia. Jack estaba muerto. Todo dependía de Evan y de nadie más que él.

Los postores habían ocupado las sillas y esperaban, unos con expresión impaciente, otros con gesto malhumorado, y el resto discutiendo entre ellos. Candy McClure y Huérfano M eran los únicos ausentes. Evan se preguntó qué planes estarían tramando en privado. Para que no se dijera, René había apostado un guardia armado con un Kalashnikov junto a la caja de Lexan. Cerca del piano de cola, al fondo, Assim estaba de rodillas cortando tramos exactos de detonador.

Sujetando entre los dientes un rollo de cinta adhesiva, Assim volvió a la caja de Lexan. Con manos temblorosas, pegó una tira de cordón en el lado donde estaban las bisagras de la puerta. Luego utilizó tiras más pequeñas para incrementar la carga principal. Una vez hubo terminado, contempló satisfecho su obra.

Evan y él quedaron brevemente cara a cara y se miraron.

—¿Listo para salir volando de la bombonera? —dijo Assim, dando unos toquecitos al Lexan—. Faltan solo unos minutos.

Evan notó que se le aceleraba el pulso y decidió concentrarse en respirar. No podía hacer otra cosa, aparte de inspirar y exhalar una y otra vez.

Mientras regresaba al fondo de la sala, Assim chasqueó los dedos y dos guardias se acercaron al piano con una pesada caja metálica de munición de color verde aceituna. Midiendo sus pasos, depositaron la caja en el suelo con sumo cuidado. Assim abrió la tapa y sonrió al mirar el contenido. Fueron precisos dos hombres para levantar el iniciador. Lo hicieron con mucha cautela. El sistema venía montado de fábrica y consistía en quince metros de tubo amarillo de choque para detonación no eléctrica enrollados alrededor de una bobina, con el fulminante engarzado ya en un extremo. Dado que se trataba de un explosivo sensible, una simple caída desde una altura de un metro o poco más podía activarlo.

El tubo amarillo, una vez desenrollado y conectado al detonante, haría las veces de espoleta. Desde una distancia prudencial, Assim accionaría una palanca de manera que el impulso de disparo se propagara a lo largo del tubo, que corría en zigzag por el suelo hasta la puerta de la caja. Una fracción de segundo después, Evan estaría tirado boca arriba, sangrando por los oídos, y la caja de Lexan abierta.

Presintiendo que se aproximaba el clímax final, los de las sillas se levantaron y fueron a donde estaba Assim.

—Faltan dos de nuestros huéspedes —le dijo René a Xalbador.

—Están descansando en su habitación hasta que empiece la subasta —informó otro de los narcos.

—Ve a buscarlos —ordenó René.

Xalbador asintió con la cabeza y se puso en camino.

René se volvió hacia los allí congregados.

—¿Todo listo? —dijo.

Assim se incorporó; le temblaban las piernas por el esfuerzo. Tenía la camisa empapada de sudor.

—Ya solo falta conectar el tubo al detonante.

El Tigre se abrió paso a codazos entre el grupo.

—¿Qué piensas utilizar como iniciador? —preguntó.

Un débil zumbido atravesó las hileras de sillas vacías, seguido de un ruido seco, metálico. Todo el mundo volvió la cabeza.

Evan bajó la mano que había aplicado al panel interior; la puerta de la caja se abrió con un discreto chasquido. Dio un fuerte empujón a la puerta, haciendo caer de culo al guardia, y luego volvió a cerrarla para que le sirviera de escudo. Se asomó apenas al hueco y, apuntando hacia el grupo con la Kimber calibre 45, dijo:

—Tengo una sugerencia.

54

Perros malos

Todo sucedió muy rápido.

La primera bala de Evan atravesó el hombro de Assim, que cayó de costado despejando así el campo visual hasta el iniciador.

El guardia que estaba en el suelo disparó una ráfaga con su Kalashnikov contra Evan, pero la puerta entornada desvió el fuego; las balas rebotaban una detrás de otra en la superficie de Lexan.

René miró a Evan, luego a Assim, después a Evan otra vez, las mejillas cada vez más coloradas al comprender lo que estaba a punto de pasar. Agarró entonces a la viuda por el sari y tiró de ella para colocarla delante del iniciador.

Evan le metió una bala en la pantorrilla. La mujer soltó un chillido y se encogió sobre sí misma, como él esperaba que hiciese. Por encima de la coronilla de la viuda, pudo ver claramente el tubo amarillo y el fulminante.

Evan hizo fuego y erró el tiro; la bala se incrustó en una de las patas del piano.

Xalbador, mientras, gritaba órdenes desde el umbral al resto de los guardias.

René se echó hacia atrás en medio de la melé y agarró la chaqueta del Tigre por detrás, haciéndolos girar a ambos, de forma que el cuerpo del serbio quedara entre él y los explosivos.

Evan apretó de nuevo el gatillo, pero la puerta de Lexan se le vino encima por efecto de la ráfaga que acababa de disparar el guardia con su Kalashnikov, y el tiro salió muy desviado. Un chasquido seco siguió a la ráfaga del Kalashnikov, anunciando que el cargador por fin se había vaciado.

Xalbador, desde la entrada, echó un cable abriendo fuego al azar. Las balas rociaron la pared de Lexan, pero Evan no le prestó más atención.

Apuntó con la Kimber.

Quedaban dos balas.

Los de la subasta corrían hacia las salidas entorpeciendo el campo visual, tanto con sus cuerpos como con las sillas que apartaban a su paso; el fulminante aparecía y desaparecía de la vista.

Incluso en medio del tumulto, Evan halló calma interior. Inspirar. Exhalar. Esperar el espacio entre dos latidos.

Dejó escapar una última vez el aire entre los dientes.

Luego, con una pausada y firme presión, apretó el gatillo.

La bala dio en el punto de unión del fulminante con el tubo de choque. La primera explosión fue instantánea; la onda expansiva levantó del suelo a Assim y a la viuda, brazos y piernas desparramados, cabeza arrancada de sendos cuellos rotos.

Evan se parapetó tras la gruesa puerta de Lexan y se apresuró a cerrarla. No le preocupaba la explosión inicial; le preocupaba lo de después.

La cercanía del sistema iniciador con el enorme carrete de cordón detonante presagiaba una deflagración mayor.

Evan no necesitó alzar la vista para saberlo. El aire se lo dijo. Pareció que las moléculas contenían la respiración, ese nanosegundo de pasmada quietud antes del huracán.

El estallido fue brutal.

La onda expansiva encajó la puerta en su marco con fuerza suficiente para mandar a Evan al fondo de la celda transparente, donde chocó contra la pared después de tumbar la silla como si fuera un bolo de bolera.

Cuanto le rodeaba se pobló de llamas de color naranja intenso, como si hubiera sido lanzado contra el sol. El calor castigaba las paredes de Lexan, el techo, incluso el suelo. Evan no veía nada y pensó por un momento que había subestimado la carga explosiva, y que todo el maldito chalet le iba a caer encima.

Pero un viento frío succionó las llamas y el humo negro en que estaba envuelto, y la caja emergió de su mortaja de fuego. Cuando la atmósfera empezó a despejarse, Evan miró hacia lo alto y vio que la enorme araña de luz se desprendía del techo. El instinto le hizo cubrirse la cabeza. La lámpara destrozó el techo de Lexan y se hizo añicos, un millón de trocitos brillantes, cada faceta iluminada por un lengüetazo amarillo de fuego.

Fragmentos de cristal tintinearon al contacto con el suelo de madera. Los cuerpos se retorcían. La pared de atrás del edificio había reventado y ahora entraba la nieve, se enroscaba entre la ceniza, se posaba en el piano y sobre los cuerpos tendidos: un retablo bélico.

A Evan no le pitaban los oídos: le chillaban. Un zumbido se impuso en su cabeza.

La puerta de la caja se había alabeado y estaba abierta otra vez. Sentado en su interior, Evan parpadeó varias veces tratando de enfocar la vista. La escena, en el salón de baile, era dantesca.

Estaban muertos. Todos. Las sillas habían resbalado hasta la pared, muchas de ellas todavía en pie. Por la enorme abertura en lo que había sido una pared, le llegaron los ladridos de los dóberman en el exterior, teñidos de pánico.

Gruñendo por el esfuerzo, consiguió ponerse de pie y salió pesadamente de la caja.

El aire olía a savia y a nieve y a carne chamuscada. El cuerpo carbonizado del Tigre yacía en el otro extremo del salón, pegado a la pared entre un montón de cuerpos, la cara y el tórax ausentes como si los hubieran arrancado de cuajo.

Casi había llegado a la cocina cuando precibió un movimiento.

Sin dar crédito a sus ojos, Evan vio cómo el serbio se incorporaba, y por un momento pensó que se erguiría, con el cuerpo rígido, igual que un vampiro de película de serie B saliendo de su ataúd. Pero entonces René emergió de debajo del cadáver, se levantó, anduvo unos pasos a trompicones y se recostó en la pared.

Tenía la frente pintada de ceniza y las mejillas en carne viva. Evan se adelantó apuntándole con el 45. René volvió la cabeza, no sin esfuerzo.

Los dos hombres se miraron entre el aire viciado del salón de baile.

René levantó una mano, los dedos extendidos.

—Vamos a... —dijo.

Evan le metió una bala en el pecho.

René salió disparado contra la pared. Algo le cayó de un bolsillo y rebotó entre los cuerpos tumbados para aterrizar en el suelo.

Era un vial que contenía aquel fluido viscoso y transparente tan familiar.

René soltó un grito al tiempo que se llevaba las manos al pecho. Sus hombros se estremecieron con mudos sollozos.

Entonces se enderezó. Bajó las manos, y en la palma de una de ellas apareció una bala achatada.

Evan no entendía nada. ¿Acaso los experimentos con sangre ajena habían hecho de René un ser a prueba de balas? Pero luego la lógica se impuso. Le vinieron imágenes a la cabeza: el hecho de que el traje de René nunca tuviera una sola arruga, que la tela siempre pareciera torcerse en lugar de doblarse.

El traje que llevaba sí era a prueba de balas.

Evan había oído hablar en varias ocasiones de prendas de paisano hechas con los mismos nanotubos de carbono empleados en el blindaje flexible. Acababa de desperdiciar su última bala disparando contra una impenetrable chaqueta de cuadros azul marino.

René tosió, doblándose por la cintura y agarrándose las costillas. Luego, miró hacia el enorme boquete de la pared de atrás. Haciendo una mueca, consiguió ponerse derecho.

Evan tiró el revólver descargado y caminó hacia él.

Sin apartar las manos del tórax, René fue cojeando hacia el boquete.

Evan apenas había dado dos pasos cuando oyó moverse algo a su espalda. Xalbador entró tambaleándose por la entrada posterior; la explosión lo había lanzado al pasillo. Tenía mala pinta y arrastraba un pie. Los lóbulos de sus orejas estaban incrustados de sangre y emitía unos ruidos ininteligibles. El Kalashnikov colgaba de un hombro por su correa.

Xalbador intentó levantar el cañón de su arma con un brazo herido. Apenas si lo logró unos centímetros, y el disparo se incrustó en el suelo un poco más allá de la puntera de sus botas. Intentó entonces sostener el arma con su otra mano, levantarla un poco más para poner a Evan en el punto de mira.

Este se detuvo en mitad del salón: tenía a Xalbador detrás y a René enfrente. El narco consiguió poner el arma casi en horizontal. La siguiente ráfaga sacó astillas del suelo a medio camino entre Evan y él. El retroceso hizo saltar el Kalashnikov, que cayó al suelo. Xalbador alargó el brazo y lo levantó tirando de la correa.

El instinto empujaba a Evan a ir hacia René, pero eso lo dejaría en una situación muy vulnerable. Además, Xalbador pronto enderezaría su Kalashnikov.

Resollando, René llegó hasta la pared destrozada, volvió la vista atrás, mirando a Evan con pánico en los ojos, y salió al exterior.

Este dio media vuelta y se lanzó a por Xalbador. El narco tenía la cara empapada de sudor y se mordía el labio, al tiempo que intentaba levantar el cañón del Kalashnikov para disparar. Sus brazos maltrechos no podían con el peso del arma. Cuando casi tenía a Evan encima, hizo fuego pero con el cañón torcido. La ráfaga salió desviada.

Evan le quitó el arma de una patada. Xalbador embistió contra él, echándosele encima y golpeándole la espalda con sus huesudos codos. Evan lo sujetó por la cintura como en un placaje de rugby. La hebilla dorada del cinturón del narco le arañó el pómulo. Recogiendo las piernas, Evan le soltó el cinturón y se echó hacia atrás. Al tiempo que daba una patada a la cadera de su atacante, tiró del cinturón y lo hizo girar ciento ochenta grados sobre sí mismo, como si fuera una peonza.

Antes de que Xalbador consiguiera orientarse de nuevo, Evan le flageló la cara con el cinturón por el extremo de la hebilla. Mientras el otro retrocedía llevándose una mano al mentón lacerado, Evan ensartó el cinturón por la hebilla improvisando un nudo corredizo y le atrapó la cabeza con él, haciéndole perder el equilibrio. Xalbador consiguió meter una mano debajo del cuero mientras movía las piernas para conseguir tracción.

Evan echó una ojeada a la pared reventada, cada vez más nervioso. ¿Cuántos pasos habría dado ya René en pos de la libertad? ¿Veinte?, ¿treinta?

Xalbador se lanzó de nuevo sobre Evan y ambos tropezaron en una tabla que sobresalía del suelo, saliendo disparados cada cual en una dirección. Xalbador consiguió librarse del cinturón que le oprimía la cabeza, pero Evan ya se le echaba encima, dispuesto a asestarle el golpe de gracia.

De repente sintió una descarga en el cuello y se desplomó, soltando a Xalbador. Mientras se convulsionaba en el suelo, la nieve recién caída le enfrió la mejilla. Se llevó las manos al collar eléctrico.

Sentado en el suelo, Xalbador apuntó el transmisor hacia Evan y presionó el botón.

Cuando la enorme explosión había lanzado a Evan contra la pared de la caja de Lexan, la bolsa de basura que se había remetido por el cuello debía de haberse separado de los dientes del collar. El dolor irradió ahora desde el cuello hacia las clavículas, hacia las costillas y la base del cráneo. Evan intentó enfocar la vista pese a la electricidad estática, haciendo un esfuerzo mental por moverse. Un instante después sus piernas reaccionaron a la orden e iniciaron un movimiento de tijera sin levantarse del suelo. Una de sus botas golpeó sin fuerza el brazo de Xalbador, pero lo suficiente para hacer saltar el transmisor de su mano.

Evan notó cómo remitían las sacudidas eléctricas. Copos de nieve caían sobre su cara, pero no eran un bálsamo para el ardor que circundaba su cuello. Entre la nube de polvo y ceniza, le llegaron los ladridos de los perros. Sonaban más fuertes que antes.

Eso era mala señal.

Se puso a cuatro patas y se acercó a donde estaba el Kalashnikov, patinando por el suelo resbaladizo de nieve. Notó que Xalbador se incorporaba detrás de él e iba tambaleándose hacia el transmisor, en dirección contraria a Evan. Con una mano, Evan siguió avanzando, mientras, con la otra, intentaba remeter la bolsa de basura por dentro del collar. Tenía que acabar con Xalbador si quería alcanzar a René.

Tenía ya una mano en el Kalashnikov cuando notó la descarga. El dolor fue atroz y enturbió su visión. Se tumbó de espaldas, colocándose el arma sobre el pecho.

Xalbador avanzó rápidamente hacia él empuñando el transmisor. La primera descarga hizo que Evan soltara el collar, los dedos electrocutados. La corriente le taladró las encías, le abrasó las cuencas de los ojos. Evan intentó obviar el dolor para centrarse en su cerebro y que este fuera capaz de impartir órdenes a sus manos, conseguir que le obedecieran.

Logró cerrarlas en torno al Kalashnikov. Notaba que tenía la boca tirante, abierta en una mueca que parecía una sonrisa. El temblor en las manos hizo que el arma se moviera de un lado al otro sobre su pecho. Tenía la cara bañada en sudor. La electricidad crepitaba en torno a su cuello, un incesante redoble de puntas de aguja.

Pero Evan no soltó el arma.

Xalbador apretó el paso en dirección a él.

Al otro lado del salón los dóberman entraron por el boquete en la pared, sombras elegantes salpicadas de nieve. Sus cabezas se orientaron hacia Evan, los hocicos inquietos, las orejas de murciélago en punta.

Evan ordenó a sus manos que asieran el arma con firmeza. Obligó a sus brazos a que la levantaran. El extremo del cañón se bamboleaba sin parar. Evan se concentró en levantarlo un dedo más. Tenía casi encima a Xalbador.

Las pezuñas de los perros arañaban en su avance el suelo mojado.

Un dolor atroz le perforó la cabeza; el aire se volvió opaco a su alrededor. Intentó ver en medio de esa neblina, apuntar a la forma cada vez más grande de Xalbador. Sus manos no lograban estabilizarse en la culata, en el gatillo.

Lanzando un grito, Xalbador saltó sobre Evan.

Evan le disparó al pecho, de abajo arriba, destrozándole la arteria carótida del lado derecho. Xalbador cayó hecho un guiñapo a los pies de Evan y el transmisor patinó por el suelo.

El círculo de fuego que Evan tenía alrededor del cuello perdió fuerza.

Tragó una bocanada de aire con un sonido de estertor; le pareció que no ingería oxígeno desde hacía muchos días.

Los dóberman iban esquivando cadáveres, siempre en su dirección. Evan pensó por un momento en dispararles y salir corriendo a por René, pero eran perros, y hasta los perros malos merecían el beneficio de la duda.

Soltó el Kalashnikov y estiró el brazo para alcanzar el transmisor. Uno de los dóberman le atrapó el bajo de los vaqueros y empezó a tironear agitando la cabeza de un lado a otro. Evan le dio con el pie mientras se retorcía para coger el transmisor. El segundo perro aterrizó sobre su pecho. Evan apenas tuvo tiempo de poner un brazo debajo de la barbilla. El perro soltaba dentelladas a unos centímetros de su cara, ahora salpicada de saliva perruna. A pesar del frío glacial que entraba de fuera, notó el cálido aliento del dóberman. El primer perro seguía tirando del pantalón, inmovilizándole la bota de ese lado.

Los colmillos del otro rozaron su mejilla. Protegiéndose de las fauces, Evan empezó a pulsar botones del transmisor, a ciegas. Por fin, le dio al rojo. El collar se desprendió con un clic y resbaló hacia su pecho.

Con las pocas fuerzas que pudo reunir, se sacó al perro de encima. Agarrando el collar abierto por la bisagra, lo esgrimió a modo de arma, con los dientes hacia fuera. El perro recuperó el equilibrio y dio un salto. Evan le incrustó el collar en la boca y pulsó el botón de descarga en el transmisor.

El perro se retorció en pleno salto, como un pez asomando a la superficie, y lanzó un gemido que rebotó en el techo del salón y volvió a bajar. En cuanto sus patas tocaron el suelo, salió disparado hacia el pasillo. Mientras, Evan se inclinó al frente, le encasquetó al otro perro el collar en plena descarga y el dóberman salió despedido hacia atrás, soltando el pantalón de Evan.

El animal se lo quedó mirando, enseñando los dientes, la cabeza ladeada. Evan se inclinó de nuevo y le dio otra descarga. El perro gimió, confuso, y se marchó del salón siguiendo el rastro fresco de su compañero.

Evan permaneció unos momentos donde estaba, con los codos apoyados sobre las rodillas.

Inspiró hondo un par de veces.

Seguía habiendo francotiradores en el monte, un guardia en la torre, Candy McClure y Huérfano M sueltos por alguna parte del edificio... y René en plena fuga.

Evan se puso de pie.

Primero cogió el Kalashnikov. Uno de los guardias muertos llevaba puesto un buen chaquetón. Se apropió de él, junto con un cargador lleno. Mientras pasaba entre los cadáveres, cogió el vial que se le había caído a René y lo miró a la luz que entraba a raudales por la parte trasera del chalet.

Oyó el motor de un helicóptero arrancando, el batir de los rotores cortando la brisa.

Evan se guardó el vial en el bolsillo y, Kalashnikov en ristre, salió al vigorizante día invernal por el boquete de la pared destruida.

55

Cuestión de minutos

GRAN EXPLOSIÓN Y TIROTEO EN LA PLANTA BAJA

RETENEDLO

PARECE LO DE FALLUJAH. NO TENEMOS ARMAS

CONSEGUIDLAS. NO DEBE SALIR DE AHÍ

RECIBIDO. NECESITO REFUERZOS YA

VENGO CON SUFICIENTES REFUERZOS

¿HORA PREVISTA DE LLEGADA?

UNOS MINUTOS

¿ESTAMOS AUTORIZADOS A MATAR SI LLEGA EL CASO?

Siguió una pausa muy larga; la más larga, pensó Candy, que Van Sciver hubiera hecho nunca.

Finalmente apareció la respuesta:

SÍ

El helicóptero acababa de despegar cuando Evan dobló la esquina del chalet. Muy escorado, el aparato se elevó hacia los torbellinos de nieve. Evan apuntó a la panza del helicóptero, pero un segundo después lo perdía de vista. Jadeando, vio cómo también desaparecían las luces.

El guardia apostado en la torre observaba la estela del helicóptero por la mirilla de su rifle. Evan corrió a parapetarse detrás de los soportes de madera y disparó una ráfaga directamente hacia arriba. La nieve entorpeció su visión, pero pudo oír el golpe sordo, y húmedo, del cuerpo desplomándose en el suelo; un momento después, el rifle cayó de las alturas y quedó semienterrado en la nieve a unos pasos de Evan.

«Ni perros, ni guardias, ni médico, ni David, ni Dex.»

Solo dos tiradores en las montañas.

Y dos huérfanos dentro de la casa.

Evan cogió el arma del suelo. Era un AR-10, calibre 7.62, sin duda un rifle diseñado para un tirador experto. Evan podría hacer blanco a casi setecientos metros, pero, con la nevada, quinientos ya sería mucho.

Y no es que lamentara que estuviese nevando, en absoluto. En ese momento la nieve le protegía de los dos rifles especiales apostados en las montañas; con un alcance de mil quinientos metros, en cuanto despejara lo tendrían a tiro.

Y parecía que estaba dejando de nevar. Los copos ya no caían con tanta abundancia.

Estaba pensando en ello cuando percibió un movimiento en la puerta delantera del chalet: Candy McClure y Huérfano M habían salido al porche. Ambos volvieron la cabeza hacia Evan, encuadrándolo. Se miraron en la distancia.

Evan no iba a tener tiempo de armar el rifle para disparar. Por otro lado, ellos estaban más allá del alcance efectivo del Kalashnikov, pero Evan les mandó una ráfaga a modo de saludo. Las balas pulverizaron el porche, obligándolos a meterse dentro otra vez.

Tendrían que reagruparse y conseguir armas entre los restos del salón de baile.

Evan tenía que aprovechar la ocasión.

Se colgó el AR-10 al hombro, introdujo un nuevo cargador en el Kalashnikov y corrió hacia la arboleda del lado sur. La nieve menguaba a ojos vistas; el sol de la tarde empezaba a abrirse paso entre la bruma.

En ese instante algo cayó y penetró en el suelo a unos palmos de sus botas, y una mezcla de tierra y nieve le salpicó el costado derecho. Un segundo después un estampido supersónico anunció el disparo.

Evan torció rápidamente. Le dio tiempo a registrar un destello de luz reflejada a unos dos tercios montaña arriba, una buena posición para vigilar desde larga distancia. El chasquido de otro disparo resonó en el valle, pero Evan no había oído el impacto ya que la bala se había desviado más que la anterior. Se lanzó sobre un tronco caído, en la zona segura que proporcionaba la densa arboleda, y se quedó allí sentado, jadeante. Agradeció el hecho de que el francotirador del lado sur no fuese un experto; el del norte le habría abierto un agujero en el pecho.

Se puso de pie, agarró las armas y corrió hacia el interior del bosque. Tenía que eliminar al tirador del sur y llegar a la cima de la montaña antes de que cayera la noche. Candy y M no tardarían en echársele encima.

En lugar de ir cuesta arriba, como el tirador seguramente supondría que haría, Evan atajó horizontalmente por la base de la arboleda para ir a salir al otro extremo. Avanzaba despacio pues las botas se le hundían en la nieve, pero consiguió mantener un ritmo constante.

Llegado a un barranco, se mantuvo unos pasos por detrás de la última hilera de pinos. Sin salir de la zona en sombra, escrutó la ladera por la mira del AR10. Franjas de verde y marrón, hasta que divisó una silueta.

Retrocedió con la mira para ver mejor.

Sí, allí estaba. El francotirador estaba tomando una posición más elevada, inclinado sobre el trecho de pinos justo encima de donde había visto a Evan la última vez. El hombre se arrastró sobre un saliente de roca y, poco después, se puso de pie.

De promedio, un hombre mide un metro desde la coronilla hasta la entrepierna, lo cual es útil saber para determinar ópticamente la distancia al blanco. Para medir la posición del tirador, Evan lo encajó entre las líneas horizontales de la retícula. Quinientos metros. El hombre tiró cuesta arriba, disminuyendo otra muesca. Quinientos veinticinco.

Evan consultó la tarjeta de tiro que el rifle llevaba pegada en la culata. El papel plastificado especificaba las capacidades de la munición; la caída del proyectil cada cien metros; estimaciones de distancia; la trayectoria exterior del proyectil.

Afianzando el rifle sobre un trecho plano de pizarra, marcó una elevación en la mira telescópica para corregir la puntería para el arco balístico de quinientos veinticinco metros. Cuando volvió a enfocar, el tirador ya no estaba.

Evan cerró el ojo derecho, pegó el izquierdo al ocular de caucho y enfocó hacia un grupo de árboles cercanos al saliente de roca.

Nada. El tipo se había esfumado.

Un chotacabras cantó desde la copa de un árbol, aumentando con su trino la creciente inquietud de Evan.

Se había preparado para una emboscada, no para un tiroteo. Si el francotirador se fijaba bien, lo descubriría entre el entramado de ramas y hojas. Pero, si Evan cambiaba de posición, ese movimiento podría alertar a su enemigo.

Poco antes, el tirador estaba mirando hacia el este, por lo que era poco probable que mirara hacia donde Evan se encontraba en ese momento. A no ser que algo hubiese llamado su atención, algo que le habría obligado a ocultarse y que estaba en la misma visual en la que se encontraba Evan.

Muy despacio, Evan se inclinó lateralmente, tumbado como estaba boca abajo, y miró entre los árboles hacia el lecho del valle. Allá abajo, entre los troncos, podían verse retazos del chalet. Algo atravesó corriendo una de las pequeñas brechas. Tenía una cabellera rubia.

Candy McClure. Un segundo después hubo otro destello, esta vez más cercano al suelo.

El tirador había visto a los huérfanos, eso era. Y había cambiado su posición para encararlos.

Es decir, que ahora estaba mirando directamente hacia Evan.

Este notó que se le encogía el estómago. Volviendo a su posición anterior, boca abajo, aplicó el ojo a la mira justo a tiempo de ver una llamarada entre dos de los troncos. Un instante después un trozo de pizarra, justo al lado de donde se encontraba, salió volando, y el impacto de los fragmentos que se incrustaron en los troncos de detrás fue lo bastante fuerte para que se balancearan las copas de los pinos.

Treinta centímetros más a la izquierda y Evan se habría quedado sin brazo. Tenía que disparar antes de que el tirador apretara el gatillo otra vez.

Evan dirigió la mira telescópica hacia las sombras del matorral donde había visto el resplandor del disparo. Apuntó una línea a la derecha suponiendo que el tirador era diestro y, por tanto, tendría el cuerpo a la izquierda del rifle.

Apretó el gatillo.

No vio el impacto, pero en la oscuridad de la arboleda surgió una bruma rosada.

Evan se puso en pie de un salto y corrió cuesta arriba.

Los disparos habían alertado de su presencia a Candy y a M, pero también —y eso era lo peor—, al experto francotirador del norte. Si Evan pretendía enfrentarse a él, tendría que apoderarse del rifle del tirador de la parte sur.

Lo más seguro era que el tirador del norte se hubiera puesto ya en marcha, que estuviera rodeando el valle y atajando entre los árboles para buscar una distancia adecuada. Y, con toda probabilidad, Candy y M debían de estar acercándose desde abajo.

Subiendo a toda prisa por la pendiente, Evan saltaba de roca en roca, esquivaba troncos, haciendo caso omiso del dolor que le abrasaba los músculos de las piernas. Sentía el torso al descubierto, como si fuera un blanco de papel. El viento zumbaba en sus oídos, como zumbaba también la adrenalina en sus venas. Cada paso que daba parecía durar una eternidad. Sin embargo, no había recibido aún ningún disparo.

Vio el saliente de roca más adelante. Durante un rato le pareció que no conseguía avanzar; por más que moviera las piernas, el saliente siempre estaba lejos. Por fin llegó a la roca y, previendo un posible tiro por la espalda, se tiró en plancha y fue a parar al matorral. Contrariamente a lo que pensaba, no aterrizó sobre terreno duro, sino sobre algo blando y mullido.

El cuerpo del tirador del sur.

Evan había dado en el blanco. En ese momento pensó que no sabía qué cara tenía el tirador. Decidió que no quería saberlo.

Apartó el cadáver y examinó el arma. Era un rifle Sako TRG-42 calibre 338 Lapua Magnum; una plataforma de nivel profesional, ajustada todavía para disparo. Evan se colocó al lado.

El punto de mira señalaba el lugar exacto en el que había estado poco antes. Inclinó el arma hacia abajo y escudriñó las copas de los árboles. Se puso a cubierto y luego salió de nuevo a descubierto. Candy subía a marchas forzadas, con Huérfano M pisándole los talones. Habían conseguido sendos Kalashnikov en el salón de baile.

Un par de disparos y solo quedarían Evan y el tirador del norte, enfrentados en un duelo a muerte en el nevado lecho del valle.

Pegó la mejilla al guardamonte y siguió la trayectoria de Candy manteniendo el retículo a unos centímetros de la cara. Candy desapareció detrás de unos pinos, pero Evan no desvió la trayectoria, calibrando el ritmo de su avance a la espera de un claro en el pinar.

El claro apareció, y Evan estaba preparado.

Candy apareció en la mira telescópica. El retículo encontró su objetivo. Todo listo para apretar el gatillo.

Un instante antes de disparar, el aire explotó alrededor de Evan. Oyó el chasquido carnoso detrás de su oreja, notó un golpe brutal en el hombro y luego no vio más que agujas de pino y ramas borrosas. El suelo se vino hacia arriba para recibirlo. Tierra en la boca. Esquirlas en la mejilla. Hielo en el oído.

Y, debajo de él, un charco de sangre.

56

Prácticamente seguro

No había muerto. De eso estaba prácticamente seguro.

Su cuerpo era presa de la parálisis, pero podía mover los ojos. Forzó la vista en un intento de entender lo que había pasado.

Si hubiera recibido un balazo del calibre 30 en el hombro, estaría muerto o le habría arrancado el brazo. Miró la mano y le pareció que seguía pegada al resto del cuerpo. Los dedos estaban pálidos, ligeramente enroscados. Concentrándose al máximo, consiguió moverlos.

Bueno. La mano seguía en su sitio.

Desvió las pupilas hacia el Lapua y luego hacia el árbol que tenía junto a él. En la corteza faltaba un trozo del tamaño de un balón de fútbol y se veía la madera de dentro. Ignorando la fuerza de la gravedad, fragmentos de corteza revoloteaban en el aire.

El tirador del norte había errado el tiro por centímetros; la bala había hendido el árbol, lanzando contra el hombro de Evan un gran trozo de corteza.

Entonces se dio cuenta, casi como algo secundario, de que no podía respirar. Tenía la garganta atascada, un nudo en la tráquea. Sintió arcadas, como si fuera a vomitar, y luego su caja torácica se relajó y pudo aspirar oxígeno. Fue un sonido primitivo, un ruido como si alguien le hubiera hecho unos agujeros directamente en los pulmones. Jadeó varias veces entre agujas de pino.

El charco de sangre se ensanchaba. Notó el cuello pegajoso. El calor de la sangre llegó a su mejilla. Si no conseguía parar la hemorragia —y rápido—, esa visión sesgada que tenía del lecho del bosque sería su última captura de pantalla antes de apagarse para siempre.

Consiguió incorporarse a duras penas, aunque podía ser que hubiera perdido el conocimiento una o dos veces durante el proceso. Al mirar hacia el lado, vio que tenía la chaqueta rasgada y el hombro derecho convertido en un amasijo de carne y músculos desgarrados. En medio de aquel desastre se veían fragmentos de clavícula. De la herida manaba a intervalos sangre brillante que le bajaba en riachuelos por el brazo, empapando la manga. Al partirse el hueso, debía de haber lacerado la vena subclavia provocando una hemorragia masiva.

Y estaba demasiado cerca del cuello para hacerse un torniquete.

Notó que se le iba la cabeza, y con el mareo la imagen de...

... sangre arterial empapa el hombro de la franela azul. La mano de Jack, enguantada ya de rojo carmesí, tapona la herida.

Evan parpadeó varias veces y regresó al presente. Se llevó la mano izquierda a la herida y apretó.

Tragó todo el aire que pudo, al tiempo que intentaba ordenar sus pensamientos en medio del cenagal de sensaciones que lo embargaban. Lo habían entrenado para ser capaz de adoptar una estrategia incluso en condiciones de extremo dolor y tensión, para proteger la luz piloto e impedir que esta se apagara.

Candy y Huérfano M estaban todavía muy abajo y les quedaba un buen trecho de terreno empinado que cubrir. Dado que él dominaba la situación desde arriba, tendrían que avanzar despacio y con cautela. Sin embargo, el tirador del norte podía estar en cualquier parte. Y sabía exactamente dónde se encontraba Evan.

—Apártate de la primera línea de árboles —expresó en voz alta; la única manera de conseguir que sus piernas se movieran. No bastaba con pensarlo.

Retrocedió despacio, hundiendo los talones, antes de darse cuenta de que no estaba de pie.

Levantarse sin utilizar los brazos era difícil, pero lo consiguió. Tropezando casi con sus propias botas, se adentró en el pinar. Los dos rifles habían quedado en el claro, junto con el Kalashnikov; de todos modos no habría podido manejarlos. La sangre le bajaba por el brazo y goteaba de las puntas de sus dedos.

El dolor sabía a...

... cemento mojado, el aire húmedo del nivel 3 del aparcamiento colándose en sus poros, el resplandor rojizo de las luces del ascensor y...

... presionó con más fuerza la herida con su mano izquierda, respirando...

... aquel olor tan familiar a hierro, el empalagoso aroma de las flores de cerezo, que...

... habría jurado que podía olerlo, pero sabía que estaba en un valle de Maine cubierto de nieve, avanzando torpemente ladera arriba e intentando que su cuerpo no perdiera más sangre. Se preguntó si sería posible estar en dos lugares a la vez. Quizá era eso, morir, recoger la red del tiempo, los acontecimientos y los lugares, todo junto, y...

... Jack se agarra el hombro ensangrentado...

... como Evan estaba haciendo con el suyo y...

... Jack dice: «Ya estoy muerto. La bala ha tocado la arteria braquial».

«No puedes saberlo. Tú no...»

«Sí que lo sé.» Levanta una mano callosa, la apoya en la mejilla de Evan, quizá por primera vez.

Evan tropezó y las rodillas se le hundieron en un montículo de nieve. Inclinado hacia la cuesta, se bamboleó un momento. El charco, tan indiscreto sobre la nieve, le recordó al pecho encarnado de un petirrojo.

Recuperar la posición vertical le supuso varias fases. Sus pies se pusieron en movimiento y lo llevaron hacia delante, hacia arriba. Iba rebotando de un árbol a otro. Había muchos, una interminable extensión de troncos que dividían la tierra como los barrotes de una celda.

Por fin, le pareció que más adelante había un claro en el bosque, un trecho sin árboles y de un blanco cegador. Más allá de los últimos árboles, un trecho irregular de nieve polvo subía hasta la cima, que distaba unos quince metros.

Tenía que llegar hasta allí como fuera.

La nieve le succionaba las botas y tuvo que hacer fuerza para levantarlas y mantener el equilibrio. No quería caerse. Le castañeteaban los dientes. Ya no sentía el brazo.

Pensó que iba a morirse. Y, sin embargo, lo único que veía era el...

... el dolor brutal que invade el cuerpo de Jack. Jack se esfuerza por hablar. «Escúchame bien. No ha sido culpa tuya. Yo tomé la decisión de reunirme contigo. Yo. Vamos, vete. Déjame aquí. Vete.»

Evan siente que se está ahogando, pero luego nota la humedad en sus mejillas y comprende lo que le pasa a su cara. «No —dice—. No pienso irme. No...»

Jack se lleva la mano buena al cinturón. Suena un clanc y de repente su pistola reglamentaria está entre ambos. Jack apunta con ella a Evan y dice: «Vete».

«No serías capaz.»

Jack tiene la mirada firme, bien enfocada. «¿Alguna vez te he mentido?»

Evan se pone de pie, retrocede un paso. Se da cuenta de que aún tiene la mano envuelta en la camisa de Jack. Aprieta el puño y la humedad que empapa la tela se escurre entre sus dedos. Arriba, en algún punto del aparcamiento, chirrían neumáticos. Ruido de pisadas en el cemento.

«Muchacho —dice Jack—. Tienes que irte.» Gira el cañón del arma hacia su propia barbilla.

Evan se enjuga las lágrimas con los brazos. Retrocede otro paso, dos, tres, y luego da media vuelta.

Mientras huye a la carrera, oye el disparo.

Las palabras de Jack resuenan en su cabeza. «Tienes que marcharte. Tienes que... marcharte.»

—Maldita sea —exclamó Evan—. ¡Maldita sea! ¡Qué manera más estúpida de morir, coño!

Se le habían dormido los dedos de la mano izquierda, lo que, sumado a la costra de sangre que los cubría, hacía aún más difícil mantener la presión sobre la carne viva del hombro. Perdió el centro de gravedad y empezó a inclinarse hacia un banco de nieve. Intentó recuperar la vertical, pero el blando colchón cedió bajo su peso, depositándolo suavemente en el suelo. Ya no tenía fuerza en la mano para contener la hemorragia. La cálida corriente de sangre goteaba entre sus dedos. Respiró con la boca pegada a la fría tierra. Parpadeó para sacudir de sus pestañas unos cristales de hielo.

Después de Jack, no había dejado que nadie entrara en su vida; por tanto, nadie le echaría de menos.

—Qué estúpido —exclamó.

Notó que empezaba a desvanecerse, el Hombre desconocido se difuminaba en la blancura. Toda una vida mimetizándose, no dejando ninguna huella. Lo que implicaba que tampoco había dejado ninguna marca. Había construido su propia armadura, pero ahora se sentía aplastado por su peso a medida que iba hundiéndose en el olvido. Entonces ¿era así como acababa todo?, ¿con el proverbial lloriqueo?

Todo su cuerpo se estremecía. De pronto, sintió una vibración más intensa en la cadera. Evan tardó un poco en identificarla.

Era el RoamZone.

El chico, que le llamaba.

Al oír el teléfono, se acordó también de Alison Siegler. Pensó que en el momento de morir, en lugar de ver el acostumbrado túnel de luz, vería el *Horizon Express* avanzando inexorablemente hacia el puerto de Jacksonville.

Evan cerró los ojos con fuerza.

«Muchacho. Es hora de partir.»

Retiró la mano de la herida —la sangre fluía ahora a chorros— y sacó el teléfono del bolsillo. Se llevó el aparato a la cara. Tenía la mano teñida de un rojo uniforme. El tacto de los nudillos era pegajoso.

Le vino a la cabeza la frase con la que solía contestar —«¿Necesitas ayuda?»— y le entraron ganas de reír.

—Yo... —dijo—. No... no puedo...

La voz del chico sonó ronca y dolida:

—Se ha olvidado de mí.

—No. No es verdad. Pero no puedo... —Una oleada de dolor lo dejó sin aliento. Hizo una mueca, se mordió el labio, esperó a que pasara—. No puedo ayudarte, ¿vale? No... puedo.

El suelo se inclinó a su alrededor, una montaña rusa a través del tiempo y del espacio, y estaba hablando con el muchacho y con Alison Siegler, con Jack en el nivel 3 del aparcamiento y consigo mismo, atrapado sin remedio en un valle a quince metros de la cumbre.

—No puedo... ayudarte... ya no... —siguió diciendo.

«Es hora de partir.»

Cada inspiración suponía una punzada de dolor.

—Habrá... alguien más que... —añadió Evan.

—No. —La voz del chico se perdía entre interferencias—. Tiene que ser usted.

Evan tuvo la sensación de que se fundía con el frío suelo.

Algo, olvidado en algún recóndito lugar de su alma, pareció partirse, y una oleada de sentimientos lo arrastró hacia lo más hondo, hacia las gélidas aguas abisales. Una lágrima se abrió paso entre los copos de nieve y apelmazó su mejilla, un pequeño reguero cálido en la piel y...

... *un chorrito fino como una brizna de paja sale de entre los dedos de Jack*...

... estaba llorando, pero no sentía tristeza sino otra cosa, una especie de liberación.

«Hora de partir.»

—... lo siento —dijo—. Lo siento...

La conexión se cortó. Evan inclinó el teléfono para mirar la pantalla. Le temblaba violentamente la mano.

—... lo siento —dijo mirando el suelo—. Lo siento mucho...

Vete. Déjame solo. Vete.

—De acuerdo, Jack —dijo—. De acuerdo.

Respiró aire húmedo unos momentos. Se fijó, entre los últimos troncos, en aquel trecho de terreno pelado, tan cerca y tan lejos a la vez. El último sol realzaba ahora toda la cremosa belleza del repecho nevado. Eran quince metros hasta la cumbre. Pensó que se merecía al menos eso.

—Quiero llegar hasta allí —dijo para sí con voz ronca—. Quiero ver la cumbre.

Se metió el teléfono en el bolsillo de la chaqueta —no quería desprenderse de lo único que seguía uniéndolo al muchacho— y volvió a taparse la herida con la mano. No conseguía estabilizar la presión, de modo que utilizó el mentón para que la mano no se moviera de sitio. Consiguió ponerse de rodillas, y luego, apoyándose en un pino, se incorporó hasta quedar de pie.

En dos pasos estaba ya más allá de los árboles. Sentirse de repente en campo abierto lo dejó sin respiración. El dolor iba y venía, y parecía aflojar por momentos. Mientras se esforzaba por avanzar por aquella cuesta de un blanco impoluto, el mundo recobró su nitidez: los bordes como dientes de los copos de nieve; el haz violeta del sol poniente entre nubes de algodón; el aire, tan limpio que le escocía en la garganta, recordándole que seguía vivo.

Un resplandor dorado nimbaba la cima. Dirigiría sus últimos pasos hacia allí.

De pronto el horizonte pareció apelotonarse en un punto, formando una burbuja que adquirió forma humana: alguien que estaba coronando la montaña desde la otra vertiente. Fuera quien fuese, se detuvo en la cumbre, a contraluz. Evan tuvo que entornar los ojos, y entonces distinguió la silueta del rifle que el hombre sujetaba de través sobre el pecho.

Un Lapua Magnum calibre 338.

Era el tirador del norte.

«Te lo mereces —pensó Evan—. Has sido mejor que yo.»

Ya no sentía las piernas. Ahora que se había detenido, no iba a ser capaz de seguir adelante. Miró la cúspide con gesto compungido. Tan cerca y tan lejos...

Sus ampollados labios se movieron.

—Al menos lo he intentado —dijo en voz alta.

Las facciones del tirador estaban en sombras.

Evan lo vio alzar el rifle. Sintió como un repiqueteo en el cuerpo y la agradable sensación de no tener ya ninguna opción que barajar.

No era necesario seguir luchando.

La mira telescópica soltó un destello en la luz del día que ya declinaba. Evan percibió el chasquido de un disparo.

Se lanzó hacia delante, la vista fija en el borde del valle, en la cumbre. Quería que esa fuese su última visión.

El repiqueteo se transformó en un tronido, el batir de unas alas gigantes. El cuerpo del tirador se sacudía como si tiraran de él cordeles invisibles, acribillado a balazos. Una extraña sensación de calma se apoderó de Evan al comprender lo que pasaba: una fantasía provocada por la agonía.

Pues bien, intentaría disfrutarla.

El tronido adquirió un ritmo concreto, como si una bestia colosal se aproximara. Y de repente apareció un Black Hawk, majestuoso sobre la pared del valle, la luz del sol poniente reflejada en sus aspas. Un tirador estaba inclinado sobre el patín de aterrizaje y miraba hacia abajo desde su ametralladora, comprobando su obra.

Jack.

Cómo no. ¿Quién mejor que Jack Johns en su papel de ángel de la guarda y un Black Hawk para llevarlo al dulce más allá?

La ametralladora disparó una ráfaga, arrasando los pinos a espaldas de Evan, y entonces él comprendió que su imaginario Jack lo estaba protegiendo al hacer que Candy McClure y Huérfano M retrocedieran hacia el bosque y se vieran obligados a descender.

Evan estaba a salvo. No tenía nada que temer.

El helicóptero se posó, alborotando los cabellos de Evan, sus prendas. Sonrió en medio del sueño febril.

Jack saltó del aparato y fue hacia Evan pisoteando la nieve. El sol apareció brevemente detrás de su cabeza. Había envejecido. Debía de rondar los setenta y pico pero aparentaba unos saludables sesenta.

Evan sabía que estaba más allá de una fantasía agónica, que ya estaba definitivamente muerto y que aquello no eran sino los últimos vestigios neuronales de un cerebro cadáver.

Otros dos hombres saltaron del Black Hawk, llevando una camilla. Jack volvió la cabeza y les gritó:

—¡Sacadle de aquí, rápido!

Los hombres se apresuraron, caminando por la nieve con dificultad. Jack apoyó las manos en sus rodillas y miró a Evan.

—¿Qué haces ahí tumbado?

—... morirme.

La expresión de Jack era de preocupación y cólera a la vez.

—Le has disparado a ese capullo —dijo—. ¿Dónde está tu arma?

—... ahí, en el bosque... ya no podía disparar... el brazo derecho... inutilizado...

Jack bajó la cabeza y examinó a Evan.

—El izquierdo está sano.

Evan levantó la vista a aquel resplandeciente cielo violeta y sonrió. Sí. ¡Era Jack!

Llegaron por fin los sanitarios, apartaron a Jack y agarraron a Evan entre los dos. Se lo llevaron hacia el helicóptero en la camilla, Jack corriendo a su lado. Evan le miró desde abajo y se dio cuenta de que ahora estaba más preocupado que cabreado.

En el momento en que lo subían al Black Hawk, el RoamZone se escurrió del bolsillo de Evan. Este se movió para agarrarlo y lanzó un grito, pero el ruido de los rotores se llevó sus palabras.

—¿Qué ocurre? —le preguntó Jack.

Deslizaron la camilla hacia la panza del aparato. Evan se debatía, alargando un brazo. Jack entró detrás con el teléfono en la mano.

—¿Es esto? ¿Quieres esto?

Evan asintió.

Jack miró la carcasa destrozada del RoamZone y luego a Evan, la frente arrugada.

—Está bien —dijo.

Evan cogió el teléfono y lo apretó con fuerza. Un alfilerazo de dolor. Cuando el helicóptero se elevó bruscamente, sintió vahídos en el estómago. Por la portezuela abierta entraba un aire frío, muy frío.

Jack estaba gritando con los auriculares puestos:

—... bolsas de sangre a punto, mete el suero en el refrigerador y avisa a un cirujano de trauma. ¡Rápido!

Mientras sobrevolaban el valle, Evan miró el chalet —desde aquella altura parecía una casa de muñecas—, de cuya pared reventada subían aún espirales de humo.

—Me da igual lo difícil que sea —dijo Jack—. Si no me consigues un médico a tiempo, hago aterrizar este helicóptero encima de tu cabeza, ¿entendido?

Evan distinguió movimiento allá abajo. Una caravana de SUV negros avanzaba por la pista de tierra a toda velocidad y entraba en el camino adoquinado. Se abrieron puertas, se apearon hombres.

Saliendo de entre los árboles, dos puntos oscuros corrieron a recibirlos.

Evan sintió que se iba y pestañeó con fuerza para no perder el conocimiento.

Del grupo de hombres se destacó una figura, que esperaba a Candy McClure y a Huérfano M. Era un hombre e iba vestido diferente de los demás, con una especie de capa larga. Levantó la vista hacia el Black Hawk. Llevaba la capucha puesta y su rostro estaba en sombras, pero Evan supo enseguida de quién se trataba.

Van Sciver.

El Black Hawk se escoró de nuevo, y Evan ya no vio más que una extensión interminable de cielo.

Cerró los ojos, y esta vez no volvieron a abrirse.

57

Una llamada muy persuasiva

Dolor.

Posición horizontal.

Sensación como de ir a la deriva en una canoa.

La garganta: papel de lija y herrumbre.

La mano agarrada al RoamZone.

Aguja insertada en el brazo, bolsa de suero en el rocoso puño de Jack.

Fluorescentes moviéndose en lo alto.

Un pasillo desierto seguido de otro pasillo desierto.

Puertas.

Interior de un almacén.

En medio del espacio vacío, e iluminado como en un plató de cine, un quirófano.

Alucinante.

Tan fuera de sitio como el laboratorio de René.

Qué extraño era el más allá.

Un médico con bata azul se acercó corriendo.

—¿Quién es? —preguntó.

La voz desencajada de Jack, más áspera que de costumbre:

—John Doe.

—¿Quién es usted?

—El padre de John Doe.

Pulgar en un párpado.

Resplandor de linterna de bolsillo.

Dedos de látex palpándole la arteria.

Una enfermera, en voz alta:

—¿Qué hace el suero en el refrigerador?

Jack se la quitó de encima con un gesto de la mano.

Tijeras de trauma abriéndole la chaqueta.

La tela, empapada, siendo retirada de la herida.

—Santo cielo —exclamó el médico—. Vaya...

Y Jack:

—Hable.

—Verá, he recibido una llamada muy persuasiva del código de área 202 diciéndome que viniera hasta aquí. Quisiera ayudar, créame, pero yo solo soy anestesista...

—¿Anestesista? ¡Virgen santa!

—Necesita una derivación en la vena subclavia dañada. Y para eso necesitamos un cirujano de trauma.

—Y eso fue lo que pedí.

—¿Cuántos cree que hay en el condado de Piscataquis? Su gente consiguió localizar a uno, pero... bueno, el mal tiempo, las carreteras. Es una doctora, y todavía tardará un par de horas. Yo solo soy un sustituto hasta que ella llegue, pero...

—Tiene que conseguir que hable.

—Oiga, lo siento de veras. Este hombre no aguantará tanto. No va a salir de esta.

Jack torció el gesto.

Evan intentó emitir algún sonido, pero no salió ninguno.

Las luces se apagaban y se encendían.

—Está bien. —Jack inclinó la frente hacia la vasta extensión de su mano. Cuando levantó la cabeza, en sus ojos había otra expresión—. Entonces, mátele.

58

Frío

Frío.

59

Renacer

Aparecieron luces, borrosas.

Cabaña. Cama mullida. Jack sentado a su lado.

—Te han hecho... renacer —dijo Jack, en un tono melodramático.

—Estás más viejo —advirtió Evan, y se dejó acoger por la oscuridad que lo reclamaba.

60

Solo hay una persona más destructiva que nosotros

Fundido de entrada. Nuevo día.

Evan notó que le latía el hombro vendado. Jack seguía en la misma silla, con la misma ropa, aún más desaliñado. La estancia olía a cedro húmedo y a café.

Unos Campos Elíseos bastante chapuceros.

¿Aquello era real?

—Deja de gimotear y levanta el puto culo —le ordenó Jack—. Tenemos cosas que hacer.

«Pues sí, pensó Evan. Es real.»

—¿Qué d... día es hoy? —Tenía la garganta reseca del todo; tuvo un ataque de tos.

—Veintisiete de octubre —dijo Jack.

Eso significaba que Evan tenía tres días para alcanzar a Alison Siegler antes de que llegara a Jacksonville.

Seguía tosiendo y Jack le pasó un vaso de agua. Evan tomó un sorbo. El frescor del líquido recorrió su garganta seca hasta llegar al estómago.

La cabaña tenía una sola habitación, muy amplia. Había una estantería repleta de libros viejos, encuadernados en piel y ordenados de mayor o menor según su altura. De una de las vigas del techo colgaba una bolsa grande, llena de agua. Una cacerola descansaba sobre el fogón de una cocina pequeña. No había una sola miga ni mota de polvo a la vista. Estaba claro que Jack vivía allí.

Evan dejó el vaso, hizo una mueca y adelantó la mano izquierda hasta tocar el pecho de Jack con un dedo. Era sólido.

—Se suponía que estabas muerto —comentó.

—Dejemos eso para más tarde —dijo Jack.

—Creí que eras una visión fruto de la agonía. Un *deus ex machina* en forma de Black Hawk, y mi fiel mentor a los mandos. —Evan hizo más hincapié en «fiel mentor» de lo que pretendía.

—Si no hubieras salido a ese claro de la montaña, no te habríamos localizado.

—Pero ¿cómo llegasteis hasta allí?

—Fue después de la explosión en el chalet. Hicimos una pasada por debajo de la cresta de las montañas. Estábamos escaneando la sierra con un micrófono parabólico y captamos la rúbrica de audio de tus murmullos. Estabas...

—¿Qué?

—Te estabas disculpando por algo.

«... lo siento. Lo siento mucho...»

Así que era el muchacho, y no al revés, quien le había salvado la vida.

Evan le devolvería muy pronto el favor.

Si el chico no hubiera llamado, y si Evan no hubiera contestado, la gente de Jack no habría podido localizarle. Si Evan no hubiera salido de los árboles para dirigirse a la cima, no lo habrían visto. Ese último esfuerzo, cuando ya lo daba todo por perdido, le había salvado la vida.

Notó que le ardía la pierna. Retiró la sábana. Vio que tenía una cicatriz roja en la cara interna de la pantorrilla. ¿Le habían extirpado una vena safena?

—¿Y cómo...? —preguntó.

—Te desconectamos. Animación suspendida, ya sabes.

Evan esperó a que Jack continuara.

—El médico te indujo una hipotermia. Vació la sangre y regó tu organismo con suero fisiológico frío.

—¿Mis venas?

—Los órganos internos, el corazón, el cerebro... todo. Bajamos tu temperatura a diez grados. Cuanto más frías están las células, menos oxígeno necesitan. Hubo que ralentizar las reacciones químicas, impedir que tu cerebro se diera cuenta de que no recibía oxígeno.

—¿Te lo estás inventando?

—No. Ya hace años que trabajan en esto, pero de tapadillo. Lo llaman técnica de preservación y resucitación de emergencia.

—¿Ha sido probada anteriormente?

—En cerdos —respondió Jack con un brillo divertido en los ojos.

—¿Tasa de supervivencia?

—Un siete por ciento.

Evan tragó saliva.

—Venga, hombre —le animó Jack—. Es más de lo que has disfrutado a lo largo de toda tu vida. —Apartó la vista, pero Evan pudo ver que se le humedecían los ojos—. Estuviste clínicamente muerto dos horas y trece minutos. La cirujana tardó en llegar, pero lo consiguió.

—¿Y qué me hizo?

—¿Después de arrancarme a mí la cabeza? Pues un bypass. Después hicimos subir tu temperatura corporal con bidones de agua caliente, te inyectamos productos homoderivados y te devolvimos a la vida con un desfibrilador. Eres un monstruo de Frankenstein. El ángel caído.

—¿Y mi teléfono?

Jack puso cara de preocupación; debía de haber detectado algo en la expresión de Evan. Abrió el cajón de la mesita de noche, sacó el maltrecho RoamZone y se lo lanzó.

—¿Estás bien? —dijo.

—Joder, Jack, ¿tú qué crees?

—Sé que tenemos mucho de qué hablar.

—¿Tú crees?

Jack miró hacia otro lado; su mandíbula se endureció.

—Mierda, ya es jueves. —Evan intentó incorporarse... y los resultados fueron curiosos. Empezó a ver puntitos, y luego los puntitos se mezclaron entre sí. Volvió a tumbarse—. Nunca he estado cuatro días inconsciente.

—Bueno, nunca habías estado muerto.

—Exacto. A diferencia de ti.

La ventana era un mosaico de copos de nieve.

—¿Dónde estamos?

—En los montes de Allegheny.

—¿Y puedo irme cuando quiera?

—¿Cómo? —El color volvió a las mejillas de Jack—. Claro que puedes. ¿Qué crees que es esto?

—Ni idea. ¿Qué?

—Pues que te he salvado el pellejo, simplemente.

—Ya, pero no te has mostrado muy comunicativo estos últimos ocho años... Así que discúlpame si desconfío un poco.

Jack dejó que la última frase resonara en las paredes. Juntó las yemas de los dedos. Se los miró.

—Tengo un carnet de conducir para ti, dinero en metálico... Puedes marcharte en cuanto estés bien. Te llevaré a donde me digas.

—¿Dónde está la carretera más próxima?

—A cuatro kilómetros y medio cuesta abajo. —Se rascó la barbilla con una mano—. ¿Piensas ir a dedo, Evan? ¿En tu estado? Me gustaría verlo.

Evan se mordió el labio con fuerza; sus pensamientos hervían. Intentó obviar el dolor de cabeza.

—¿Cómo diste conmigo, Jack? —preguntó después.

—No fui yo. Van Sciver te siguió la pista después de la transferencia. Hace tiempo que le vigilo. Y en cuanto corrió la voz de que iba a haber una subasta...

—¿Le tienes vigilado?

—Con poco éxito, en general, y desde hace años así. Igual que él me vigila a mí desde hace tiempo. Juegos de sombras.

—Pero tú ya estás fuera de la organización.

—Desde luego que sí. Estoy tan muerto como tú —dijo con aquella media sonrisa tan suya—. Pero sigo teniendo amigos en los bajos fondos.

—¿Has visto a Van Sciver personalmente?

—No. Esto es lo más cerca que hemos estado.

Jack metió la mano en el cajón y sacó una imagen del chalet tomada por satélite, con fecha y hora.

Evan no daba crédito a sus ojos.

—¿Sigues teniendo acceso a pájaros? —preguntó.

—Depende de a quién se lo pidas.

En la foto, con mucho grano, se veía a Van Sciver con el rostro vuelto hacia el cielo, apenas un óvalo oscuro enmarcado por la capucha de su capa, justo el instante que Evan recordaba antes de perder el conocimiento. Alrededor de Van Sciver, en el camino de entrada, un enjambre de SUV, negros como escarabajos.

—¿Qué diablos lleva puesto? —dijo Evan, mirando aquella silueta borrosa.

—Una capa jaula de Faraday. La tela metalizada bloquea señales de radiofrecuencia, rayos X, escaneo termal... Incluso impide que le detecten los drones.

—Me recuerda a Gandalf.

—Ya sabes cómo es. Chucherías y paranoia; para él son como hierba gatera. Van Sciver es la única persona más destructiva que nosotros.

Evan notó de repente que la cabeza le pesaba mucho.

—Se suponía que estabas muerto —dijo.

—Luego, Evan.

Evan no se sintió con fuerzas para discutir.

—¿Qué has conseguido sobre René?

—¿René?

—El tipo que me secuestró. El que organizó la subasta.

—Todos se dispersaron después de tu rescate...

—Fue una fuga, no un rescate.

Jack mostró las palmas de sus manos.

—Está bien. Después de tu «fuga» en el chalet no encontraron gran cosa. Alguien inició dispositivos de autoborrado por control remoto, o sea que todas aquellas cámaras de vigilancia no sirvieron para nada.

—¿Y cómo consigues esos datos estando fuera de la organización?

—Bueno, fueron treinta años de servicio clandestino; aún conservo muchos sedales ahí dentro, y con buenos cebos.

Evan cambió de postura en la cama, y su hombro derecho se quejó.

—¿Y todo el material que dejó en el chalet? Allí había un montón de cosas —dijo.

—Hablé con uno de mis contactos en el FBI. Apenas han empezado a investigar, pero me explicó que todo lo que había en el chalet estaba muy bien atado. Cuadros exóticos, maquinaria médica rara, armamento avanzado; hay mucho que revisar, pero llevará tiempo. Mercado negro, procedencia dudosa, pagos en metálico, etcétera, etcétera. Seguro que algo saldrá, pero rastrear en el mercado negro es como cavar un agujero con la cara, ya lo sabes.

Evan se imaginó a René blandiendo aquel pequeño envase cilíndrico, rociando con antidetector de ADN todas las superficies que tocaba. Los cajones vacíos del estudio. «Mis cosas las tengo escondidas en una madriguera.»

—¿Y con qué pagaba el chalet? —preguntó Evan.

—La pista del dinero es demasiado intrincada. Ya sabes, cojinetes...

—... dentro de cojinetes —añadió Evan.

Jack parecía divertido; no así Evan. Su cuello no era lo bastante robusto para sostenerle la cabeza.

—Cada pago era transferido desde una sociedad instrumental diferente —le explicó Jack—. Todos sus movimientos bancarios entre distintas entidades tienen un sistema de encriptaciones muy complejo...

—Van Sciver hackeó su encriptación.

Más que hablar, Evan balbucía, y se preguntó qué clase de analgésicos debían de correr por su organismo. Tenía tantas preguntas rondándole la cabeza que no conseguía poner orden.

Tres días para alcanzar a Alison Siegler. El *Horizon Express* debía de estar doblando el extremo oriental de la isla de Cuba, rumbo al continente otra vez. Y, en cuanto al muchacho, solo Dios sabía dónde estaba.

La voz de Jack lo sacó de sus pensamientos.

—Con los recursos que tiene a su disposición, Van Sciver puede hackear cualquier cosa.

—Cualquier cosa, no —repuso Evan—. Consiguió traspasar las encriptaciones de René, pero no las mías.

—Bueno, pero ¿y ese tal René? Un tipo escurridizo donde los haya. —Jack meneó la cabeza—. No tenemos ni idea de quién es, igual que un fantasma.

Evan movió el brazo derecho y notó cómo se quejaban sus músculos.

—Quieto —le dijo Jack—. ¿Qué haces?

Los dedos de Evan buscaron la cinta adhesiva en la cara interna de su brazo izquierdo. Sin apenas fuerzas, la desenganchó. La piel se vino hacia arriba con un concierto de pequeños pellizcos. Evan puso el trocito a la luz, apoyándolo en la yema del pulgar.

Allí detrás, atrapada, estaba la huella dactilar de René.

Jack la cogió.

Finalmente, Evan volvió a apoyar la cabeza en la almohada; fue como entrar en una nube.

—De nada —musitó, y se quedó dormido.

61

Hacer daño

Evan se despertó en algún momento de la noche. La oscuridad envolvía la cabaña; parecía pequeña e insignificante, como una caja a la deriva en el espacio exterior. Jack, desplomado en una silla de la cocina y respirando profundamente, dormía, el rostro iluminado con el brillo oscilante del protector de pantalla del ordenador.

Procurando hacer el mínimo de ruido, Evan retiró las sábanas. Al moverse, el hombro seguía doliéndole, pero le sorprendió que fuera un dolor soportable. Caminó sigiloso por las tablas del suelo. Sentía los músculos agarrotados, la zona lumbar protestaba de tantas horas acostado.

Entró en el baño y tiró de la cadenita para encender la luz. El espejo le devolvió una cara ceñuda y sin afeitar. Los había visto más guapos...

Le costó lo suyo alcanzar el cordel en la parte posterior de la bata de hospital, pero finalmente tiró de él y dejó que la tela resbalara de sus brazos y aterrizara en el suelo. Mordiéndose el labio, aflojó el apósito que le cubría el hombro y lo levantó. Un amasijo de carne enfurruñada cubría el deltoides. Por encima de la clavícula, una cicatriz horizontal, un acento adornado con puntos de sutura. El hueso no tenía muy mala pinta, seguramente se lo habían enderezado con una varilla metálica.

Empezó a ver puntitos y tuvo que apoyarse en el lavabo para no perder el equilibrio. Calculó que en una o dos semanas estaría recuperado. Pero no tenía tanto tiempo.

Le había prometido al muchacho ir a rescatarlo.

Tenía que alcanzar a Alison Siegler.

Y después, a por René.

Su pelo estaba apelmazado, pegajoso de resina. Le habían limpiado la cara, pero aún había rastros de sangre seca en el costado del cuello y en el borde de la sien. Apestaba a sudor y a suciedad.

Se metió con cuidado en la bañera y abrió el agua caliente. Encima de la pastilla de jabón había una cuchilla de afeitar nueva. Se afeitó en la penumbra y luego, con una manopla, se fue limpiando. La espuma despedía pequeñas fragancias conocidas: bergamota y cuero, limón y almizcle. A eso olía Jack. Eso le transportó a la alquería de dos plantas donde había pasado su niñez. La buhardilla con vistas a un mar de robles. Strider, el crestado rodesiano que lamía migas de la mano de Evan, entonces con doce años. «Lo más difícil es seguir siendo humano.» Jack siguiendo con el pie el ritmo del aria de *La fille du régiment*. Nueve dos de pecho. Altísimas estanterías con libros, paredes color verde oscuro. La foto de la difunta esposa de Jack en su bruñido marco de plata. El nivel 3 del aparcamiento. Franela azul. El olor a hierro y a flores de cerezo. «¿Alguna vez te he mentido?»

¿Alguna vez te he mentido?

Pues sí.

Me has mentido.

Evan cerró el grifo. Se levantó con esfuerzo, salió de la bañera y consiguió secarse como pudo con una toalla. Dejó en el cuarto de baño la bata de hospital sucia, fue sin hacer ruido hasta la habitación y se sentó en la cama.

En el armario de la mesita de noche había suministros médicos. Los esparció sobre la cama, cogió una gasa y rasgó el envoltorio con los dientes. El esparadrapo le dio bastantes problemas.

Detrás de él, Jack estaba despierto y sentado a la mesa. Sin necesidad de mirar, Evan lo supo.

La voz de Jack asomó sigilosa por detrás:

—¿Te ayudo?

—No —dijo Evan.

Cuando Evan se despertó la mañana siguiente, la cabaña estaba vacía. Tenía la mente más despejada. Después de vestirse con ropa de Jack que había encontrado en el armario, fue hasta la encimera que hacía las veces de cocina y se preparó unos copos de avena. Estaba removiendo los copos cuando Jack entró de fuera apretando hacia abajo la corta antena de un teléfono vía satélite.

—René Peter Cassaroy —dijo Jack.

—Bonito nombre.

Jack señaló con un gesto de cabeza los papeles que había encima de la mesa de la cocina.

—Parece que tiene un bonito árbol genealógico. —Se quitó la bufanda y la colgó del perchero—. Está desaparecido.

Evan se acercó a la mesa y echó un vistazo a los informes; todos ellos llevaban el sello de «información confidencial». La mayoría eran del FBI, que por lo visto era la avanzadilla de la investigación. Evan sospechó que lo más valioso serían los documentos de Hacienda. Había, asimismo, varias copias escaneadas de fotografías. El granero. El laboratorio del sótano. El salón de baile después de la explosión. Parecían cosa de otro siglo.

—La huella dactilar ha sido de gran ayuda, ha acelerado la investigación. El FBI está preparando una denuncia por delincuencia organizada, además de asesinato y secuestro; lo de siempre. Cassaroy se gastó una pasta en contratar a pistoleros del cartel de Sinaloa, como ya sabes. Se ha denunciado la desaparición de varios jóvenes de ambos sexos en las regiones colindantes, y hay también varias denuncias por agresión. También ha habido desapariciones y agresiones cerca de las últimas residencias alquiladas por Cassaroy: Albuquerque, Cabo San Lucas, Praga. —Jack se quitó la chaqueta y la dejó de cualquier manera sobre la repisa—. Han conseguido dosieres financieros y médicos de las víctimas, con todo tipo de detalles, así como diarios de vuelo de helicópteros, y dieron también con un tal doctor Franklin, un hematólogo de mala reputación. Pero no tienen nada de René Peter Cassaroy. Se ha esfumado.

Evan se sentó con sus cereales a la mesa donde estaba toda la información.

—Lo encontraré —dijo.

—Si lo haces, Van Sciver estará esperando. Como tú decías, ya ha demostrado que puede seguirle la pista. Si hackeó su encriptación una vez, lo hará una segunda. —Jack se quitó las botas—. Y te tenderá una trampa.

—Y yo una a él.

Jack tomó asiento en la silla de enfrente. Siempre se quedaba muy quieto como si quisiera eliminar cualquier información procedente del lenguaje corporal. Siendo un muchacho, Evan había aprendido eso de él y de un especialista en interrogatorios que le golpeaba los nudillos con una lima metálica cada vez que Evan gesticulaba con las manos. Jack y él estaban ahora frente a frente, como dos estatuas, grandes maestros preparando su estrategia.

—¿Cómo conseguiste salir del aquel aparcamiento? —preguntó Evan.

—Bajé a trompicones por la escalera de atrás justo después de que te marcharas. Tenía a un hombre en la zona. Me recogió medio muerto y me llevó a un viejo amigo suyo en el hospital militar. Cuando desperté, me habían cosido la herida.

Evan hizo un esfuerzo por entenderlo. Jack debía de tener un plan de contingencia para escapar. Documentos, cuentas ocultas y una cabaña en los montes de Allegheny. Ocho años. ¡Ocho años!

—Entonces, esos a los que maté aquella noche, los que te dispararon, ¿eran gente de Van Sciver? —preguntó Evan.

—Sí.

—¿Cuántos hay?

Jack le miró con gesto inexpresivo.

—Huérfanos —aclaró Evan.

—Por lo que sé, Van Sciver solo controla a una media docena de ellos. Es difícil llevar la cuenta exacta porque... bueno, ya sabes. Son huérfanos.

—Van Sciver está persiguiendo a los que nos fuimos. A los que considera de alto riesgo.

—Sí, a unos con más empeño que a otros —dijo Jack.

—Nos están neutralizando.

—Así es —confirmó Jack—. He estado haciendo operaciones encubiertas, ayudando a aquellos que más lo necesitan.

—Tú lo sabías desde el principio. Lo sabías ya entonces, antes de reunirte conmigo en aquel aparcamiento. Me encargaste la falsa misión de matar a Van Sciver porque sabías que yo me negaría a hacerlo y me escondería. Sabías que yo jamás mataría a uno de los míos. Fue una farsa.

Jack abandonó su quietud de maniquí y se frotó los ojos.

—Digamos que fue algo más complicado que eso. Van Sciver tenía la misión de matarte. Si lo hubieras descubierto, habrías destruido a todo el que se interpusiera en tu camino.

—Sí.

—La orden venía de las altas instancias. Habrías sido capaz de matarlos a todos hasta llegar al jefe.

—Sí.

—Y habrías muerto. Sí, tú también, Evan.

—Habría muerto por la verdad, en vez de huir de una mentira. Eso es lo que me hiciste. Me he pasado ocho años huyendo de aquel maldito aparcamiento...

—Ocho años que has estado vivo.

—¿Es lo único que te importa?

—¡Sí! —Jack descargó un puño contra la mesa, y el bol de cereales dio un salto—. Es lo único que me importa.

—Me sentía responsable de tu muerte. Te obligué a salir a descubierto para reunirte conmigo.

—Te dije entonces que no era culpa tuya, que fui yo quien decidió reunirse contigo, y que...

—Eso da igual. Lo que importa es lo que pasó, Jack.

—Sabía que no saldrías corriendo mientras pensaras que yo aún estaba vivo. En algún momento habrías asomado la cabeza, habrías establecido contacto, y ellos habrían dado contigo.

—¿Igual que tú ahora?

—Averigüé que estabas en apuros y moví cielo y tierra para encontrarte. Sigues siendo como un hijo para mí. Mírame, Evan. Sigues siendo mi hijo.

—¿Tienes idea de cuánto he sufrido?

—¿Y por lo que yo pasé?, ¿eh? —dijo Jack—. Sacarte de aquella casa de acogida. Despojarte de todo... calor humano. Poner tu vida en peligro para que destruyeras a otros. Yo te arrastré a todo eso. Quería que lo dejaras, que tuvieras una oportunidad.

—¿De qué?

—¡De vivir! —Jack abarcó la cabaña con un gesto airado—. Esto no es vida. Hablo de casarse, de tener hijos incluso. Intenté liberarte de aquello. No pensé que volverías corriendo a tu antiguo oficio de asesino por el bien común. —Dio un golpe sobre la mesa con la palma de la mano, como un juez con su martillo—. Es a lo que te dedicas ahora, ¿no? Trabajitos en plan *freelance*. Por cuenta ajena, personas que no pueden...

—¿Me has estado vigilando?

—Desde la distancia —respondió Jack—. Era incapaz de abandonarte. Sí, ya sé que no puedes entenderlo, pero, para mí, fue muy duro tener que hacerlo.

—Muy duro...

Jack se puso rígido al oír el tono de Evan.

—Tú nunca has sido padre.

Evan notó que el pulso le latía con fuerza en el cuello.

—¿Padre? Ni tú fuiste mi padre ni fui un hijo para ti. Yo era una máquina de matar, solo eso. Me moldeaste como quisiste y me utilizaste hasta que dejé de serte útil.

Jack se puso rígido. La piel en torno a sus ojos se movió, y Evan temió por un momento que se pusiera a llorar.

Jack carraspeó.

—Sabes que eso no es verdad. Por muy enfadado que estés, sabes que no es verdad.

—He pagado mi penitencia —dijo Evan—. Por la sangre, incluida la tuya, que ha manchado mis manos.

Jack se recostó de nuevo en la silla.

—Evan, no podía arriesgarme a perderte a ti también, no después de haber perdido a Clara.

—Me lo juraste. Juraste que jamás me mentirías. Era lo único con la que podía contar, ¿entiendes? La única cosa en este mundo de la que podía fiarme. No puedes ni imaginarte cómo fue mi vida hasta los doce años. En aquella casa... en todas las casas. Tú eras... eras lo único con lo que podía contar.

—Lo siento.

—Que te jodan.

Evan se puso de pie al tiempo que se guardaba los informes en la chaqueta. Cogió el dinero y el carnet de conducir falsificado y salió.

Jack permaneció largo rato sentado, sin moverse, mirando la silla vacía que tenía enfrente.

Le costaba cada vez más respirar.

Levantó una mano y se apretó con ella los labios. Las lágrimas vadearon sus nudillos, salpicando la madera basta de la mesa.

Jack no emitió el menor sonido.

62

Aquella sensación persistente

Evan tenía grabado en la mente el número de teléfono del chico, con su prefijo 301. Había aparecido en la resquebrajada pantalla del Roam-Zone unas pocas veces, pero lo había memorizado. Reprodujo ahora en su cabeza los diez dígitos, tan familiares como el residuo de un sueño.

Dando saltos por la amarga interestatal en el asiento del acompañante del camión que lo había parado mientras hacía autostop, cogió un bolígrafo del sujetavasos y anotó el número en el dorso de la mano. Luego miró los dígitos y aquella sensación persistente se abrió paso de nuevo: era un número que había visto antes.

—¿Estás bien, amigo? —le preguntó el camionero, su aliento cargado de tabaco Red Man.

—Sí, gracias.

—¿Dónde quieres que te deje?

Evan vio un rótulo en lo alto justo en el momento en que cruzaban el límite municipal de Baltimore.

—Cualquier sitio me va bien.

—¿Eres de por aquí?

—Sí, supongo.

—Bueno —dijo el camionero—, pues bienvenido a casa.

Evan se apeó en la siguiente estación de servicio. Encontró una cabina de teléfono junto a los aseos.

Llamó a la única persona que quedaba en el planeta en quien confiaba lo suficiente para pedirle lo que necesitaba.

La voz bronca respondió después de tres tonos.

—Floristería Crazy Daisy. Flores para cada ocasión.

—Necesito un soplete de corte portátil —dijo Evan—, un H&K MP5SD, un garfio de aire comprimido con potencia suficiente para soportar el peso de un Jungle Penetrator, y una lancha con dos motores de ciento cincuenta caballos esperándome en Daytona Beach mañana al mediodía. Ya te diré dónde. No quiero ver a nadie por allí. Solo el material esperando en un embarcadero.

La pausa fue larga.

—Se puede arreglar —dijo Tommy Stojack.

—Estupendo.

—¿Algo más?

—Sí. —A Evan se le escapó la risa—. Ibuprofeno.

—¿Te pones en plan pirata somalí a mi costa?

—Tranquilo —dijo Evan—, es por una buena causa.

—Sea buena o no, te saldrá caro. Hay que llevarlo a la otra punta del país. Y, bueno, ya sabes, mucha discreción. Tengo un contacto en Camp Blanding, es de los nuestros. Para algo así, no puedo echar mano de cualquiera. Al fin y al cabo, de noche todos los gatos son pardos.

—Tú solo dime el precio y yo pagaré.

Evan colgó.

Y ahora a por el chico.

Abrió el manoseado listín telefónico que colgaba de un cable de seguridad y buscó el cibercafé más cercano. Había uno a unos cuantos kilómetros de allí: ¡4$/hora! ¡Los terminales se limpian después de cada uso! ¡Se acepta Bitcoin! No se veía ningún taxi, así que Evan decidió ir andando y a paso lo bastante vivo para entrar en calor. Notó la mordedura del frío en el hombro y tuvo que recordarse que no debía encorvarse de ese lado. Para sanar bien, el tendón, los músculos y la piel tenían que estirarse.

Por fin entró en la tienda, que olía a café, sacó un billete de cien de los que Jack le había dado y pidió un ordenador y un cargador de teléfono universal. Conectó el RoamZone a una toma de corriente, encendió el ordenador e hizo una búsqueda rápida.

Había un sinfín de directorios de búsqueda inversa. Encontró uno gratuito y tecleó el número del muchacho. El resultado apareció entre diversos anuncios emergentes:

«No existe registro de este número.»

Evan se quedó mirando la pantalla, cada vez más inquieto.

En el ordenador de al lado, dos chicas se reían con un vídeo de YouTube, luciendo blancas dentaduras y laca con aroma a vainilla.

Evan buscó un segundo directorio, tecleó de nuevo el número y esperó mientras se cargaban los resultados.

«Última vez que se utilizó: 1996.»

Se quedó mirando la pantalla con una sensación incómoda en el estómago. ¿Cómo podían haberle llamado desde un número retirado veinte años atrás?

La dirección previamente asociada a aquel número estaba disponible, siempre y cuando uno se tragara un anuncio de coches de quince segundos. Evan tamborileó con los dedos mientras la cancioncita publicitaria prometía un cero por ciento de TAE durante setenta y dos meses.

Aquella sensación persistente en el estómago se intensificó, haciendo trizas sus suposiciones.

Nervioso, miró el RoamZone conectado al enchufe junto a la almohadilla del ratón. Ni luces ni indicación alguna de que estuviera cargándose. Alargó lentamente el brazo y cogió el teléfono. Desconectó el cargador y luego volvió a conectarlo.

No pasó nada.

El teléfono había muerto del todo, pero además estaba totalmente destrozado, un amasijo de cristal roto, circuito impreso hecho añicos, tarjeta SIM eliminada.

Eso significaba que no había vuelto a funcionar desde que René lo aplastara con el pie el primer día, cuando Evan despertó en el chalet.

A la dura luz del día, en Baltimore, aquello le pareció de lo más evidente: un teléfono que había sufrido semejante pisotón, que nunca se quedaba sin carga, que conseguía mágicamente funcionar en un valle dejado de la mano de Dios, bajo un cielo cuajado de nieve. Evan pensó en el gas anestésico saliendo por el conducto de la calefacción, en la sensación de aturdimiento, en las alucinaciones propias de la pérdida de sangre que había experimentado al final, a pocos metros de la cumbre.

El inconsciente haciendo de las suyas, abriendo trampillas, tejiendo sus telarañas.

Claro, cómo no.

Una pátina de sudor cubrió todo su cuerpo.

El anuncio de coches había terminado y apareció el enlace para ver la dirección. Aturdido, Evan tiró el RoamZone al cubo de reciclar azul que había debajo de la mesa y volvió a concentrarse en el monitor. No se lo podía creer. Alcanzó el ratón e hizo clic en el enlace.

Un instante antes de que saliera la nueva pantalla, la verdad se le hizo evidente, lo que le produjo un hormigueo en toda la piel. Supo lo que iba a ver antes de que terminara de cargarse.

Era una dirección de Baltimore Este.

La conocía muy bien.

63

La gente que nadie quiere

La decrépita casa adosada se apoyaba en las casas vecinas, todas ellas altas y estrechas, como borrachos saliendo de un bar cogidos del brazo. La pintura desportillada era ahora de un verde diferente. La misma ventana en la fachada a la que los chicos solían asomarse cuando el Hombre Misterioso hacía sus misteriosas apariciones. Las mismas pistas de baloncesto y la misma valla con alambre de espino delimitando el mismo asfalto agrietado. Las mismas paredes de frontón pero con nuevos grafitis.

Las urbanizaciones que había detrás en otro tiempo ya no estaban allí; en su lugar había un centro médico. Antenas parabólicas posadas como pájaros en balcones y tejados. Una farmacia con licencia para expender marihuana ocupaba el solar donde antes estaba el bloque de pisos que se había incendiado cuando la abuela de Jalilah se quedó dormida fumando un porro.

Evan volvió a la casa adosada. Frente a la puerta principal, cinta amarilla y negra de precaución, conos de color naranja a lo largo de la acera. Bulldozers y retroexcavadoras descansaban a los costados; junto a las máquinas, estaban los obreros de la construcción comiendo bocadillos, charlando entre ellos. En los postes de teléfono ondeaban pasquines anunciando que el edificio iba a ser demolido.

La calle había sido cortada al paso y una multitud se apiñaba junto a los caballetes como era habitual en esa zona de Baltimore. Mismas caras, pero con diferentes cuerpos. Mejillas de fumar crack. Ojos de coyote. Variopintas uñas postizas. Gente emprendedora paseaba neveras portátiles vendiendo agua embotellada y Doritos a los espectadores, a dólar la botella. Cena y espectáculo.

Evan se acercó a un obrero que estaba agachado junto a una bobina de cable.

—¿Te importa que eche un vistazo?

—Es peligroso, amigo. Esto va a explotar dentro de media hora. La voladura podría dejarte calvo de golpe, no sé si me explico.

—Te explicas muy bien.

El obrero abarcó con un gesto del brazo la hilera de fachadas.

—Ojalá pudiéramos echarlas todas abajo. No te imaginas qué mierda de sitio era este.

—Cuéntame.

—Viviendas para la tercera edad, por decir algo. Y me refiero a lo de «viviendas». Un primo mío que tenía aquí a su suegra me dijo que era peor que la perrera municipal. Amianto en el techo, moho en la mampostería, ratas corriendo bajo el parquet. Antes era una especie de asilo para retrasados mentales, y antes de eso, una casa de acogida.

—Sí, me suena haber oído algo.

—La gente que nadie quiere. Los meten ahí como a sardinas en una lata y dejan que se pudran. Un crimen, la verdad. Claro que a nadie le importa una mierda.

Evan miró hacia aquella ventana de delante, se vio a sí mismo, la cara pegada al cristal, como todos los demás. Danny, Jamal, André. Tyrell, que recibía todos los palos porque su hermana era prostituta. Ramón, tan flaco que las caderas apenas le sostenían el pantalón Cavaricci robado.

—Oye, tío, lo siento, pero tendrás que abrirte antes de que llegue el capataz.

Evan asintió con la cabeza y se apartó de allí.

Dio la vuelta a la manzana y atajó por el callejón invadido de hierba hasta la vieja lavandería del señor Wong. (Siempre que podían, le saqueaban el bol lleno de chupa-chups.) La parte trasera de la casa apareció al final del callejón.

Evan recordaba la cerca de listones como el muro de un castillo, altísima. Ahora le llegaba a la altura del pecho. Apoyó las manos en la parte superior y contempló la triste extensión de cemento agrietado que alguien llamaba «patio». Cuando saltó por encima, el hombro herido se quejó.

Las ventanas y la puerta de atrás tenían cinta de precaución. Habían roto la luna de la cocina, y del marco de la ventana asomaban fragmentos como dientes. Se asomó a la boca. Habían colocado cargas explosivas en las paredes y el techo para que el edificio implosionara. Se desmoronaría como tantos de aquellos que habían vivido allí dentro.

Con cuidado, Evan se introdujo por la abertura y se bajó del fregadero. Pilas de latas de cerveza. Un montón de mantas sucias. Colillas acumuladas sobre la tapa de un tarro de encurtidos. Aquello estaba abandonado desde hacía un tiempo, sin duda debido a la demolición. Pero el esqueleto seguía siendo el mismo.

Vio el espectro de la mesa de la cocina, donde platos de color naranja fluorescente —con aquella bazofia de hamburguesas de queso genéricas, sin marca— habían ido y venido día y noche, como en una cinta transportadora.

«Me tienen aquí encerrado. Pasando hambre.»

Ahí estaba el canto de la encimera contra la que Danny había empujado a André; tuvieron que darle siete puntos en la frente.

«Yo no quiero vivir así. Yo no he pedido vivir así.»

Y al fondo, en la salita, el lugar donde Papa Z se apoltronaba en su sillón, mando a distancia en mano, una Coors anclada en la entrepierna.

«No le importo a nadie. Si no existes, qué más da, ¿no?»

Evan apoyó el pie unos dos palmos más allá del umbral. Como él esperaba, la madera crujió.

Todos los chicos habían entrado y salido muchas veces a hurtadillas de aquella casa.

Mientras contemplaba ahora la andrajosa moqueta de la sala de estar, recordó un acontecimiento que había sucedido muchos años atrás entre aquellas paredes: el Hombre Misterioso hablando con Papa Z de los chicos, sopesando los pros y los contras, como haría un chef de cocina en la carnicería. Y Evan y los otros espiando desde el pasillo, entre codazos y susurros, preguntándose qué diablos significaba todo aquello.

En el pasillo, el cordón detonante que envolvía una viga expuesta en el pladur enmohecido distaba unos centímetros del punto de esfuerzo. Seguramente no importaría gran cosa. Justo al lado del boquete, el empapelado formaba una burbuja. Evan tiró de un extremo, dejando a la vista el papel viejo, un horroroso estampado de cuadros escoceses que Tyrell bautizó como Pantalones de Rostro Pálido. Aquel recuerdo lo removió por dentro.

Un poco más allá estaba el dormitorio en el que Evan había vivido durante dos años y medio, un submarino con literas repleto de cuerpos. Cerró los ojos y visualizó aquel espacio parecido a un corral.

«Tendría que ver cómo nos tienen aquí. Apelotonados como si fuéramos ganado, todos en fila.»

Cuando entró, el olor era el de siempre: a podrido, a polvo, a desesperación. Fue hasta el lugar donde solía estar su colchón, directamente en el suelo. Los otros chicos solían pisotearle sin querer (o queriendo) cuando saltaban de sus literas. Miró al techo, buscando aquella grieta con forma de relámpago, la que solía contemplar por la noche como si fuera una estrella de los deseos.

«¿De dónde eres?»

«No sé. No me acuerdo.»

«¿Tienes familia?, ¿padres?»

«Yo... no lo sé. Hace mucho tiempo.»

Oyó ruido de maquinaria en el exterior. El chirrido de un martillo neumático rompiendo el asfalto. Chasquido de cambio de marchas, un bulldozer arrancando bruscamente, la pala levantada como una garra metálica.

«¿Me ayudará? ¿Por favor?»

Evan le había hecho una promesa a su yo de doce años. «Sí. Iré a buscarte.» Bien, aquí estaba, pero ¿qué era lo que quería?

Le vino de nuevo el eco de aquella voz: «No se olvide de mí.»

Caminó hasta la puerta. Papa Z había marcado con su pequeña y fiel navaja las diferentes estaturas de los chicos. La tarea duró todo un mes de aquel verano, hasta que se hizo evidente que, con tantos chicos como entraban y salían y con los estirones propios de la edad, al final las muescas se comerían todo el marco de la puerta.

Evan pasó los dedos por las incisiones en la madera y las iniciales talladas junto a aquellas.

Arriba del todo, tres letras señalaban al chico más alto, de metro cincuenta y pico: CVS

Charles Van Sciver.

El siguiente era Ramón. Los otros descendían en racimo, unas iniciales casi encima de las otras, como si alguien hubiera hecho un chapucero sombreado en la madera.

En la parte inferior, tan abajo como lo estaba Van Sciver arriba, una muesca solitaria.

«Tiene que ser usted.»

Evan necesitó agacharse.

Allí estaba la E, después de tantos años, aunque la inicial de su apellido original se había borrado tiempo atrás.

Qué bajito era entonces. Lo supo en su momento, claro, pero nunca había querido reconocerlo. Bastante ocupado estaba tratando de defenderse, de sobrevivir, de no volverse loco, de encontrar una salida. Y, como no tenía cuerpo ni fuerza para pelear, había tirado de agallas y tenacidad, las dos únicas cosas que era capaz de controlar. De todo lo demás tuvo que hacer una pelota con ello y sepultarla en su interior.

«Tiene que ser usted.»

Aquella muesca, tan abajo en el marco, lo decía bien claro: su vulnerabilidad, su impotencia, su soledad.

¿Qué esperanzas había tenido entonces? ¿Con qué futuro soñaba cuando empezó a mirar aquella grieta del techo, la que tenía forma de relámpago? ¿Tuvo acaso visiones de pistolas Wilson Combat 1911 y túneles de redes virtuales encriptadas y operaciones quirúrgicas para recomponer su cuerpo maltrecho?, ¿de beber vodka cada noche frente a una pared recubierta de hierbas y a una vista espectacular de la ciudad?, ¿de dormir en una celda de su propia cosecha en el ático de un rascacielos?

Estaba tan desesperado que aprovechó la primera oportunidad que se le puso a tiro. De haberse quedado allí, ahora estaría muerto o pudriéndose en la cárcel, tirado en la calle o mendigando una dosis. Jack Johns le había salvado la vida, tal como había hecho después apareciendo a bordo del Black Hawk. Y, sin embargo, Evan no había vuelto a mirar atrás desde que montara en aquel sedán negro siendo un muchacho asustado de doce años. Nunca se había planteado si el duro entrenamiento gracias al cual había salido de la parte este de Baltimore seguía siendo la mejor opción para salir adelante. Al marcharse de allí en el coche de Jack, el mundo se había abierto ante él como un espléndido día de verano, pero una parte de Evan había quedado en pausa, tan parada como un DVD atascado.

Se esforzó por volver a aquel niño constantemente asustado, abrió las oxidadas escotillas y miró lo que había dentro. Si fue duro reconocerlo, más duro fue sentirlo.

Pero, agachado como estaba ahora a la luz de la tarde que entraba por una ventana mugrienta, lo sintió.

Eso que no se le daba muy bien.

«Tiene que ser usted.»

Se pasó la mano por la boca. Su voz sonó ronca, la garganta como un pergamino, cuando dijo:

—Muy bien. Ahora nos vemos.

Al salir, ajustó la carga explosiva de la viga del pasillo.

Unos minutos más tarde, entre la gente que miraba, un cuerpo anónimo buscando sitio detrás de los caballetes vio cómo se desmoronaba el edificio. Fue como una cascada a cámara lenta; todo aquel moho, toda aquella podredumbre, viniéndose abajo hasta quedar reducido a un montón de escombros y una nube.

«Tiene que venir.»

«He estado aquí —pensó—. Prometí que vendría.»

Estaba en medio de aquella multitud y, un momento después, ya había desaparecido.

Eso sí se le daba bien.

64

El flaco

Siempre que se acercaba la hora, el flaco se ponía nervioso. Todas las señales que anticipaban la excitación estaban allí: las enormes grúas, el olor a diésel, los contenedores alineados como gigantescas fichas de dominó.

Eso significaba que pronto tendría a su presa.

Al entrar en las instalaciones portuarias se sintió como un perro de Pavlov, salivando al oír el timbre. El pulso se le aceleró al ver todo aquello, al aspirar la turbia humedad del río Saint Johns, que discurría, oscuro y perezoso como la lava, un poco más allá. El flaco estaba transpirando bajo su camisa de vestir.

Su Town Car avanzó lentamente por la calzada. El flaco iba sentado atrás; junto a él había un cubo con hielo enfriando una botella de champán. Era una celebración que había tardado dieciséis días en gestarse. Sobre el asiento descansaban unas esposas forradas de borreguito y una mordaza. También una botella de Fiji helada. Hector Contrell se habría encargado de alimentar a la presa, pero el flaco opinaba que el material solía llegar más bien reseco.

Su chófer y guardaespaldas, Donnell, sabía mantener la boca cerrada; permanecía en silencio para no romper el hechizo de ese momento mágico.

Y es que incluso el trayecto formaba parte de la anticipación del placer.

Donnell se desvió por una zona de carga y descarga, la zona en donde, gracias a ciertos pagos hechos bajo mano, el contenedor intermodular 78653-B812 iba a ser descargado. Esa era la parte agradable de la operación. La mayoría de la gente que trabajaba en un puerto aceptaba sobornos. Nadie sabía lo que había dentro de aquel contenedor.

Allí estaba, esperando, posado en solitario en un trecho de asfalto.

Donnell fue el primero en apearse, su americana tirante a la altura de la funda de la pistola.

El flaco bajó después y se detuvo un momento en el silencio de la medianoche. Echó la cabeza hacia atrás y aspiró una bocanada de aire fresco. Era una noche sin estrellas y el cielo parecía una impenetrable sábana negra salvo por la luna, que brillaba con una intensidad que le recordó las ilustraciones de un cómic de su juventud.

Le vinieron a la mente las fotos de la chica en el catálogo online y se recordó que debía rebajar sus expectativas. Las chicas no siempre llegaban en muy buen estado. Pero una vez limpias y tras haber descansado, solían recuperar su estado anterior, al menos durante varios meses. Incluso pasado ese tiempo, el flaco podía conseguir un buen precio por ellas, aunque fuesen mercancía usada. Para gente menos exigente, seguían siendo aceptables.

Le hizo una seña a Donnell y este sacó una llave, avanzó hasta el contenedor y la introdujo en la imponente cerradura de la puerta de carga. Después retiró las palancas de apertura, y los ganchos de cierre produjeron un sonido metálico al separarse de los soportes. Luego, Donnell retrocedió, como un ilusionista ante su truco de magia. El teatro estaba justificado, después de tantos planes. Nada podía estropear aquel momento.

Al abrirse las puertas, Donnell se apartó para situarse a un lado, dejando así el campo visual libre para el flaco, y se apoyó en la puerta del conductor, las manos juntas.

Ahora venía la parte preferida del flaco, cuando las hacía salir de la caja oscura en donde habían vivido durante varias semanas. Él era su guardián, su dueño, su Dios.

Pero esta vez algo había cambiado.

El interior no estaba oscuro como boca de lobo.

Un haz de luz descendió del techo del contenedor. ¿Acaso Contrell había instalado una lámpara para hacerle el viaje más agradable a la chica?

El flaco no pudo ver nada en la oscuridad del fondo. Era como un foco sobre un escenario. El efecto estético le resultó fascinante.

—No seas tímida, querida —dijo—. Vamos, baja.

Un ruido indeterminado salió de las sombras, y acto seguido apareció alguien.

Era de mayor envergadura de lo que él esperaba. Espaldas anchas. Y tampoco era una chica; era un hombre.

Armado, además, con lo que parecía una metralleta de nueve milímetros y de fabricación alemana.

Al flaco se le hizo un nudo en la garganta al comprender que aquella luz cenital no era un foco, sino la luz de la luna, que se colaba por un agujero practicado en la parte superior del contenedor 78653-B812.

En el resplandor del fogonazo, vio a la auténtica señorita Siegler agazapada en un rincón, detrás del hombre, el pelo apelmazado sobre los ojos.

Junto al flaco, Donnell ejecutó una pequeña danza a medida que las balas sacudían sus extremidades de un lado a otro.

Se produjo un silencio. Una voluta de cordita emergió por el cañón de la metralleta. El flaco, mientras, lidiaba con el hecho de que aquel momento tan cuidadosamente preparado se había ido al traste.

Intentó decir algo, pero su garganta reseca no pudo emitir más que un graznido inhumano. Ignoraba que el terror pudiera ser esto, una sensación física que te corría por las venas, que ocupaba todas tus células, amenazando con reventar desde lo más hondo y traspasarte la piel.

El silencio se prolongó aún más mientras la metralleta se desplazaba despacio y lo encaraba a él, la boca del cañón convertida en una luna llena.

Y luego notó que su cuerpo salía volando y chocaba contra el costado del Town Car, una lluvia de cristal antibalas a su alrededor, e intentó ver la cara del hombre detrás del arma que lo estaba haciendo pedazos.

No vio más que una silueta, tan negra como la oscuridad que de pronto se le vino encima y lo reclamó para siempre.

65

Un frágil vínculo

El taxi se metió por la puerta cochera para dejar a Evan en Castle Heights. Evan se apeó del coche, exhausto tras dos extenuantes días de viaje, su desharrapado aspecto en chocante contraste con la majestuosa entrada. Al adelantar la mano para abrir la pesada puerta de cristal que daba al vestíbulo, sintió una cuchillada de dolor en las costillas. Bajó el brazo y, en el momento de dar medio paso hacia un lado, casi chocó con Ida Rosenbaum, la inquilina del 6G.

Aquella mujer llena de arrugas, dos kilos de maquillaje en la cara y robusta como una boca de incendios le lanzó una mirada asesina.

—¡Vaya con cuidado!

—Disculpe, señora. Es que...

—¿Es que qué?

Evan intentó disimular el dolor en el brazo derecho.

—Será cosa del jet lag.

—¿El jet lag? Un viaje de negocios algo agitado, ¿verdad?

Evan inclinó la cabeza para ocultar la franja de piel en la que se le veían aún costras del collar eléctrico.

—Digamos que sí —respondió.

—Mi pobre Herb, que en gloria esté, trabajó como un esclavo toda su vida y jamás le oí lamentarse. Nuestra generación sabía lo que era pasar privaciones.

—Sí, señora.

—Y no nos quejábamos.

—No, señora.

La mujer sostenía el bolso pegado a la chaqueta, de un tono de rojo que no existía en la naturaleza. Evan comprendió que estaba esperando a que él le abriera la puerta del vestíbulo. Para no hacer una pirueta allí mismo, tenía que alcanzar el tirador con la mano derecha.

Se preparó para el intenso dolor, abrió la puerta entre los petardos que le explotaban en el hombro y sonrió con los dientes apretados. Ella pasó por debajo de su brazo, y con ella, una ráfaga de agua de rosas. Inmensamente aliviado, Evan soltó la puerta y penetró en el frescor del vestíbulo.

—¡Evan Smoak!

Cuando se volvió hacia aquella voz rasposa, Peter se le echó encima y lo abrazó. Entre respingos de dolor, Evan le palmeó la espalda.

El chaval llevaba unos tejanos auténticos con una pistolera y un revólver de juguete en un lado y un lazo de vaquero en el otro. El sombrero de cowboy echado hacia atrás completaba el aire a lo John Wayne.

—¿Te gusta mi disfraz de Halloween?

Evan asintió con la cabeza al tiempo que se dirigía hacia el ascensor. Tenía que llegar arriba y quitarse los apósitos antes de que se le tiñeran de sangre.

—No hay nada como los clásicos —dijo.

Al levantar la vista se encontró con Mia que le miraba; llevaba en las manos una funda de almohada vacía.

—Hola, Evan.

—¿Tú no llevas disfraz?

—Sí. Esto. —Agitó teatralmente los brazos—. Nombre del disfraz: «Madre soltera que no sabe cómo administrar su tiempo para peinarse como Dios manda».

Evan reparó sin querer en la marca de nacimiento que Mia tenía en la sien, en cómo le caían sobre los hombros los rizados cabellos castaños. Tuvo que concentrarse.

Ascensor. Subir. Ya.

—Hacía tiempo que no te veíamos —señaló ella—. ¿En qué misterios has estado metido?

—Demasiado misteriosos para hablar de ellos —dijo Evan.

Ella le miró con detenimiento y en su frente apareció una arruga de preocupación.

Mientras, Peter estaba tirando a su madre de la manga.

—¿No puede venir él a cenar en lugar de Ted?

¿Ted?

—Va, mami, porfa...

Mia se ruborizó.

—No, cariño, no puede ser. —Y, dirigiéndose a Evan—: Es un... amigo.

Evan volvió a asentir con la cabeza y dio otro paso hacia la salvación en forma de ascensor.

—Bueno, ¿y venir con nosotros a llamar a las puertas?

—Peter, creo que el señor Smoak tiene mejores cosas que...

—Voy a matar a cuatreros y a forajidos. Tendrías que venir.

El chico había desenfundado su pistola de juguete y Evan la miraba con cierta inquietud, una sensación que no estaba acostumbrado a experimentar en el perfumado vestíbulo de Castle Heights.

—Es que no puedo... —empezó a decir.

—¿De qué te disfrazabas cuando eras pequeño?

—Bueno, yo... yo no celebraba Halloween.

—¿No? ¿Y por qué?

Hacía ocho horas de la última dosis de ibuprofeno y el dolor empezaba a enturbiar su visión periférica.

—No me apuntes con ese revólver —dijo.

Su tono de voz los sorprendió a los tres.

Peter bajó el arma.

—No tenías por qué ser antipático.

—No he sido antipático.

—Sí que lo has sido —insistió Peter.

Mia le pasó un brazo por los hombros.

—Vamos, cielo. A ver si conseguimos unas chuches...

Evan se quedó mirando cómo se alejaban. Después entró en el ascensor.

Cuando llegó arriba, la jaqueca le había bajado hasta el cuello, al encuentro de las enfurecidas terminaciones nerviosas del hombro herido. Evan fue derecho a la cocina, abrió el cajón del congelador de su nevera Sub-Zero y valoró las opciones que tenía. Quedaba una botella de Stolichnaya Elit. Sometido a tridestilación, el vodka era purificado mediante un proceso de filtración en frío que bajaba la temperatura del líquido a cero grados a fin de eliminar impurezas. Evan no estaba seguro de que su brazo pudiera resistir la marcha a la que solía someter a la coctelera, así que sirvió dos dedos sobre un lecho de hielo, se puso tres pastillas en la palma de la mano y tomó un sorbo.

Tan fresco y seco como transparente. Se le ocurrió que lo suyo con el vodka era algo así como una ceremonia de purificación. Después de tanta sangre y tanta suciedad, no estaba bebiendo para entumecer sus sentidos, sino para limpiarse totalmente por dentro.

Apretó la botella helada contra su hombro. Le escoció. La dejó allí.

Apoyado en la isla de la cocina, miró hacia su jardín vertical, aquella pared labrada a base de hierbas y plantas. La hierbabuena estaba ganando terreno, como solía hacer. Aquella parcela verde, la única entre tanto metal y tanto gris, había sido su único intento de darle vida a aquel lugar. Contemplando ahora el jardín mural, le pareció conmovedor y patético a la vez.

«Quería que lo dejaras. Quería que tuvieras una oportunidad.»

«¿De qué?»

«¡De vivir! Esto no es vida.»

Apartó de su mente la voz de Jack, expulsando el aire entre los dientes apretados.

Fueran cuales fuesen las expectativas de Jack respecto a él, nada podía borrar la imagen de Alison Siegler al llegar los sanitarios. Estaba toda encorvada y se sobresaltó cuando ellos la tocaron, pero, al levantarse para ir hacia la ambulancia, lo había hecho erguida, intacta. Para entonces Evan ya había cruzado el Saint Johns y observaba la escena desde un embarcadero no iluminado en la orilla opuesta.

Bebió un poco más; dejó que el vodka abriera un sendero de fuego en sus entrañas. Después de las dos últimas semanas, no conseguía que sus músculos se relajasen. La alarma estaba conectada; la puerta principal, debidamente atrancada; las ventanas, blindadas. Incluso las paredes eran más seguras: el lujoso pladur de media pulgada había sido reemplazado por uno más barato de quince centímetros, que proporcionaba una mayor atenuación del sonido y una mayor rigidez estructural por si alguien intentaba abrir una brecha. Evan pensó en la cantidad de horas y días que había empleado en construir un castillo a su alrededor.

«Hablo de casarse, de tener hijos incluso. Intenté liberarte de aquello. No pensé que volverías corriendo a tu antiguo oficio.»

¿Qué más cosas sabía? Había pasado toda su vida adulta ejerciendo la violencia contra aquellos que hacían daño a otros. Había sido un centinela dispuesto a atacar a los Hector Contrells y a los René Cassaroys, a los Assim al-Hakeems y los Tigran Sarkisians. ¿Quién iba a hacerlo, si no? Quizá ahora que se había quitado de encima el peso de la culpa por la muerte de Jack, se libraría también de buscar eternamente la expiación de sus propios pecados. Y de ser el Hombre desconocido.

Para poder así ser alguien.

Alguien real.

Pensó en Mia y Peter, que debían de estar yendo de puerta en puerta por el vecindario para que al niño le dieran Kit Kats y caramelos M&M.

Apuró el vodka y luego observó el vaso vacío en un intento de obligarse a volver a la realidad.

Tenía que conseguir un RoamZone nuevo por si Anna Rezian había localizado al próximo cliente que necesitara su ayuda. Se lo debía a Anna, y a quienquiera que decidiese llamarle.

Y luego estaba René. Lo cual quería decir que quedaba un asunto pendiente. Mientras Evan reflexionaba con su vaso vacío en la mano, René debía de estar poniendo los cimientos para una nueva operación, un nuevo secuestro, un nuevo laboratorio espeluznante. Si quería acabar con René, tendría que adelantarse al FBI y a la vez esquivar a Van Sciver y a sus feroces huérfanos.

Le debía eso a Despi. Ella le había conseguido aquella herramienta, y, por hacerle ese favor, toda su familia había sido asesinada. «No sé cómo podré vivir con esto —le había dicho Despi—. Con todo lo que he visto.»

René era un devorador de vidas ajenas. Evan no iba a permitir que siguiese haciéndolo, dejando tras de sí una estela de muertes.

Y a pesar de todo... aquella marca de nacimiento en la sien de Mia; los ojos color carbón de Peter, su voz ronca.

Evan lavó el vaso y luego se dirigió hacia el pasillo, dejando atrás los soportes donde tenía previsto colgar la catana nueva. En los últimos días había aprendido a quitarse el vendaje y a desnudarse sin que apenas le doliera.

Desnudo en el umbral de la ducha, le vino a la mente el cuarto de baño de su celda en el chalet: el suelo inclinado hacia el desagüe; la pastilla de jabón y la toalla doblada; el inodoro carcelario con la bolsa de basura al lado.

Por iniciativa propia, sus dedos habían subido hasta las costras del cuello.

Se metió bajo el chorro caliente. Recibió el primer golpe de agua en la clavícula, pero la quemazón pasó enseguida. Evan respiró hondo, recordándose que estaba en casa.

Era consciente de que se mantenía erguido de milagro. Su propio peso tiró de él hacia un lado. Sintió el frescor de la pared en las costillas. Dejó que el agua caliente le golpeara la coronilla.

En algún momento, el piloto automático se puso en marcha y eso lo empujó a seguir con los rituales de la supervivencia. Cerró el grifo, se secó, se puso un vendaje nuevo. Ya en la habitación, miró la cómoda, en especial el cajón inferior con su falso compartimiento donde guardaba la camisa manchada de sangre: el sudario de Jack. En aquel momento Evan no tenía fuerzas para enfrentarse a ello.

Cogió unos vaqueros del montón, todos oscuros y por estrenar. En el cajón de encima estaban las camisetas grises de cuello de pico, muy bien dobladas, todas idénticas. En un estuche de madera dentro del armario había cuatro relojes de bolsillo Victorinox todavía en su envoltorio. Sacó uno y se lo prendió de la primera trabilla del lado izquierdo del pantalón.

¿Qué decía de su persona el hecho de que hubiera retomado el control con tanta facilidad? Durante mucho tiempo había pensado que era una virtud, una prueba de su durabilidad, pero ahora lo encontraba artificial, poco humano. Se sintió como un juguete de Lego: encajabas las piezas, y listo. Aquella cómoda tan bien surtida le hizo pensar en las hamburguesas con queso de su infancia, en toda una existencia vivida en una cadena de montaje. Y a la que no le veía un final. Después de una misión vendría otra, y otra más, hasta que llegara lo inevitable. Si no era Van Sciver, sería otro. Evan se haría viejo. Perdería reflejos. Tarde o temprano sería medio segundo demasiado lento. ¿Habría equilibrado para entonces los platillos de la balanza? E, incluso así, ¿importaría eso?

Un hilo de pensamiento que a ningún asesino le convenía seguir.

De repente se sintió agotado, como si un nubarrón hubiera descendido sobre su cabeza. Vale, esa era la razón de su estado anímico: estaba cansado. Ocho buenas horas de sueño y todas aquellas tonterías existenciales desaparecerían.

De vuelta al cuarto de baño, franqueó la puerta disimulada en la ducha de la que había salido hacía un rato y se metió en la Bóveda. Dentro de una maleta estanca Hardigg, junto al departamento de las armas, había una hilera de teléfonos RoamZone por estrenar, cada cual en su nido de espuma negra. Sacó uno, introdujo una nueva tarjeta SIM y lo lanzó a la butaca situada frente a la batería de monitores que ocupaba casi toda la mesa revestida de chapa metálica. Con unos cuantos clics, cambió su operador de telefonía por una compañía con sede en Baréin.

Encendió el RoamZone (no había mensajes con la referencia de Anna Rezian) y lo conectó al cargador del portátil.

Un impulso se apoderó de él. En un momento tuvo abiertas las cámaras de seguridad del inmueble, luego hizo zoom en el objetivo situado junto al ascensor de la doceava planta. Rebobinó al triple de velocidad; las imágenes digitales aparecían de forma espasmódica.

Allí estaba.

Hacía apenas unos minutos, la cámara había captado a Mia caminando hacia atrás con un hombre por el pasillo, entrando en el ascensor, y cómo las puertas se cerraban después. Ella había ido a recibirlo al vestíbulo. Cosa digna de ser tenida en cuenta.

Evan pulsó PLAY, dejó que se abrieran las puertas y congeló la imagen.

Ted.

Tenía un aspecto bastante agradable: cabellos revueltos, ropa informal, y unas Converse Chuck Taylor negras que le daban un toque desenfadado. Probablemente diseñador de páginas web, o ejecutivo de publicidad. Seguro que sabía hacer una barbacoa. Iba al gimnasio, probablemente pasaría las vacaciones en Maui. Una vida apacible y vulgar, trabajo, deporte, tiempo para la reflexión.

Pensó en la sonrisa de Mia y se preguntó qué tal estaría yendo la cena.

Con Ted.

El RoamZone seguía conectado a su cargador, a la espera de que llamara el próximo cliente. Evan lo miró con animadversión. Aquello no era solo un teléfono; era una cadena de presidiario. Por un momento se imaginó lo que sería no depender de él.

Recién cogidos de su muro vegetal, albahaca, salvia y tomates chisporroteaban sobre los huevos en la sartén. Con un golpe seco de muñeca, Evan dobló la tortilla completando el semicírculo y luego la sirvió en un plato.

Se había despertado temprano, había meditado y hecho estiramientos. Aún no podía colgarse de la barra con todo su peso, pero, si la agarraba con la mano derecha, podía alargar los músculos del brazo. Había pedido el Jungle Penetrator para izarse por el costado del *Horizon Express*, el cable al extremo del fuste transportándolo sobre el asiento retráctil como a un pez tras morder el anzuelo.

En la tienda, por la mañana, había hecho acopio de cosas básicas: huevos, queso, vodka. Ahora, mientras comía, contempló la vista del centro de la ciudad, unos veinte kilómetros al este. Los rascacielos surgían aquí y allá dibujando un pequeño pero compacto horizonte urbano digno de un globo de nieve.

Después de desayunar fue hasta la Bóveda, se arrellanó en su butaca frente al escritorio con forma de L y releyó hasta la última palabra de los papeles que había traído de la cabaña. En ellos, aparecían los puntos de partida de la investigación sobre René Cassaroy, las pistas que estaba siguiendo ahora el FBI. Las fotos de la escena del crimen tomadas en el chalet después de aquellos extraños acontecimientos parecían de escasa utilidad: el laboratorio del sótano acribillado a balazos; el establo con los dos Mercedes Clase G y una colchoneta azul; documentos esparcidos sobre la alfombra paquistaní en el estudio de la cuarta planta, cada dosier con su etiqueta de pruebas de color amarillo.

Evan apartó los papeles. No tenía ningún sentido seguir las mismas pistas que el FBI. Ellos disponían de más recursos y habrían adelantado ya mucho. La pregunta era: ¿qué sabía él que el FBI ignorara?

Se centró en la fuga de René. Jack había mencionado que los federales estaban investigando diarios de vuelo de helicópteros, así que o bien le estaban pisando los talones, o René había borrado su rastro. Este no necesitaba ir a ningún sitio en concreto, lo cual hacía más difícil...

De repente, Evan se acordó de algo, y el pulso se le aceleró.

Dex.

Lo habían sacado del chalet, manco, en un helicóptero.

Su destino no podía ser otro que un hospital. Y no cualquier hospital, sino uno que tuviera quirófanos y helipuerto.

El FBI desconocía lo ocurrido en el salón de baile, o sea que no buscarían a un paciente con una mano de menos.

Tras una rápida visita a Google, las posibilidades de centros hospitalarios accesibles en helicóptero desde el chalet Savoir Faire se redujeron a tres.

Siempre que entraba en las bases de datos desde su ordenador, lo hacía a través de una serie de servidores proxy anónimos, servicios remotos que le permitían entrar con una dirección de IP y salir con otra distinta. Hizo un rodeo primero por Shangai, luego Johannesburgo, después un tríptico de países escandinavos y finalmente un salto a Colombia y otro a Moldavia, por si acaso.

Estaba listo para la ofensiva. La mayoría de los hospitales utilizaban el sistema de historias clínicas Epic, que Evan conocía bien. Le costó muy poco dar con varias puertas traseras virtuales.

En el segundo hospital se encendieron todas las lucecitas. Varón de metro noventa y uno, ciento treinta kilos y sin mano izquierda, ingresado a las 13.47 del domingo 23 de octubre. Nombre: Jonathan Dough.

Sí, ya.

En el expediente se hacía constar que el paciente no hablaba (o no quería hablar). Lo había visitado un cirujano vascular, que decidió operarlo de inmediato. En contra de la opinión del médico, el paciente había abandonado el hospital a la mañana siguiente. Pagaron en efectivo.

Evan echó un vistazo a los formularios de alta médica. La mayor parte de la información personal estaba en blanco, pero al pie de la página constaba un número de teléfono.

¿Para qué quería Dex, que era mudo, un teléfono móvil?

Evan cogió rápidamente su nuevo RoamZone.

Marcó el número. Un tono. Dos.

Clic. Alguien que contestaba. Una respiración pesada.

—René Cassaroy —dijo Evan.

—Encontraste el huevo de Pascua que le pedí a Dex que te dejara escondido. Me alegro. Estaba esperando tu llamada.

Evan tardó unos instantes en adaptarse de nuevo al sonido de aquella voz, especialmente estando en su propia casa. Se había puesto de pie sin darse cuenta y caminaba de un lado a otro.

—¿Y eso por qué? —dijo.

—Bueno, quería hablar contigo. Dejar algunas cosas claras.

—Nada de lo que puedas decir cambiará lo que va a pasar.

—Por eso suelo anticiparme a las cosas. Mira, teniendo en cuenta lo que sabía de ti, pensé que tenías probabilidades de salir con vida de ese valle. No sé cómo lo conseguiste, pero estoy impresionado. Jamás he tenido la oportunidad de... de contemplar a un espécimen como tú.

—Estoy pensando en darte otra oportunidad. De contemplarme.

—Me lo suponía. Por eso he suscrito una póliza de seguro.

—¿Cuál?

—Despi.

Evan dejó de caminar.

—Te creíste muy listo inutilizando varias de mis cámaras de vigilancia, pero ¿de veras pensaste que no podíamos controlarte en esa habitación? Teníamos el audio. Deberías haberte oído, tan patético y engañado, balbuciendo por un teléfono hecho papilla, hablando con... ¿con quién? ¿Con quién hablabas, que parecía que en ello te fuera la vida, Evan?

—Conmigo mismo.

—Ya. —René se echó a reír—. Pero lo que más me gustó del audio fueron los fragmentos que captamos de tu conversación con Despi. La triste historia de su secuestro. Cómo velábamos por sus queridos padres y su hermana pequeña. Comprobamos cómo poco a poco establecíais un frágil vínculo. Sé que ella te gusta. Y sé que te dolería que le pasara algo.

Evan estaba sujetando con demasiada fuerza el teléfono y la tensión irradió hacia su hombro derecho, avivando allí el fuego.

—Sí —dijo—. Me dolería.

—Tenemos gente vigilando a Despi, igual que hicimos antes con sus padres y su hermana. ¿Sabes lo que les pasó?

—Sí.

—La dejarán en paz si te olvidas de mí —le advirtió René—. Así que ve pensando si tu sed de venganza es tan valiosa como su vida. Ya le fallaste en una ocasión. —La breve pausa quedó realzada por el tenue zumbido de la conexión telefónica—. Si descubro que te acercas a menos de cien kilómetros de donde estoy, haré que la destripen.

—¿Qué te hace pensar que lo descubrirás? —dijo Evan, y colgó.

66

Averiado en el mejor de los sentidos

—¿Qué tal fue la operación pirata somalí? —le preguntó Tommy
Stojack a Evan.

Tommy caminaba sin prisa por la cueva de su armería, entre cargadores rápidos, sopletes de corte, una caja suelta de granadas antitan-
que con la etiqueta de envío escrito en alfabeto cirílico. Metió la mano
en un montón de armazones de pistola ARES, apilados como huesos
de pollo encima de un maletín Pelican; eran armazones de aluminio
forjado, básicamente un trozo de metal con forma de pistola.

—Bastante bien —dijo Evan.

—¿Rescataste a la princesa y mataste al dragón?

—Más o menos. He venido a pagarte lo que te debo.

Evan le pasó un buen fajo de billetes de cien. Tommy lo sopesó en
la palma de la mano, enseñó su desdentada sonrisa y se metió el fajo en
el bolsillo de la camisa.

Evan miró el forjado.

—Me comentabas que habías hecho esas mejoras, ¿no?

Tommy se cruzó de brazos, haciéndose el ofendido.

—«Ah, Tommy —dijo—, a propósito, gracias por conseguirme
un soplete de corte, una metralleta con silenciador y un bote de dos
motores avisando veinticuatro horas antes.»

—Es verdad. Gracias —dijo Evan.

Tommy le pinchó con un dedo al que le faltaban dos falanges.

—Y de propina un puto rezón.

—Y un puto rezón.

—Bueno, «y tú ¿qué tal estás, Tommy?» —dijo este, abocinando
la mano como si fuera el apuntador.

—Y tú ¿qué tal estás? —repitió Evan.

Tommy se encogió de hombros y soltó el mismo rollo de siempre.

—¿Yo? Bien, hecho un superhéroe. La tía con la que salgo ahora intentó convencerme para que hiciese yoga. Yo le dije que no estaba lo suficientemente conectado con mi vagina interior. No veas. —Levantó aquel muñón de dedo—. Y luego lo probé, ¿sabes? Y me di cuenta de que no estoy lo suficientemente conectado con mi puto SEAL interior.

—¿Tan duro es eso? —preguntó Evan.

Tommy hurgó en el montón de armazones de pistola y sacó uno. Le había vaciado la parte interior y taladrado los pivotes para el controlador de disparos. Con el armazón en la mano, fue cojeando hasta su banco de trabajo.

—Esas tías flacas, las muy cabronas, pueden aguantar el equilibrio sobre el dedo meñique más rato del que yo puedo estar de pie.

—O sea que estás haciendo yoga...

—Qué va, tío. Ni por esas. Pero te diré una cosa: los pantalones de yoga son el mejor invento de los últimos cien años. La postura del perro hacia abajo me pone a mí la morcilla hacia arriba. Pero ni siquiera por eso merece la pena.

Tommy medio se inclinó, medio se dejó caer en su butaca con ruedas. Nunca hablaba de dónde había servido ni en qué unidad, pero había perdido bastante audición y tenía un montón de articulaciones agrietadas y cicatrices; Evan imaginaba que había sido una punta de lanza. Estaba averiado en el mejor de los sentidos. Ahora trabajaba como armero para diversos grupos negros aprobados por el gobierno; se especializaba en I+D y adquisición de suministros. O, al menos, eso había deducido Evan. Cuando hablaban entre ellos, casi nunca salían nombres propios a relucir.

La tienda de Tommy, un horno de edificio en medio del desierto próximo a la zona de casinos de Las Vegas, parecía desde fuera un concesionario de coches. Pocas personas conocían su ubicación, y menos personas aún se habían ganado el derecho a entrar allí. Tommy tenía una cámara de vigilancia en la puerta, y cuando Evan iba a verle la desconectaba.

Tommy tomó un sorbo de café. Se había puesto un pellizco de tabaco húmedo sobre el labio inferior.

—Ya no me interesa hacer ejercicio. A estas alturas no tiene sentido. ¿Qué?, ¿dos horas al día haciendo gimnasia? Dicen que puedes alargar tu vida siete años, pero digo yo que siete años es más o menos lo que da sumar todas las horas que te has tirado sudando en la cinta de correr. O sea que, en fin, mejor ahorrarse ese coñazo, vivir a tope mientras puedas y estirar la pata cuando sea el momento, ¿no crees?

Hizo rodar la silla hacia su sitio de fumar, donde tenía un cenicero hecho con un ojo de buey medio aplastado, de cuyo borde sobresalía un Camel Wide. Dio una calada al cigarrillo y después lo tiró a un vaso de cerveza lleno de agua.

Dándose impulso con una bota, volvió rápidamente hacia donde estaba Evan. Mientras lo hacía, aprovechó para encajar una nueva corredera en el armazón de aluminio.

—A ver, entiéndeme, no quiero echar el freno. Ya me conoces, mi tótem es Animal, el de los Teleñecos. —Se inclinó sobre la pistola que tenía encima del banco y fue añadiendo los extras—. Pero mira, tío, la verdad es que cada vez tengo más la sensación de que me han disparado pero han fallado el tiro y me han lanzado mierda y han dado de lleno. —Flexionó sus nueve dedos restantes para eliminar un pequeño calambre.

Evan se acordó de Assim, que tenía temblores en las manos y andaba medio tambaleándose, el peaje a pagar por una vida de juego sucio. ¿Era esto lo que les esperaba a todos?, ¿un final duro a una vida dura?

«Yo quería que lo dejaras. Quería que tuvieras una oportunidad.»

A Evan le resultaba casi imposible hacerse a la idea de que Jack estaba vivo, que aquella voz que oía en su cabeza no venía de ultratumba.

Tommy acababa de decir algo.

—¿Qué? —dijo Evan.

—Pregunto que si perdiste también la funda.

—Sí. Necesito una pistolera de Kydex.

—Ya sé cuál. —Tommy se quitó del labio el andullo de tabaco de hebra larga, lo tiró a una lata vacía de Red Bull y se enjuagó la boca con más café negro—. ¿Cómo perdiste tu equipo?, ¿te asaltó un pelotón de *girl scouts*?

—Es una larga historia.

—Como todas, ¿no?

Tommy le pasó el nuevo 1911. Ocho balas en el cargador, una en el cañón. Miras Heinie de alto perfil. Seguro de aleta bajo y ambidextro, ya que Evan prefería disparar con la zurda. Cuadrillado agresivo en la parte frontal del guardamonte, para que solo hiciera fuego si se empuñaba. Acabado en negro mate para no destacar entre las sombras.

No solo estaba esterilizada, sino que nunca había tenido número de serie.

Un arma fantasma que, al igual que Evan, no existía.

—Es más ligera —constató Evan, sopesando el ARES.

—Pues claro que es más ligera. Se podría decir que flota. Pero todo lo demás es tan equilibrado como las Wilson de acero que te hice otras veces. —Su mostacho se movió al sonreír él—. Simplemente está hecha a mano.

Evan le pasó otro fajo de billetes y se puso de pie.

—Un momento —dijo Tommy, guardándose el dinero en el bolsillo de la camisa—. ¿Cuándo te he dejado marchar sin que probaras un arma nueva? —Señaló con el mentón el tubo de acero relleno de arena e inclinado hacia abajo que estaba junto al soplete de corte—. En ese cubo hay gafas y tapones.

Evan se puso protectores y luego disparó un cargador entero por la boca del tubo. El arma, sometida previamente a una puesta a punto de la rampa de alimentación, funcionó de maravilla.

Cuando Evan dio media vuelta, vio que Tommy se había quitado los tapones de los oídos; una de sus mejillas mostraba todo un abanico de arrugas.

—¿Estás bien? —le preguntó Evan.

—Tinnitus. Es de tanto... —Tommy movió una mano a la altura de la oreja—. Ahora me toca aguantar zumbidos día y noche. Lo considero un recordatorio de toda la mierda que he hecho. Tengo a Pepito Grillo metido aquí dentro, asegurándose de que no me olvide de nada. —Su sonrisa tuvo un punto amargo—. Pasan los años y crece la sensación de que hay menos cosas a las que agarrarse, ¿entiendes?

Evan introdujo la ARES en su funda Kydex.

—Sí —dijo.

67

Eso que faltaba

CraftFirst Poster Restoration podría haber sido un taller clandestino salvo por el hecho de que sus empleados cobraban mucho. Hileras e hileras de trabajadores extranjeros afanándose con las prensas de tornillo y las camillas, rociando humectantes y dando toques con pinceles de punta fina como una aguja. El tinglado, que estaba en la parte de atrás de un polígono industrial de Northridge, ingresaba dinero de muy diversas maneras. La mujer que lo dirigía estaba especializada en devolver a su forma original todo tipo de carteles y documentos. Era, por lo demás, la mejor falsificadora que Evan conocía.

Había dedicado la semana anterior a estudiar los documentos de la investigación y a entrar en bases de datos en busca de algún hilo escondido que pudiera conducirlo hasta René Cassaroy. Siguiendo pistas de Hacienda, había conseguido descubrir un montón de direcciones en diversos continentes. Muchas de ellas remitían a nuevas direcciones en Croacia, Togo, la República de las Maldivas y otros países sin tratado de extradición con Estados Unidos. El propio Evan tenía unas cuantas direcciones de ese tipo; algunas eran una simple oficina pensada para despistar a quien intentara seguirle el rastro. Con el fin de escapar al largo brazo del FBI, René debía de haberse escondido en uno de esos países, pero a saber cuál. Evan podía tirarse años yendo de una punta a otra del globo terráqueo, llamando a puertas, vigilando apartados de correos y hablando con turbios intermediarios... a menos que diera con una pista concreta.

Razón por la cual se encontraba en ese momento en aquel lugar.

En la otra punta de la sala, Melinda Truong se había encaramado a una escalera para alcanzar una caja situada en lo más alto de una enorme estantería. Al pie de la escalera, un ejército de trabajadores —varones todos ellos— le hacían educadas advertencias o le ofrecían ayuda. En el momento de coger la caja en cuestión, una de sus caderas se movió hacia el costado para mantener el equilibrio, con lo que su larguísima melena negra ondeó como una cola de caballo.

Un escalofrío recorrió a los congregados, y hasta el propio edificio pareció contener la respiración. Melinda recuperó la vertical y empezó a descender, sus Nike fluorescentes punteando cada peldaño. Una vez abajo, le pasó a un ayudante la caja abierta de cuchillas de recambio X-Acto y reprendió a sus obreros en vietnamita por haber dudado de ella.

—Vamos, a trabajar. No os pago para que os preocupéis.

Con respetuosos cabeceos, los trabajadores volvieron a sus puestos sin chistar. Los tenía a todos medio aterrorizados, y medio enamorados también.

Y por algo sería.

Melinda se sacudió las manos, vio a Evan que se acercaba entre las mesas y sonrió.

—Y yo que pensaba que ya te habrías olvidado de mí —dijo, tomando la cara de Evan entre sus manos.

—No. Imposible.

Melinda tuvo que ponerse de puntillas para besarle. Lo hizo en cada mejilla, pero fingiendo robarle también un beso en los labios.

—¿Qué necesitas, cariño? ¿Otro carnet de conducir? ¿Un certificado de defunción? ¿Pasaporte nuevo para llevarme de vacaciones a las Turcas y Caicos como me prometiste?

—Necesito tu cerebro —respondió Evan.

Ella cruzó los brazos. Llevaba colgando de la cadera un aerógrafo Olympos de doble acción. Había envuelto la futurista empuñadura con cinta adhesiva rosa para que nadie se lo cogiera. Al ser la única mujer en todo el edificio, Melinda controlaba sus herramientas de trabajo mediante un código de colores.

—¿Mi cerebro? No sabría decir si eso es un halago o un insulto...

—Un halago. Tienes un cerebro magnífico.

Ella reparó en que uno de sus técnicos estaba pasando una esponja con demasiada brusquedad por un póster polaco de la película *Rebecca*.

—¡Cuidado! —le dijo en vietnamita, dándole un palmetazo en el hombro—. Esa pobre chica lo pasó muy mal. Tenle un poco de consideración. Trátala con cariño, como si estuvieras enamorado de ella.

—Luego, tomando a Evan del brazo, comentó—: Compadezco a su mujer... En la cama debe de tratarla como a carne de hamburguesa.

Iban caminando por la nave mientras hablaban; ella paseaba su mirada de águila por las mesas de trabajo, controlando a sus empleados.

—Estoy buscando a un hombre —dijo él.

—Yo también. —Una mirada de soslayo—. Vale, de acuerdo. Buscaremos al tuyo primero. Espero que eso aporte un poco de emoción a mi vida.

—Dudo que a tu vida le falte emoción.

—Lo comprobarás el día que vengas a cenar a casa.

—Trato hecho, pero de momento...

—De momento, buscas a un hombre.

—Estoy casi seguro de que ha salido del país. El tipo es cuidadoso y sabe hacer las cosas bien. Estuve unos días en su chalet. Lo tenía lleno de artículos de lujo, algunos de ellos bastante insólitos. Confiaba en poder localizarle a través de compras raras que haya hecho.

—¿Y por qué enfocarlo así?

—Pues porque así es como él me localizó —repuso Evan.

—¡No, no, no! —Melinda se detuvo un instante junto a una enorme mesa de contrachapado y, levantando el auricular acolchado que uno de los pintores llevaba en la cabeza, le gritó al oído—: Para quitar los residuos de cinta adhesiva, utiliza Bestine.

Dejó caer de nuevo el auricular sobre el cráneo del hombre y siguió adelante.

—O sea que quieres localizarlo por sus compras...

—Tenía un Monet original.

—¿Y cómo sabes que era original?

—Estoy bastante seguro.

—Si lo hice yo, te aseguro que no sabrías diferenciarlo de uno auténtico.

—Quiero pensar que no lo hiciste tú.

Melinda hizo un leve gesto con la barbilla indicándole que continuase.

—Era un cuadro de nenúfares...

—Cómo no —le interrumpió ella—. Monet siempre pintaba nenúfares. ¿De dónde le vendría esa fijación?

—Pintaba otras cosas, además de nenúfares.

—Es verdad. También pintaba almiares. Montones de almiares. —Dejó escapar un suspiro—. Yo prefiero un póster de *Metropolis* de los años treinta. ¿Has visto el *Frankenstein* de Boris Karloff? Salió a subasta por...

—Dime, ¿puedes localizar un Monet como ese?

—Evan, Monet pintó un montón de cuadros así. Y luego están las falsificaciones; solo *La noche estrellada* se ha copiado cientos de veces. Aunque fuese auténtico, ¿cómo podrías saber cuál de ellos es? Todos parecen... eso, nenúfares.

Evan sacó del bolsillo las fotos tomadas en el chalet y las esparció en abanico. Sin embargo, desde la última vez que las había mirado, no había aparecido mágicamente ningún cuadro de Monet.

—Lo siento —dijo ella, al ver la cara que ponía—. ¿Alguna otra cosa que pudiera servir para dar con él?

—Lexan.

—¿El qué?

—Resina policarbonada resistente a las balas. Comprada en el mercado negro.

Ella arrugó la cara y dijo:

—Pues peor me lo pones.

Evan miró las copias de las fotos. Carpetas sobre una alfombra paquistaní. Bolsas pinchadas de suero goteando al suelo del sótano. El interior del establo, dos Mercedes Geländewagen y una colchoneta.

Se detuvo al mirar la última fotografía. No le interesaba lo que se veía en ella, sino lo que no estaba.

Melinda le cogió del codo con su mano menuda.

—¿Qué pasa? —dijo.

—Un Rolls de época.

Evan había visto cómo Dex se llevaba a Despi en el Rolls, pero el coche no había vuelto. René necesitaba sus juguetes. Viendo que los días en el chalet estaban contados, seguro que quiso sacar de allí el Rolls para disfrutarlo en su siguiente lugar de residencia. ¿Qué había dicho René mientras cenaban? «A mí que me inyecten directamente en vena unas sábanas de seda y un poco de caviar.» Bien podía ser que su obsesión por el lujo acabara delatándolo.

—¿Qué modelo era? —preguntó Melinda.

—Un Phantom.

—Eso podría sernos útil —dijo ella.

Evan miró la foto tomada frente al establo. Casi en el borde del encuadre se veía la nieve que habían apartado a paladas para que pasaran los coches. Se apreciaban las marcas que habían dejado los Mercedes al dar marcha atrás para girar. Evan se fijó en una de aquellas marcas dejadas en el montículo helado. Otra señal de un parachoques, mucho más abajo que las otras, en la que se apreciaba el perfil rectangular de una placa de matrícula. Pero Evan sabía que el Rolls no llevaba matrícula. Mientras estaba mirando, Melinda se inclinó a su lado: el aliento le olía a chicle de frutas.

—¿Qué? —preguntó ella.

—Esa señal en la nieve, la de una placa de matrícula. No recuerdo que llevara ninguna.

—Enseguida lo comprobamos —dijo Melinda—, pero ahora dime una cosa. ¿El Phantom era un I, II, III, IV...?

—¿Eso cómo se sabe?

—Ni idea. Pero ven. —Al pasar entre dos camillas, notaron en la cara un residuo de pulverizador insecticida—. Oye, Quan. ¡Quan!

Un hombre que estaba al fondo levantó un brazo con gesto dubitativo. Melinda fue derecha hacia él. El hombre se puso firme. Sobre su enorme mesa de trabajo, emparedados entre películas de poliéster mylar, había folletos de venta de automóviles antiguos.

—¿También haces folletos de coches?

—Y muchas cosas más —dijo Belinda—. ¿Ves ese Bugatti? Vale casi trescientos mil dólares. —Miró a Quan—. Tienes que ayudar a mi amigo a identificar un Rolls-Royce Phantom.

Ella se dispuso a hacerles de intérprete, pero Evan se puso a hablar en un vietnamita con fuerte acento americano.

—Tenía unos guardabarros grandes que se abombaban sobre las ruedas delanteras. El parabrisas estaba muy inclinado hacia atrás. Y llevaba esas cosas en los neumáticos de atrás...

—¿Faldones? ¿Con remaches?

—Exacto.

—¿Era de carrocería cerrada?

—No sé qué significa eso.

—¿El compartimiento de los pasajeros era más bien corto? ¿El coche tenía aspecto... aerodinámico?

—Sí.

—¿Como este de aquí? —dijo Quan, señalando en un viejo folleto de Rolls-Royce.

—No exactamente.

Quan se inclinó, hurgó debajo del taburete en que estaba sentado y sacó un libro ilustrado de gran tamaño.

—¿Este? —preguntó, después de buscar entre las páginas.

—No.

—¿Y este?

—Demasiado grande.

—¿Este?

—¡Sí!

—Es un Phantom III. —Quan sonrió; tenía los dientes torcidos—. ¡El coche de Goldfinger!

—¿Cuántos se fabricaron?

Quan consultó el libro.

—Setecientos veintisiete chasis —precisó—. No tantos con la carrocería que usted describe.

—Eso son muchos almiares, ¿no? —le dijo Evan a Melinda.

Pero ella le había agarrado ya de la mano, dándole un tirón que atizó el fuego en el hombro convaleciente. Sin tiempo a que Evan diera las gracias a Quan, ella ya le estaba llevando hacia la parte del fondo, donde había un pequeño cuarto oscuro de paredes negras y ventanas clausuradas. Era el espacio más privado de todo el edificio, y donde se solían hacer los trabajos ilegales. Melinda se detuvo junto a una mesa de trabajo y chasqueó los dedos con impaciencia.

Evan tardó un momento en entender lo que quería. Luego le pasó la copia de la foto tomada delante del establo. Ella la colocó en el portaobjetos de un microscopio AmScope binocular, y la imagen ampliada apareció en el ordenador al que estaba conectado. Melinda se recogió los largos cabellos, se pasó el moño a la espalda y se inclinó sobre el amplio ocular montado en un brazo articulado para examinar detenidamente la señal que la matrícula había dejado en la nieve. Evan hizo otro tanto en el monitor.

—Parecen dos curvas superpuestas —señaló él.

—No son curvas, son «bes». Una B grande encima de una B más pequeña.

—No lo entiendo.

Melinda apagó las bombillas especiales que iluminaban la muy granulada imagen y, volviéndose hacia otro ordenador, se puso a teclear con cuidado de no estropearse las uñas perfectas.

El motor de búsqueda produjo rápidamente un logotipo: *Bonhams & Batterfields*.

—Eres increíble —dijo Evan.

—Y todavía no has visto nada. —Abriendo una de las pestañas, accedió a una base de datos para coleccionistas—. Bonhams y Butterfields se fusionaron en 2002; desde entonces han vendido cinco Phantoms III. Tres a un jeque de Abu Dhabi; uno a un tenista ucraniano cuyo nombre jamás he sabido pronunciar.

—¿Y el quinto?

Melinda señaló el lugar de la pantalla donde se leía: «Comprador anónimo».

—Ahí lo tienes —dijo.

—¿Hay que estar registrado para pujar? ¿Podrías localizarlo?

—Las casas de subastas son superdiscretas cuando el comprador desea máxima privacidad. O sea, no, descartado localizar al comprador. Ahora bien... —Se le formó un hoyuelo en cada mejilla. Parecía satisfecha de sí misma, un gatito dispuesto a dejarse acariciar—. El coche sí puedo localizarlo.

Por primera vez, Evan dejó que su tono de voz denotara ilusión:

—El coche.

—Para ser exactos, el número de chasis. Para pasar de un país a otro, es necesario registrarlo. Hay aranceles que pagar, impuestos, todo tipo de papeleo burocrático.

—Vale. A partir de aquí me encargo yo.

—No, déjame a mí. Nosotros nos dedicamos a traficar con artículos buenos.

—¿Cómo podré pagarte?

Melinda se inclinó para apartar la melena de su cuello de cisne y se señaló una mejilla.

Él se la besó.

—Tendrás noticias por la noche —dijo ella—. Mira el correo. —Se puso de pie, se alisó las arrugas del pantalón de yoga y despidió a Evan con un gesto de la mano—. Ahora vete. Algunos tenemos que trabajar...

68

Permanencia del objeto

Evan dudó frente a la puerta del 12B. Mia y él habían quedado en que Evan mantendría las distancias respecto de ella y de Peter. Mia ignoraba qué clase de trabajos hacía él, pero sabía lo suficiente para deducir que estar con él entrañaba peligro.

Evan levantó la mano para tocar el timbre, pero el dedo se quedó a un milímetro.

¿Y si ella se enfadaba?

¿Y si le decía que se marchara?

¿Y si estaba allí Ted, preparando una comida orgánica mientras se explayaba sobre las virtudes del CrossFit?

Evan se quedó mirando el dedo en alto. Después de todo lo que había tenido que sufrir en la vida, era absurdo ponerse nervioso ante la idea de tocar un timbre.

Llamó.

Pasó un buen rato. Finalmente oyó pasos.

—Maldita sea. Un momento. Ya voy.

La puerta se abrió bruscamente. Ella iba en albornoz, estaba empapada y el pelo le chorreaba sobre los hombros. En una mano sostenía una maquinilla de afeitar rosa.

—Oh —exclamó, cerrándose aún más el albornoz—. Creí que eras el repartidor de pizzas. —Se dio cuenta de lo que tenía en la mano y se lo llevó a la espalda—. Vaya. Qué embarazoso.

—Perdona que te moleste —dijo él—. Ya sé que no debería...

—Tranquilo. Me alegro de verte. Bueno, quiero decir si no estuviera en plena ducha y no tuviera una Gillette Venus escondida detrás de la espalda.

—¿Todavía sigue ahí?

Ella fingió que lo comprobaba.

—Eso parece. Confiaba en que no hubieras desarrollado aún el sentido de permanencia del objeto.

—Ese lo tengo muy desarollado. Sin embargo, todavía sufro ansiedad frente a desconocidos.

—Está bien. —Mia se mordió el labio—. Oye, se me ha terminado el repertorio de idioteces y me está entrando frío. ¿Hace falta que sigamos aquí?

—Solo quería pedirle disculpas a Peter. Por lo de aquel día en el vestíbulo, cuando fui brusco con él sin venir a cuento.

—Está en su cuarto. Tiene ahí guardadas todas las chuches de Halloween, o sea que allá tú. Yo, mientras, voy a secarme. Fingiré que no escucho a escondidas por el conducto de la calefacción.

—Vale. Trato hecho.

Ella se perdió de vista por el pasillo y Evan fue al cuarto de Peter. Hacía mucho tiempo que no se acercaba hasta allí. Las pegatinas de Batman seguían en la puerta, así como el rótulo ¡PROHIBIDA LA ENTRADA!, con su calavera y sus tibias cruzadas, pero en lugar de un póster de Kobe Bryant había uno de Steph Curry.

La puerta estaba entornada. Evan la empujó. Peter dio un salto y se tiró encima del mar de chuches y caramelos. Volvió la cabeza.

—¿Evan Smoak? —Se incorporó, abandonando su postura de emergencia, sacó un Snickers que se le había metido en un pliegue de la parte superior del pijama y empezó a guardar chuches rápidamente en la funda de almohada—. No se lo cuentes a mamá. —Apenas se le entendía; tenía la boca llena.

—Lo más seguro es que ya lo sepa —le advirtió Evan.

Peter tenía la cara manchada de chocolate, los labios de un azul arándano. Masticó y tragó lo que tenía en la boca.

—¿Por qué piensas que ya lo sabe?

—Porque tu madre lo sabe todo.

—¿Por qué ya no vienes nunca?

Evan reprimió las ganas de rascarse las costras que aún tenía en el cuello.

—Como ya te comenté, tu madre y yo pensamos que quizá sería mejor que...

—Pues a mí me parece una tontería.

—Te entiendo. Mira, Peter, solo venía para...

Colocado por tanta chocolatina, Peter se levantó de un salto, corrió a su escritorio y se puso a colorear un dibujo de *La guerra de las galaxias*.

—¿Sabías que las mariposas tienen el sentido del gusto en las patas?

—No. Ni idea.

—¿Qué te gustaría llevar cuando te entierren?

—Un traje de neopreno.

—¿Las ranas tienen pene?

—Las que yo he visto, no. Oye, Peter. Eh, mírame. Venía a decirte que lo siento.

Peter puso cara de perplejidad.

—¿El qué?

—Mi comportamiento en el vestíbulo. Tienes razón. Fui desagradable contigo.

—Ah. Ya me había olvidado. De eso hace, uf, varios años o así. —Dejó el lápiz, del que apenas quedaba un cabo muy menudo, y miró a Evan—. Los amigos no se enfadan por cosas así.

Evan tuvo que aclararse la garganta antes de contestar.

—De acuerdo —dijo.

—Espero que vengas otro día.

—Yo también.

Peter se volvió hacia el cuaderno que estaba coloreando y Evan salió al pasillo.

Se encontraba mejor cada día. Por la mañana se había quitado él mismo los puntos de sutura con unas tijeras quitapuntos y unas pinzas de punta de aguja. Había recuperado mucha movilidad en el brazo derecho, aunque tenía que ir con cuidado de no abrirlo demasiado ni demasiado rápido. Curiosamente, la pantorrilla le molestaba cada vez más; la línea del nervio era como un trozo de alambre de espino retorcido.

Se detuvo en la sala de estar. Ropa limpia secándose encima del sofá. Música de jazz sonando de fondo en algún punto del pasillo, Miles Davis de la primera época. Olía a chocolate caliente, a detergente para vajillas, a velas con fragancia de vainilla.

Un hogar de verdad en toda su revuelta gloria.

El pósit que adornaba la pared junto a la cocina estaba más descolorido que la última vez que lo había visto. Mia había escrito a mano esta frase: «Trátate a ti mismo como si fueras alguien que depende de tu ayuda». Tenía varias de estas lecciones de vida, sacadas de algún libro, repartidas por la vivienda para que Peter las leyera.

Esta en concreto le hizo pensar. Estando atrapado en aquel chalet, se había convertido en su propio cliente; era él quien necesitaba que lo socorrieran. Se preguntó si merecía la misma felicidad que él deseaba a la gente a la que ayudaba.

Mia le sorprendió allí parado.

—¿Qué tal te ha ido con el duque de Caramelandia?

—Bueno, me ha hecho muchas preguntas.

—¿Si las ranas tenían pene, por ejemplo?

—Por ejemplo, sí.

Mia continuó secándose el pelo con una toalla.

—Oye, ¿y las ranas tienen pene?

—Yo diría que no —dijo Evan.

Al verla reír, sintió que algo se removía en él.

—¿Qué? —preguntó ella.

—Nada.

Mia se mordió el labio inferior y se lo quedó mirando. No le había ofrecido que se sentara.

—Es mejor que me vaya —dijo Evan—. Antes de que saques otra vez esa Gillete Venus.

—Eso no estaría bien.

Evan se dispuso a marcharse. Estaba ya en la puerta cuando ella dijo:

—Siempre pienso que quizá en otra vida...

Él dio media vuelta

Ella se miró las uñas, miró hacia el techo, a cualquier parte menos a él.

—Una vida en la que yo no fuera fiscal de distrito y tú... lo que sea que seas.

Evan asintió con la cabeza.

—Pero para Peter sería arriesgado —dijo Mia—. Y no quiero que él corra ningún peligro.

—Claro. Haces bien.

—Ojalá las cosas fueran diferentes —dijo ella.

—Eso mismo pienso yo.

—Adiós, Evan Smoak.

—Adiós, Mia Hall.

69

Extradición

Antes de ir a acostarse, Evan entró en la Bóveda y abrió la cuenta the. nowhere.man@gmail.com.

Tenía un solo e-mail. De Melinda Truong.

Un Rolls-Royce Phantom III de 1936 tipo limusina y con carrocería Hooper, cromados Saoutchik y número de chasis 9AZ161 pasó por el puerto de Rijeka el viernes 28 de octubre. De nada. Ya me pagarás llevándome a cenar por ahí. O a las Turcas y Caicos. Abrazos y besos mt

Evan hizo crujir los nudillos, la vista fija en la pantalla.

Rijeka.

En Croacia.

Uno de los países sin tratado de extradición con Estados Unidos.

Evan cogió las fotocopias de Hacienda, llenas ahora de anotaciones suyas. En el reverso de las páginas había anotado todas las direcciones que le iban saliendo conforme intentaba cartografiar las finanzas de René.

En el año 2008, uno de los abogados de Cassaroy había acusado recibo de un reparto trimestral de dividendos de una ya desaparecida organización paraguas con sede en una dirección de Zagreb. El edificio en cuestión estaba a solo dos horas en coche del puerto.

Evan cruzó la Bóveda y giró el dial de su caja fuerte empotrada en el suelo. Después, levantó la trampilla metálica y sacó uno de los pasaportes que tenía dentro.

70

El más mínimo paso en falso

Había sido un infierno.

No solo aguantar la rabia contenida de Van Sciver, sino también estar encadenada a Ben Jaggers. Y Candy estaba encadenada a él hasta que hubieran terminado el trabajo.

Por si necesitaba más motivos aún para reducir a cenizas a Huérfano X...

Se hallaba en el asiento del acompañante de un Passat que, según la publicidad, era un modelo «familiar». A ella le gustaba el amplio maletero, pero poca cosa más.

A fin de evitar el pestazo de Jaggers, había decidido respirar por la boca, pero luego pensó que no podía ser bueno que toda aquella porquería se le metiera en los pulmones, así que volvió a respirar por la nariz y a sufrir en silencio.

Croacia era una pasada. Más concretamente, los croatas eran una pasada. Altos y fornidos, de negros cabellos tupidos y lustrosos, ojos claros y piel dorada: parecían atletas olímpicos, del primero al último. Y siempre dispuestos a proclamar su amor. Al primer encuentro, a la primera noche. De eso, naturalmente, Candy tenía amplia experiencia, pero en Croacia era el no va más.

Cuando no estaba encadenada a Ben Jaggers, se entiende.

En ese momento, estaban observando un complejo de apartamentos de lujo en una calle céntrica repleta de autobuses contaminantes.

Dentro de un puto Volkswagen Passat.

Van Sciver —o, más exactamente, la sala de superordenadores de Van Sciver— había ubicado a René con bastante rapidez después de que el chalet se convirtiera en cenizas. Punto de confluencia de cinco importantes autovías, Zagreb era un lío de circunvalaciones y embotellamientos. Un sitio ideal para entrar y salir discretamente. Numerosas avenidas en caso de querer escapar. Pero también con muchos puntos de vigilancia como el que Candy y Jaggers habían elegido, aparcados en una de las arterias principales de la ciudad en una larguísima hilera de vehículos.

¿Por qué no Split, con sus vistas al centelleante Adriático?, ¿o Dubrovnik, con murallas de piedra y colinas de lavanda? Pues no, allí estaba ella, en el Detroit croata, encerrada en un Volkswagen con aquel cerúleo hijo de perra.

Un poco más allá de donde estaban, un grupo de croatas vestidos para jugar al fútbol se apeó de un autobús entre bromas y codazos. Tríceps ramificado y barbilla hendida. Candy se sintió como un gato en un acuario.

—¿Estás vigilando el edificio?

—Mmm —respondió ella, desviando su mirada más allá de los cuatro carriles de tráfico hacia el complejo residencial de alta seguridad. Iba entrando y saliendo gente.

Una mujer gorda con un cochecito de niños. Un industrial de cabellos plateados. Tres colegialas con atractivas faldas de cuadros escoceses.

René había hecho ya su salida matinal diaria, para comprar cruasanes y zumos en la panadería y luego hasta la farmacia, a saber para qué. Siempre escoltado por Dex, este con la única mano que le quedaba metida en el bolsillo de la trinchera, sabueso de torpes andares y problemas de tiroides.

Ahora estaban de vuelta en el apartamento, una trampa con cebo, y Candy no tenía otra manera de entretenerse que mirar a futbolistas, aguantar a Jaggers y esperar a que apareciese Evan.

Al amparo de la noche, Jaggers había conseguido colocar varias cámaras de vigilancia en torno al perímetro del edificio. Podían ver las imágenes en tiempo real en el portátil que descansaba sobre la consola entre los dos asientos delanteros. Podía hacer primeros planos y repeticiones, pero después de varios días no habían visto apenas nada que mereciese un segundo visionado.

Sonó «Hips Don't Lie» de Shakira. Era el teléfono de Candy. Había cambiado el tono de llamada más que nada para fastidiar a Jaggers, aunque parecía que nada pudiera fastidiarle.

Allí estaba él, tieso como una rata congelada en el asiento del copiloto, con un equipo de GPS de última generación sobre sus muslos como palillos.

Candy contestó.

—¿Novedades? —dijo la voz de las cien voces.

—Con el restaurante a la vista. Sin señales todavía de quien tenga que venir.

—Luciérnaga está en compás de espera.* Esperando coordenadas...

Por motivos evidentes, Van Sciver tenía que mantener el dron en tierra el mayor tiempo posible. Así pues, no disponían de vigilancia aérea. Una vez que Candy y M confirmaran la ubicación exacta de Huérfano X, la introducirían en la unidad GPS portátil y un vehículo armado y no tripulado sobrevolaría los nubarrones y Zeus lanzaría rayos desde las alturas. No habría daños colaterales. De hecho, pensándolo bien, tampoco habría daños no colaterales.

Porque si matabas al Hombre desconocido, ¿acaso moría alguien?

El atentado sería atribuido a Hamás, a Israel o a alguna agrupación parecida; eso ya era asunto de Van Sciver. Le encantaba poder dar un golpe fuera de las fronteras de Estados Unidos, y no iba a perder esa oportunidad. Uno de los placeres de operar OCONUS era que nadie te venía llorando por asuntos de rentabilidad, derechos constitucionales o precedentes jurídicos. Donde había un individuo, segundos después solo quedaba un cráter... y poco después un montón de curiosos mirando, las manos en los bolsillos.

El GPS que Huérfano M tenía sobre el regazo cartografió la calle y los edificios circundantes, estableciendo coordenadas en minutos y segundos con una precisión de 1/3600 de grado, lo suficiente para hacer pasar un misil por el agujero de un donut. Tenía en cuenta incluso diminutos movimientos tectónicos, según le había informado Jaggers.

Candy se centró de nuevo en su conversación con Van Sciver.

—Yo esperaba disfrutar de una comida más prolongada con el invitado —dijo.

Ya habían hablado de esto.

* «Luciérnaga» (*Lightning Bug* en inglés) es el nombre de un modelo de dron. (*N. del T.*)

—Primero las coordenadas —respondió la voz de tantas voces—. Y después el postre.

La comunicación se cortó.

Evan estaba sentado en la ventana con mirador del hotel de lujo desde donde se dominaba el populoso centro de Zagreb. En el cojín del asiento, a su lado, tenía un portátil abierto. Desde donde estaba, podía ver sin obstáculos la tercera planta del edificio que había en la acera de enfrente. René Cassaroy se hospedaba allí, y Dex ocupaba un apartamento contiguo. El brazo derecho seguía dándole a Evan algunos problemas, pero, como a Dex le faltaba una mano, suponía que estaban más o menos en las mismas condiciones, el uno respecto del otro. Al menos Evan conservaba todavía dos pulgares oponibles, y confiaba en darles buen uso.

Debía actuar con la máxima prudencia a fin de asegurarse de que los hombres que vigilaban a Despi no recibieran ninguna orden. El más mínimo paso en falso podía dar pie a una llamada o a un mensaje de texto, y Despi sería liquidada con la misma eficiencia con que lo habían sido sus padres y su hermana.

El motivo de que René se hubiera escondido en Zagreb le parecía claro. Vivían en aquel complejo urbanístico varios destacados empresarios, así como varios ministros, y había multitud de cámaras de seguridad por todas partes.

Evan se conectó a internet, entró en una cuenta ilocalizable de la web Hashkiller y echó mano de su diccionario de ciento treinta y un mil millones de contraseñas. Minutos después accedía a la red del edificio de lujo. Localizó el sistema de cámaras de seguridad y buscó el nombre en las calcomanías de la verja principal del edificio. Hashkiller no tardó nada en conseguirlo, y poco después aparecieron las imágenes de un centenar largo de cámaras internas y externas.

Escogió los objetivos de la ruta que tenía pensado tomar y luego abrió los enlaces del control de cámaras. Primero dirigió el zum de barrido panorámico hacia el sol, por encima de la verja principal. La imagen se tornó uniformemente blanca. Luego hizo que las cámaras colindantes enfocaran las farolas de la calle para conseguir un resultado parecido.

Al comprobar que las cámaras de la escalera interior de la parte este carecían de las mismas prestaciones, desconectó el sistema autoiris y luego redujo al máximo la apertura de diafragma. Las imágenes quedaron en negro.

Por si René había hackeado las cámaras de seguridad de su planta —una precaución más que probable—, Evan tomó un fotograma aislado de vídeo válido de cada una, lo duplicó cincuenta millones de veces y volvió a conectar el *feed* de cámara IP en el servidor de almacenamiento de vídeo. De este modo creaba una parodia de la imagen normal de cada cámara: pasillos siempre vacíos. Evan cerró el portátil, se puso de pie, echó el hombro derecho hacia atrás y se encaminó hacia la puerta.

Había llegado la hora.

71

Saltar por los aires

Candy bajó la ventanilla de su lado para respirar un poco de aire fresco y se inclinó hacia fuera; no quería ser succionada por el agujero negro del vacío carismático de su socio. Jaggers permanecía inmóvil en el asiento del acompañante, las manos sobre el GPS como si se dispusiera a jugar una partida de Super Mario.

Candy observó la gente que entraba por la verja principal del edificio.

Anciana con perrito metido en el bolso. Hipster con tatuajes en los antebrazos y gorro de lana. Señoras que almorzaban vestidas de pantalón rosa y cargadas de perlas.

—Halya Bardakçi —musitó.

Aunque estaba mirando al frente, notó cómo Jaggers volvía la cabeza.

—¿Qué? —le preguntó él.

—Se llamaba así, la chica que mataste en aquel callejón, en Sebastopol.

Él cogió el portátil y se puso a revisar imágenes.

—¿Cómo lo sabes?

Candy mantuvo la vista al frente.

Una pareja ya mayor. Quinceañera con los ojos mal pintados. Esposa de diplomático con pinta de drag queen.

—Lo leí en el periódico —dijo—. No era más que una chica que tuvo mala suerte.

Hombre de negocios con bigote poblado. Conserje de piel morena. Universitaria fornida.

—¿Y por qué te importa eso? —dijo Jaggers.

—Porque podríamos haber sido nosotros, capullo mal follado.

Jaggers dio un bote en el asiento, y por un momento Candy pensó que le daría un bofetón. Pero no, siguió con la vista pegada al portátil. Había capturado en pantalla la imagen del hipster que había entrado un momento antes y hecho zum en la cara, apenas visible bajo el gorro.

—Hostia —exclamó Candy.

—Asegúrate de que esté en el apartamento de René —dijo Jaggers—. Y en qué habitación. Yo me encargo de las coordenadas. Lo que menos nos interesa es que él salga chamuscado.

Candy cogió el teléfono y salió del coche. Jaggers, levantando la voz, preguntó:

—¿Y V?

Ella se inclinó hacia el vehículo.

—Si te preocuparas más por vigilar y menos por ese fiambre de putilla que dejamos en Crimea —dijo Jaggers—, podríamos haberle matado antes de que entrara por la verja.

Ella cerró la puerta del coche con más fuerza de la necesaria y caminó a paso vivo hacia el edificio.

La Necesidad le estaba royendo por dentro. Sin sus dosis de sangre joven, podía comprobar ya los síntomas de su deterioro: dolor articular, cada vez menos energía, y aquel permanente mal sabor de boca. El regusto de la vejez.

En cuanto el Hombre desconocido saliera de su escondite, Dex acabaría con él y así podrían montar un nuevo laboratorio y adquirir productos nuevos.

René se levantó de su siesta en la cama extragrande y fue hacia el tocador del salón de baño. Las ventanas, cómo no, eran de Lexan, pero para impedir toda vigilancia tenía las cortinas corridas y la luz apagada. La puerta que comunicaba con el apartamento de Dex, al otro lado del pasillo interior de baldosas, quedaba a la vista. Estaba cerrada por motivos de privacidad, aunque, dado el gran número de cámaras que habían instalado por todas partes, la privacidad apenas era un problema. Cuando no estaba junto a René, Dex controlaba hasta el último rincón de los aposentos de su jefe desde una serie de monitores, listo para avisar a sus sicarios griegos al más mínimo indicio de algo fuera de lo normal. Un simple toquecito en el iPad y los cuchillos de alquiler convertirían a Despi en pedacitos.

Dex tenía planes para Evan después de haber despachado a Despi. Había estudiado múltiples contingencias sobre cómo eliminarlo en cuanto asomara la nariz: troneras bien disimuladas en las paredes medianeras, cerrojos de doble cilindro con bloqueo automático en la puerta de interior sólido para bloquear la salida, conductos con instalación de gas anestésico, como en el chalet.

René se preparó mentalmente para enfrentarse al espejo. Pese a que había muy poca luz, su reflejo le hizo dar un respingo. Cada vez era más difícil conseguir el producto confeccionado que él deseaba. De la coronilla le salían cuatro pelos revueltos. Las ojeras habían criado sus propias ojeras, un alud de carne amoratada. Sus mejillas parecían soportar el peso del mundo.

Inició el proceso de reconstrucción. Tapaojeras y corrector de color. Aceite de pescado y zinc, calcio y vitamina E. No necesitaba usar Cialis, estando allí encerrado, pero había aumentado la dosis de Lexapro en un intento de eliminar parte de ese tono grisáceo producto de la contaminación de Zagreb. Iba a coger el Rogaine cuando la mano rozó una tela sedosa.

¿Un fular encima del tocador en penumbra?

Al levantarlo, dos piezas delgadas se separaron. Eran sendos tubos de tela color carne cubiertos de intrincados dibujos.

Tatuajes temporales.

Dejó que resbalaran hacia la afelpada moqueta. Levantó la vista. Encaró el espejo.

Apenas visible debido a la casi oscuridad que dominaba el otro extremo de la estancia, vio el contorno de un rostro.

Había un hombre sentado en el canapé, las sombras lo engullían. René se obligó a sonreír.

—Evan —dijo lo bastante alto para que el equipo de vigilancia registrara su voz—. Sabía que darías conmigo.

Sus ojos se desviaron hacia la puerta del otro lado del pasillo interior, comprobando si algún movimiento interrumpía el haz de luz que se colaba por debajo. Visualizó a Dex preparando el éter halogenado, y a los sicarios griegos acercándose a Despi. La puerta abriéndose y Dex ocupando todo el umbral. Teniendo en cuenta que Dex solo disponía de una mano, le llevaría mucho más tiempo deshacerse de Evan.

La cara apenas perfilada le estaba mirando, una máscara exenta de rasgos. René permaneció erguido en la silla, la vista fija en el espejo.

—El caso es —dijo, esperando a oír el siseo del gas a través de los conductos— que la situación es bastante más complicada de lo que tú crees.

Algo se estrelló contra el espejo dejando una franja roja para luego aterrizar con un ruido sordo sobre el tocador. Frascos de píldoras patinaron por la superficie y cayeron al suelo.

René soltó un chillido.

Miró hacia abajo y vio la mano enorme caída sobre los cosméticos esparcidos por el suelo. Y, en la mano, el tatuaje de una misteriosa sonrisa, una sonrisa demasiado grande.

René volvió a desviar la vista hacia la puerta que conectaba los dos apartamentos. Sintió por un momento una punzada de esperanza irracional: allí estaban las enormes botas de Dex, dando sombra a la luz de debajo. Pero luego la oscuridad se iba extendiendo, colándose bajo la puerta, acercándose por el pasillo.

Notó que sus entrañas se rebelaban, que su corazón se venía abajo por el insondable hueco de su estómago.

Aun así, parecía que el Hombre desconocido no se había movido.

René sintió que se asfixiaba, la garganta demasiado seca para articular palabra. Lo que le salió fue un graznido:

—Te devolveré el dinero.

—No quiero el dinero —dijo la voz.

—¿Qué quieres entonces?

—Una vez alguien me dijo que, si controlas el tiempo, lo controlas todo.

La forma oscura se levantó y fue hacia él.

René, atenazado por el pánico, fue incapaz de volverse. Siguió de cara al espejo.

Una mano apareció en un trecho de luz; empuñaba una jeringa llena de un fluido viscoso y transparente.

La boca de René se abrió en el momento en que la aguja se introducía en su cuello.

Pero el rostro continuaba oculto en la oscuridad.

Lo último en que pensó René antes de que el pulgar presionara el émbolo fue en los cerrojos de doble cilindro de la puerta principal, que lo tenían atrapado allí dentro.

Luego, el tiempo cesó, aprisionándolo como a un insecto en ámbar.

Con el móvil a punto, Candy se apoyó en la puerta del apartamento de René, esforzándose por percibir algún movimiento en el interior. Un simple sms a Huérfano M y Van Sciver empezaría la fiesta.

En ese momento la puerta contigua se abrió ligeramente. Justo cuando ella comprendió que podía ser la de un apartamento que se comunicaba con el de René, notó algo que se movía velozmente hacia ella; se aprestó a recibir un golpe, pero no lo hubo. En cambio, notó que la izaban, los brazos pegados a los costados, y que luego la soltaban haciéndola girar sobre sí misma, como una bailarina que hubiera perdido a su pareja.

En ese giro, un rostro se le hizo patente, aunque borroso. Candy reconoció la mirada y, por un momento, dejó que él la llevara.

No tenía otra alternativa.

Y de repente se vio propulsada hacia el umbral del apartamento contiguo y oyó cerrarse la puerta detrás de ella.

Resbaló con algo y aterrizó en el suelo. Al levantarse, se notó pegajosa.

Aquel olor le era familiar.

Se lanzó hacia la puerta aun sabiendo lo que iba a encontrar: los cerrojos de doble cilindro se habían cerrado automáticamente. Y Candy no tenía llave.

No encontró el móvil; se lo habían arrebatado de la mano. Pensó en M, que estaría abajo esperando el sms para actuar.

Lo único que podía hacer era prepararse para cuando el dron disparara el misil.

Huérfano M tenía el móvil en una mano y el GPS en la otra e iba mirando ahora una pantalla, ahora la otra. No permitió que sus rodillas botaran de impaciencia.

Finalmente, recibió un sms.

ANDA SUELTO. LO TENGO EN LA PLANTA BAJA. ATASCA CERRADURA VERJA PRINCIPAL + YO HARÉ QUE VAYA HACIA ALLÁ

Huérfano M introdujo las coordenadas de la verja principal para el dron. Luego, tiró el GPS al asiento, salió del Volkswagen y corrió hacia el complejo residencial, esquivando el tráfico de cuatro carriles entre un concierto de bocinazos.

Cuando llegó a la alta verja metálica, tenía ya en la mano su juego de ganzúas. Introdujo en la bocallave una ganzúa diamante y la partió.

Ahora nadie podría entrar por aquella verja.

Esprintó de nuevo, en sentido contrario, se salvó por los pelos de ser arrollado por un autobús y se lanzó al Passat antes de que llegara el siguiente aluvión de vehículos.

Le desconcertó ver que el GPS estaba sobre el salpicadero y no en el asiento, donde él lo había dejado. Lo cogió y le dio la vuelta. La tapa de la batería estaba un poco suelta, uno de los pequeños tornillos se había levantado del plástico apenas unos milímetros.

Pasó de no entender nada a entenderlo todo: alguien había sacado las pilas y las había vuelto a meter.

De este modo las coordenadas previas se habían borrado.

Y el aparato marcaba ahora su propia posición.

M sintió frío, pero enseguida comprendió que no se trataba de eso; no era frío, sino el sudor que produce el pánico en estado puro. Su cabeza se alzó.

De pie, inmóvil entre la marea humana de la acera de enfrente, estaba Huérfano X, quien al verle se llevó la mano al gorro a modo de saludo.

M apenas si tuvo tiempo de levantar la vista hacia el techo del coche antes de que el Volkswagen saltara por los aires.

72

Viejas historias

Despi salió al balcón para regar las tomateras que trepaban por la balaustrada. Su hermana había vivido en diferentes lugares, pero siempre había tenido sus propias tomateras, igual que la madre de ambas. Ahora tan solo estaba Despi para mantener viva la tradición.

Las puestas de sol eran espectaculares, y últimamente más todavía. Violetas y naranjas jugueteaban en las centelleantes aguas mediterráneas, un día más persiguiendo su belleza antes de extinguirse. Apenas si se veía un trocito de mar entre las casas de alrededor, pero el padre de Despi siempre había dicho que ese trocito bastaba para ser feliz, para sentirse seguro del lugar que uno ocupaba en el mundo.

Cuánto le echaba de menos. Cuánto los añoraba a todos.

Volvió adentro apartando la cortina que el viento mecía y dejó la regadera en el suelo.

Evan estaba en la salita de estar.

Despi fue a decir algo, pero no le salió la voz.

Evan se sacó del bolsillo de atrás un sobre blanco y grueso.

—¿Qué es? —preguntó ella.

—Fotos de los hombres que asesinaron a tu familia —dijo él—. Y que te estaban vigilando.

—¿A mí?

—Sí.

—En esas fotos, ¿qué se ve?

—Cadáveres —dijo él.

Despi tragó saliva.

—Y tú dónde... ¿cómo diste con ellos?

—Encontré los nombres en un apartamento de lujo, en Zagreb. Donde le ajusté las cuentas a René.

—¿Está muerto?

—Peor —dijo él.

Despi dejó las manos quietas al darse cuenta de que estaba estrujándolas con el vestido. Señaló el sobre.

—¿Qué se supone que debo hacer con esas fotos?

Evan no dijo nada.

—No las quiero. No quiero verlas.

Él volvió a meterse el sobre en el bolsillo.

—Me lo figuraba, pero no siempre sé lo que quiere la gente.

Despi miró la regadera.

—No me queda nada —dijo—. ¿Cómo voy a rehacer mi vida?

Ella lo había visto con un collar eléctrico, había visto cómo le golpeaban brutalmente. Pero era la primera vez que lo veía impotente.

—En eso no puedo ayudarte —dijo Evan.

—Claro. Tú solo sabes destruir. —Se llevó las manos a la cara y lloró. Cuando levantó de nuevo la cabeza, él ya no estaba—. Perdona —añadió, aunque ya no había nadie que la escuchara.

La vista del Partenón, por más veces que hubiera estado allí, siempre dejaba a Evan sin aliento. Aquel resalto que dominaba Atenas, con el templo en ruinas encaramado a la roca. Las vetas de mica y de pirita que culebreaban por el mármol, dándole un toque dorado. La perfección de la estructura, un diseño tan preciso como puede serlo algo hecho por ordenador. Los griegos habían adelgazado incluso las columnas dóricas en la parte superior, una ilusión óptica para que pareciera que el pesado techo estaba pandeando los soportes.

Evan rodeó una manzana llena de andamios y lo vio desde detrás en la terraza de una cafetería; estaba tomando un café solo bajo una sombrilla tan grande como pequeña era la mesa a la que estaba sentado.

Nadie como Jack para encontrar donde tomarse un expreso en una vieja ciudadela.

Entre los omóplatos, un reguero de sudor recorría su camisa. Evan fue acercándose a él. Cuando estaba ya a unos pocos pasos, Jack dejó la taza sobre la mesa y, sin volverse, dijo:

—Hola, Evan.

Evan se sentó pesadamente en la otra silla.

—Gracias por venir —dijo este.

Jack asintió con un gesto de cabeza.

Pasaron por delante dos chavales alemanes empuñando sendas botellas de Fanta Limón. Evan esperó a que sus risas se alejaran y luego dijo:

—He pensado que quizá podríamos empezar de cero.

—Vale —dijo Jack.

—Me dijiste que no entendías por qué sigo haciendo lo que hago después de haber abandonado el Programa, por qué no desaparezco del mapa y me lo monto en un sitio con playa, a disfrutar de la vida.

—No fueron exactamente esas mis palabras.

—Pero esa era la idea.

—Sí.

Permanecieron un rato en silencio, escuchando el rumor del viento entre las piedras antiquísimas. Jack se pellizcó la piel arrugada de debajo de sus ojos; cuando levantó la vista otra vez, su mirada era transparente.

—La gente habla de empezar de cero —dijo—, pero es imposible. Lo único que puede hacerse es cambiar de rumbo.

—Bueno, podríamos intentarlo —sugirió Evan.

Jack esbozó su no-sonrisa, aquel ligero abombamiento de la mejilla derecha que significaba que le había gustado. Inclinó la cara hacia el sol.

—Es curioso que quedemos aquí, bajo la sombra de los dioses. El destino resonando a través de todas esas piedras. Las viejas historias. —Parpadeó varias veces y, de repente, su aspecto envejeció—. ¿Podremos romperlo?

—¿El qué? —preguntó Evan.

—El ciclo.

—No lo sé.

Jack lo miró.

—¿Estás dispuesto a intentarlo?

—Sí —dijo Evan.

Jack apuró su taza de café y se puso de pie. A contraluz, miró a Evan.

—¿Te apetece dar una vuelta? —le propuso.

Evan se levantó para acompañarle.

73

Resolute

Anna Rezian no se parecía en nada al pobre pajarillo que Evan había visto hacía solo unos meses. Se encontraba en el patio del instituto, en medio de un grupo de chicas, intercambiando risas y fotos de iPhone. Le había vuelto a crecer el pelo —aunque no del todo— allí donde se lo había arrancado.

Evan la observó desde el interior de un pickup F-150 con el motor al ralentí, al otro lado de una valla de alambre de espino. Raras veces se acercaba a un cliente después de terminar la misión, pero tenía ganas de verla, quería que algo le recordara que había cosas buenas.

Por la mañana había leído una breve crónica en internet que informaba del hallazgo, en un apartamento de lujo en Zagreb, de un estadounidense expatriado junto a un cadáver. Acompañaba la información una fotografía de dos agentes locales escoltando al hombre, el cual estaba en un estado lamentable.

Aparentaba unos noventa años, ralos cabellos blancos, toda la piel de la cara colgando, el cuerpo retorcido por la artritis. No había recuperado aún el habla, y uno de los médicos señalaba que no sabía qué podía haberle ocurrido a aquel hombre para envejecer de una manera tan repentina.

Nadie sabía qué había ocurrido en aquel complejo residencial, ni tampoco si estaba relacionado con la explosión que se había cobrado una vida en una calle próxima al edificio una semana atrás.

Sonó el timbre del instituto, llevado en volandas por la brisa otoñal. Evan tragó una bocanada de aire fresco mientras veía a Anna, junto con una amiga, dirigirse hacia las aulas.

Quizá la chica no se molestaría en pasarle el número del Hombre desconocido a otro posible cliente; un posible cliente que a su vez buscaría a otro, y así sucesivamente. Evan se preguntó si Anna lo dejaría correr sin más y se olvidaría del asunto.

No.

De hecho no se lo preguntaba.

Esperaba que fuese así.

Por primera vez desde que construyera aquel recinto, Van Sciver apagó los monitores. Primero una pared, luego otra, así hasta que las tres quedaron a oscuras, su perenne reino de herradura por fin en penumbra. El calor de las pantallas hizo vibrar el aire, la luminiscencia de algo que ha dejado de existir.

Fue un acto básicamente simbólico. La potencia cibernética seguía funcionando en la batería de servidores que había detrás de la pared de hormigón, y en cualquier momento Van Sciver podía encender de nuevo los monitores. Pero, a veces, lo simbólico tenía su gracia.

A veces uno necesitaba empaparse de negrura.

A oscuras, sus pensamientos y sus deseos cobraron claridad. A oscuras, el sendero a seguir se iluminaba.

Había llegado la hora de abandonar la madriguera.

Se preparó para ello. Y, luego, alcanzó el teléfono.

Sobre el escritorio Resolute, uno de los tres pesados teléfonos negros empezó a sonar. Hecha con maderas de la fragata británica a la que debía su nombre, la mesa había sido un regalo de la reina Victoria a Estados Unidos. Marinos estadounidenses habían rescatado el barco después de que este quedara atascado en los hielos del océano Ártico, y la alfombra oval estaba inmovilizada desde entonces bajo el peso del escritorio.

El sello presidencial de esta alfombra estaba hecho en bajorrelieve como el de Truman, el águila y las estrellas delineadas gracias a un hábil afelpado. Era de un solo tono, sombras dentro de sombras.

Un hombre apuesto de cincuenta y tantos años se disculpó ante los reunidos en el sofá, fue hasta el escritorio y levantó el auricular del teléfono.

Van Sciver solo renunciaba a emplear su truco de voces cuando llamaba a aquel número.

—Lo hemos perdido, señor presidente —dijo.

El hombre apuesto frunció ostensiblemente los labios. Si algo había aprendido en el ejercicio de su cargo, era el valor de una pausa de dos segundos antes de decir nada.

—Ponlo a jugar otra vez.

Hizo ademán de colgar el teléfono, pero oyó que Van Sciver decía algo y se acercó de nuevo el auricular al oído.

—La próxima —dijo Van Sciver—, me ocuparé yo personalmente.

El presidente se permitió otra pausa de dos segundos.

Y luego colgó.

74

Jefe supremo de todo y de nada

Era difícil distinguir el rastro de las pasas en el vodka, pero allí estaba, entre el regusto final. Elaborado a mano y en pequeños lotes, el vodka ecológico Dash era destilado siete veces, filtrado mediante un sistema de cáscaras de coco y luego microoxigenado hasta hacerlo más suave que el terciopelo.

En su sofá negro de ante, Evan tomó un sorbo y dirigió la vista más allá de la rendija en el suelo donde estaba su televisor retráctil de pantalla plana, enfocando el panorama que se extendía al fondo.

La ciudad de Los Ángeles, una constelación de casi cuatro millones de luces. Ese día parecían estar todas ellas encendidas. Dibujando cuadros en los apartamentos vecinos, subiendo y bajando por los rascacielos del Downtown, precediendo a los coches que discurrían como en un juego de Tetris por el entramado de calles y avenidas.

Y Evan flotando veintiún pisos más arriba, observándolo todo con su vaso de vodka, jefe supremo de todo y de nada.

Solo.

El tráfico parecía más congestionado de lo habitual, y entonces cayó en la cuenta: era el día de Acción de Gracias.

Pensó en Anna Rezian, que había recuperado su vida cotidiana. El RoamZone le abultaba en el bolsillo, otra vez cargado y a punto. ¿Qué le depararía la semana siguiente? ¿Y la otra? ¿A cuántos Hector Contrells tendría que enfrentarse? ¿A cuántas puertas de mala muerte debería acudir, preparándose para las atrocidades que pudiera encontrar más allá del umbral? ¿Cuánto tiempo llevaba metido en esta especie de fortaleza, dentro de este tropo, de esta planta del edificio? Se planteó la posibilidad de renunciar a su personaje, de dejar que el tiempo siguiera su curso y —por una vez— lo arrastrara consigo; levantar el dedo del botón de pausa y dar un paso al frente hacia la vida, con todas sus maravillas y sus preocupaciones diarias.

«No se puede empezar de cero.»

El vodka había perdido parte de su encanto.

«Lo único que puede hacerse es cambiar de rumbo.»

Y de repente Evan estaba de pie. Salió por la puerta, pasillo abajo hasta el ascensor, y bajó nueve plantas. Se detuvo ante la puerta del 12B y llamó con los nudillos; no sin antes intentar convencerse de que no le convenía hacerlo.

Percibió una sombra al otro lado de la mirilla. La puerta se abrió, y unos efluvios de citronela anunciaron la presencia de Mia. Detrás de ella, iluminación suave y aromas a mesa recién puesta.

—Evan, es...

—Si lo abandonara todo, ¿considerarías la posibilidad de dejarme entrar?

Ella se quedó donde estaba, confusa, la puerta apenas entornada.

—Yo... Espera... ¿Qué estás diciendo? ¿Harías eso?, ¿lo harías por mí?

—No —dijo Evan—. Lo haría por mí.

Ella pestañeó. La cara de Peter apareció ladeada en el espacio abierto, él acodado en la mesa, frente a un plato todavía humeante de puré de patata.

—¿Eso es lo que has dicho? —preguntó Mia—. ¿Que estás dispuesto a dejarlo todo?

Él se la quedó mirando, sintiendo el tirón de un millar de instintos sepultados que intentaban salir a la superficie. Abrió la boca para responder...

... en el momento en que el RoamZone se puso a sonar.

El tiempo se ralentizó. Sus sentidos funcionaban a toda máquina. Frente a él, una habitación cálida y acogedora, una mesa puesta con alegría. A su espalda, el frío del pasillo en penumbra, erizándole el vello de la nuca. En su bolsillo, el deber, en forma de teléfono.

Le había costado horrores ir hasta allí, hasta aquella puerta. No se atrevía a apartarse del umbral, a volver sobre sus pasos.

Sacó el teléfono del bolsillo, se lo acercó al oído y dijo:

—¿Necesitas ayuda?

La corriente de aire procedente del pasillo se coló en el apartamento, apagando las velas amarillas y naranjas que había sobre la mesa. Un humo negro se elevó en finas volutas. Mia le miró detenidamente, como si buscara algo que ya no podía encontrar.

Una única palabra llegó al oído de Evan a través de las interferencias:

—Sí.

Evan tardó una fracción de segundo en reconocer la voz.

Era Jack.

Con el teléfono pegado todavía a la cara, inclinó levemente la cabeza en un gesto de disculpa y se apartó de la luz.

Agradecimientos

El año pasado, *Huérfano X* presentó al mundo a Evan Smoak. Es casi una hazaña, en estos tiempos, proponer a los lectores un nuevo personaje, y quiero dar las gracias al excepcional equipo humano de Minotaur Books por hacerlo tan bien y tan bonito. Andrew Martin, Hannah Braaten, Hector DeJean, Jennifer Enderlin, Paul Hochman, Kelley Ragland, Sally Richardson, Martin Quinn: Evan y yo esperamos con ilusión poder trabajar con vosotros muchos años más.

Debo dar las gracias también a Rowland White, de Michael Joseph/Penguin Group UK, así como a Izzie Coburn y al equipo de ventas, Ellie Hughes, Lee Motley, Matt Waterson y a sus homólogos en Australia y Nueva Zelanda, por un trabajo tan increíble como el de aquellos.

Y a mis representantes (no los hay mejores en este ramo):

a Lisa Erbach Vance, Aaron Priest, John Richmond y Melissa Edwards, de la Aaron Priest Agency;

a Caspian Dennis, de la agencia Abner Stein;

a Trevor Astbury, Roy Kenneally, Peter Micelli y Michelle Weiner, de Creative Artists Agency;

a Stephen F. Breimer, de Bloom, Hergott, Diemer y otros, y Marc H. Glick, de Glick & Weintraub.

Y al círculo de asesores de Evan:

a Geoffrey Baehr, el cerebro;

a Billy S____, el forzudo;

a Brian Shiers, el luchador;

a Michael Borohovski (cofundador y director tecnológico de Tinfoil Security), ingeniero experto en intrusiones;

a Melissa Hurwitz y Bret Nelson, los médicos;

a Philip Eisner, el lexicógrafo;

a Eddie Gonzalez, el traductor de jerga callejera;

a Maureen Sugden, la (mejor) correctora;

a Bob Mosier, el virtuoso de la automoción;

a Tore Saso, la experta en banca;

a Dana Kaye, la publicista (empeñada en contrarrestar los esfuerzos de Evan por mantener un perfil bajo).

Todos los errores son míos. Esta gente no se equivoca nunca.

No puedo por menos de expresar mi gratitud a lectores, libreros y bibliotecarios por cómo habéis acogido a Evan Smoak. Valía la pena el esfuerzo.

Y gracias a mi familia: Delinah, Rose, Natalie, mis padres, mi hermana y Simba y Cairo. Teneros a todos es una bendición.

Índice